웨하스

웨하스

하성란 소설

문학동네

차례

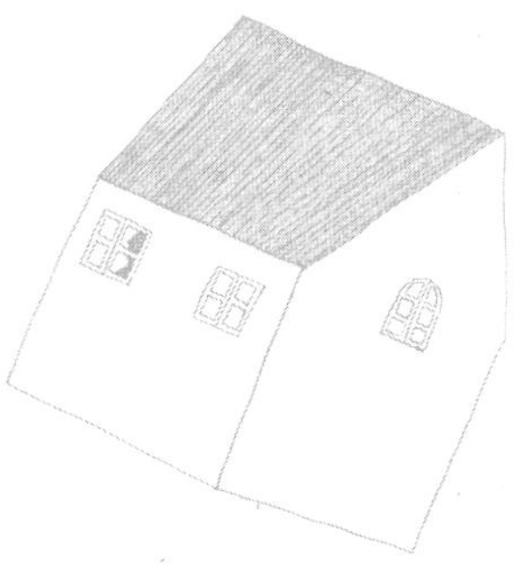

강의 백일몽

A는 여자가 떠나는 걸 숨어서 보고 있었다. H의 얼굴은 아무래도 기억나지 않는다. 먼 미래의 남자가 과거 속으로 끼어든 것 같다. H가 보여주었다던 켈로이드도 생각나지 않는다. 여자가 늑장을 부리는 Y를 큰 소리로 부른다. 드러난 여자의 이마가 푸르다. 여자가 가장 아름다울 때다.

공장의 신축 작업장이 들어선 곳은 예전의 목장에서 방목장으로 쓰던 터였다. 방목장이 끝나는 곳에 일자형의 축사 두 동이 부메랑 모양으로 엇비슷하게 서 있었다. 공장에서는 축사를 허무는 대신 톱날들과 기계 기름통, 수입 원목들을 쌓아두는 창고로 썼다. 시멘트 미장을 생략한 슬래브 식 건물로, 건물 한 채에 들어간 벽돌의 개수를 금방 어림짐작할 수 있었다. 벽돌을 쌓을 때 줄눈을 꼼꼼하게 메우지 않았는지 벽돌 가운데 몇 개는 접착력을 잃고 덜컹댔다. 천장 가까운 곳에 뚫린 환기창들은 꼭 벽돌 한 장 크기였다. 레고 블록으로 조립한 것 같은 단순한 구조의 축사들이 마을 곳곳에 널려 있었다.

포장되지 않은 공장의 진입로로 관광버스 한 대와 서울 번호판을 단 자동차의 행렬이 이어졌다. 붉은 벽돌을 빻은 것 같은 흙먼지가 피어올랐다. 방목지 너머로 완만한 구릉이 이어졌다. 키 작은 나무들이 듬성듬성 심긴 목초지였다. 목장으로는 제격인 곳이라고 관광버스 앞좌석에 앉은 누군가가 알은체를 했다. 어쩌다 방목지를 벗어난 젖소가 있다 해도 한눈에 찾을 수 있는 곳이라고 덧붙였다.

붉은 흙먼지는 서울 사무실의 직원들이 신은 검은 구두의 등을 덮고 잘 다린 양복 바짓단 아래에까지 달라붙었다. 이사와 공장장이 공장 출입구에 나란히 서서 현판을 걸었다. 본사의 젊은 사장은 해외 출장으로 현판식에 불참했다. 궁서체로 공장 이름이 크게 새겨진 나무 현판에서는 바니시 냄새가 채 가시지 않았다. 출입구 앞으로 둥글게 모여 선 본사와 공장 직원들이 박수를 쳤다. 장신에 마른 체구인 공장장에 비해 이사는 공장장의 어깨에 간신히 머리가 닿을 정도의 작은 키였다. 그들은 서로의 팔 길이 차이로 애를 먹었다. 현판을 사이에 둔 두 사람을 한 장의 사진 안에 담는 일은 수월치 않았다. 이사 쪽에 포커스를 맞추면 공장장의 이마 위와 현판의 첫 글자가 잘렸다. 공장장을 중심에 놓으면 이번에는 이사의 가슴 아래가 잘렸다. 사진 속에서 이사는 현판의 아래를 떠받치고 공장장은 현판의 위를 잡아 간신히 균형을 맞추고 있다.

공장장은 처음 만나는 본사의 직원들에게도 악수를 청하지 않았다. 줄곧 두 손을 바지 주머니에 찌른 채 종종걸음쳤다. 양손을 주머니에 넣고 걷다보니 두 발보다 상체가 먼저 나갔다. 특이한 걸음걸이 때문에 마당 안에서 오글거리는 수많은 사람들 속에서도 쉽게 눈에 띈다. 공장장은 목재 공장에서 잔뼈가 굵는 동안 왼손의 중지 두 마디와 오른손 약지와 새끼손가락을 톱날에 잃었다. 이사는 사십대 초반의 활달한 사람이었다. 늘 하드케이스의 가죽 서류가방을 들었다. 가방 자체의 무게도 만만치 않았다. 가끔 복도를 오가다가 이사가 든 가방 모서리에 무륲이나 허벅지를 찧었다며 불평을 늘어놓는 직원들이 있었다. 사시사철 양복 상의를 겨드랑이에 끼우고 다녔다. 이사에게서는 금방 비행기에서 내려 여독이 채 풀리지 않은 여행자 분위기가 났다. 이사는 사장실과 이사실을 오갈 때도 화장실에 다녀올 때도 늘 지각한 사람처럼 좁은 보폭으로 걸었다.

사진 한 장에 담기에는 현판식에 참석한 사람이 너무 많았다. 칠십명 남짓한 사람들 가운데 삼 분의 일가량은 머리 뒤통수가 찍혔다. 얼굴이 나온 사람들 가운데도 대여섯 명은 눈을 감았다. 한두 명은 현판식이 시작되는 줄 모르고 늑장을 부리다가 뒤늦게 공장 출입구 쪽으로 부랴부랴 뛰어오고 있다. 열심히 박수를 치는 사람들의 손은 지우개로 지운 것처럼 뭉개져 보이고 어떤 사람은 기도하는 것처럼 두 손을 맞잡고 있다. 게다가 사진 오른쪽 하단부에 거무스름한 잔상이 끼어들었다. 어디선가 난데없이 뛰어든 검정개 한 마리였다. 그곳은 유난히 개들이 많았다. 하지만 정작 사진을 망친 것은 개가 아니라 여자였다.

여자는 이사로부터 세 사람 건너뛴 곳에서 본사 여직원들과 나란히 서 있다. 줄곧 카메라를 의식하고 있었는지 여자의 눈은 현판을 걸고 있는 이사와 공장장 쪽이 아닌 사진 속에서는 보이지 않는 사진 밖의 풍경을 향하고 있다. 바로 그 두 눈에 빨간 빛이 맺혔다. 훨씬 나중에야 『사진 촬영의 기초』라는 책에서 적목 현상이 왜 생기는가에 대해 알게 되었다. 쉽게 설명하자면 카메라의 플래시 불빛과 여자의 두 눈이 정확히 눈을 맞춘 것이다. 여자가 Y를 보고 있을 때 Y도 뷰파인더를 통해 여자를 보고 있었던 것이다. 사진 속 어디에도 Y의 모습은 없다. Y는 카메라를 들고 일행들로부터 오 미터쯤 떨어진 곳에서 카메라 셔터를 누르고 있다.

그해는 한일상사 최고의 번성기였다. 육 개월마다 직원 채용광고를 무역회보지에 냈다. 공장의 현판식이 있던 그날은 해외 출장중이던 사장을 제외한 서울 사무소와 공장의 직원 모두가 참석한 자리였다. 한일상사 개업 이래로 직원 수가 제일 많았다. 공장장 쪽으로 줄을 선 사람들 중에 삐딱하게 양키스 야구모자를 쓰고 긴 다리를 빨래집게처럼 벌리고 선 것이 A이다. A는 여자보다 한 살 연하였다. A 또한 현판식에는 조금의 관심도 없어 보인다. 옆모습이 찍힌 탓도 있겠지만 A의 얼굴은 야구모자 챙 그늘에 묻혀 있다. A는 마을에 남은 유일한 젊은이였다. 공장장을 제외한 나머지 공원들은 모두 이 마을 출신이었다. 공원들의 점심식사와 공장 청소 같은 잔일을 맡은 중년 여자가 둘, 일종 대형 운전면허 소지자가 넷, 작업장에서 기계를 운전하는 공원이 아홉이었다. 오십 명이 넘는 서울 본사의 직원들은 공장장의 뒤를 따라 축사 두 동과 작업장, 사무실 등으로 젖소떼처럼 어슬렁어슬렁 움직였다. 해가 지면 목장주는 방목장 울타리의 문을 열고 방목장 여기저기에 흩어진 젖소들을 몰아 축사로 유인해갔을 것이다. 축사 두 동이 부메랑처럼 엇비슷하게 서 있는 것은 아마도 젖소들이 딴 길로 새는 것을 방지하기 위한 것인 듯했다.

작업장은 격납고처럼 넓었다. 작업장 안까지 대형 트럭이 내처 들어올 수 있도록 한쪽 벽면에 커다란 문을 내어 두 개의 문짝을 달아놓았다. 직경 일 미터 남짓한 목재 가공용 둥근톱이 장착된 거대한 기계들 앞에서 이사와 몇몇 여직원들이 환호성을 질렀다. 작업대 위에는 기계의 시범 작동을 위한 원목 하나가 올라가 있었다. 짙은 적갈색을 띠는 심재로 보아 벚나무의 일종 같았다. 공장장이 기계의 전원을 올리자 컨베이터 시스템이 작동되면서 스테인리스 원형 톱날이 천천히 회전하기 시작했다. 톱날에서 나는 굉음 때문에 사람들은 고함을 쳐야 했다. 서서히 전진하던 톱날이 원목에 가 닿았다. 작업장은 더욱 소란스러워졌다. 벚나무는 톱날에 저항하면서 조금 뒤로 밀렸다. 원형 톱날의 회전수가 늘었다. 톱의 가장자리가 수십 겹의 원을 그리며 돌았다. 현기증이 몰려왔다. "벚나무는 비중이 높아 제재하기가 특히나 어렵습니다. 엇나뭇결이라 대패질도 애를 먹죠. 웬만큼 이 일이 익은 소쿠링들도 이 나무 앞에선 간이 졸아듭니다." 공장장이 화가 난 사람처럼 버럭버럭 소리를 질렀다. "하지만 그만큼 좋은 나무 아니겠습니까." 잠시 후 톱날이 원목에 생채기를 내면서 파고들었다. 톱날 양쪽으로 적갈색의 톱밥 가루가 날리기 시작했다. 콧속이 알알해졌다. 이사는 나무의 종류나 성질보다는 사업성에 더 관심이 많았다. "톱밥도 그냥 버리는 건 아니지요? 뭐라든가, 톱밥에 합성수지 접착제를 섞어 널빤지 같은 건 만들 수 있지요?" 공장장이 누런 이를 드러내며 소리 없이 웃었다. "그야말로 그건 재활용이지요. 웬만한 무게에도 쉽게 굽어버려 당최 권할 게 못 됩니다. 하급 중의 하급이죠. 그것보다는 겨울 난방용으로 톱밥 따라올 게 없지요." 그사이 톱날은 벚나무를 반 가르고 작업대 끝에 와서 멈췄다. 기계가 멈추고 작업장 안이 조용해졌는데도 귀가 먹먹했다.

현판식 날짜에 맞추느라 급조된 듯한 시멘트 기둥이 달랑 두 개 서 있을 뿐, 담은커녕 철제문도 달기 전이었다. 동네의 노인들과 개들이 마당으로 몰려들었다. 노인들 대부분이 공장 직원들의 친인척들이었다. 축사와 작업장 사이의 마당에 돗자리들이 깔리고 모양과 크기가 들쭉날쭉한 밥상들이 펼쳐졌다. 잔치에 동원된 동네 아주머니들이 은박 접시에 머릿고기와 팥시루떡을 덜어 종종걸음쳤다. 플라스틱 슬리퍼 끄는 소리가 요란했다. 노인들은 몇 잔 술에 금세 취했다. 술이 얼근하게 오른 노인들 몇이 자리에서 일어나 음악도 없는데 덩실덩실 춤을 추었다. 번쩍번쩍 다리를 들 때마다 흰 양말에 든 붉은 흙물이 보였다. 앉아 있는 노인들의 얼굴도 죄다 불콰했다. 아저씨뻘 되는 노인이 건네는 술잔을 조카뻘 되는 노인이 공손하게 두 손으로 받아 고개를 돌리고 홀짝였다. 개들은 사람들 눈치를 보면서 밥상 주위를 선회했다. 노인들은 두어 개 남은 누런 이를 드러내거나 먼 곳의 음악을 듣듯 지그시 눈을 감고 춤을 추다가도 밥상을 넘보는 개들을 향해 불같이 화를 냈다. 발을 굴러 내쫓거나 고무신을 집어던졌다. 개들은 몸을 활처럼 구부리면서 꼬리를 쇠꼬챙이처럼 빳빳하게 치켜세웠다. 음식을 나르던 아주머니가 머릿고기를 던져주면 붉은 흙투성이인 고기를 향해 사방에서 개들이 달려들었다. 머리부터 들이밀고 밀리지 않으려 네 다리로 버텼다. 붉은 먼지가 일었다. 고기는 매번 검은 개 차지였다. 다리가 길고 주둥이가 뾰족했다. 노인들 중 하나가 검은 개에게 손가락질을 했다. "누 집 견공인동 참으로 잘났다. 저넘은 저거하고 저거 가운데서 나온 무녀리다 아이가." 옆의 노인이 술을 들이켜면서 고개를 흔든다. "뭔 소리고? 잘 봐바라. 종자가 아예 틀린데." 먼젓번 노인도 지지 않는다. "눈꼬리

쫌 봐라. 영락없는 우리 개다. 내 이 두 눈으로 똑똑히 봤다. 늬 집 개가 우리집 담 타넘는 거." "웃기지 마라. 안경 없으면 요강인지 사람 머린지 알지도 못하믄서." 제3의 노인이 이야기에 끼어든다. "누구 씬지 알믄 뭐 할끼고, 개새끼들 일에. 늬 집 단속이나 잘하라모." 노인 하나가 제 무릎을 탁 친다. 그 노인을 옆에 앉은 노인이 발을 뻗어 옆구리를 찌른다. 사이에 앉은 노인이 백태 낀 눈을 들어 조심스레 사방을 둘러보고는 낄낄대기 시작한다. 성긴 이 사이로 흘러나오는 웃음소리가 낮게 깔린다.

머릿고기에서는 역한 고기 노린내가 났다. 비위가 강한 남자들은 상추에 마늘을 얹어 쌈을 싸서 한 입 가득 넣고 우물거렸다. 채 씹어 넘기기도 전에 음식물이 든 입을 벌리고 소주를 붓는다. 포마이카 밥상을 사이에 두고 앉은 서울 사무실 직원들과 공장 직원들은 노사 협상을 벌이는 사람들처럼 서로 데면데면하게 굴었다. 본사의 이대리가 소주병에 숟가락을 꽂고 소리내 흔들면서 일어섰다. 넥타이 끝을 가슴패기에 난 와이셔츠 주머니에 찔러넣었다. 공장 사람들에게서 한 잔 두 잔 얻어마신 술기운에 목덜미 아래까지 불그스레하다. 안면을 튼 공장 사람들 중 하나가 소리지른다. "의상 쥑이네!" 마당에 모여 앉은 사람들 사이에서 한꺼번에 웃음이 터졌다. 밥상을 얼씬거리던 비루먹은 개 한 마리가 갑작스런 웃음소리에 멈칫 놀라더니 누구에게랄 것도 없이 짖어대기 시작한다.

칠십 명이 넘는 직원들이 오물오물 모인 현판식 날의 사진 속에서 이대리는 단박에 눈에 띈다. 군청색 바탕에 회색 세로줄무늬가 촘촘히 박힌 더플 양복을 입었는데, 양복에 달린 금박 단추에 닻 모양이 돋을새김되어 있었다. 파이프를 물면 신출내기 마도로스처럼 보일 것 같았다. 사진 속에서 이대리를 발견하게 될 때면 노래의 후렴구처럼 양키스 모자를 쓴 A가 떠오른다. 이대리의 양복을 두고 마당 이곳저곳에서 목소리들이 불거졌다. 누군가 꼬리 긴 휘파람을 불었다. 이대리는 웃음소리가 잦아지기를 기다렸다가 다시 한번 숟가락이 꽂힌 소주병을 마구 흔들어댔다. 공장장과 이사는 아까부터 머리를 맞댄 채 소곤대고 있었다. 이대리에게 떼밀려 무역부의 미스 김이 일어섰다. 큰 눈에 유난히 작은 입 때문에 고양이라는 별명을 가진 여자였다. 술에 취한 남자들이 합창을 했다. "노래해! 노래해!" 얼굴이 달아오른 미스 김이 간단하게 자기소개를 하고 자리에 앉자 술 취한 남자들 사이에서 야유가 터져나왔다.

음식에서 자꾸 흙이 씹혔다. 여자 건너편에는 아까부터 줄곧 누런 개 한 마리가 엎드리고 앉아 여자를 지켜보고 있었다. 새끼를 낳았었는지 살가죽이 처지고 눈가에는 눈곱이 잔뜩 낀 채 말라붙었다. 고기를 던져주었는데 어느 틈엔가 나타난 검은 개가 고기를 가로챘다. 고기에 머리를 디밀기는커녕 누렁이는 움찔 한 발짝 뒤로 물러섰다. 늘어진 열 개의 젖이 제각각 다른 방향으로 출렁거리다 멈췄다. 손에 고기를 얹고 불렀더니 한참 후에야 몸을 출렁거리면서 걸어왔다. 개는 덥석 고기를 물지 않고 여자의 손바닥을 한참 핥은 후에야 먹었다. 이도 좋지 않은 모양이었다. 고깃점이 잇새로 샜다. 고기를 다 먹은 누렁이는 다시 몸을 출렁이면서 걸어가 젊은 남자 뒤에 앉았다. 그는 양키스 야구모자를 코 위까지 푹 눌러쓴 채 조용히 술을 마시고 있었다. A였다. 몇 자리 건너에 앉은 중년 남자가 어른들 앞에서 모자를 벗지 않는다고 A를 나무랐다. 마침 머릿고기와 소주를 노인들에게 가져가던 중년 여자가 남자를 향해 눈을 흘겼다. "다 사정이 있는 거지. 와?" 중년 남자가 여자에게 붉게 충혈된 눈을 부라렸다. 모자챙의 그림자에 묻혀 A의 표정 변화는 볼 수 없었다.

수도는 축사 뒤에 있었다. 누렁이가 몸을 흔들면서 느릿느릿 여자의 뒤를 따라왔다. 왼쪽 다리를 내밀 때 출렁거린 왼쪽 가죽이 오른쪽 발을 내밀 때 출렁거리던 오른쪽 가죽과 서로 부딪치면서 다른 모양으로 물결쳤다. 치수가 큰 옷을 걸치고 있는 것처럼 불편해 보였다. 털가죽 어딘가에 난 지퍼를 열면 아주 작은 강아지 한 마리가 튀어나올 것 같았다. 축사 안까지 수돗물을 끌어다 쓴 모양이었다. 수도꼭지 끝에 긴 고무호스가 연결되어 있었다. 모래 알갱이가 쌓인 호스 속에 작은 단풍잎 하나가 들어 있었다. 수도꼭지를 비틀고 호스 맨 끝에 가서 물이 흘러나오기를 기다렸다. 지하수는 손이 얼얼할 정도로 찼다. 축사 뒤는 잡동사니들로 어지러웠다. 벽돌과 스티로폼 조각들이 토사와 뒤섞인 채 쌓여 있었다. 그 사이사이 찌그러진 양은솥과 냄비, 고무 다라이, 바람 빠진 아이의 고무 튜브가 박혀 있었다. 돌아보니 누렁이가 보이지 않았다. 츳츳, 혓소리로 불러보았지만 나타나지 않았다.

한낮인데도 축사 안은 어두컴컴했다. 북미산 호두나무 원목이 쌓여 있었다. 입사 초년생인 Y와 여자는 지난겨울 내내 인천 하역장에 있었다. 거대한 컨테이너 박스들 사이로 지게차들이 쉴새없이 돌아다녔다. 바지 속의 살이 얼어 나중에는 붉은 반점이 피어올랐다. 일 주일에 한

번꼴로 북미에서 나무들이 도착했다. 이십 미터 길이에, 둘레는 어른 한 아름이나 되는 나무들이 하역장에 산더미처럼 쌓였다. 원목 더미로 기어올라가 꼭대기에 서면 인천 부두가 보였다. 컨테이너 박스를 가득 실은 배들이 정박해 있었다. 부두는 쉴새없이 움직이는 기중기들과 트레일러, 하역부들로 어지러웠다. Y와 여자는 송장에 적힌 원목의 종류와 개수대로 원목이 도착했는지 확인하는 일을 했다. Y가 원목들 사이사이를 훌쩍 건너뛰었다. 여자도 Y를 따라했다. 몸이 잠깐 공중에 떠 있을 때면 먼 곳의 부두가 더 가까이 다가왔다. 구두 밑창이 금방 망가졌다. 그해 겨울, 여자는 구두를 세 켤레나 버렸다. 장갑 낀 손이 곱아들었다. 부츠 속의 발도 금방 감각이 없어졌다. 원목 확인 작업을 하다 참을 수 없이 추워지면 하역장을 벗어났다. 육교까지 걸어가는 것이 귀찮아 길 건너편의 포장마차를 향해 무단횡단했다. Y가 손을 잡아주었다. 미지근했다. 오뎅 국물 한 컵을 마시고 나면 얼었던 살이 간지러워지기 시작했다. 그때의 Y 모습을 보고 싶은데 사진 어디에도 Y는 없다.

알싸한 나무 수액 냄새 뒤로 동물의 배설물 냄새가 이어졌다. 검은 천장 아래로 전구알 없는 소켓들이 길고 짧게 늘어져 대롱댔다. 직사각형 환기창 너머로 건너편 마을 풍경이 선명하게 들어왔다. 밤이 되면 축사에 갇힌 소들은 환기창 너머로 반짝이며 흘러가는 자동차의 불빛들을 지켜보았을 것이다. 산기슭 곳곳에서 축사들이 눈에 띄었다. 한눈에도 폐축사들이었다. 축축한 혓바닥이 손등을 핥았다. 누렁이였다. 축사 저 안쪽의 호두나무 원목 위에 A가 걸터앉아 있었다. 언제부터 축사 안에 있었던 것일까. A가 담배를 피워물었다. "오해하지 말아요. 거기 따라온 거 아녜요. 저 밖의 꼰대들 보여요? 담배 한 대 피울래도 쏘아보는 눈이 어디 한둘이라야 말이죠." A는 담배꽁초를 손가락 사이에 끼워 퉁겼다. 담배꽁초가 포물선을 그리며 창 밖으로 날아갔다. "돌림병이 돌았어요. 머리 속에 스펀지처럼 구멍이 뚫렸어요. 젖소란 젖소는 죄다 죽어나갔죠. 폐사된 젖소들은 구덩이를 파고 묻었어요. 죽은 젖소들을 옮길 때는 포클레인을 빌려야 했죠. 보름 내내 이 동네에는 포클레인이 왔었어요. 젖소들이 묻힌 땅은 물렁물렁해요. 구덩이를 잘 메우고 발로 다지지만 젖소들이 썩으면서 구덩이가 조금씩 아래로 내려앉거든요." A가 통나무에서 일어섰다. 생각보다 훨씬 키가 컸다. 누렁이가 출렁거리면서 A에게로 다가갔다. A가 길게 한숨을 내쉬었다. 숨결에서 술냄새가 묻어났다. "내년 2월이면 난 배를 탈 거예요. 참치잡이 밴데 한번 나가면 이 년 뒤에나 땅을 밟을 수 있어요." A는 누렁이를 데리고 축사의 출입구 쪽으로 걸었다. 밖으로 나가기 전 A가 고개를 돌려 여자를 바라보았다. 술을 이기기 어려운 듯 다시 한번 거칠게 숨을 내쉬었다. 그러더니 앞뒤 없이 자신은 한번 한다면 하는 사람이라고 말했다.

술 취한 노인들은 자신들이 벗어놓은 흰 고무신을 찾아 신느라 한바탕 소동을 벌였다. 마당에는 스무 켤레가 넘는 흰 고무신이 뒤집히고 비뚤어진 채 섞여 있었다. 엎어지고 엉덩방아를 찧으면서도 노인들은 물장난하는 사내아이들처럼 낄낄거렸다. 흰 한복을 입은 노인들은 누가 누군지 구분이 가지 않았다. 여러 사람처럼 보이다가 어느 순간 한 사람처럼 보이기도 했다. "아이고 아버님." 이미 노인이 된 며느리들이 물 묻은 손을 몸뻬에 문지르면서 달려왔다. 슬리퍼가 끌리는 곳에서 붉은 흙먼지가 일었다. 공장장은 부하 직원들이 권하는 술을 사양하지 않는 눈치였다. 술에 취한 공장장이 앞에 앉은 이사에게 자꾸 술을 권했다. 네 손가락으로 쥔 술잔에서 술이 흘러넘쳤다. 손끝이 잘린 손가락은 새로 돋은 살이 덮여 뭉뚝했다. 이사는 한사코 술을 사양했다. 내일 있을 미팅 핑계를 댔다. 술을 한 잔도 마시지 않았는데 이사는 지금 막 비행기에서 내린 여행자처럼 노곤해 보였다. 포마드를 발라 넘긴 머리카락에도 붉은 흙가루가 날아와 엉겨 있었다. 그때마다 공장장은 혀가 꼬부라진 소리로 "허 이것 참, 제 손이 다 부끄럽습니다"라는 말을 했다.

이사가 탄 승용차가 제일 먼저 공장을 벗어났다. 서울까지 관광버스로 돌아갈 사람들이 버스가 주차된 공장 진입로까지 휘적휘적 내려갔다. 공장 마당에서 주차된 버스에 올라타는 사람들이 한눈에 내려다보였다. 술에 취한 남자들은 비틀거리면서 대로변에 대고 길게 오줌을 누었다. 양복바지는 다 구겨졌고 와이셔츠 깃은 때가 올랐다. 어둠은 관광버스가 있는 곳에서 밀려올라오고 있었다. 마을의 개들은 아직 공장 마당을 어슬렁거리면서 고기 냄새가 나는 곳에 무턱대고 코를 박은 채 킁킁거렸다. 남은 사람들은 자연스럽게 패가 갈려 승용차에 나눠 탔다. 여자와 Y는 이대리의 차에 동승하기로 되어 있었다. Y는 그때까지도 공장 이곳저곳을 사진에 담고 있었다. 술김에 두 손을 호주머니에서 뺀 공장장은 이제 아예 두 손을 카메라에 대고 흔들기까지 한다. 공장장은 현판식이 있던 그날로부터 채 일 년도 되지 않아 남아 있던 왼손 손가락의 네 개 중 두 개를 원형 톱날에 잃었다. 벚나무를 자르던 톱날이 엇

나뭇결을 만나 다른 방향으로 튀면서 순식간에 공장장의 두 손가락이 톱밥처럼 튀었다. 산재 처리 때문에 본사가 갑자기 바빠졌다. 사고 소식을 보고받은 사장은 자신보다 스무 살이나 많은 공장장을 향해 병신 같은 자식이라고 욕을 했다. 그러더니 이곳저곳에 전화를 걸어 안전장치를 사용하지 않은 것이 법에 저촉되는 일이냐고 물었다. 이사는 이대리를 불러 혹시 작업중에 공장장이 술을 마시지는 않았는지 내사해보라며 소곤거렸다. 여자는 큰 소리로 늑장을 부리는 Y를 재촉했다. 자동차에 오르면서 축사와 작업장 쪽을 둘러보았지만 A는 보이지 않았다. 동네 아주머니들이 마당 한쪽부터 돗자리를 걷어내고 있었다. 흘린 음식물 쪽으로 개들이 우르르 몰려다녔다. 공장 사람들이 앉아 있는 곳은 밤늦게까지 술판이 이어질 모양이었다. 진입로 쪽에도 양키스 야구모자를 쓴 키가 큰 청년은 보이지 않았다. 관광버스가 조금씩 공장으로부터 멀어지고 있었다. 여자는 목장 주인이 울타리를 벗어난 젖소를 찾듯 A를 찾았다. 혹시 어디 숨어 있나 싶어 나무들 뒤를 유심히 내려다보다가 웃었다. A는 키가 커서 작은 나무로는 몸이 가려지지도 않을 것이다. 선원생활 잘 해내라는 인사를 마지막으로 하고 싶었는데 자가용이 공장을 벗어날 때까지도 A는 나타나지 않았다. 헛소리를 내보았지만 누렁이도 보이지 않았다.

삽시간에 사방이 어두워졌다. 어둠 속에서 폐축사들이 희끗희끗 빛났다. 가로등 하나 없는 길이었다. 헤드라이트 불빛만으로는 가시거리가 너무 짧아 속도를 낼 수가 없었다. 갈증이 나는지 이대리는 자꾸 혀를 내밀어 마른 입술을 핥았다. 모퉁이가 많은 길이었다. 이대리는 모퉁이 바로 직전에야 브레이크를 밟아 속도를 줄였다. 뒷좌석에 앉은 Y는 피곤했는지 고개를 숙이고 잠들었다. 출발 간격이 컸던 관광버스는 따라잡지 못한다 하더라도 이대리의 차보다 앞서 출발한 자가용들의 불빛은 보여야 했다. 맨 처음에는 계속되는 모퉁이 길 때문에 앞차가 보이지 않는 거라고 여유만만했다. 공장을 벗어난 지 이십여 분이 지난 뒤에야 길을 잘못 들었다는 것을 알게 되었다. 자동차의 불빛이 끊겼다. 도로에는 이대리의 차뿐이었다. 인가의 불빛조차도 새어나오지 않는 짙은 어둠이었다. 어차피 이정표를 만날 때까지 달릴 수밖에 없었다. 이대리가 조금 속도를 높였다. 모퉁이를 도는 순간이었다. 모퉁이 건너편에서 희끄무레한 물체가 튀어나왔다. 급브레이크를 밟았지만 제동거리가 턱없이 짧았다. 자동차 범퍼에 부딪힌 흰 물체는 도로 밖의 어두운 억새밭으로 튕겨나갔다. 자동차는 오 미터쯤 앞으로 더 밀려간 후에야 멈추어 섰다. 이대리가 룸미러에 비친 도로를 들여다보았다. 미등 불빛으로 볼 수 있는 가시거리는 얼마 되지 않았다. 잠에서 깬 Y도 부은 눈으로 사방을 휘둘러보고 있었다. 이대리가 오만상을 썼다. 차창을 내리더니 침을 뱉었다. "재수 옴 붙었네." 이대리는 시동을 켜둔 채 차 밖으로 나갔다. 백미러로 자동차에서 멀어지는 이대리의 뒷모습이 보였다. 잠시 후 이대리의 모습은 어둠에 묻혔다. Y는 별거 아닐 거라며 하품을 했다. "기껏해야 오소리거나 다람쥐겠지." 순식간에 스쳐 지나갔지만 오소리나 다람쥐라고 하기에는 너무 컸다. 자동차 헤드라이트 불빛에 반사된 물체는 희끄무레했다. 이대리는 십여 분 뒤에 차로 돌아왔다. 운전석에 앉는 대신 차 옆에 서서 담배를 피워물었다. 운전석에 올라탄 이대리의 몸에서 찌든 술과 담배 냄새가 났다. "개였어." 마을에는 유난히 개들이 많았다. 하지만 직감으로 개는 아니었다. 공장에서 보았던 흰 옷 입은 노인들이 떠올랐다가 사라졌다. 이대리가 두 손으로 얼굴을 세차게 비벼댔다. "아니, 아니야. 어두워서 아무것도 보이지 않았어."

삼 미터 높이의 언덕 아래는 우물처럼 어두웠다. 손전등으로 그 넓은 곳을 훑는다는 것이 불가능했다. 어둠 속에서 Y가 소리쳤다. "이대리님, 거기가 맞아요? 아무래도 거긴 아닌 것 같은데요." 어둠 속에서 모두 방향 감각을 잃었다. 희끄무레한 물체를 친 곳이 어딘지 분간이 가지 않았다. 범퍼에 부딪힌 물체는 도로 밖으로 튕겨나갔다. 들판 어디로 날아갔는지 찾기 쉽지 않을 것이다. 이대리는 머리 위로 들어올린 손전등으로 어두운 들판 곳곳을 쑤셔댔다. 넓은 양탄자 같은 어둠에 구멍이 뚫렸다. 억새가 우거졌다. 바싹 마른 모나무들이 보였다. 희끄무레한 폐축사가 보였다. 다시 손전등이 억새들을 비췄다. 순간 여자는 손전등 불빛에 잡힌 억새들이 흔들리는 것을 보았다. "저기예요. 살아 있어요!" 소리보다 발이 먼저 움직였다. 언덕의 경사는 완만했지만 마른 흙 때문에 미끄러지면서 여자가 나동그라졌다. 여자는 뒤도 돌아보지 않고 소리쳤다. "손전등을 움직이지 말아요. 예, 거기예요! 움직이지 말라니까요." 건조기라 억새는 잘 말라 있었다. 억새들이 다리 사이에 감겼다. 여자는 자신의 뒤를 따라오는 Y의 발짝 소리를 들었다. 억새가 만발한 들판의 땅은 딱딱했다가 갑자기 물렁물렁해졌다. 별안간 A의 말이 떠올랐다. 마을 곳곳에 폐사된 젖소들을 묻은 구덩이 천지라고 했다. 젖소들이 부패되면서 구덩이를 메운 흙이 물렁물렁해진다고 했다. 어쩌면 도시 처녀를 겁주기 위한 농담이었을지도 모른다. 손전등 불빛으로 다가갔다. 억새들이 눌려 있었다. 부러진 억새들이 흔들렸다. 개였다. 누렁이처럼 보여 화들짝 얼굴을 들이밀었는데 누렁이는 아니었다. 개는 거칠게 숨을 할딱거렸다. 벌린 입 사이로 빠져나온 혀가 너무 길었다. 뒤따라온 Y가 숨을 골랐다. "뭐야? 진짜 개네?" Y가 이대리 쪽을 향해 고함을 쳤다. "개예요, 개!"

개는 아직도 따뜻했다. 여자의 손이 가 닿자 개의 숨소리가 작아졌다. 목덜미에 손가락을 넣어 털을 간질여주었다. 복부를 다친 모양이었다. 손이 배 쪽으로 가까이 갈 때마다 개가 소리 없이 이를 드러냈다. 눌린 억새가 끈적거렸다. 옆으로 물컹한 것이 만져졌다. 개의 배에서 흘러나온 내장이 억새밭에 널려 있었다. "이제 그만 가자." Y가 뒤돌아섰다. 흰자위가 가득한 개의 눈이 희뜩 Y쪽으로 돌아갔다. 벌떡 튀어오른 개가 여자의 손목을 덥석 물었다. 마지막으로 짜내는 혼신의 힘이었다. 개의 송곳니가 여자의 살을 파고들었다. 물린 팔이 뭉근히 저려왔다. 팔을 들어올리자 개의 머리가 덩달아 딸려올라왔다. 너무 무거워 팔이 떨어져나갈 것 같았다. 개는 한번 문 손목을 놓지 않았다. 문득 개와 눈이 마주쳤는데 흰창이 많은 눈에 눈물이 고여 있었다. 개의 타액이 여자의 핏줄 속으로 스며들었다.

그로부터 십여 년 뒤에 자신이 사람의 팔뚝을 물게 되었을 때 여자는 자신의 손목을 물고 늘어지던 개의 눈을 떠올렸다. 얼굴이 보이지 않던 남자는 들고 있던 핸드백으로 여자의 얼굴을 마구 내리쳤다. 핸드백의 버클이 눈을 쳤다. 그 남자의 얼굴을 똑똑히 봐두려 했는데 한쪽 눈이 감기는 바람에 볼 수 없었다. 골목길을 질질 끌려가면서도 여자는 물고 있던 남자의 팔뚝을 놓지 않았다. 개의 송곳니가 근육을 뚫고 들어가 뼈에 닿는 모양이었다. 여자는 잠시 뒤에야 이렇게 속수무책으로 있다간 손목을 잘라야 할지도 모른다는 데 생각이 미쳤다. 공장장의 마디 짧고 뭉뚝한 손가락이 떠올라 팔을 마구 흔들어댔지만 개의 송곳니는 더욱 깊숙이 파고들었다. 몇 발짝 돌아갔던 Y가 여자의 비명 소리를 듣고 뛰어왔다. 어두웠는데도 겅둥거리면서 뛰어오는 Y의 모습이 또렷하게 보였다. 개의 타액이 핏속으로 들어갔고 어쩌면 자신도 반은 개가 되었는지도 모른다는 생각을 했다. 여자는 개처럼 어둠 속을 응시했다. 억새 속에서 바스락거리는 작은 벌레의 움직임까지 보이고 들리는 듯했다. Y가 개에게 발길질을 해댔다. 여자의 팔까지 덩달아 발길질을 당했다. 개는 떨어지지 않았다. Y가 억새밭 주위를 손으로 더듬었다. Y의 손에 커다란 돌이 들려 있었다.

얼굴이 보이지 않는 남자에 의해 여자는 골목 안쪽까지 질질 끌려갔다. 골목길 어디에서 구두가 벗겨진 모양이었다. 깨진 보도블록에 양말이 찢기고 드러난 맨살이 쓸리면서 피가 흘렀다. 집으로 가는 골목길은 언제나 인적이 뜸했다. 골목마다 지하층이 있는 빌라들이 들어서고 주택들마다 사람들이 꽉 찼는데도 언제나 골목길을 갈 때면 혼자였다. 보안등 불빛은 꺼진 지 오래되었지만 아무도 새 전구로 갈아끼우지 않았다. 등뒤로 인기척을 느꼈을 때는 이미 늦은 후였다. 남자는 빌라의 계단 뒤에 숨어 있다가 발짝 소리를 죽여 여자를 쫓아왔다. 억센 손이 코와 입을 틀어막았다. 다른 한 손이 어깨에 멘 핸드백을 빼앗아갔다. 숨을 쉴 수가 없었다. 몸을 비틀어보았지만 손바닥이 코와 입에 더 달라붙을 뿐이었다. 손바닥은 땀으로 축축했고 쇠비린내와 고린내가 났다. 숨을 쉬기 위해 손바닥을 물 수밖에 없었다. 아얏, 남자가 손을 움켜쥐면서 한 발짝 떨어졌다. 그때 골목길 반대편으로 도망갔을 수도 있었을 것이다. 하지만 여자는 난데없이 남자에게로 뛰어들어 남자의 팔뚝을 물어버렸다. 근육질인 남자의 팔뚝에 이가 잘 박히지 않았다. 여자는 있는 힘을 다해 팔뚝을 물어뜯었다. 이가 살을 파고들었다. 근육이 이 사이에서 으스러지는 것 같았다. 고통스러운지 남자가 펄쩍펄쩍 뛰어올랐다. 이 사이로 흘러든 피가 목구멍으로 쿨럭 넘어갔다. 비릿했다. 남자가 여자의 핸드백으로 여자의 얼굴을 사정없이 내리쳤다. 핸드백의 버클에 한쪽 눈이 맞았다. 그래도 팔뚝을 물고 놓지 않았다. 남자의 주먹이 얼굴로 수없이 날아들었다. 코뼈가 주저앉으면서 뜨거운 것이 왈칵 쏟아졌다. 우드득, 윗니 몇 개가 부러지는 소리가 머리 속에 울렸다. 이상하게도 자신의 손목을 물고 놓지 않던 개의 눈동자가 생각났다. 하나도 아프지 않았다. 여자를 질질 끌고 가면서 남자는 빌라의 담벼락에 여자의 머리를 박았다. 한 번, 두 번. 머리 속이 하얘졌다. 입을 벌리고 싶은데 이제는 입이 벌어지지 않았다. 아주 오랜만에 개의 본성이 나타난 것이라고 생각했다. "개는 한번 물면 웬만해선 놓는 법이 없죠." 십 년 뒤에 우연히 만난 H가 말했다. H는 자신의 바짓자락을 걷어올렸다. 다른 곳보다 번들거리는 분홍색의 켈로이드가 보였다. 개의 잇자국이었다. 얼굴이 보이지 않는 남자는 골목길 끝에 여자를 패대기치고 얼굴에 핸드백을 던졌다. "개 같은 년." 분이 풀리지 않는지 여자의 배와 허벅지를 구둣발로 짓밟았다. 침도 뱉었다. H가 켈로이드를 마구 긁어 댔다. "내 상처가 이 정도면 그 개는 어떻게 되었을지 상상하겠죠?"

"가방을 그냥 주지그랬니?" 병실로 문병 온 사람들이 하나같이 입을 모았다. 문병객들은 한쪽 눈과 코가 터져 내려앉고 윗니 세 대가 부러진 채 온몸에 타박상을 입고 누운 여자를 내려다보면서 고개를 절레절레 흔들었다. 가방에 귀중품이라도 들었었느냐고 묻는 사람도 있었다. 그날따라 핸드백 안에는 만원짜리 지폐 한 장이 달랑 들어 있었을 뿐이었다. 사람들은 모두 이해하지 못했다. 간병을 하던 어머니는 문병객들이 한마디씩 할 때마다 추임새처럼 "미련한 것, 어구 미련한 것"이라며 한숨을 쉬었다. 여자는 누운 채 침대 시트 밖으로 나온 자신의 발을 내려다보았다. 발꿈치는 까져 피가 맺히고 새끼발톱 하나가 빠져 달아났다. Y는 병원에 오자마자 인상부터 구겼다. Y는 한눈에도 움직임이 불편해 보이는, 몸에 붙는 가죽바지에 무릎 바로 아래 길이의 부츠를 신고 있었다. 여자의 얼굴을 힐끔힐끔 훑어보더니 침대 끝에 엉덩이를 걸쳤다. "너 안 같어." 여자는 Y를 향해 희미하게 웃었다. "안심해. 시간이 지나면 상처도 멍도 없어질 거야. 코뼈는 일으켜세웠고 부러진 이들은 의치를 박으면 돼." Y가 천천히 고개를 가로저었다. "봐, 이제 넌 말귀도 못 알아들어."

여자는 그때까지도 Y가 오토바이 동호회에 들었다는 것을 몰랐다. 여자는 퇴원 날짜보다 하루 앞당겨 집으로 돌아왔다. 그날 밤에 Y는 집으로 돌아오지 않았다. 아침 늦게야 집으로 들어온 Y는 씻지도 먹지도 않고 잠이 들었다. 밤새 어디를 쏘다녔는지 Y의 몸에서 인천 하역장에서 나던 한겨울 바람 냄새가 났다. "넌 변해도 너무 변했어. 예전에 남자들을 제대로 쳐다보지도 못하던 그 소녀가 아니야." 멍이 가시고 의치를 박았는데도 Y의 지청구는 이어졌다. 왜 그렇게 밖으로 나도느냐고 물었더니 Y는 무료해서라고 대답했다. 이제 Y는 아침에도 돌아오지 않았다.

오토바이 동호회 '쾌속 질주'의 사무소는 서울 변두리에 있는 카센터였다. 기계 기름으로 지저분한 가게 앞에 '차 펴줌'이라는 입간판이 서 있었다. Y 또래의 카센터 사장은 낮에는 두 명의 종업원들과 사고로 구겨진 차들을 펴주고 휴일이나 심야를 이용해 오토바이를 탄다고 했다. Y는 그곳에 없었다. 회원들 간에도 연락이 제대로 되지 않는다고 했다. 이메일로 날짜와 시간, 장소를 공지하면 사정이 닿는 회원들이 모여 오토바이를 탄다고 했다. 요즘은 문학경기장 앞으로 새로 난 도로를 가장 선호한다는 말도 덧붙였다. 카센터 한쪽에 '쾌속 질주' 회원들을 위한 메모판이 붙어 있었다. '상의할 일이 있으니 집으로 돌아와요.' 눈에 가장 잘 띄는 곳에 메모지를 붙여놓았다.

Y는 여전히 집으로 돌아오지 않았다. 사과만하던 여자의 자궁이 멜론 크기만해졌다. 젖가슴 위로 거미줄처럼 퍼진 파란 정맥이 드러났다. 일어났다 앉으려면 사타구니가 당겼다. 산부인과 의사는 초음파 검사를 하다가 자신도 모르게 "고놈 잘생겼다" 했다. 사내아이였다. 뱃속의 아이는 머리털이 자라고 손톱과 발톱이 나기 시작했다. 이맘때면 손가락에 지문도 생긴다고 했다. 청진기를 배에 대자 태아의 심음(心音)이 진찰실 안으로 울려퍼졌다.

카센터의 사장은 여자를 알아보았다. 보름 전 한 번 공항 쪽 신도로에서 Y를 만났었노라고 했다. Y가 여자에게 보내는 메시지가 메모판에 붙어 있었다. '이제 그만 날 놔줘라. 더이상 물고 늘어지지 말고. 신물이 난다.' 그게 Y의 마지막 메시지였다. 여자는 메모지를 들여다보면서 Y가 했던 무료하다는 말을 곱씹어보았다. 카센터 사장 말에 의하면 Y는 요사이 오토바이를 새것으로 바꾸었다고 했다. 여자는 카센터 사장이 적어준 도로를 찾아가보았다. 문학경기장 앞 신도로는 영동고속도로로 이어져 있었다. 택시 운전사는 자꾸 멈춰 서면서 대체 문학경기장 앞 어딜 말하는 거냐며 여자를 다그쳤다. 자유로 쪽으로도 Y를 찾으러 갔다. 그곳은 아예 택시가 설 만한 곳이 없었다. 오토바이들이 심야의 도로를 질주했다. 가끔 중앙선을 넘는 오토바이도 많았다. 택시로 오토바이를 무작정 쫓아가기도 했다. 오토바이는 택시로 쫓아가기에는 너무 빨랐다. 수많은 오토바이들 중에서 Y의 오토바이를 구별해내기도 어려웠다. 카센터 창고에 동호회원들이 맡겨놓은 오토바이가 보관되어 있었다. 카센터 사장이 구석에 있는 오토바이를 가리켰다. "저게 바로 새로 뽑은 Y의 애인이죠." Y의 애인은 1,450cc의 배기량에 가벼우면서도 단단한 티타늄 소재였다. Y가 차라리 오토바이 뒷좌석에 머리 긴 여자를 태우고 다녔다면 Y를 붙잡을 수도 있었을 것이다. 카센터 메모판에 새로운 메모를 붙여놓았다. '나는 너무 무료해, 돌아와.' 메모를 붙인 지 일 주일이 지나도록 Y에게서는 전화 한 통 없었다.

전화로 안내받은 산부인과는 작고 허름했다. 산부인과가 들어선 마을에는 가임기의 여성이 하나도 없는 듯했다. 병원에서 상대하는 사람은 대개 먼 곳에서 찾아오는 임산부와 유흥업소에서 일하는 몇 명의 여종업원뿐이었다. 전화를 걸었을 때 간호사는 몇 개월이냐는 기초적인 질문도 하지 않았다. 수술비 외에 적출물 처리에 관한 비용도 부담하라는 말을 덧붙였다. 어머니에게는 아무 말 하지 않았다. 미련한 것이라는 말만 반복할 게 뻔했다. 수술실은 오래된 목욕탕처럼 타일이 떨어지고 숭숭 구멍이 뚫려 있었다. 발이 부은 모양인지 구두를 벗고 수술대에 올라서자 살 것 같았다. 머리 위쪽에 피붕대가 담긴 철제 상자들이 놓여 있었다. 수술대의 발걸쇠에 양 다리를 걸치고 반듯이 누웠다. 시멘트 천장 한쪽 구석에 핀 검은 곰팡이가 보였다. 실감이 나지 않아 마치 남의 인생 같았다. 발걸쇠의 쇠 촉감이 너무 찼다. 뱃속의 장기가 똘똘 뭉치면서 무언가 꿈틀 움직였다. 여자는 자신의 뱃속에 든 것이 그저 멜론이라고만 생각했다. 어떻게 뱃속에 그렇게 큰 것을 넣고 다녔는지 놀랍기만 했다. 진료실 쪽에서 수술도구를 다루는지 스테인리스 부딪치는 소리가 났다. 여자는 속으로 중얼거렸다. "괜찮아. 난 최선을 다했어."

공장은 시 외곽에서도 한참 떨어진 곳에 있었다. 여자가 자리를 얻을 수 있었던 건 이곳 젊은 아가씨들이 모두 도시로 떠났기 때문이었다. 보시다시피 열악한 환경이라 출산휴가 같은 건 없다고 사장이 덧붙였다. 아침 아홉시부터 저녁 아홉시까지 전기톱들이 쉴새없이 가동되었다. 맨 처음에는 기계 소리 때문에 전화 목소리가 들리지 않았지만 금방 적응할 수 있게 되었다. 저절로 목소리도 커졌다. 집에 돌아가 누워도 여전히 톱날 돌아가는 소리가 이어졌다. 가끔 전화를 하면 나이든 어머니는 귀청 떨어지겠다고 엄살을 떨었다. 공장은 늘 뜨내기들로 붐볐다.

사장은 직원의 신상에 대해서는 상관하지 않았다. 여자는 뜨내기들을 상대한다는 게 마음에 들지 않았다. 혹시나 자신이 팔뚝을 문 남자를 만나게 될까봐 노동자가 새로 들어오면 팔뚝부터 관찰하는 일이 버릇이 되었다. 다른 사람들은 몰라도 물고 물린 두 사람은 한눈에 서로를 알아볼 것이다.

트레일러는 북미산 참나무 더미를 싣고 왔다. 목재소 안에 흩어져 일하던 노동자들이 우르르 트레일러 주변으로 몰려들었다. 적재함에 실린 가장 긴 나무 둥치에 붉은 삼각 깃발이 달려 있었다. 참나무의 심재는 연분홍색이거나 짙은 갈색을 띠었다. 벚나무에 비해 제재도 쉽고 못 박기성도 뛰어났다. 운전석이 열리고 풀썩 자루같이 비대한 몸집의 운전사가 뛰어내렸다. 창문을 열어둔 채 운전을 했는지 바람에 머리카락이 새집을 지었다. "이런, 개한테 물렸군요." 여자의 손목에 난 흉터를 보던 남자가 별안간 바지를 걷더니 무릎을 여자에게 내밀었다. "나도 물렸어요. 개는 한번 물면 웬만해선 놓는 법이 없죠. 내 상처가 이 정도면 그 개는 어떻게 되었을지 상상하겠죠? 다시는 고기를 씹을 수 없게 해놨죠." 남자가 이기죽거렸다. 적재함에 실린 원목들은 송장에 적힌 사항과 똑같았다. 여자가 적재함을 살피고 있는 동안 남자가 한쪽 발을 까딱거리면서 농담을 걸었다. "근데 혹시 나 본 적 없어요? 어디선가 본 게 틀림없는데요." 여자가 사무실 쪽으로 가려는데 남자가 다시 길을 막아섰다. "어? 분명히 봤는데…… 거긴 기억 안 나요?" 남자의 얼굴은 생소하다. 남자가 바지에 목장갑을 털면서 트레일러로 다가간다. 적재함이 위로 들리면서 적재함에 실린 통나무들이 마당에 구르기 시작한다. 작업장 쪽에서 전기톱날 소리가 요란하다. 트레일러 운전사가 뱃살을 들썩이면서 뛰어온다. 아주 잠깐 동안 한일상사의 공장 현판식이 떠오른다. 남자가 여자보다 먼저 선수를 친다. "한일상사, 맞죠?" 양키스 야구모자가 떠오른다. "혹시 A?" 남자의 얼굴에 서운한 기색이 역력하다. "어쩌다 개에 물렸느냐고 물어보고는 그새 잊었어요? 추워서 떨고 있기에 내 점퍼까지 빌려주었는데." 점퍼까지 빌려주었다는 H의 얼굴이 너무도 낯설다. "초록색 방수점퍼였는데……"

공장 현판식 사진 속에서 여자는 초록색 방수점퍼를 입고 있다. 적목현상 때문에 두 눈에 붉은 점이 맺혔다. 그 눈 때문에 H에게 빌려 입고 있던 점퍼는 까맣게 잊고 있었던 모양이다. 여자는 공장의 젊은 공원은 A 하나라고만 생각하고 있었다. A는 여자에게 말한 대로 다음해 2월 원양어선을 타러 갔다고 했다. 일 년쯤 뒤에 회사로부터 편지가 왔는데 A가 기항지로 정박한 남태평양 군도의 한 섬에서 종적이 묘연해졌다고 했다.

현판을 싼 신문지를 풀었을 때 산뜻한 바니시 냄새가 났다. 칠이 덜 말라 구덕구덕했다. 여기저기 흩어져 있던 사람들이 현판 주위로 몰려들기 시작한다. 이사가 익살맞은 표정으로 현판을 들어올렸다. 현판식이 있던 날로부터 정확히 십 년 뒤, 이사는 심장 발작을 일으켰다. 그는 늘 비행기에서 방금 내린 여행자 같았다. 여독이 풀리지 않은 여행자 같은 분위기는 병의 징조였을 것이다. 사장은 사진 속의 마도로스처럼 보이는 이대리로부터 배신을 당했다. 이대리는 미국 지사에 나가 있는 친구와 한통속이 되어 수입 원목을 뒤로 빼돌렸다. 현판식이 있던 이듬

해부터 한일상사는 조금씩 쇠퇴의 길을 걸었다. 칠십 명이 넘는 직원들은 뿔뿔이 흩어지고 무역회보에서도 한일상사란 이름이 삭제되었다. 호두나무를 깎아 만들었던 공장의 나무 현판은 어느 집의 장작 더미 속에 들어가 오래 전에 불태워졌을 것이다.

사진을 배우면서 알게 되었지만 동공이 확대되었을 때 적목 현상이 생길 가능성이 많았다. 내 동공은 무엇 때문에 커져 있었던 것일까. Y가 뷰파인더를 통해 응시하고 있는 것이 과연 나였을까. 여자 옆에는 여자 또래의 여직원들이 나란히 서 있었다. 무역부의 고양이를 닮은 미스 김은 남자 직원들 사이에 인기가 많았다. 여자의 시선은 사진 밖의 풍경을 향해 있다. 나는 과연 Y를 보고 있었을까. 여자는 이십 년 전 H에게서 잠깐 빌려 입은 점퍼에 대해서도 기억하지 못하고 있었다.

여자가 보고 있던 것은 Y가 아니었을지도 모른다. Y는 카메라를 들고 한두 걸음 뒤로 물러난다. 카메라를 눈에 대고 이것저것 망설이다가 다시 뒤로 물러난다. 어느새 Y는 일행으로부터 오 미터나 떨어졌다. Y의 뒤로 목초지가 펼쳐졌다. 칠십 명이나 되는 사람들이 한꺼번에 움직이면서 붉은 흙먼지가 무릎 높이까지 피어오른다. 목초지 위로는 깊은 가을 하늘이다. 작업장이 들어선 곳은 방목장 터였다. 작업장 문이 스르르 열리더니 잠시 후 젖소 한 마리가 빠져나왔다. 그 뒤를 이어 또 다른 젖소가 방목장 밖으로 나왔다. 젖소들은 어슬렁어슬렁 축사 쪽으로 걸었다. 여자는 눈을 감았다 떴다. 젖소들은 사라지고 울음소리만 남았다. 그곳에는 방목지도 작업장도 없었다. 여자가 보고 있는 것은 이십 년 후의 자신의 모습이었다. 여자의 동공은 크게 확대되어 있다.

그때 Y가 셔터를 눌렀다.

금박 단추가 달린 양복을 입은 이대리가 자동차를 후진시켜 공장 출입구 앞에 댄다. 여자는 마지막 인사를 하기 위해 A를 찾고 있다. A도 A를 따라다니는 누렁이도 보이지 않는다. Y는 인천 하역장에서 북미산 통나무들 사이를 건너뛸 때처럼 젊은 모습이다. 직원들이 탄 자동차들이 하나 둘 공장을 벗어나고 타이어에서 붉은 먼지가 피어오른다. 이십 년 뒤에 Y와 여자가 그렇게 변할 수도 있다는 것을 Y도 여자도 까마득히 알지 못한다. 여자의 손목에는 개의 잇자국이 없다. 아직은 아무 일도 일어나지 않았다. 물고 물리는 것이 인생일지도 모른다는 생각은 여자의 마음속에 아예 씨조차 맺지 않았다.

Y가 찍은 사진들 속에 초록색 점퍼를 입은 젊은 H가 있다. 여자가 현판식 사진에서 빌려 입었던 그 점퍼다. 그런데도 H의 얼굴이 너무 낯설다. H는 고개를 약간 숙인 채 앞에 앉은 공장장의 이야기에 귀를 기울이고 있다. Y가 카메라를 들이대자 공장장이 일곱 개의 손가락을 마구 흔들어댄다. 축사의 벽이 살짝 드러나 있다. 벽 밖으로 하얀 모자챙이 비죽 나와 있다. 그 아래로 나온 것은 누렁이의 꼬리인 것 같다. A는 여자가 떠나는 걸 숨어서 보고 있었다. H의 얼굴은 아무래도 기억나지 않는다. 먼 미래의 남자가 과거 속으로 끼어든 것 같다. H가 보여주었다던 켈로이드도 생각나지 않는다. 여자가 늑장을 부리는 Y를 큰 소리로 부른다. 드러난 여자의 이마가 푸르다. 여자가 가장 아름다울 때다.

1984년

1984년 우리나라에서만 해도 수많은 사람들이 숟가락을 구부렸다. 구부렸다고 방송국 사회자가 말했다. 나는 가끔 생각한다. 숟가락을 구부렸다던 그 많은 사람들은 다 어디로 간 것일까. 그런 생각을 할 때면 어디선가 누군가 내 일거수일투족을 지켜보고 있다는 느낌도 같이 왔다. 사방을 둘러보면 물론 아무도 없었다. 나는 하늘을 바라보거나 가로등, 맨홀 뚜껑 등 혹시라도 나를 지켜보고 있을 텔레스크린을 향해 김치, 하고 웃어 보인다.

1984년에는 여러 일들이 있었다. 과천으로 동물원을 이전한 창경궁의 벚나무들이 여의도의 윤중로로 옮겨 심어졌다. 벚꽃 다 질 무렵 요한 바오로 2세가 방한했다. 백만 명에 가까운 사람들이 여의도 광장에 군집했다. 헬리콥터에서 찍은 사진 속, 광장을 빼곡히 메운 사람들의 흰 미사보 쓴 머리가 분분히 날리는 벚꽃 이파리 같았다. 그 많은 군중이 해산한 뒤에 광장에 껌종이 한 장 널리지 않은 것이 잠시 화젯거리가 되기도 했다. 그해 여름 열린 LA 올림픽에서 우리나라는 금메달 여섯 개로 10위를 차지했다.

철저한 계급 사회로 정체를 알 수 없는 독재자가 권력을 휘두르고 '사상경찰'이라 불리는 경찰들이 텔레스크린으로 당원들의 일거수일투족을 감시하는, 조지 오웰이 제시한 암울한 '1984년'은 아니지만 현실의 1984년이라고 그 1984년과 별반 다를 게 없다는 게 내 생각이었다. 열아홉 살, 내 책가방에는 늘 구직용 이력서 다섯 통이 비치되어 있었다. 하루에도 몇 번씩 마음 한구석으로 정찰용 헬리콥터가 불안하게 날아오르고 저벅저벅 군홧발 소리가 꿈자리를 밟고 지나갔다.

그해 사람들의 마음을 사로잡은 것은 영국에서 건너온 초능력자 유리 겔라의 숟가락 구부리기였다. 지난해 연이어 일어난 끔찍한 사고들에 대한 보상이기라도 하듯 사람들은 지나치리만치 유리 겔라 쇼에 열광했다. 애 어른 할 것 없이 숟가락을 들고 텔레비전 앞으로 모여들었다. 그리고 그날 이후로 나는 숟가락만 보면 구부리고 싶어졌다.

유리 겔라의 손에 들린 숟가락이 포물선 모양으로 굽어들었다. 주문이나 기합 소리 한번 없이 그저 손가락 끝으로 숟가락총을 문질렀을 뿐이었다. 방송국의 스튜디오에는 폭 좁고 긴 테이블이 놓여 있었다. 그 위에 수십 개의 숟가락들을 죽 벌여놓았는데 유리 겔라는 숟가락을 들어올려 하나씩 차근차근 구부러뜨리며 테이블 반대편까지 갔다. 쇼의 사회자는 "이건 절대 눈속임이 아닙니다, 제 눈을 믿을 수가 없습니다"라는 말만 반복했다. 유리 겔라의 손이 닿은 곳의 쇠붙이는 무르고 부드러운 성질로 변하는 듯했다. 숟가락들은 휘고 꼬이고 뎅겅 부러졌다.

짧은 시간에 최고의 시청률을 기록했다. 수많은 사람들이 생방송으로 유리 겔라의 초능력을 지켜보았다. 어느 자리에나 판을 깨려는 심보의 사람들이 있게 마련이었다. 방청석에서 뛰쳐나온 사내 하나가 숟가락을 들고 악력으로 휘어보려 했다가 실패했다. 사내는 숟가락이 생각보다 단단한 것에 대해 새삼 놀란 듯했다. 방청석에서 웃음이 쏟아졌다. 유리 겔라는 거기서 멈추지 않았다. 지금 텔레비전을 시청하고 있는 시청자들에게 자신의 염력을 전달해 시청자들 스스로 숟가락을 구부리게 하겠다고 말했다. 떠듬떠듬 책을 읽듯 통역자가 그의 말을 전달했다. "아주 먼 곳에 계신 분도 할 수 있습니다. 텔레비전으로 제 모습을 볼 수만 있으면 됩니다."

숟가락을 찾아든 동생들이 텔레비전 바로 앞자리를 차지하려 밀치고 밀리며 투닥거리는 동안 나는 월간 여성지 두께만한 상식책을 펼쳐놓고 건성건성 문제를 들여다보고 있었다. 포마이카 밥상에서 쉰 행주 냄새가 났다. '주어진 보기 가운데에서 도스토옙스키의 작품이 아닌 것을 고르시오. 카라마조프 가의 형제들, 전쟁과 평화, 죄와 벌, 악령.' 그러니까 같은 러시아 작가라고 해서 도스토옙스키와 톨스토이, 두 사람을 혼동하고 있는지 아닌지를 물어보는 문제였다. 그렇지 않아도 헷갈리는데 신경은 진작부터 텔레비전에 가 있었다. "왜 하필 숟가락이지?" 아까부터 그게 궁금해서 견딜 수가 없었다. 구부리려들자면 구부릴 것이 숟가락 말고도 많을 것 같았다.

"숟가락 들 힘으루다 못 할 일은 읎다." 어, 하면 아, 한다고 숟가락만 떠올리면 할머니 생각이 났다. 할머니는 일이 몸에 밴 사람이었다. 콩을 까거나 나물을 다듬는 것이 휴식이라면 휴식이었다. 그렇게 좋아하는 텔레비전 드라마를 보면서도 손바닥으로 연신 방바닥을 훔쳐 머리카락이나 먼지를 긁어모았다. "내 손에서 일을 놓을 때가 바로 숟가락 놓을 때여"라고 입버릇처럼 말하고는 했는데, 돌아가시기 삼 일 전부터는 일도 곡기도 한꺼번에 끊었다. 일만 한다고 할머니를 지긋지긋해하던 엄마도 아버지로부터 소식이 끊기자 할머니처럼 일만 했다.

엄마는 저녁식사를 하자마자 또 양복을 집어들었다. 재봉틀로 박을 수 없는 양복의 소매 진동이나 단 등을 손바느질해주고 품삯을 받는 일이었다. 엄마 앞에는 늘 XXL 사이즈의 검은 양복 윗도리가 그림자처럼 펼쳐져 있었다. 실오라기가 공중에 떠다니다가 국그릇에 날아와 둥둥 떴다. 손가락에 국을 묻히기 싫은 동생들은 그냥 국을 떠먹었다. 더러는 양말에 묻어나가 먼 곳까지 가기도 했다. 학교에서 실내화로 갈아신다가 양말에 묻은 검은 실밥을 발견하고 떼어낼 때면 꽃가루를 먼 곳까지 실어나르는 벌이 된 듯한 느낌이 들기도 했는데 3학년이 되면서부터 그런 여유도 없어졌다. 떼어내도 떼어내도 실밥은 이것이 네가 당면한 현실이라는 듯 꼬리표처럼 딸려왔다.

엄마는 양복 단을 새발뜨기하다가 바늘에라도 찔린 듯 화들짝 고개를 들고는 우리들을 훑어보았다. 아이 다섯이 방 안에 다 있는지 눈으로 확인하고 나면 다시 바느질을 시작했다. 숟가락을 구부려뜨리는 초능력 따위는 엄마에게 이빨도 박히지 않을 일이었다. "왜 멀쩡한 걸 저렇게 못쓰게 맹그냐?" 그 말을 끝으로 엄마는 텔레비전에 눈길조차 주지 않았다.

대기업 입사시험에서 상식과 영어는 필수과목이었다. 정해진 육십 분 안에 주어진 육십 문제를 풀려면 직독직답, 문제를 읽는 즉시 답을 찾아야 했다. 실업계 고등학교 졸업생을 대상으로 한 대기업과 은행, 증권회사의 신입사원 채용은 여름방학 전에 모두 마무리되었다. 취업이 된 학생들은 10월쯤부터 학교 대신 회사로 출근해 삼 개월간의 연수기간을 거친 후 정식으로 발령을 받았다. 물론 취업이 되지 않은 학생들은 학교로 나와 남은 수업일수를 채웠다. 대기업의 고졸 신입사원 채용 기준은 이랬다. 1. 전교 석차 30퍼센트 안에 드는 자. 2 . 주산, 부기, 타자 각각 2급 이상 자격증 소지자. 3. 신장 155센티미터 이상의 용모 단정한 자. 세 항목 중 어느 항목도 충족시키지 못하니 이력서를 낼 기회조차 얻지 못할 게 뻔했다. 연필 끝으로 밥상에 눌어붙은 콩나물 가닥을 긁어내는데, 세상이란 반찬 국물과 콩나물 찌꺼기가 말라붙은 포마이카 밥상이고 취업이란 상 위에 놓인 제 숟가락을 재빨리 찾아 쥐고 놓지 않는 것인지도 모른다는 생각이 들었다.

골목이 숨죽였다. 골목 입구 미니 슈퍼의 파라솔 아래에서 초저녁부터 술을 마시던 사내들도 진작에 돌아갔는지 조용했다. 행여 움직이기라도 했다가 유리 겔라로부터의 염력을 놓칠까봐 동생들은 벌을 서듯 앉아 있었다. 세 살 터울들이니 막내는 이제 일곱 살, 나와는 열두 살 차이였다. 일곱 살인데도 다섯 살로밖에는 보이지 않는 막내의 불거진 견갑골이 퇴화되어 쓸모없어진 조류의 날갯죽지처럼 안쓰러워 보였다. 저 어린 것이 나중에라도 지금처럼 제 숟가락 정도는 쥐고 있어야 할 텐데…… 그 순간에도 양복에서 날아온 실오라기들은 포자처럼 천천히 공중을 떠다녔다.

화면에 하관이 빤 중년 남자의 얼굴이 들어찼다. 두 눈은 정중앙을 향해 고정되었다. 목소리는 나직나직했다. 그의 말꼬리를 잡듯 통역의 말이 따라붙었다. "자, 집중하십시오. 숟가락 끝에 당신의 정신을 집중하시기만 하면 됩니다." 유리 겔라의 호소력 짙은 눈빛은 초능력자라기보다는 웅변가에 가까웠다. 저녁을 먹은 직후라 몸이 나른해지려던 참이었다. 작은 나룻배에 반듯하게 누워 하염없이 강물을 따라 흘러가고 싶었다. 몇 분 동안 침묵이 이어졌다. 온몸의 힘이 빠져나가면서 내 몸이 실오라기처럼 둥실 떠오르는 듯했다. 형광등 불빛이 검게 물러나면서 말소리가 들려왔다. 음성 변조기를 통과한 듯 늘어지고 웅웅거리는 말소리였다. "너어언 하알 쑤 있어어. 수우까락으을 구우부려어."

밥상에 흩어진 숟가락들로 손을 뻗쳤고 숟가락 하나를 집어들었다. 바락바락 애써봤자 니까짓 것, 고작 한 숟갈이면 뜰 수 있다는 듯 오목한 곳에 거꾸로 비친 내 얼굴이 콩나물 국물처럼 담겨 흔들렸다. 입을 크게 벌려보았는데 윤곽이 흐무러진 얼굴이 뭉크의 그림 〈절규〉 속의 인물 같았다.

손바닥이 덴 듯 뜨거워져서 화들짝 두 손을 털어댔다. 숟가락이 상에 튕겨 저만치 앞에 가 떨어졌다. 얼마나 꽉 쥐었는지 손바닥이 하얗게 질려 있었다. 둘째가 떨어진 숟가락을 천천히 주워들었다. 막내는 입을 벌린 채 말을 잊었고 셋째는 애먼 사람에게로 전해진 유리 겔라의 염력이 공평하지 않다면서 투덜댔다. 그제야 방바닥 위의 숟가락을 보았는데 내가 들고 있던 숟가락이 음표 모양으로 굽어 있었다. 엄마가 이로 실밥을 끊어내려다가 혀를 찼다. "그런 정신력이라면 진작에 공부나 팔 일이지……"

방송국으로 전국 각지에서 전화가 걸려오는 모양이었다. 숟가락을 구부린 사람들로부터 전화가 폭주하고 있다고 사회자가 격앙된 목소리로 말했다. 동생들은 구부러진 숟가락을 툭툭 건드려보고 내 얼굴을 물끄러미 들여다보았다. 첫째는 혹시 속임수는 없었는지 의심 어린 눈으로 숟가락을 관찰하고 두들겨보기까지 했다. 엉겁결에 된 일이라 정작 숟가락을 구부린 당사자인 나는 별 감흥이 없었다. 발등에 떨어진 불부터 꺼야 했다. 유리 겔라의 주장대로라면 나는 단지 유리 겔라라는 발전소에서 흘려보낸 전기가 가정으로 가기 전의 중간 장치인 전봇대의 변압기였을 뿐이었다.

그날 밤 꿈속에서 할머니를 봤다. 가을 운동회가 한창이었다. 만국기가 펄럭이고 솜사탕 냄새가 가득했다. 아이들이 환호성을 질렀다. 키가 작은 할머니가 계주를 뛰고 있었다. 살아 있을 때 즐겨 신던 흰 고무신 차림이었는데 어찌나 빠르게 뛰는지 두 다리가 보이지 않았다. 바퀴가 굴러오듯 뽀얗게 먼지가 피어올랐다. 다음 주자가 바로 나였다. 앞으로 천천히 달려나가면서 바통을 넘겨받으려 한 손을 뒤로 내밀었다. 하지만 바통 전달이 순조롭지 못했다. 할머니와 내 손이 닿을 듯 닿을 듯 닿지 않았다. 뒤지던 다른 팀의 주자들이 차고 달려나가기 시작했다. 가까스로 할머니의 손에서 바통을 나꿔채듯 받아쥐고 전력질주를 하는데 어느 순간 내려다보니 내가 쥐고 있는 것은 바통이 아니라 숟가락이었다.

책가방에는 도저히 쑤셔넣을 수 없는 상식책을 옆구리에 끼고 학교로 갔다. 전철을 타고 종로 5가 역에 내려 다시 학교 앞까지 가는 버스로 갈아탔다. 전철 안에서도 버스 안에서도 사람들은 둘 이상 모였다 하면 유리 겔라와 숟가락 이야기였다. "너, H 알지?" H라는 사람이 숟가락을 구부렸는가 싶어 여자애들의 이야기에 귀를 기울였다. "H의 사촌인 S라는 애가 숟가락을 구부렸대." 여기저기서 흘러나오는 이야기를 들었지만 정작 직접 숟가락을 구부린 사람은 없었다. 유리 겔라를 아는 사람과 알지 못하는 사람, 그날 내 곁에는 두 부류의 사람들이 스쳐 지나갔다.

버스는 H여고 학생들을 내려주고 두 정거장 후에 B고등학교 남학생들을 내려놓았다. 버스 안에는 종점까지 가는 우리 학교 학생들만 남았다. 하나같이 옆구리에 커다란 상식책을 끼고 있었다. 학교에 입학하면 제일 먼저 상식책을 준비했다. 정치, 경제부터 음악에 이르기까지 우리가 알아야 할 상식이 한 권의 책에 총망라되어 있었다. 시간이 지날수록 책은 부피가 커졌다. 책장을 덮어도 책의 갈피가 불룩하게 솟구쳤다. 삼 년 동안 책 한 권을 잡고 달달 외는데도 매번 도스토옙스키와 톨스토이가 헷갈리고 프레스코와 템페라의 차이점을 잊어버리곤 했다. 그래서 삼 년 동안 같은 책을 들여다보는데도 질리지가 않았다.

아이들 몇이 복도로 나와 서성대고 있었다. 다른 반도 마찬가지였다. 평소 이맘때면 아침 자습으로 복도에 인기척이라고는 없었다. 유리 겔라 때문인 듯싶었다. 교실문을 벌컥 열고 "어제 내가 숟가락을 휘었다!"라고 소리지르려는데 내 짝 S가 훌쩍이는 모습이 눈에 들어왔다. 아이들이 칠판에 붙은 종이 주변에 몰려서서 웅성대고 있었다. 까치발로 서서 종이를 들여다보았다. G그룹에 1차시험을 보게 될 학생의 명단이었다. 내 이름은 없었다.

10월이 되자 반의 학생 가운데 절반가량이 교실을 빠져나갔다. 남은 학생들은 모두 강당에 집합해서 화장품 회사에서 나온 직원으로부터 신입사원의 화장법을 배우거나 직장에서 성공했다는 선배들의 초청 강연을 들었다. 은행에서 대리가 되었다는 한 선배는 외워도 외워도 잘 되지 않아 하루하루 외운 상식책의 종이를 뜯어 씹어삼킨 적도 있다고 했다. 아이들이 일제히 와, 하고 탄성 소리를 냈다. 일 주일에 한 번, 가짜 지폐 뭉치로 빠르고 정확하게 지폐 세는 법을 배우기도 했다. 구직 광고는 뜸해졌다. 수업이 있긴 했지만 대부분 자율학습으로 때웠다. 일 주일에 한두 번 중소기업체에서 구직 문의를 해오는 모양이었다. 양지 바른 곳에 앉아 있으면 면접을 보기 위해 조퇴하는 아이들이 눈에 띄었다. 시간이 지날수록 대강당 수업에 참석하는 학생들의 수도 줄었다. 겨울방학 전에 취직 자리를 구해야 했다. 방학이 끝나면 곧바로 졸업이고 졸업을 하고 나면 학교의 취업반과도 연락이 완전히 끊겨 구직 정보조차 얻을 수 없었다. 아이들은 더욱더 상식책에 매달렸다.

구직 광고가 아예 끊길 무렵 법원에서 타자수를 모집한다는 공고가 났다. 취업이 되지 않은 학생들이 죄다 법원으로 몰려갔다. 한꺼번에 학생들이 우르르 전철에 올라타자 졸고 있던 노인이 화들짝 깨어서는 어느 학교 소풍이냐고 물어봤다.

전철역에서 법원 앞까지 학생들의 무리가 이어졌다. 서울 시내의 실업계란 실업계에서 취직이 되지 않은 학생들이 모두 몰려온 듯했다. 이력서만 라면박스로 세 박스나 되었다. 법원 밖으로 길게 이어진 줄이 덕수궁 돌담길까지 늘어섰다. 관계자도 이렇게 많은 응시자들이 몰려들 거란 예상을 하지 못했는지 자꾸 자신의 손목시계와 끝없이 늘어선 줄을 번갈아 바라보았다. 줄을 선 사람들 중에 한눈에도 우리보다 열 살쯤은 많아 보이는 여자들이 섞여 있었다. 친구 하나가 여자들을 힐끗

거리면서 껌을 씹듯 말했다. "양심이라는 게 있는 거야? 나 같으면 남의 밥그릇을 차지하지는 않을 거야." 응시자가 너무 많아 한번에 시험을 치를 수도 없었다. 응시번호순대로 조가 나뉘었다.

우리가 시험을 친 곳은 작은 실내 체육관이었다. 체육관 한가운데 농구 코트 라인이 그려져 있었다. 몇 시간 전에 게임이 있었는지 땀냄새와 훈김 같은 것이 느껴졌다. 엔드라인을 기준선으로 의자와 붙은 책상들을 배열한다고 했는데 중간부터 조금씩 어긋나기 시작해서 맨 마지막 줄의 책상들은 줄을 알아볼 수 없을 정도로 헝클어져 있었다. 대체 내 줄은 어디서부터 틀어지기 시작한 것일까. 책상의 열을 지그시 바라보는데 꾸역꾸역 밀려드는 응시자들이 내 등을 떼밀었다. 어림잡아도 응시자 수가 좋이 오백 명은 될 듯싶었다. 시험에서 떨어질 땐 떨어지더라도 최소한 경쟁률은 알아야겠다는 생각이 들었다. 모집 공고를 보고 우리를 다 끌고 온 아이는 맨 뒷줄에 앉아 있었다. 몇 번 아이들의 입을 거쳐 질문이 전해졌고 다시 아이들의 입으로 옮겨 내게로 온 대답은 '00명' 이었다. 최소 열 명에서 최대 구십구 명, 정말이지 감을 잡을 수 없는 팬티 고무줄 같은 경쟁률이었다.

내가 시험을 칠 책상에는 사벌식 타자기와 함께 십육절지 시험지와 원고가 놓여 있었다. 응시자들이 자리에 앉아 시험지를 타자기에 끼우자마자 검은 양복 차림의 남자가 "시작"이라고 외쳤다. 순식간에 체육관 안은 타자 치는 소리로 가득 찼다. 맨 끝으로 밀려간 캐리지를 처음 위치로 이동시키는 소리가 중간중간 섞였다. 오른손 새끼손가락이 자꾸 자판 사이로 빠졌다. 맨 처음 타자를 배울 때부터 그랬다. 새끼손가락이 자꾸 자판 사이에 끼여 골무를 씌운 것처럼 퉁퉁 붓고는 했다. 타자 원고는 이효석의 「메밀꽃 필 무렵」의 한 부분이었다. 왠지 법원의 분위기와는 동떨어진 원고라는 생각이 들었다.

타자 치는 소리는 체육관 네 벽과 천장에 부딪히며 울렸다. 자판을 다 익히고 나면 맨 먼저 타자로 연습하는 단어가 '어머니'였다. '어머니'를 이루는 자음 세 개와 모음 세 개가 전부 자판 한 줄에 나란히 자리잡고 있어 중심 라인의 자판을 손에 익히는 데 제격이었다. 시험지 한가득 어머니란 단어를 치고 또 쳤다. 그렇게 어머니라는 단어를 치고 있자면 어머니라는 껍데기에서 알맹이만 호로록 빠져나가는 느낌이 들었다. 맨 마지막 줄에 이르면 생전 처음 보는 듯한 허물 같은 글씨만 있을 뿐이었다. 타자 소리는 언제나 경쾌해서 좋았다. 타자수가 기쁠 때나 슬플 때나 노여울 때나 타자는 늘 한결같은 소리를 냈다. 응시자들의 속도에 가속이 붙기 시작했다. 우주에 오직 나와 타자기만 있을 뿐이라는 듯 숨소리도 들리지 않았다. 캐리지를 원위치시키다 흘깃 옆자리를 보았다. 단발머리의 여학생이 울음을 참는 것처럼 아랫입술을 깨문 채 타자를 치고 있었다. 자판을 두드려대는 손이 절박해 보였다. 길고 짧게 짧게. 어딘가로 SOS 구원 요청을 보내는 모스부호 같았다.

"그만!" 시험관이 크게 외쳤다. 고함 소리는 타자 소리에 묻혀 맨 뒤까지 닿지 못했다. 다급해진 시험관이 책상 사이사이를 뛰어다니면서 고함을 쳤다. 산발적으로 이어지던 타자기 소리가 멈췄다. 시험지가 다 걷히기도 전에 다른 조의 응시자들이 들어와 자리를 차지하기 시작했다. 시험장을 나가는 응시자들과 들어오는 응시자들의 몸이 비좁은 복도에서 툭툭 부딪혔다. 뒤따라오던 누군가가 소곤거렸다. "염불보다는 잿밥이라구, 법원에서 일하다가 검사 하나 꿰차려는 수작들이지."

집으로 돌아가는 전철 안에서는 긴장이 풀려 졸았다. 목을 끄덕이는 인형처럼 작은 움직임에도 목이 이리저리 꺾였다. 누군가 어깨를 톡톡 건드리는 바람에 잠에서 깼다. 간신히 눈을 떴는데 내 어깨를 친 사람은 없고 무릎에 올려둔 책가방 위에 와이셔츠 상자를 잘라 만든 듯한 엽서 크기의 종이가 올려져 있었다. 깨알처럼 글씨가 쓰여 있는데 모든 줄들이 오른쪽으로 가면서 기울었다. 내 또래의 남자애였다. 굼뜬 동작 때문에 멀리는 가지 못하고 내 바로 앞에 앉은 사람에게 쪽지를 나눠주는 중이었다. 맨손으로 자동차의 엔진오일을 갈고 그 손을 쓱쓱 옷에 문지른 것처럼 손과 옷이 기름때투성이였다. 여러 장의 옷을 순서 없이 걸치고 있었다. 긴팔 남방 위에 민소매를 덧입고 그 위에 멜빵 바지를 입었다. 남자애는 자리에 앉은 사람들의 무릎 위에 종이를 한 장씩 놓으면서 객차 끝으로 갔다. 천천히 허리를 펴고 한 팔로 손잡이를 잡았다. 전철이 흔들리면서 손잡이를 잡은 남자애의 몸도 덩달아 흔들렸다. 남자애는 흔들림을 박자 삼아 이야기를 하기 시작했다. "차내에 계신 신사 숙녀 여러분"으로 시작된 내용은 대충 이러했다. 이렇게 자신이 전철에 나와 여러분을 귀찮게 해드리는 것을 용서하시라, 집에는 어린 동생들이 줄줄이 넷이나 있다, 아버지는 일찍 돌아가시고 어머니 혼자 노점상을 해서 근근이 입에 풀칠은 했는데 어머니가 새벽길에 교통사고를 당해 누워 있어 살길이 막막하다, 막노동이라도 해서 돈을 벌고 싶지만 보시는 바와 같이 어려서 앓은 소아마비로 한 팔이 불편하다,

그러니 작은 도움이라도 주시면 감사히 받고 열심히 살아가겠다.

남자애는 쪽지에 적힌 글을 토씨 하나 틀리지 않고 다 외웠다. 소리 나는 대로 적었는지 맞춤법이 틀린 글자가 수두룩했다. 옆자리의 나이 든 아주머니가 혀를 찼다. "세상에나, 먹고살기도 힘든 세상에 참 많이도 까졌네." 남자애는 다시 느릿느릿 객차를 돌면서 쪽지를 걷었다. 뻣뻣하게 굳은 한 팔 때문에 동작이 굼떴다. 객차 한 량을 다 돌았지만 남자애가 들고 있는 살 빠진 플라스틱 소쿠리에는 백원짜리 동전 너덧 개가 짤랑거릴 뿐이었다. 마침 전철이 멈춰 섰고 남자애가 내렸다. 얼핏 창으로 보니 남자애는 가로 멘 비닐 가방에 동전을 쏟아부은 후 반대편 선로로 천천히 걸어가고 있었다.

집으로 가는 길목에서 양복 꾸러미를 머리에 인 엄마를 만났다. 양복의 무게 때문에 저절로 이가 앙다물리는 모양이었다. 호두까기 인형처럼 입을 다문 엄마가 나를 보고 웃었다. 이렇게 일거리를 이고 오는 일은 처음이었다. 승합차가 와서 다 꿰맨 양복을 걷어가고 새 일거리를 대주었다. 그런데 요사이 일거리가 줄어 승합차를 기다리고 있다가는 손에 일을 쥐어보지도 못한다고 했다. "그래 다른 사람에게 일거리가 가기 전에 먼저 가서 뺏어오는 길이다. 본사에서 차가 왔단 소릴 듣고 뛰어갔는데 열 벌밖에 못 얻어냈다." 엄마는 다른 아줌마가 뛰어와 일거리를 빼앗아가기라도 할 것처럼 종종걸음쳤는데 다리가 마음을 따라잡지 못했다. 양복이 아니라 그 양복 수만큼의 남자들을 무동 태운 것처럼 엄마는 자꾸 멈춰 서서 숨을 골랐다. 우유를 가득 실은 오토바이가 쌩, 우리 곁을 스쳐 지나갔다. 오토바이를 피하려던 엄마가 살짝 중심을 잃었다. 머리에 얹힌 보퉁이가 흔들흔들 엄마의 이마까지 내려오고 엄마의 고개가 꺾였다. 득달같이 달려들었지만 손을 써볼 수가 없었다. 엄마가 끙, 기합 소리를 내더니 흘러내려 떨어질 것 같은 보퉁이를 다시 머리 정중앙에 올려놓았다. 이제 그만 좀 하라고, 지긋지긋하다고 엄마가 할머니에게 그랬듯이 나도 엄마에게 소리치고 싶었다.

방 안을 잔뜩 어질러놓고 둘째와 셋째가 구슬치기를 하고 있었다. 아이들을 피해 첫째가 방 귀퉁이에서 문제집을 풀었다. 고입 연합고사가 얼마 남지 않았다. 문가에는 국물만 남은 라면 냄비가 뚜껑 열린 채 놓여 있고 입가가 지저분한 막내는 이불도 없이 곯아떨어졌다. 첫째가 달려와 엄마가 보퉁이 내리는 걸 도왔다. 보퉁이가 방바닥에 쿵 떨어졌다. 책과 연필, 냄비가 어지러운 방 안에 커다란 보퉁이까지 내려놓자 방이 더욱 비좁아졌다. 현관에 서서 방 안을 들여다보았다. 다섯은 아무래도 많았다. 애가 다섯이나 되는 집은 흔치 않았다. 전철에서 혀를 차던 아주머니의 말이 떠올랐다. 새가 알을 까듯 작은 둥지에 참 많이도 알을 까놓았다. 부모님은 이렇듯 힘든 세상을 수적으로나마 맞서보려는 생각이었을까. 양복을 펼쳐놓은 어머니의 등에 대고 법원의 타자수 시험 이야기를 꺼낼 수는 없었다. 허튼 희망을 줄 수는 없었다.

옥상으로 올라갔다. 다세대 주택의 크고 작은 창에 불빛이 고여 있었다. 고만고만한 집들의 옥상이 먼 곳까지 펼쳐졌다. 도움닫기를 하면 옆집 옥상 위로 건너뛸 수도 있을 것 같았다. 그렇게 옥상들을 건너뛰면 집으로 돌아오는 길을 잃어버릴 수 있을 것 같았다. 다 저녁에 누가 빨래를 한 모양이었다. 빨랫줄에 물이 뚝뚝 떨어지는 옷가지들이 널렸다. 누군가 피우고 버린 담배꽁초가 물에 젖고 있었다. 한결같이 필터에 잇자국이 선명했다. 아버지가 피우다 버린 담배꽁초에도 어느 때부터인가 잇자국이 나 있었다.

빨랫줄에 한 팔을 올려보았다. 전철에서 구걸하던 남자애 생각이 났다. 몸을 천천히 좌우로 움직여보았다. 맞춤법이 틀린 글자들이 떠올랐다. 쪽지에 적힌 내용이 우리집과 흡사해서인지 잘도 기억이 났다. "차내에 계신 신사 숙녀 여러분……" 좌우로 흔들리는 율동감이 그런 말투를 만들어내는 모양이었다. 내가 듣기에도 남자애의 말투와 너무 비슷했다.

T는 일면식이 없는 아이였다. 한 반인 적은 없어도 삼 년 동안 같은 학교에 다녔으니 매점이나 버스 정류장, 화장실 같은 데서 몇 번 스쳤을 법도 한데 어제 전학 온 아이처럼 얼굴이 낯설었다. 면접을 보러 갈 회사의 약도와 연락처는 T가 가지고 있었다. 나는 순전히 T의 들러리였다. T는 G그룹의 2차시험까지 무난히 통과했다고 했다. 마지막 면접에서 떨어졌는데 그 이유가 전혀 짐작되지 않았다. 전철을 타고 시청역에 내려 회사 빌딩까지 걸었다. 중간에 법원을 지나쳤다. 사복 차림의 전경 네 명이 춥지도 않은데 발을 동동 구르며 서 있었다. 우리 학교 학생 중 그 누구도 법원의 타자수로 뽑혔다는 소문은 나지 않았다. 응시자 수가 많아 아예 뽑힐 것을 기대하지 않은 탓인지 아무도 법원의 타자수 선발 시험에 이의를 제기하지 않았다.

T와 나는 나란히 걸었다. 포장마차의 비닐 아래로 네 개의 다리가 보

였다. 두 개의 다리는 무릎까지 오는 검은 부츠를 신고 있었다. 그 옆은 맨발에 여름 슬리퍼를 꿰고 있었다. 면접 날짜를 미리 알고 있었던 T는 단정한 블라우스에 치마를 입고 빨간 코트를 걸쳤다. 한 시간 전에야 연락을 받은 나는 늘 입던 청바지에 회색 점퍼를 입고 있었다. T는 말수가 적었다. 맞은편에서 오던 행인과 마주치거나 뒤에서 걸어오던 사람이 앞서갈 때면 자연스럽게 어깨가 부딪치고는 했는데 그럴 때면 T는 화들짝 한 발 물러섰다. 그렇게 스쳤는데도 T에게서는 아무런 냄새가 나지 않았다. 어깨를 덮는 긴 머리라서 샴푸 냄새가 날 법도 한데 바람결에 아무 냄새도 실려오지 않았다.

오후의 빌딩 복도는 고요해서 복도에 놓인 스팀 난방기의 물 끓는 소리가 들렸다. 복도에 깔린 흑자주색 카펫이 발짝 소리를 빨아들였다. 복도를 사이에 두고 똑같이 생긴 문들이 나 있었다. 우리가 찾는 사무실은 복도 맨 끝에 있었다. 비서가 우리를 접견실로 데리고 갔다.

사장은 삼십대 초반의 젊은 남자였다. 하얀 와이셔츠가 구김 없이 잘 다려져 있었다. 잠시 후 면접을 위해 두 사람이 더 들어왔다. 둘 다 사장 또래의 젊은 남자들이었다. 뒤에 들어온 두 남자 중 마른 남자가 말했다. "어? 이 대 삼이네, 한 사람만 더 있으면 딱 미팅 분위긴데?" 사장과 다른 남자가 아무런 대꾸도 하지 않자 마른 남자가 으쓱 어깨를 올렸다 내렸다. 조금 거구인 남자가 우리가 비서를 통해 전달한 서류들을 검토했다. 이력서와 생활기록부, 성적증명서였다. 그는 소리나게 서류들을 넘기더니 우리 얼굴은 보지도 않고 말했다. "공부 안 했구만." 호칭은 생략했지만 나를 가리키는 말이라는 것을 알 수 있었다. 느닷없이 엄마의 머리를 짓누르던 커다란 보퉁이가 떠올랐다. "어? 체육은 전학년 올 수네?" 거구가 그제야 서류에서 얼굴을 들고 내 얼굴을, 아니 내 몸을 흘깃 바라보았다. "취미는 뭐예요? 아, 거기 말고 거기." 나는 벌리려던 입을 천천히 다물었다. T가 기어들어가는 목소리로 음악 감상요, 라고 대답했다. 두 남자가 번갈아가며 질문을 하는 동안 사장은 아무 말 하지 않고 우리 두 사람을 번갈아 바라볼 뿐이었다. 사무실은 곳곳에 신경을 쓴 흔적이 보였다. 바닥에 깔린 카펫도 복도의 카펫과 색이 달랐다. 창가에 쳐진 호두색 블라인드도 마음에 들었다. 벽에 걸린 작은 액자들을 훑어보다 문득 사장과 눈이 마주쳤다. 어느 봄밤, 할머니에게 건네받은 숟가락을 쥐고 전력질주하던 꿈이 떠올랐다. T는 두 남자의 질문에 가까스로 대답을 하고 있었다. 마른 남자는 짓궂게 굴었다. 그런 질문에 말문이 막힐 때마다 T는 아, 소리만 냈다. 어차피 오늘은 T의 날이었다. 그래도 면접이라는 것을 해보고 졸업을 할 수 있게 되어 다행이다.

문득 내 속에서 낯선 목소리가 웅웅거렸다. '수우까락을 구부려어, 너어는 하알 수 있어. 수우까락을 구부려어……' 사장이 내 시선을 좇아 옆을 봤고 다시 뒤를 돌아보았다. 아무것도 없는 것을 알자 뭐 이런 대책 없는 아가씨가 다 있나, 하는 표정으로 나를 보았고 잠시 뒤에 어이없어하는 표정으로 바뀌려다가 곰곰이 생각하는 듯 양미간에 내 천 자의 주름이 잡혔다. 잠시 후 사장의 눈은 무엇인가를 찾는 듯 책상을 더듬었다. 책상 위에 그가 찾는 것은 없는 듯했다. 사장은 팔짱을 꼈고 헛기침을 하더니 마침내 나로부터 완전히 고개를 돌려버렸다.

"자, 그럼 숙의한 후에 전화드리겠습니다." 마른 남자가 두 손을 비비면서 경쾌하게 이야기했다. 사장을 비롯한 두 명의 남자는 세상은 더 이상 상식이 통하지 않는다고 생각하는 모양이었다. 사무실을 빠져나오면서 삼 년이나 달달 욌 상식을 한 번도 써본 적이 없다는 사실에 씁쓸했다. 복도로 나와 엘리베이터를 탄 뒤에야 면접까지 본 회사가 무슨 일을 하는 회사인지 알지 못한다는 사실이 떠올랐다. T가 들릴락말락한 소리로 말했다. "오퍼상." 오퍼상, 오늘 우리가 나눈 이야기 가운데 상식책에 나오는 유일한 단어였다.

우리는 빌딩을 찾아 걸어갔던 역순으로 전철역까지 걸어나왔다. 포장마차 비닐 아래에는 여전히 두 개의 검은 부츠와 두 개의 슬리퍼가 있었다. 슬리퍼 안의 발가락이 얼어 토란 같았다. 법원 앞을 지났다. 전경 네 명이 발을 동동 굴러댔다. 한 시간 남짓한 시간이 블랙홀로 빨려 들어간 듯 거리 풍경이 한 시간 전과 똑같았다. 어디선가 잘못된 한 시간의 역사를 지우고 새로 쓰고 있는 모양이었다. 조지 오웰의 1984년 12월의 겨울이었다.

집에 돌아오니 그사이 오퍼상으로부터 전화가 와 있었다. 언제까지 통보하겠다는 말은 하지 않았지만 시간으로 볼 때 우리가 사무실을 빠져나가자마자 십여 분, 그 숙의라는 것을 한 듯했다. '치직이 대었으니 다음주 월요일부터 출근하시오.' 나는 셋째가 적어놓은 메모를 한참 들여다보았다. 나는 전화를 받았다는 셋째의 얼굴에 대고 분명히 그쪽에서 누나 이름을 대더냐고 따지듯 물었다. 셋째가 내가 지금 몇 살인데 전화 하나 제대로 못 받겠느냐며 발칵 성을 냈다. "그래, 열 살이나 처먹은 게 맞춤법 하나 못 맞추냐?" 그토록 원하던 취직이 되었는데 세수하고 화장하고 옷까지 다 갖추고 나선 길에서야 칫솔질을 빼먹은 사실을 깨달은 느낌이었다. 왜 T가 되지 않았는지 까닭을 알 수 없었다. 괜히 남의 밥그릇을 꿰찬 듯 개운치 않은 기분이 종일 따라다녔다. T와 부딪히면 어떤 표정을 지어야 할지 난감했다.

졸업식장에서 T를 찾아보려 했지만 이상하게 T가 입었던 빨간 코트만 떠오르고 얼굴은 잘 생각나지 않았다.

승합차로 양복을 걷어가고 일감을 대주던 사내가 중간에서 여자들의 품삯을 가로챘다고 했다. 엄마는 검은 양복 더미 한가운데 주저앉아 어린애처럼 엉엉 소리내 울었다. "니가 취직을 해서 독에 물 한 바가지를 퍼넣는가 싶어 좋아했더니 터진 밑구멍으로 물 한 바가지가 새나가는 것을 몰랐다." 방 안에는 수거해가지 않은 양복 윗도리가 열 벌이나 쌓여 있었다. 덩치 큰 외국인들에게나 맞는 사이즈니 누구에게 줄 수도 없었다. 막내가 밥 많이 먹고 열심히 운동해서 양복 윗도리를 입을 만큼 크겠다고 해서 울던 엄마를 웃게 만들었다.

집에서 가까운 지하상가로 가서 구두와 핸드백, 정장 투피스를 샀다. 크고 작은 부스가 다닥다닥 붙은 지하상가는 사람들로 북적였다. 가게 안에서 늦은 점심인지 빠른 저녁인지를 먹고 있던 여자들이 음식을 씹어대면서 호객 행위를 했다. 지나는 사람 팔을 붙들고 잡아당기는 주인도 있었다. "언니, 일루 와. 다 저녁땐데 아직 개시도 못 했어!"

상점 밖에 진열된 구두에 마음이 사로잡혔다. 여대생들 사이에 꽉 죄는 청바지에 굽 높은 에나멜 구두가 유행이었다. 불빛 아래서 에나멜 구두들이 반짝반짝 빛났다. 망설임도 없이 한번에 빨간 에나멜 구두를 골랐다. 발가락 끝이 조금 닿았는데 신발 주인은 저녁때라 발이 부어 있어서 그렇다고 했다. 핸드백은 손수건과 지갑을 넣으면 꽉 차는 작은 크기로 골랐다. 엄마는 가게 주인과 물건값을 흥정하느라 한참 동안 입씨름을 했다.

검은 비로드 정장 투피스의 가슴패기에 깨알처럼 박혀 있는 인조 다이아몬드가 검은 우주 속의 행성들 같았다. 탈의실에서 투피스로 갈아입고 나오니 엄마의 눈이 휘둥그레졌다. "우리애가 오파상에 취직했거든." "아이구, 좋으시겠네." 주인 여자가 맞장구를 쳤다. 만원 빼달라, 오천원만 더 내라, 흥정 끝에 투피스가 든 종이가방을 들고 나왔는데 다른 상점에 걸린 똑같은 옷을 본 것이 화근이었다. 엄마가 득달같이 그곳으로 달려가 옷값을 물었다. 엄마가 한참이나 실랑이를 벌여 산 가격보다 훨씬 쌌다. 그냥 갈 엄마가 아니었다. 엄마는 다시 걸음을 돌려 먼젓집으로 갔다. 왜 같은 물건인데 가격이 천양지차냐고 따져물을 새도 없었다. 좀전까지 침이 마르게 칭찬하고 살갑게 굴던 그 여자가 아닌 듯했다. 아무 말도 없이 가게 안에 붙은 팻말을 가리켰다. 반품 금지라고 씌어 있었다. 그냥은 나도 못 가니 저 앞 상점과 같은 가격에 달라며 엄마가 의자에 털썩 앉았다. 주인 여자가 아무런 대거리도 하지 않자 엄마 혼자 애가 달았다. 엄마의 목청이 커졌다. 지나가던 사람들이 엄마를 흘낏 쳐다보았다. 가게 여자도 지지 않았다. 다짜고짜 삿대질부터 했다. 누구에게서랄 것도 없이 욕설이 튀어나왔다. 엄마가 종이가방을 집어던졌고 가방이 찢어지면서 내 검은 투피스가 길바닥에 떨어졌다.

상점 여자가 요란하게 슬리퍼를 끌면서 똑같은 투피스가 걸린 상점으로 갔다. 매번 옷을 싸게 팔아 손님들이 물건을 물리러 온 게 한두 번이 아니었다며 소매를 걷어붙였다. 두번째 집 여자는 성격이 느긋했다. "왜 또 이랴아?" 충청도가 고향인 엄마가 반색했다. 약이 오를 대로 오른 먼젓번 여자는 발을 동동 굴렀다. 상도덕을 문란케 하는 것들은 상가번영회에다 확 불어버려서 아예 가게문을 닫게 해야 한다며 거품을 물었다. 두번째 집 여자가 느릿느릿 허리에 두 팔을 갖다붙였다. "그럼 그렇게 혀어? 뭐가 무섭간디?" 먼젓번 집 여자가 대뜸 두번째집 여자의 머리카락을 잡으려 달려들었다. 두 여자가 순식간에 상가 바닥에 나뒹굴었다. 구경꾼이 몰려들었다. 엄마와 나는 뒷전으로 물러났다. 싸움 구경이나 하다가 찢어진 가방을 들고 돌아올 수밖에 없었다. 기는 놈 위에 뛰는 놈 있고 뛰는 놈 위에 나는 놈 있었다. 빨간 구두를 신고 장판 위를 걸어보았다. 오 센티미터 키가 커졌을 뿐인데 방 안의 사물들이 색다르게 보였다. 발목이 삐끗할 때마다 동생들이 웃었다.

비로드 투피스에 빨간 에나멜 구두를 신었다. 회색 반코트를 걸치고 작은 핸드백을 들었다. 지하철은 사람들로 꽉 차 숨을 쉴 수가 없었다. 누군가의 손이 내 엉덩이를 만지고 사라졌다. 돌아보았지만 뒤에 선 남자들은 하나같이 아무것도 모른다는 표정이었다.

전철만 탔을 뿐인데 피곤함이 몰려왔다. 발뒤꿈치가 화락화락 쑤시고 발가락이 죄어들어 걸음을 떼어놓는 것이 고역이었다. 내 뒤에 걸어오던 사람들이 하나 둘 나를 제치고 앞서 갔다. 깨진 보도블록 틈새에 구두 굽이 끼었다. 걸음을 멈추고 손으로 구두를 빼내야 했다. 새 구두가 흠집투성이가 되었다. 법원 앞을 지나쳤다. 발을 동동 구르며 선 전경들이 내 뒤에 대고 꼬리 긴 휘파람을 불었다.

어디선가 웃음소리가 들린 것도 같았다. 둘러보았지만 출근을 서두르는 직장인들만 눈에 들어왔다. 아주 가끔 이렇게 누군가 나의 일거수일투족을 감시하고 있다는 느낌이 들 때가 있었다. 도대체 여대생들은 어떻게 이런 구두를 신고 다니는 것일까. 발목이 휙 꺾였다. 순간 내 앞의 풍경들이 액자가 기울 듯 기우뚱했다. 1984년도 얼마 남아 있지 않았다.

나는 첫 직장에서 십이 년 동안 일했다. 근면 성실함은 모계 유전인 듯했다. 그 동안 일곱 살이던 막내가 자라 1984년 그때의 내 나이가 되었다. 그때 난 내가 어른이라고 생각했었는데 막내를 보니 어설프기 짝이 없는 나이였다. 찧고 까불었지만 어른들의 눈에는 어설픈 애어른 정도로 보였겠다. 십이 년간의 직장 생활에서 깨달은 게 있다면 성적도 각종 자격증도 156센티미터 이상의 키도 중요한 게 아니라는 거다. 우리는 취직을 위해 지나치게 많은 것을 준비한다. 나는 대강당에 모인 후배들에게 그렇게 말했다. 선생님들은 물론이고 후배들조차 내 말에 동조하지 않는 듯했다.

사장과 함께 면접에 들어온 두 남자는 사장과 처남 매제지간이었다. 사장이 부인과 이혼을 하자 세 사람은 동기동창생의 관계로 돌아왔다. "이제 와서 하는 말이지만……" 사장과 편해졌을 무렵 사장이 면접이 있던 날의 이야기를 꺼냈다. 그날 그 장소에서 난데없이 사장의 머리 속에 숟가락 하나가 떠올랐다고 했다. 숟가락은 그대로 허공으로 떠올라 밤하늘에 박히더니 시온의 별처럼 반짝였다고 했다. 할머니뿐만 아니라 누구에게나 숟가락은 신앙이다. 왜 성적과 외모 모두 나보다 뛰어난 T가 떨어졌는지 궁금했다. 두 여학생이 돌아간 뒤 이상하게도 빨간 코트를 입은 내 얼굴은 선명하게 떠오르는데 T의 얼굴은 가물가물했다고 했다. 빨간 코트를 입은 건 내가 아니었다고 말할 수 없었다. 사장이 갑자기 무릎을 쳤다. "아, 그……" 오랜 시간 같이 일하다보니 사장이 말하려는 것이 무엇인지 대번에 알 수 있게 되었다. 나는 오금을 박듯 대답했다. "네, 맞습니다. 유리 겔라. 1984년에 우리나라에 왔었지요."

유리 겔라의 퇴장에 대해서는 말들이 많았다. 미국의 자니 카슨 쇼에 출연한 유리 겔라는 자신이 준비해온 숟가락 대신 그쪽에서 내놓은 숟가락을 구부려달라는 요구를 거절했다. 오늘은 숟가락을 휠 기분이 아니라고 했다고도 하고 울면서 스튜디오를 뛰쳐나갔다고도 했다. 결국 유리 겔라의 초능력은 사기로 밝혀졌다. 그의 초능력이 가짜라는 것을 입증하기 위해 그 일에만 매달렸던 사람에 의해서였다.

그뒤로도 가끔 숟가락을 구부린다는 사람들이 나오고는 했지만 얼마 지나지 않아 거짓임이 들통났다. 그때 생각만 하면 달달 외웠던 상식들이 두서없이 떠오른다. 텔레비전의 퀴즈 프로그램을 시청할 때면 척척 답을 맞혔다. 직독직답의 습관이다. 조카들이 환호성을 질러댔다.

요즘 들어 아버지를 보았다는 목격자들이 늘었다. 막내고숙이 서울

역의 노숙자 숙소 근처에서 아버지와 비슷하게 생긴 사람이 술에 취해 자고 있는 것을 보았다고 했다. 또다른 사촌은 파고다 공원 근처의 다방에서 신문을 읽고 있는 한 노인이 아버지와 흡사하게 생겼더라고 전했다. 돌아오면서 생각하니 아버지가 확실하더라고 했다. 분명한 것은 아버지가 우리 곁에 가까이 와 있다는 것이었다.

아직도 가끔 내 속에서는 낯선 목소리가 숟가락을 구부리라고 말한다. 숟가락을 만져본 사람은 알겠지만 숟가락은 생각보다 단단하다. 밑의 두 동생이 결혼을 해서 다섯 명의 아이를 낳았다. 그애들은 유리 겔라에 대해 알지 못한다. 유리 겔라를 알지 못하는 젊은이들을 만나면 격세지감을 느낀다.

1984년 우리나라에서만 해도 수많은 사람들이 숟가락을 구부렸다. 구부렸다고 방송국 사회자가 말했다. 나는 가끔 생각한다. 숟가락을 구부렸다던 그 많은 사람들은 다 어디로 간 것일까. 그런 생각을 할 때면 어디선가 누군가 내 일거수일투족을 지켜보고 있다는 느낌도 같이 왔다. 사방을 둘러보면 물론 아무도 없었다. 나는 하늘을 바라보거나 가로등, 맨홀 뚜껑 등 혹시라도 나를 지켜보고 있을 텔레스크린을 향해 김치, 하고 웃어 보인다.

웨하스로 만든 집

바싹 마른 마룻장이 바삭, 잘 구운 과자 소리를 냈다. 어머니가 살얼음판을 딛듯 조심스럽게 발을 뗐다. 바삭, 바삭, 바삭. 자매들은 웃었고 어머니는 특히 소리가 심한 곳을 찾아내려는 듯 마룻장을 모두 디뎌보았다. 둘째가 자신만만하게 소리쳤다. "과자로 만든 집이야. 마루는 음, 웨하스로 만들었어. 이건 웨하스 씹을 때 나는 소리야." 자매들이 발끝을 들면서 이구동성으로 외쳤다. 그러니 조심해!

집은 포클레인의 삽날 자국으로 얼키설키 팬 언덕 위에 간신히 얹혀 있었다. 이런저런 정황으로 볼 때 옆집 지붕을 내리치려던 포클레인의 육중한 버킷이 목표물을 벗어나 애먼 여자네 집 담장에 가 꽂힌 게 분명했다. 도려내듯 슬래브 담장 한 면이 떨어져나갔다. 문이 활짝 열려 변기가 들여다보이는 재래식 변소에 녹슬고 삭아 발디딤쇠가 뭉텅뭉텅 빠진 철제 사다리, 갈라진 틈새로 잡초가 우부룩 솟아오른 수돗가가 세상으로 공개되어 행인들의 시선을 끌고 있었다.

오후 세시. 살갗이 얼룩덜룩하게 그을린 사내들이 무너져내린 담을 깔고앉아 간식을 먹었다. 사내들 뒤로 지붕이 날아가고 벽에 커다란 구멍이 뚫린 채 윤곽만 남은 집들이 펼쳐져 있었다. 여자는 다글다글 햇빛이 끓어오르는 폐허를 한참 동안 바라보았다. 이 골목에는 방의 개수는 물론 창문의 위치와 사자 모양을 한 문고리까지 똑같은 이층 양옥이 열 채씩 두 줄, 마주 보며 나란히 서 있었다. 여자의 집과 마주 보던 줄의 주택들과 골목은 사차선 도로의 두 개 차선이 되었다. 도로가 뚫리자 삼십 년 동안 아무 일 없던 이 골목에 재개발 붐이 들이닥쳤다. 골목 제일 안쪽에 있던 여자의 집은 어느 순간 이십사 시간 내내 자동차들이 질주하는 도로로 바싹 나앉고 말았다.

건축 폐기물과 이사가면서 미처 챙겨가지 못한 세간이 뒤섞였다. 시멘트 줄눈이 발린 채로 떨어진 벽돌 더미 속에서 비어져나온 철근이 마구잡이로 휘었다. 금발 인형은 문틀째 빠진 창문과 유리 파편 속에 머리만 나와 있었다. 누우면 저절로 눈이 감기는 인형은 무거운 것에 한쪽 눈을 눌렸는지 누워서도 한쪽 눈만 동그랗게 뜨고 있었다. 풍선 꾸러미를 쥔 미니 마우스가 수백 마리 인쇄된 벽지에는 이제 막 글자를 배우기 시작한 아이가 옹알이를 하듯 낙서를 해놓았다. 엉마 멈마 언마 멈마…… 제대로 된 글자는 없었지만 그 글자로 뭘 쓰려 했는지는 단번에 알 수 있었다. H와 여자 사이에는 그런 것이 없었다.

옆집은 발로 밟은 듯 폭삭 뭉개졌다. 위에서 누른 만큼 집의 내부가 외벽 밖으로 튕겨나왔다. 이 골목 밖의 주부들에게 한동안 선망의 대상이었던 타일 발린 입식 부엌은 무너지면서 외벽을 밀고 나와 대문 근처에서 멈췄다. 집 한 채를 허물 때 나온 폐기물 더미는 집이었을 때보다 훨씬 부피가 컸다. 폐허 곳곳에 왕릉 크기만한 폐기물 무더기가 쌓여 있었다.

여자는 집으로 돌아왔다. 십 년 만의 귀향치고는 짐이 단출했다. 더 줄일 수도 있었지만 혹시 몰라 그곳의 특산품인 단풍나무 시럽을 몇 병 사 가방에 채워넣었다. 기념품을 사들고 오는 동안 잠깐잠깐 십 년간 머물렀던 그곳이 휴가차 다녀오는 관광지처럼 느껴졌다. 그곳의 여자애들처럼 대문을 들어서면서 아임 홈! 이라고 소리치고 싶어졌다.

가뜩이나 비좁은 인도는 인도 중앙까지 밀려나온 폐기물과 폐기물을 실어가려 주차중인 트럭들로 발디딜 틈이 없었다. 깨진 보도블록 틈에 트렁크의 작은 바퀴가 빠져 끼였다. 그럴 때마다 손잡이를 들어올려 당겨야 했는데 몇 번이나 트렁크 바퀴가 여자의 복사뼈를 후려쳤다. 행인들이 툭툭 어깨를 치고 오갔다. 아는 얼굴은 없었다. 예전 같으면 골목 안집 딸이 돌아왔다는 소문이 여자보다 먼저 골목에 도착했을 것이다. 그랬으면 집으로 돌아왔다는 것이 박음질하듯 머리 속에 각인되었을까. 하루에도 수십 번 이렇게 트렁크를 끌고 집으로 돌아오는 상상을 했기 때문인지 정작 돌아오는 길에는 실감이 나지 않았다.

기역자로 팔을 꺾고 있는 포클레인의 버킷을 보자 어릴 적 귀가 닳게 들었던 아버지의 말이 생각났다. 새 술은 새 부대에. 낡아 보이는 포클레인은 과거 언젠가 콘크리트 반죽을 갠 적이 있었나보다. 버킷 곳곳에 시멘트 반죽이 굳어붙었다.

커다란 빵을 한입에 우겨넣은 사내들 몇이 아까부터 줄곧 여자에게서 눈을 떼지 않았다. 빵을 다 삼킨 한 사내가 휘파람을 불었다. "아가씨, 우리 심심한데 데이트나 한번 합시다." 빵을 덜 삼킨 듯한 목소리가 말꼬리를 물었다. "아가씨는 무슨. 아줌마도 한참 아줌만데." 먼젓번 사내가 고개를 갸우뚱했다. "얼굴만 봐선 도무지 알아먹을 수가 있어야지." 빵을 다 삼킨 나중 사내의 목소리가 은밀히 낮아진다. "앞모습은 숨겨도 뒷모습은 못 속여. 팔랑대는 게 없잖아, 거 왜 원숭이 꼬리 같은……" 일면식 없는 저치들도 금방 알아채는 것이다. 지난 십 년 동안 내 삽이 푸고 푼 것이 무언지. 열세 시간 비좁은 비행기 좌석에 앉아 있는 동안 실크 블라우스와 치마에 펴지지 않는 짙은 구김이 잡혔다. 인천공항 화장실에서 구두 이음새에 쓸려 올이 풀린 스타킹을 발견했는데 성가셔서 갈아신지 않았다. 예전 같으면 생각도 할 수 없는 일이 이제는 아무렇지도 않은 일이 되어버린다. 정작 무서운 것은 그런 거다. 흠찔 고개를 돌리다 무리와 외따로 떨어져 앉아 빵을 먹고 있는 청년과 눈이 딱 마주쳤다. 예비군복 바지를 입은 두 다리가 길었다. 다리 사이로 늘어뜨린 팔도 길었다. 검은 손이 너무 커서 그 손에 쥔 이백 밀리 하얀 우유팩이 너무 작아 보였다. 맨빵에 목이 메는지 눈물이 찔끔 맺혔다. 덩달아 목이 메어 등이라도 두들겨주고 싶었다.

녹꽃이 핀 대문은 제 색을 알아볼 수 없었다. 방범 창살도 편지함도 손으로 쥐면 바스라질 듯 삭았다. 아버지는 이삼 년에 한 번 대문과 쇠창살에 페인트칠을 했다. 대문의 사자 모양 손잡이에 페인트 기포가 생기고 창살들도 촛농처럼 페인트가 흘러내린 채 굳곤 했다. 여자의 자매들이 초콜릿 같다고 환호성을 질렀던 대문의 기둥은 타일이 다 떨어지고 깨져 시멘트 미장이 드러났다. 초인종을 누르려다가 십여 년 전 폭우 때 누전된 이후로 작동되지 않는다는 것을 깨달았다. 대문을 밀고 들어가 닫았지만 문은 잘 여며지지 않고 빠끔히 다시 열렸다.

빈 개집과 녹슨 자전거, 고무 패킹이 낡아 문이 열린 냉장고들과 날개가 부러진 선풍기, 털이 눌려 빠진 융 소파가 놓인 마당은 발디딜 틈이 없었다. 물이 바싹 마른 수족관 안에 욕실 슬리퍼가 한 짝 들어 있었는데 그런 수족관이 변소 뒤로 두 개 더 있었다. 현관까지 가는데 플라스틱 화분과 대야, 약탕기 같은 잡동사니가 발에 툭툭 차였다.

문이란 문은 다 열려 있는데 어머니는 보이지 않았다. 한눈에도 주워온 것으로 보이는 신발들이 현관 가득 널려 있었다. 시멘트 먼지가 신발등마다 뽀얗게 내려앉았다. 현관문도 문틀과 아귀가 맞지 않았다. 신을 신은 채 마루를 들여다보았다. 크고 작은 벽시계가 여러 개 걸린 벽이 눈에 들어왔다. 마루 안에도 주워다놓은 물건 천지였다.

어머니는 대문이 아닌 무너진 담 쪽에서 성큼 마당 안으로 들어섰다. 한 손에 낡은 전기밥통이 들려 있었다. 재작년 동생이 찍어 보내준 사진 속에서와 똑같은 스웨터를 걸치고 있었는데 살집이 불어 옷이 죄었다. 여자는 자신도 모르게 골목을 올라오면서 봤던 어린애의 낙서 같은 소리를 냈다. "엉마." 어머니의 늘어진 눈꺼풀이 꿈틀댔다. "으이? 이게 누고?"

어머니는 공사장 쪽으로 난 창문들마다 두꺼운 비닐을 쳐두었다. 그런데도 오후가 되면 창문 틈새로 새어들어온 분진이 바닥에 보얗게 쌓였다. 비질을 하면 먼지는 풀풀 날아다녔다. 비닐을 친 덕에 지난 겨울은 외풍 없이 잘 났지만 안팎 기온차에 수증기가 맺혔던 벽과 천장은 온통 검은 곰팡이투성이였다.

집으로 돌아간다는 편지를 보낸 것이 보름 전이었다. 여자는 편지에 지난 십 년 동안의 사정을 썼다. 편지 말미에 돌아가는 비행기편과 도착 시간을 덧붙였다. 하지만 편지는 도착하지 않았다. 그 동안 서양 할머니들이 쓰는 외출 모자나 양털 머플러 등을 보냈을 때는 우편사고 없이 잘 들어갔었다. 대체 편지는 어디로 갔을까. 혹시 우체국에서 이 골목의 주택들이 모두 철거되었다고 알고 있는 것일까. 돋보기를 쓴 어머니는 단풍나무 시럽 병을 멀찍이 들고 알아볼 수 있는 알파벳을 소리내어 읽고 있었다. "도대체 뭔 일이고. 일언반구 연락도 읎시. 니 없으몬 점빵은 우짜노." 아홉 살에 전쟁을 겪으면서 타지로 피난을 가 잠깐 살았던 어머니는 마음이 급해지면 불쑥 그곳 사투리가 튀어나오는 버릇이 있었다. 어머니가 방바닥에 단풍나무 시럽 병을 죽 늘어놓고 선물할 사람을 간추리고 간추리는 동안 여자는 편지에 자신이 적은 글을 생각해내려 했다. 엄마 보세요. 그다음 문장은 하나도 건질 수 없는데 기억은 맨 마지막에 적어넣은 돌아오는 비행기편과 도착 시간으로 훌쩍 뛰었다.

저절로 눈이 떠져 시계를 보면 정확히 자정 무렵이었다. 그쪽 시간으로는 아침 여섯시. 잠을 더 자보려 뒤척이다보면 되레 머리 속은 세수를 한 듯 맑아졌다. 누워서 새벽이 될 때까지 기다렸다. 마당으로 난 작은 창으로 자동차들의 불빛이 이어졌다. 어머니는 늘 텔레비전을 켜둔 채 잠이 들었다. 텔레비전을 끄면 어머니가 어떻게 알았는지 눈을 감은 채 우물거렸다. "그냥 냅둬. 한창 재미있을 판인데." 어떻게 구했는지 어머니는 대형 마트에서 쓰는 카트를 밀고 다니면서 끊임없이 고물들을 주워 날랐다. 거실에만 벽시계가 네 개나 걸려 있었다. 어느 날 아침에는 제각각 따로 쳐대는 괘종시계의 종소리를 십여 분이나 들어야 했다. 그런 어머니의 모습에 말년의 할아버지 모습이 겹쳐졌다. 무슨 이

유인지 할아버지는 우산에 집착했다. 그때 어머니는 낡은 우산을 집 안에 끌어들이는 할아버지를 향해 눈을 흡뜨고는 했다. 다 망가져 쓸모없는 우산이 할아버지 손에서 거듭났다. 들고 나간 우산을 전철이나 버스에 두고 내려도 비 오는 날이면 들고 나갈 우산이 지천이던 때였다. 나중에 난 무엇에 집착하게 될까. H는 자신에 대한 여자의 사랑이 사랑이 아닌 집착이라고 했다.

새벽같이 일어난 어머니가 부엌에 쪼그리고 앉아 밤새 참은 오줌을 눈다. 오줌줄기가 바닥에 가 닿는 소리가 단조로운 음을 만들면서 길게 이어진다. 어머니는 십 년에 걸쳐 딸 셋을 낳았다. 거칠 것 없이 엉치의 모든 힘을 풀고 쏟아내는 오줌줄기 소리를 듣고 있노라면 숨통이 트였다. 여자는 한 번도 저렇게 마음껏 오줌을 눠본 적이 없었다. H에게도 그랬고 그전에 잠깐 사귄 남자애에게도 그랬고 화장실 밖으로 소리가 새나가지 않도록 변기의 물을 내리면서 오줌을 누거나 찔끔찔금 흘려보냈다.

삼십여 년 전 시범주택단지로 조성되었을 때만 해도 이 골목의 주택들은 영화 상연 전에 방영되던 대한뉴스를 탔다. 쭈그리고 앉거나 허리를 깊숙이 숙여 일을 해야 했던 재래식 부엌에서 해방된 신여성이라고 시작되는 뉴스였는데, 아나운서가 독특한 억양으로 이야기를 해나가는 동안 프릴이 달린 하얀색 에이프런을 두르고 허리 높이의 서양식 작업대 앞에 서서 도마질과 설거지 시범을 해 보였던 골목의 여자들은 한동안 자신들의 모습이 나온 대한뉴스를 보러 이 극장 저 극장으로 몰려다녔다.

다른 건 다 참겠는데 지린내나는 부엌에서 밥을 안치고 세수를 하고 양치질을 하는 것은 고역이었다. 아버지의 죽음 이후 집은 급속도로 낡아갔다. 골목 안의 다른 집들은 재래식 변소를 묻고 집 안에 수세식 화장실을 들였다. 자매들은 한밤중에도 신발을 신고 마당을 가로질러 변소에 갔다. 빗물받이가 녹으로 삭아 떨어지자 빗물이 옆집 처마로 곧바로 떨어졌다. 옆집의 항의가 여러 번 있은 후에야 어머니는 마지못해 빗물받이를 교체했다. 연탄을 때는 구들을 허물고 기름 보일러로 바꾸는 일도 골목 안에서 제일 늦었다. 수돗가에 나가 수도꼭지를 비틀어보았다. 작고 검은 애벌레가 섞인 붉은 흙물이 쏟아졌다. 철거 도중 수도관이 파손된 듯했다. 깨끗한 물이 쏟아진다 해도 앞이 훤히 트인 한데 같은 마당에 앉아 세수를 할 수는 없었다.

급작스레 체중이 늘면서 어머니의 무릎에 이상이 왔다. 계단을 오르내리는 일을 무엇보다 고통스러워했다. 보름에 한 번, 이층에 올라가 쌓인 먼지를 털어내는 것으로 청소를 마쳤는데, 그 간격이 한 달에서 두 달로 뜸해졌다가 어느 날부터 아예 올라가지 않게 되었다. 여자가 집에 와 맨 처음 한 일이 이층 청소였다. 창문도 잘 열리지 않았다. 문틀이 이를 앙다물고 문을 놔주지 않는 것 같았다. 이층 창문에도 비닐 덮개를 해놓았지만 분진은 마루를 겹겹이 덮었다. 먼지는 벽의 못에 걸어놓은 빈 옷걸이 위에도 쌓였다. 화장대 위에 놓인 꽃병 속에도 먼지가 쌓였다. 발이 닿은 곳에 발자국이 생겼다. 다른 마룻장보다 도드라진 곳이 밟혔다. 먼지를 쓸어내자 민무늬의 널빤지가 나타났다. 널빤지 위로 나온 못머리가 녹슬어 있었다. 널빤지 가장자리를 따라 박힌 못 가운데 제대로 박힌 것은 두어 개뿐 나머지는 못머리가 구부러지거나 판자에 누워 반쯤 박혀 있거나 했다. 자매들은 자연스럽게 그곳을 피해 다녔다.

아버지는 딸들의 방에 피아노를 들여놔주겠다고 호언장담했지만 그 약속은 지킬 수 없었다. 어느 일요일, 딸들이 쓸 책상이 배달되었다. 책상을 이층으로 옮기던 중 아버지의 한쪽 발이 이층 마루를 뚫었다. 일층 계단 아래 서서 새 책상이 올라가는 것을 지켜보던 여자는 천장 중앙에 매달린 샹들리에가 흔들리는 것을 보았다. 잠시 후 천장에 금이 가고 나무 부스러기가 떨어지면서 앞차기하듯 아버지의 한쪽 발이 튀어나왔다. "이기 무신 난리굿이고?" 놀란 어머니가 부엌에서 뛰어나왔을 때는 자개미까지 빠져나온 아버지의 한 다리가 허공에서 대롱거리고 있었다. 보이지 않는 윗부분은 상상할 수가 없었다. 자매들은 이층으로 뛰어올라갔다. 마루 밑으로 발이 빠지리라는 상상을 해본 적이 없는 아버지는 비교적 안정감을 잃지 않은 표정으로 눈만 끔뻑대고 있었다.

오른쪽 낭심을 다친 아버지는 한동안 다리를 절름거렸다. 절름대면서 집을 지어 판 사내를 만나러 돌아다녔다. 골목 안의 사람들은 그제야 자신들의 집이 날림으로 지어졌다는 것을 알았다. 골목에 있는 스무 채의 집을 지어 판 사람은 동일인물이었다. 골목 남자들이 하나 둘 가세했다. 골목 안의 집들은 변소의 위치와 대문의 문고리 모양, 부엌에 발린 타일의 색까지 똑같았다. 똑같은 구조의 집 모양도 동네의 미관이 주는 통일감과 주민들의 결집력 도모를 위해서라기보다는 건축 설계비와 제비용을 절약하기 위해서였다는 것이 드러났다. 그 사내는 모래에

섞을 시멘트 양을 줄이고 시멘트를 빼돌렸다. 건축 허가를 받을 때는 시공 구청에 뇌물을 상납했다는 소문도 떠돌았다. 사내는 동네 남자들을 잘도 피해다녔다. 스무 명이나 되는 남자들이 사내 하나 잡지 못한다고 여자들이 툴툴댔다. 하지만 동네 남자들은 그들이 상대해야 하는 사람이 사내 하나뿐이 아니라는 것을 알았다.

민무늬의 널빤지를 구해와 구멍 위에 대고 못질을 하면서 아버지는 그 사내에게 욕을 퍼부었다. 널빤지 가장자리를 따라 박은 못은 천장을 뚫고 나왔다. 욕을 할 만큼 했다고 생각했는지 아버지는 더이상 사내를 잡으러 다니지 않았다. 그뒤로도 크고 작은 결함들이 드러날 때마다 그 사내의 이름이 불거졌지만 시간이 흐르자 골목 안 사람들은 언제 그런 일이 있었냐는 듯 한통속이 되어 입을 다물었다.

자매들은 어렸고 가벼웠기 때문에 이층 마루에서 뛰어도 괜찮았다. 하지만 그 사건 이후에 아버지는 이층 딸들 방에 피아노를 놓겠다는 말을 하지 않았고, 자매들은 곧잘 집이 무너지는 꿈을 꾸었다. 바닥이 꺼지면서 자매들은 부모님이 자고 있는 안방으로 곤두박질쳤다. 이층까지의 높이가 채 이 미터가 되지 않았는데도 자매들은 어두운 바닥으로 한없이 한없이 떨어졌다. 자매가 내지르는 비명 소리는 우물 속에서처럼 갇혀 울렸다. 어느 날은 무너지는 천장에 깔렸다. 나무 판자가 무너져내리면서 지붕을 받치고 있던 각목들이 떨어졌다. 쥐똥들이 쏟아지고 미처 달아나지 못한 쥐가 얼굴 위로 떨어졌다. 몸을 일으켜세우려 했지만 기왓장들이 투두둑 끊임없이 떨어져내려 옴짝달싹할 수 없었다. 자매들은 악몽을 꾸면서 키가 크고 초조를 시작했다. 자매들은 누가 시키지도 않았는데 첨족증(尖足症)에 걸린 사람처럼 발뒤꿈치를 들고 걸었다.

"칼자루를 쥔 쪽은 우리다." 사다리를 잡고 선 어머니가 누구에게랄 것도 없이 중얼거렸다. 십수 년간 사람 손이 닿지 않았던 전구알은 끈적이는 먼지투성이였다. 손바닥 안에 짝 달라붙어 잘 떨어지지 않았다. 다섯 개나 되는 전구알들이 한날한시에 꺼지지는 않았을 것이다. 한 개, 두 개 전등이 꺼지고 마지막 전구알마저 불이 들어오지 않은 것이 아마 네가 시집가고 난 이삼 년 뒤쯤 같다고 어머니가 말했다. 깊은 밤 어두운 거실로 나왔다가 어머니는 탁자 모서리에 정강이를 부딪혔다. 진열장 위를 더듬다가 화병을 깨기도 했다. 샹들리에까지 손이 닿지 않자 사다리가 있었으면 좋겠다고 생각했다. 그러다가 우연히 길가에 누군가 놓고 간 시옷자 사다리를 발견했다. 그것이 시작이었다. 그날부터 어머니는 물건들을 주워와 집 안에 쌓아두기 시작했다. 전파상에서 전구를 사와 샹들리에 아래 사다리를 벌려놓기까지 했는데 뚱뚱한 몸으로 사다리를 오를 자신감이 생기지 않았다. 한 발 올려놓았다가 여의치 않아 다시 내려놓기를 반복했다. 어느 날은 누가 다 큰 남자 하나 안 버리나, 두리번대다가 한동안 혼자 웃었다. 시간이 좀 지나자 어머니는 생각 속에서 아예 마루를 지워버렸다. 어머니식의 체념이었다. 이층도 지워졌다가 일 년에 한두 번, 친지가 방문하거나 자매들 중의 누군가가 들르러 오면 생각났다. 어머니의 활동 공간은 안방과 부엌으로 좁혀졌다.

샹들리에 옆으로 아버지의 발이 뚫고 나온 흔적이 남아 있었다. 그 흔적을 볼 때마다 젊은 아버지의 얼굴이 떠올랐다. 폭우가 쏟아지던 여름날, 자동차의 운전자는 빗물에 시야가 좁아져서 횡단보도를 건너는 아버지를 발견하지 못했다. 사고를 낸 운전자는 빗물에 흠씬 젖어 있었고 정말 안 보였다는 말만 반복했다. 그뒤로도 여자는 명동 한복판에서 아버지의 뒷모습과 닮은 남자를 보고 한 블록 이상 쫓아갔다. 집으로 오는 버스 안에서 손잡이를 잡고 선 아버지의 얼굴을 보기도 했다. 삼 년 후면 여자의 나이는 아버지가 죽은 나이와 같아진다.

골목에 남아 있던 집들을 구입한 사람은 그 자리에 대형 갈빗집을 개업할 거라고 했다. 그 사람은 여자네 집에도 눈독을 들였는데 골목의 다른 집들과는 달리 어머니는 잘 넘어오지 않았다. "어림도 없지. 그냥 날것으로 삼키려들어." 세상일이 욕심대로 되지 않는다는 것을 어머니는 아버지의 때 이른 죽음으로 이미 배웠다. 그런데도 그쪽에서 부른 숫자에 '0'이 한 개 더 붙을 때까지 버틸 생각이라면서 괜한 호기를 부려본다. 어머니 수중에는 집수리에 쓸 자금이 없다. 자매들은 너무 먼 곳에 가 있었고 몇 년에 한 번 들를 뿐이니 이 집은 너무 컸다. 철거반이 이곳을 뜨기 전에 어머니가 먼저 구매자를 찾아나설 것이다. 결혼생활 십 년 동안 여자도 자신이 칼자루를 쥐고 있었다고 생각했다. 전구알을 소켓에 끼우자 불이 들어왔다. 마룻바닥으로 여자의 그림자가 길게 드리워졌다. 제 그림자에 놀란 고양이처럼 여자는 등을 활처럼 구부렸다.

마을버스는 전철역 앞의 정류장에서 출발해 동네의 골목골목을 헤집고 들어갔다가 다시 맨 처음 출발지였던 전철역의 정류장으로 되돌아 왔다. 여자는 무엇보다도 마을버스의 순환 노선이 마음에 들었다. 여자처럼 이곳 지리에 밝지 않은 사람이 실수로 내릴 곳을 지나친다 해도 버스에서 내려 다시 다른 버스를 타야 하는 번거로움을 줄일 수 있었다. 시간만 좀 들이면 다시 그 장소 앞을 지나게 되어 있는 것이 순환 노선의 장점이었다. 단지 십 년 동안 이곳을 떠나 있었을 뿐인데 전혀 낯선 곳이 되었다. 동네 어느 곳에 서도 방향감각이 없었다. 그렇게 큰 아파트 단지나 대형 쇼핑몰이 들어설 만한 넓은 공터가 어디에 있었나 싶게 동네에는 고층 아파트 단지들이 가득 찼다. 낯선 건물 앞에 마을버스가 설 때마다 예전 이곳에 있던 건물을 떠올려보았다. 아무것도 기억나지 않았다. 변하지 않고 남아 있는 건물을 발견할 때면 자신도 모르게 탄성을 질렀다. 여자가 재수를 하면서 삼 개월간 적을 두었던 단과 학원은 그대로였다. 그런데 그 주변 환경이 너무도 변해 학원이 쭉 그 자리에 있었던 것이 아니라 학원을 삽으로 떠서 다른 곳으로 옮긴 것 같은 착각이 들 정도였다. 정차 구간이 너무 짧아 마을버스는 속도를 제대로 내지 못했다. 정해진 정류장이 있었지만 누군가 여기요, 라고 소리치면 운전사들은 사정을 봐서 손님을 내려주었다.

버스 창으로 내리쬐는 햇살도 싫지 않았다. 비가 많았던 그곳에서는 해가 반짝 나면 공원 곳곳이 해바라기를 하려는 사람들로 들끓었다. 스스럼없이 윗옷을 벗고 살갗을 그을렸다. 햇살을 쬐고 있으면 나른해졌다. 한 달이 넘었는데도 시차 적응이 되지 않은 탓이었다. 깜빡 졸았다 싶었는데 옆에 선 학생이 여자의 어깨를 콕 찔렀다. 여자와 눈이 마주치자 말없이 턱으로 버스의 운전석을 가리켰다. "거기 여자 손님!" 사방을 두리번거리는데 다시 운전석 쪽에서 "맞아요, 거기 두리번거리는 아줌마!"라는 말이 건너왔다. 버스에 탄 여학생들이 까르르 웃었다. 사람들의 시선이 일제히 여자에게로 쏠렸다. 버스의 커다란 룸미러 속에 비친 두 눈이 거울 속의 여자를 빤히 들여다보고 있었다. 여자 쪽에서는 목덜미가 드러나도록 짧게 깎은 뒤통수만 보였다. "내리지 않고 뭘 해요." 운전사가 타박을 주었다. 그제야 부랴부랴 창 밖을 내다보았다. 버스는 철거촌을 조금 지나 서 있었다.

짧은 간식 시간이 끝났는지 잔해 더미 위에 기우뚱하게 선 포클레인이 움직이기 시작했다. 한 삽 가득 폐기물 더미를 뜰 때마다 회색빛 먼지가 피어올랐다. 쓰레기를 퍼서 트럭의 짐칸에 쏟아붓는 단조로운 작업이 계속되는 동안 청년은 수도꼭지에 연결된 기다란 호스를 끌어와 먼지 위에 물을 뿌려대고 있었다. 물이 가 닿은 곳의 먼지가 가라앉으면서 회반죽 냄새가 물큰 번졌다.

폭우에 마당이 쓸려나갔다. 밤새 선잠 속에서 기왓장 밟는 소리를 들었다. 발을 뗄 때마다 퍽퍽 기왓장이 깨졌다. 아침에 일어나보니 천장널을 타고 샌 빗물에 장판이 흥건히 젖어 있었다. 마당에서 어머니의 불거진 목소리가 들려왔다.

마당가를 따라 세워놓았던 독들이 붉은 흙과 같이 떨어져 산산조각 났다. 어머니는 허물린 옆집 터로 내려가 포클레인 앞에 누워 있었다. 포클레인 기사가 내려와 담배를 피워 물었다. "어이 답답해. 이 할머니

진짜 사람 말 못 알아먹네." 어머니의 목청이 더 커졌다. "그래, 나 사람 말 못 알아묵는다. 내 땅이 여기 턱 하고 무너졌시니 오늘은 공사 중단하라는 내 말을 왜 느들은 못 알아묵는데?" 포클레인 기사가 발로 땅을 긁는 동안 곁의 인부가 나섰다. "할머니, 자 잘 들어요. 네모난 통에 흙이 있어요. 통에서 흙을 퍼낸다 쳐요. 그렇다고 통이 없어지는 건 아니죠?" "땅이 통이가? 땅은 흙으로 맹글어졌다, 와?" 인부가 고개를 돌려 침을 뱉었다. 오늘 치 할당량은 오늘 안에 마쳐야 하는 사람들로서는 어머니 때문에 일이 지체되고 있으니 난감하기만 할 뿐이었다. 아버지의 죽음 이후 어머니의 사고는 단순해졌다. 한번 자신이 옳다고 믿으면 두 귀를 틀어막았다. 어머니가 마침 길을 지나는 남자를 발견하고 알은체를 했다. "마침 니 잘 만났다. 일루 좀 와본나." 큰 키에 베이지색 점퍼를 입은 남자였다. 남자는 어머니의 손을 따라 무너진 흙더미를 올려다보았다가 어머니를 내려다보고 포클레인 기사의 얼굴을 흘낏거렸다가 다시 어머니를 보았다. 자기 편을 얻었다고 생각했는지 어머니는 목소리가 더욱 커지더니 말끝에 울음이 섞이기 시작했다. 여자 쪽에서는 단정하게 머리카락을 자른 뒤통수밖에 보이지 않았다. 남자의 몇 마디에 어머니는 순순히 포클레인 앞에서 일어섰다.

S라고 자신을 소개한 남자의 얼굴을 보자 남자의 아버지 얼굴이 떠올랐다. 연상 작용처럼 S의 아버지 이름이 음각된 문패가 떠올랐다. 그 시절 그 골목의 아이들은 집집마다 걸려 있는 문패의 이름들을 줄줄 외웠다. 친구 이름 불러대듯 문패의 이름을 불렀다. 방의 개수와 변소의 위치, 대문의 문고리 모양까지 똑같았던 그 골목에는 스무 명의 아버지

들이 있었다. 대충 그 나이면 주택은행의 장기대출을 끼고 그만한 집은 구해야 한다는 규칙이라도 있는 것처럼 스무 명의 아버지들은 비슷한 연배였다. 공무원 하나, 국민학교 교사가 하나, 김과 건새우 등의 건어물을 팔았던 상인이 하나, 열쇠수리공 하나, 무슨 일을 하는지 알 수 없는 사람 하나를 제외하면 나머지는 모두 공원이었다. 아버지들은 열심히 일했다. 하지만 그 집이 시작이고 끝이라는 규정이라도 있는 듯이 죽지 않고는 아무도 그 골목을 떠나지 못했다.

무슨 일을 하는지 알 수 없는 사람, 기억이 정확하다면 그가 S의 아버지였다. 일 주일에 두어 번, 양복을 빼입고 골목을 빠져나가던 S의 아버지를 볼 수 있었다. 그런 날 밤이면 영락없이 S의 아버지는 만취해서 다른 집 대문을 두들겼다. 두들겨도 대문을 열지 않으면 발길질을 하고 욕을 해댔다. 평소에는 상대방의 얼굴도 제대로 못 볼 만큼 소심하고 얌전한 남자였다. 한번은 잠기지 않은 여자의 집 대문을 열고 들어온 S의 아버지가 안방까지 내처 들어왔다. 어머니와 아버지가 자던 이불을 들추고 눕는 바람에 기겁을 한 어머니가 잠에서 깼다. 그때 자신의 아버지를 데려가려 S가 왔었다. 그때까지만 해도 S는 여자보다 조금 작았다. 술이 덜 깬 S의 아버지는 자는 사람 깨운다면서 까까머리인 S의 머리통을 후려갈겼다. 흰 목덜미와 뒤통수에 벌겋게 손자국이 났다. 얼굴이 빨갛게 달아오른 S는 아무 말도 하지 않고 자기보다 큰 아버지의 팔을 제 어깨에 두르고는 비틀거리며 나갔다.

어머니는 생강차를 S 앞으로 밀면서 아까 네가 한 말이 확실한 거냐고 거듭 물었다. S는 생강차 잔에 손을 가져가면서 말했다. "아까 말씀

드렸듯이 지적도라는 게 있어요. 거기 보면 다 나와 있어요." 여자는 자신도 모르게 "어떻게 그렇게 잘 알아요?"라고 물었다. 이건 H의 버릇이었다. 그렇게 확인해야 비로소 신빙성이 생기는 듯했다. S가 힐끗 여자를 보았다. "그런 경울 이미 당해봤으니까 알죠. 그런 게 없으면 아무 땅이나 발로 쭉 선 긋고 내 땅이다 우기면 다 내 땅 되게요." 그러고는 지금 구매자가 제시하는 가격이 나쁘지 않으니 집을 처분하는 것이 좋을 거라는 충고도 했다. 어머니는 고분고분 고개를 끄덕였다. 생강차가 어울리는 계절이 아니었는데도 S는 마지막 방울까지 다 마시고 일어섰다. 여자의 머리끝이 S의 어깨밖에 오지 않았다.

S도 돌아왔다. 고향으로 돌아와 전철역을 출발해 인근 아파트 단지들을 도는 마을버스의 기사가 되어 있었다. 시내로 나가 친구를 만나고 돌아오던 날이었다. 내릴 곳이 되어 벨을 눌렀는데 운전사는 멈추지 않고 그대로 정류장을 지나쳤다. 여자보다 다른 승객들이 더 놀랐다. 버스 운전사가 고개를 돌리지도 않은 채 크게 말했다. "거기 여자 손님, 여기 와서 일단 앉아요." 그제야 그 운전사가 S라는 것을 알았다.

어느 날 마을버스를 몰다 우연히 여자네 집을 올려다보았는데 부엌문이 열리더니 마당으로 나온 여자가 세숫대야의 김나는 물을 버리더라고 했다. 그래서 여자가 돌아왔다는 것을 알았다고 했다. 언젠가 자매들 중의 하나로부터 유럽의 공원에서 S를 보았다는 이야기를 들은 적이 있었다. 자매는 그때 공원에 앉아 S와 반나절을 보냈는데 S가 고요한 남자라고 했다. 그런데 S는 집으로 돌아와 마을버스의 기사가 되었다. 마을버스를 타고 다니다가 버스 창에 붙은 기사모집이란 광고를 보고 버스를 몬 지 오 개월째에 접어든다고 했다. 그뒤로도 마을버스가 정류장에 설 때마다 여자네 집을 올려다보았는데 여자는 볼 수 없었다고 했다. 어느 날 룸미러 속으로 의자에 앉아 졸고 있는 여자를 보았다고 했다. 자칫 내릴 곳을 지나칠 것 같아 큰 소리로 여자를 깨웠다고 했다.

S는 마을버스를 몰면서 하루에도 수십 번, 자신의 삶이 결정되었던 장소들을 순회하고 있었다. S가 살던 집 자리에는 비보호 좌회전 표시가 그려져 있었다. 집이 철거된 후 부모님은 고향으로 내려갔다. 서울이 고향 아니냐고 했더니 큰 소리로 웃었다. 이 골목에 살던 사람들 가운데 서울이 고향인 사람은 단 한 명도 없었다. 그 시절 서울은 일자리를 찾아 전국 각지에서 모여든 사람들로 북적였다. S가 나고 네 살까지 자란 고향은 낙동강이 흐르는 소도시였다. 댐이 건설된 후에 아침이면 도시는 무릎 높이까지 안개가 차오른다고 했다. 손님들이 내리고 다시 손님 몇이 버스에 올라탔다. S가 대형 쇼핑몰을 손으로 가리켰다. 예전 그곳엔 결혼식장이 있었다. 우스꽝스럽던 결혼식장의 외관이 생각났다. 모스크 사원처럼 둥근 지붕이 있었다. 몇 번이나 사장이 바뀌었다. 그때마다 예식장의 이름도 바뀌었다. 그 결혼식장에서 S는 자신의 대학 동기와 결혼을 했다. "어설프게 흉내를 냈는데 내부는 고딕 양식이었어. 이것저것 짬뽕처럼 섞여 있었지." 어느새 S가 반말을 쓰고 있었지만 거슬리지 않았다. S의 결혼식은 여자의 결혼식보다 일 년 정도 늦은 1월에 치러졌다. 눈이 많이 와서 예식 시간이 지날 때까지 신부측 부모님과 하객을 실은 관광버스가 도착하지 않았다. 예식이 없는 비수

기인 것이 그나마 다행이었다. 신부대기실에서 안절부절못하던 신부는 예식장 문 밖까지 들락날락했다. 식이 시작되었을 때는 신부의 웨딩드레스 밑단이 녹은 눈으로 얼룩져 있었다. 신부측 하객들이 도착했을 때는 식을 기다리다 식사를 하러 간 신랑측 하객들을 식장으로 불러들이느라 한바탕 소동이 났다. S는 그로부터 십일 년 뒤의 1월에 아내와 헤어졌다. 1월에 하는 결혼도 1월에 하는 이혼도 여자에게는 익숙지 않았다.

전철역 앞에서 S는 다른 운전사에게 바통을 넘겨주었다. 교대 시간이 아닌 듯했다. 낮에 외출하는 여자를 보고 동료에게 미리 말해두었다고 했다. S가 앞서 걸었다. 붉은색 비닐을 친 포장마차는 한창 장사 준비중이었다. 아직 준비된 안주가 없다며 주인이 썰어다준 오이를 놓고 S는 급하게 소주를 들이켰다.

키가 크고 체중이 늘어 마룻장이 뒤틀리는 소리를 내기 시작했을 때 자매들은 하나 둘 집을 떠났다. 여자의 결혼 또한 급작스러웠다. 결혼식에 참석하기 위해 서울로 올라온 친지 중 누군가가 너무 성급한 결정을 한 것 아니냐고 조심스레 어머니에게 말을 꺼냈는데 다른 누군가가 모르는 소리라고, 신중하다면 결혼 같은 건 죽을 때까지 할 수 없을 거라고 되받았다. 그 말을 긍정하는지 다들 입을 다물었다고 했다. H는 발뒤꿈치를 들고 걷는 여자의 걸음걸이라면 질색을 했다. 인기척 없이 몰래 다가와 사람 등뒤에 유령처럼 서서 사람을 놀래킨다고 했다. 혼자 있을 때도 혹시 뒤에 와 있는 것이 아닐까 몇 번이나 뒤돌아본다고 했다. H의 집과 가게는 튼튼한 목조가옥이었다. 그런데도 발뒤꿈치를 들고 걷는 습관은 고쳐지지 않았다. 그렇게 살얼음 밟듯 조심해서 걸었는데도 결혼생활은 고작 십 년밖에 이어지지 않았다. S와 여자가 일어선 것은 소주 세 병을 비우고 포장마차 안이 술 취한 사람들로 꽉 찼을 때였다.

밤의 폐허는 달빛으로 가득 차 있었다. 보안등이 없었지만 지나치는 차들의 헤드라이트 불빛으로 어둡지 않았다. S가 팔을 뻗어 치마 옆솔기에 바싹 붙인 여자의 손을 찾아 쥐었다. 손바닥은 축축하고 뜨거웠다. 저 끝으로 집이 보였다. 또 텔레비전을 켜둔 채 잠이 들었는지 안방 창문 쪽에서 조도 낮은 불빛이 새어나오고 있었다. 잡은 손에서 S의 맥박이 전해졌다. 쌓아놓은 각목에 발목이 삐끗했다. S가 어깨를 잡아주었는데 완력이 셌다.

S가 빈 집의 현관문 안으로 여자를 잡아당겼다. 밖에서 볼 때는 사면이 막힌 줄 알았는데 문 안으로 들어서자 전방이 뻥 뚫렸다. 앞으로 또 다른 폐허가 펼쳐졌다. 자동차 불빛에 S의 얼굴이 드러났다 사라졌다. 긴장한 S의 얼굴이 묘하게 일그러져 있었다. 그 얼굴 속에서 머리카락을 바싹 깎은 소년의 얼굴이 비집고 나왔다. "아, 너였구나." 여자가 한 손을 들어 S의 뺨에 댔다. 여자는 S와 같은 버스를 타고 통학했다. 막 떠나려는 만원버스의 차창 너머에 선 S를 보았다. 사람들이 우르르 버스 뒤칸으로 밀리면서 S의 몸이 휘청거리더니 버스 유리창에 얼굴이 눌렸다. 한 손에는 화투장 크기만한 영어단어장을 쥐고 있었다. S가 몸부림칠수록 얼굴은 유리창과 더 밀착되었다. 코가 눌리고 뺨과 왼쪽 눈이 일그러졌다. 어느 순간 올려다보니 유리창에 얼굴이 눌린 채로 S가

울고 있었다.

긴장한 S의 얼굴이 마치 어릴 적 버스 차창에 눌렸을 때 같았다. 웃음이 터졌다. 당황한 듯 여자의 가슴 쪽으로 올라오던 S의 손이 멈췄다. 이상하게도 어릴 적 그 모습만 강렬할 뿐 성장한 후의 S의 모습은 기억에 없다. S의 얼굴이 천천히 다가왔다. S의 혀에서는 달큼한 소주와 비릿한 오이, 매운 맛이 가신 고추장 양념 냄새가 났다. 그리고 혀뿌리 뒤에서 독특한 그의 타액맛이 났다. 우리에게도 만나면 새침하게 얼굴부터 돌리던 그런 시절이 있었다. 생각해보니 S와 단둘이 만난 건 이번이 두번째였다. 내가 혹시 쉬운 여자로 보인 걸까. 하지만 여자는 눈을 꾹 감아버렸다.

여자는 엄마처럼 부엌에 쭈그리고 앉아 길게 오줌을 누었다. 거센 오줌발이 슬리퍼를 신은 발등에 튀었다. 뜨겁고 김이 나는 오줌이 사타구니를 적셨다. 아침에 일어났을 때 등이 온통 멍자국투성이였다.

여자는 S의 부인이었다는 여자의 취향이 마음에 들었다. S의 오피스텔에는 그의 부인이 두고 간 물건들이 남아 있었다. 아무런 무늬 없는 하늘색 침대 시트와 베갯잇은 유럽 여행중에 구입했다고 했다. 갈색 나뭇잎이 박힌 커다란 접시도 좋았다. 잠깐 S의 오피스텔에 머물 때면 S의 전처가 베던 베개를 베었다. 그 베개엔 S의 전처가 흘린 침이 얼룩져 있었다. S의 전처는 자신이 고르고 골라 산 물건들은 제쳐두고 밀크라는 이름의 하얀 강아지를 데리고 갔다. 다른 물건은 건성으로 챙겨 S의 물건 부속품이 전처의 소지품에 딸려가기도 했다. 그 부속품들 때문에 S가 가지고 있는 물건들은 무용지물이 되었다.

S와 S의 고향에 가기로 했을 때, 여자는 자신의 세계가 확장되고 있다고 생각했다. 낙동강이 흐르고 사과가 많이 나는 고장을 가게 될 줄 몰랐다. 트렁크를 끌고 나올 때 어머니는 아무 말도 하지 않았다. 다른 점은 몰라도 어머니는 눈감아줄 때 눈감아줄 줄 알았다. S의 오피스텔에 발을 들여놓자 하얀 강아지가 여자를 향해 새되게 짖었다. 오피스텔 창가에 한 여자가 등을 돌리고 서 있었다. S의 전처라는 것을 금방 알아챌 수 있었다.

대문은 열려 있었고 어머니와 어머니의 카트는 보이지 않았다. 부서진 편지함에 항공우편이 들어 있었다. 순간 H의 얼굴이 떠올랐지만 곧 사라졌다. H라면 전달한 사항이 있더라도 이메일을 이용했을 것이다. 자매들일지도 모른다는 생각에 편지를 급히 빼들었는데 몇 달 전 어머니에게 부친 그 편지였다. 편지 겉봉투에는 주소 미확인으로 우체국으로 반송된 도장이 찍혀 있었다. 거실에 앉아 편지를 뜯었다. 비에 젖었다 마른 편지지는 두 장이 달라붙어 떨어지지 않았다. 글씨들은 번졌다. 간신히 알아볼 수 있는 글자가 눈에 띄었다. 이 편지 두 장에 자신의 십 년 결혼 생활이 정리되어 있었는데 다시 기억하려니 아무것도 떠오르지 않았다. 자꾸 원숭이 꼬리 같은 게 달려 있어 팔랑거리던 십 년 전 처녀 시절 생각만 났다.

여자는 천장을 올려다보며 반듯이 누웠다. S가 신도 신지 않은 채 뛰어나와 여자의 손목을 잡았다. S의 전처는 단지 에어컨의 리모컨을 전해주기 위해 잠깐 들렀을 뿐이라고 했다. 여자의 얼굴에 분가루 같은 먼지가 떨어졌다. 마치 포자를 퍼뜨리는 민들레처럼 먼지들이 천천히 떠다녔다. S는 앞으로도 쭉 그의 전처를 만날 것이다. 짝이 맞지 않는 물건이나 부속품을 전해주려 전처가 그의 오피스텔에 오고 어느 날은 그가 전처의 집으로 가기도 할 것이다. 그들에게는 그렇게 하지 않으면 못 쓰게 되는 물건들이 너무 많았다. 먼지는 공사장 쪽에서 날아드는 것이 아니었다. 풍화되면서 집이 조금씩 먼지가 되고 있는지 모른다. 사람들의 발에 묻어 나가는 모래 때문에 해안가가 조금씩 줄어들 듯 집도 언젠가는 형체마저 없어질지 모른다.

견갑골 쪽이 배겼다. 모로 살짝 돌아 눕는 순간이었다. 여자의 코 바로 옆으로 방 천장이 덜컹 떨어져내렸다. 반듯이 누워 있었더라면 몸의 반이 천장에 깔렸을 것이다, 라는 생각을 하기도 전에 벽이 천천히 기울었다. 천장에 덧댄 널빤지들이 두두둑 떨어졌다. 집이 이제는 항복이라며 팔짱 낀 두 팔을 푼 것 같았다. 몸을 일으키려는 순간 반대편 벽이 무너지면서 여자를 덮쳤다. 하중을 견디지 못한 바닥이 꺼지면서 여자는 일층으로 떨어졌다. 마지막으로 본 건 서로 다르게 움직이고 있는 시계들이었다. 시야가 캄캄해졌고 어둠 속 먼 곳에서 아득하게 기왓장들이 떨어지는 소리를 들었다.

의식이 돌아왔을 때 여자는 여전히 집더미 속에 깔려 있었다. 저 위에서 건물 더미를 밟는 부산한 발짝 소리가 났다. 무언가 눈 한쪽을 내리친 모양이었다. 두 눈을 뜨려 해도 자꾸 한쪽 눈이 감겼다. 집으로 돌아오던 날 무너진 잔해 더미에서 보았던 금발머리 인형 생각이 났다.

이런저런 정황들로 볼 때 옆집 지붕을 내리치려던 포클레인의 육중

한 버킷이 목표물을 벗어나 애먼 여자네 집 담장에 가 꽂혔다. 담장이 떨어져나갈 때 집의 급소도 흔들렸다. 시간이 지나면서 그 힘은 조금씩 커졌다. 폭우로 마당이 쓸려나간 것이 힘을 보탰다. 삼십여 년 전 업자가 날림 공사를 하지 않았다면 그런대로 조금 더 견뎌낼 수 있었을지 모른다. 닫아도 닫아도 자꾸 열리던 문들이 떠올랐다. 창틀은 창문과 아귀가 맞지 않았다. 경사가 진 천장도 다 조짐이었을 것이다.

어머니는 여자가 S와 S의 고향으로 갔다고 알고 있다. S는 여자를 기다리다가 혼자 고향으로 갔는지 모른다. 곧 허물어질 집이었으므로 집의 잔해를 치우려 서둘 사람은 없을 것이다. S가 여행을 떠나지 않았다면, 여자가 오지 않아 여행을 포기했다면 S가 모는 마을버스는 새벽 다섯시 사십분에 이 앞을 지나가게 되어 있다. 다리를 움직여보려 했지만 무거운 것에 눌려 꼼짝하지 않았다.

여자는 다시 정신을 잃었다. 삼십여 년 전 그날처럼 자매들은 대문 앞에 서서 집의 지붕을 올려다보고 있었다. 단칸방에서 누울 자리가 모자라 다리가 긴 텔레비전 아래의 공간 속에서도 잠을 자야 했던 자매들은 새집 앞에서 입이 벌어졌다. 눈으로 처음 보는 이층집은 동화 속에 나오는 과자로 만든 집 같았다. 지붕 꼭대기를 보기 위해 허공으로 목을 길게 뺀 둘째가 소리쳤다. "저 빨강 지붕 좀 봐. 굴뚝이 있어. 드디어 산타가 우리집을 방문할 수 있게 됐어." 바니시를 칠한 목조 계단과 전구알을 한 번에 다섯 개나 끼워야 하는 샹들리에를 둘러보는 동안 젊은 어머니는 눈물을 짰다.

자매들은 앞다퉈 이층으로 뛰어올라갔다. 아담한 크기의 방 두 칸과 마루, 따로 세를 줄 수 있도록 이층에서 곧장 마당으로 연결된 계단까지 나 있었다. 이층 마루 또한 일층 마루처럼 무늬결이 다른 베니어 합판 조각을 배열해 멋을 냈다. 투명한 바니시 칠 아래로 나뭇결이 냇물처럼 흘러가고 있었다. 이층으로 올라온 어머니가 한 발을 마루에 내디뎠다. "세상에, 이 마루도 끼어 자면 열은 충분히 잘 수 있겠네." 아홉 살에 전쟁을 만나 타지로 떠돌며 피난살이를 했던 어머니는 방만 보면 그 방에 누울 수 있는 사람 수를 떠올리는 습관이 있었다. 마저 다른 발을 떼어 마루 중앙으로 들어서려는데 어머니의 발 밑에서 마룻장이 뒤틀렸다. 바싹 마른 마룻장이 바삭, 잘 구운 과자 소리를 냈다. 어머니가 살얼음판을 딛듯 조심스럽게 발을 뗐다. 바삭, 바삭, 바삭. 자매들은 웃었고 어머니는 특히 소리가 심한 곳을 찾아내려는 듯 마룻장을 모두 디뎌보았다. 둘째가 자신만만하게 소리쳤다. "과자로 만든 집이야. 마루는 음, 웨하스로 만들었어. 이건 웨하스 씹을 때 나는 소리야."

자매들이 발끝을 들면서 이구동성으로 외쳤다. 그러니 조심해!

그림자 아이

남자는 하루 종일 자신의 손을 들여다보았다. 복도에서 어머니와 아내가 속삭였다. 어머니는 여전히 기억해서 좋은 게 없다고 했고, 아내는 정말 하나뿐인 아들을 망칠 셈이냐고 따지듯 물었다. 남자는 자신의 오른손이 잡았던 아이의 손을 떠올린다. 대체 아이의 손은 어디서 놓아버린 것일까. 어머니와 아내는 아이에 대해 한마디도 해주지 않았다.

팸플릿에는 '야트막한 언덕들과 실오라기처럼 반짝이며 흘러가는 한강의 지류가 한눈에 보이는 전망 좋은 곳'이라고 적혀 있었는데, 막상 창가에서 내다보이는 건 거대한 삼발이 위에 얹힌 공 모양의 탱크들이었다. 회사의 심벌마크와 로고타이프가 그려진 커다란 여섯 개의 탱크들은 고속도로를 벗어난 후부터 요양소로 오는 내내 줄곧 시야에서 벗어나지 않았다. 요양소가 지어진 그 이듬해에 자회사를 여럿 거느린 대기업에서 이 일대 부지를 몽땅 사들였다고 했다. 요양소의 산책로가 있던 언덕을 밀고 그 자리에 공장 건물을 세웠다. 창가 맞은편에 일렬로 박은 대용량의 저장 탱크들 때문에 강도 보이지 않았다. 요양소에서는 경비 절감을 이유로 들어 새로운 팸플릿을 찍지 않았다.

어쩌면 더 잘된 일인지도 모른다고 아내가 트렁크를 열면서 어머니에게 속삭였다. 세 개의 트렁크 속에는 두 계절 뒤의 스웨터까지 들어 있었다. 속옷들을 서랍에 챙겨넣으면서 연구소의 창 밖으로 보이던 풍경과 아주 흡사하다고 아내가 토를 달았다. 어머니는 창가에 붙어서 떨어질 줄 모르는 남자에게 들키지 않도록 한숨을 길게 내쉬었다. "기억해내서 좋을 게 뭐가 있다고." 아내가 소리나게 서랍을 닫았다. "어머니의 바로 그런 점이 아들을 망치고 말 거예요. 좋은 조짐이에요. 저것 봐요. 아까부터 줄곧 탱크들만 뚫어져라 보고 있잖아요." 하지만 남자가 보고 있는 건 탱크들이 아니라 공장 담을 따라 늘어선 수십 대의 자전거들이었다.

눈을 뜰 때마다 침대에 누운 남자의 눈높이에 있는 탱크가 보였다. 삼발이 아래에서 주입구가 있는 탱크의 꼭대기까지 기역자 모양의 철제 사다리가 걸쳐져 있었다. 지난 이 개월 동안 사다리 근처를 얼씬대는 사람은 없었다. 방향키처럼 생긴 주입구는 봉인된 것처럼 열리지 않았다. 탱크의 둘레는 어림잡아도 성인 남자 스무 명의 아름만큼이나 넓어 보였다. 남자의 방 창으로 보이는 것은 커다란 비둘기가 그려진 탱크였다. 감람나무 이파리를 부리에 문 노아의 비둘기가 대기업의 심벌마크였다.

남자는 잠에서 깬 후에도 침대에서 뒤치락거리면서 대용량 탱크 속을 채우고 있는 게 무엇인지 추측해보았다. 어느 날은 검은 원유였다가 어느 날은 곡식의 낟알로 바뀌기도 했다. 탱크 속이 무엇으로 차 있는지 알 수 없듯이 남자는 자신의 머리 속이 무엇으로 채워져 있었는지 알지 못했다.

빗길에 미끄러지면서 도로를 벗어난 트럭은 인도로 뛰어들면서 가로등 불빛에 길게 늘어난 남자의 그림자를 치었다. 남자는 손톱 끝 하나

다치지 않았다. 급브레이크를 밟은 트럭이 엎어지면서 허공을 향한 두 쌍의 바퀴가 공회전을 했다. 짐칸에 얼키설키 묶어두었던 궤짝들이 쏟아져내렸다. 나무 널빤지 두 개에 굵은 철사를 엮어 만든 닭장들이었다. 놀란 닭들이 홰를 치면서 튀어올랐다. 순식간에 인도와 도로에는 브로일러의 흰 닭털들이 부옇게 날아다녔다. 닭들의 요란한 울음소리가 남자가 기억하는 것의 전부다. 남자는 제 어머니도 몰라봤다.

하얀 칠이 된 천장 쪽으로 팔을 들어올린다. 흰 팔뚝 안쪽에 생긴 주삿바늘 자국은 채 가시지 않았다. 다섯 손가락을 움켜쥐었다가 활짝 펴본다. 손바닥의 우묵한 곳, 생명선과 운명선들이 교차하는 그곳. 들고 있던 항아리를 놓쳐 깨뜨렸던 것일까, 쥐고 있던 새를 날려버리고 만 것일까. 오른손에 꼭 쥐고 있던 무언가를 놓쳐버리고 만 아찔함과 허망함이 여전히 남아 있다. 하지만 손이 기억하고 있는 것이 무엇인지 남자는 알지 못한다.

방금 잠을 깨운 소음은 두 패로 나뉘어 멀어졌다. 또다시 정적이다. 왁자지껄한 사내들의 웃음소리와 흙바닥에 어지럽게 울리는 발짝 소리, 이따금 섞이는 자전거 요령과 체인 감기는 소리에 잠이 깨면 영락없이 아침 여섯시가 조금 지난 시각이었다. 야간 작업조인 3조가 퇴근을 서두르고 1조가 공장 안으로 들어서면서 공장 뒷마당은 잠시 동안 부산스러워진다. 공원들의 사옥이 공장 가까운 곳에 있었다. 공원들은 푸르스름한 작업복 차림 그대로 자전거를 몰고 출퇴근을 했다.

플라스틱 슬리퍼를 끄는 소리들이 휴게실과 세면장 쪽으로 천천히 움직인다. 언제 일어났는지 썬더보이의 침대는 비어 있다. 휴게실 쪽에서 썬더보이의 목소리가 도드라진다. 세면장으로 가려던 길에 휴게실 쪽으로 방향을 튼 게 틀림없다. "보이나? 적이 보이나?" 총소리를 흉내내는 걸로 봐서 백마 11호 작전 때의 이야기를 늘어놓으려는 게 틀림없다. 한방을 쓰는 동안 남자는 썬더보이의 무용담을 물리도록 들었다. 그는 때때로 칠십 노인이 되었다가 어느 날은 스무 살 청년처럼 하루 종일 팔팔하게 돌아다니기도 한다.

일인 다역을 하느라 썬더보이는 휴게실 바닥을 구르기도 하고 의자 위로 단짝 뛰어올라가 앉아 자신을 올려다보느라 고개를 뺀 사람들의 얼굴을 정찰병처럼 의심스러운 눈으로 내려다보기도 한다. 썬더보이는 1970년 3월, 캄란 서북방에서 삼십 킬로미터 떨어진 바콤에 투입되었다. 아열대 기후 속에서도 방탄조끼에 완전군장을 했다. 방탄모 속에서 흘러내린 땀이 눈으로 흘러들어 제대로 눈을 뜨는 일조차 버겁다. 썬더보이는 적의 은거지를 찾아 가슴까지 흘러넘치는 계곡의 물을 도하하는 중이다. 그럴 때면 그는 밭장다리처럼 두 다리를 벌리고 어기적대면서 걷는다. 총이 젖지 않도록 두 팔을 어깨 위로 들어올려야 했기 때문에 중심을 잡을 수 있는 건 두 다리뿐이다. 크고 작은 돌들과 갑자기 낮아지는 강바닥 때문에 균형을 잡는 일조차도 쉽지 않다. 삼십 킬로그램을 훌쩍 넘는 완전군장이 물에 젖어 더욱 무겁게 사지를 붙들고 늘어진다. "자칫 방심했다가는 베트콩은 잡아보지도 못하고 붉은 흙물이 흘러넘치는 계곡 아래로 떠내려가 물고기 밥이 될 처지였지." 별안간 썬더보이는 휴게실 바닥에 배를 깔고 엎드려 낮은포복 자세로 긴다. 지금 그는 벵골보리수와 칡, 빈랑나무 등이 우거진 아열대림을 적들 눈에 띄지 않도록 통과하고 있는 중이다. 그 모습을 보고 머리카락을 박박 민 청년 하나가 발작적으로 웃어댄다. 썬더보이는 아랑곳하지 않고 진지하다. 허리춤에 수통 두 개를 단단히 그러맨 후 손바닥으로 툭툭 쳐서 확인까지 한다. 베트남의 무더위에서는 물 없이 단 한 시간도 버틸 수 없다. 휴게실의 음료 자동판매기 쪽에서 헬리콥터들이 나타난다. 썬더보이는 과장되게 입을 벌려대면서 벙긋거린다. 헬리콥터의 날갯소리에 말소리가 전혀 들리지 않는다는 걸 표현하기 위해서이다. 썬더보이의 벌게진 얼굴을 보고 있으면 몇 번이나 그 이야기를 들은 적이 있는 남자도 웃지 않고는 못 배긴다.

자전거 보관소도 담장을 따라 둥글게 휘었다. 스테인리스 고정대마다 자전거들이 묶여 있다. 수십 대의 자전거들은 스탠드의 위치에 따라 좌로 우로 비스듬하게 기울어 있다. 공장은 하루 삼교대로 풀가동되었다. 하루 세 차례 교대 시간에만 십여 분 남짓 소란스러울 뿐 나머지 시간에는 넓은 마당에 햇빛만 고여 다글거렸다.

텅 빈 마당을 내려다보고 있자면 거친 숨소리와 함께 족구를 하고 있는 젊은 남자들과 한쪽에 삼삼오오 모여 해바라기를 하며 잡담을 나누고 있는 젊은 여자들의 모습이 떠올랐다. 그 무리 어디에 자신이 있는지 어디에 아내가 있는지 확인할 틈도 없이 그림은 사라졌다. 아내는 이틀에 한 번꼴로 전화를 걸었다. 아내의 전화 목소리에 익숙해질 만한데도 남자는 매번 "실례지만 누구시죠?" 라고 물었다. 대답 대신 아주 한참 만에 아내의 한숨 소리가 되돌아왔다. 남자는 아내의 부탁대로 탱크들을 보러 창가에 서 있게 되었다. 하지만 잠시 후면 남자의 시선은 탱크들을 떠나 어느새 자전거에게로 가 있었다.

교대 시간은 아침 여섯시와 오후 두시, 밤 열시였다. 교대 시간 십 분 전쯤이면 탱크들의 삼발이 아래로 자전거떼가 모습을 보이기 시작한다. 늘 한두 대의 자전거가 다른 자전거들을 인솔했다. 그 자전거가 S자 모양으로 삼발이 다리를 통과하면 다른 자전거들도 따라했다. 맨 앞의 자전거가 보관소에 다 다다를 쯤이면 반대편에서 어지러운 발짝 소리가 들렸다. 공장에서 작업을 마친 공원들이 퇴근을 하는 소리였다. 자전거 보관소 앞에서 백 명이 넘는 공원들이 뒤섞였다. 고정대에 묶인 자전거를 풀고 그것을 기다렸다가 다시 고정대에 자전거를 묶는 일이 마치 작업장에서처럼 일사불란하게 이루어졌다.

어떤 공원들은 자전거에 올라타고 나서 자전거를 출발시키지 않았다. 자전거 옆에 서서 핸들을 잡고 자전거를 밀면서 달렸다. 어느 정도 속도가 붙으면 훌쩍 몸을 날려 안장에 엉덩이를 걸치고 반쯤 선 자세로 페달을 힘껏 밟아댔다. 페달을 밟는 쪽으로 자전거가 쓰러질 듯 휘청거렸다. 그들은 먼저 출발한 자전거들을 따라잡고 앞서 삼발이 아래를 통과했다. 자전거에 속도가 붙으면 그냥 두 발을 페달 위에 얹어두었다. 똑같은 작업복을 입은 수십 명의 공원들이 자전거를 타고 흩어지는 장면을 남자는 한참 동안 바라보고는 했다. 자전거 보관소 위에는 울긋불긋한 비닐 차양이 쳐져 있었지만 고작 자전거를 가릴 폭이어서 정오를 넘긴 어느 순간 자전거의 팬더들이 일제히 빛을 반사하는 때가 있었다. 그 자전거가 눈에 띈 것은 순전히 붉은 안장 때문이었다.

목에 수건을 두른 채로 이 방 저 방을 기웃거리던 썬더보이는 아침

식사가 배식된 뒤에야 부랴부랴 방으로 돌아온다. 썬더보이는 남자보다 보름쯤 늦게 이곳에 도착했다. 머리 속이 보이도록 짧게 잘랐던 머리카락이 자라 귀를 덮었다. 남자가 주발 뚜껑에 발라놓은 콩을 보고 그냥 지나칠 썬더보이가 아니다. 핀잔 섞인 충고를 늘어놓을 게 뻔하다. "이봐, 이봐, 도련님. 팔천여 명이나 되는 농민들이 왜 봉기했는 줄 아나?" 그 레퍼토리도 이미 여러 번 들은 바 있다. 썬더보이는 1894년 갑오농민전쟁에 대해 이야기하려는 거다. 밥에 묻어 입으로 들어간 콩을 혀끝으로 골라내면서 남자가 선수를 친다. "가난 때문이지." 썬더보이는 식판 위에 놓인 밥과 반찬그릇의 뚜껑을 하나씩 열어 내려놓으면서 고개를 깊이 끄덕인다. 갑오농민전쟁 당시 썬더보이는 스물한 살의 혈기왕성한 젊은이였다. 흰 수건으로 머리를 질끈 동여매고 한 손에 죽창과 몽둥이를 든 농민들이 고부 관아로 물밀듯이 쳐들어갔다. 관아의 무기를 몰수하고 창고를 부쉈다. 불법으로 징수한 세곡이 산더미처럼 쌓여 있었다. 그들은 세곡을 풀어 빈민들에게 나누어주었다. 그날의 함성이 들리는지 아니면 음식의 간을 보는지 썬더보이는 입에 든 호박나물을 한참 동안 물고 있다.

어머니가 밥뚜껑을 열어보고는 "어쩌나 이앤 콩이라면 질색을 하는데"라는 말을 하기 전까지는 그럭저럭 콩을 먹을 수 있었다. "콩 비린내가 싫다, 콩에서 메주 냄새가 난다, 콩이 이 사이에서 서걱거린다…… 넌 이런저런 변명을 다 둘러댔어. 너무 화가 치밀어서 그만 밥풀이 묻은 숟가락으로 네 이마를 때리고 만 적도 있었다." 어머니가 웃었다. "조그만 이마 중앙에 붉은 혹이 부풀어올랐는데 거기 밥풀이 붙어서…… 아무튼 조그만 게 어찌나 고집이 세던지. 넌 입을 꾹 다물고 아무것도 먹으려 들지 않았어. 을러도 보고 달래도 봤지만 헛수고였지. 결국 넌 하루 만에 내 입에서 콩은 이제 먹지 않아도 좋다는 승낙을 받아내고야 말았어. 전쟁이었다, 전쟁." 어머니는 그때 일은 생각하기도 싫은지 머리를 내저었다. "그때였을 거야. 난 이다음에 네가 뭐가 되든 될 아이라고 믿었다." 어머니는 밥그릇에서 골라낸 콩을 씹다 말고 입을 다물었다. 어머니가 돌아간 그 다음날 점심에도 콩밥이 나왔다. 밥뚜껑을 열자마자 남자는 훅 끼치는 콩 비린내에 뚜껑을 도로 닫아야 했다. "지주들의 착취는 극에 달했지. 빈농의 토지를 담보로 해서 높은 이자로 곡식이나 자금을 빌려주고 이자나 원금을 갚지 못하면 토지를 수탈해가는 식으로 계속 농지를 집적할 수 있었던 거야. 많은 농민들은 점차 농지에서 배제되어 소작농민으로 전락하고 말았지. 우리도 한참 유민으로 떠돌았어……" 썬더보이는 누구에게랄 것도 없이 계속 중얼거린다. "자매(自賣)라고 아나? 말 그대로 스스로를 파는 거지. 우린 그야말로 더이상 내다 팔 게 없었어. 팔 거라곤 우리 육신뿐이었지. 자진해서 부잣집으로 들어가 노비로 전락하는 거지……"

썬더보이는 이야기할 추억거리가 너무 많다. 그의 가장 오래된 추억은 연산군 때로 거슬러올라간다. 자신의 입으로도 오백 년을 살았다고 떠벌리고 다닌다. 썬더보이는 오백 년 동안 이런저런 일들을 보았고 겪기도 했다. 이 주에 한 번, 썬더보이를 찾아오는 아내는 그가 기억하는 다섯번째 아내이다. 남자는 콩을 골라내다 말고 김민기, 하고 입엣말을 해본다. 자신의 이름에서 풋콩의 비린내가 난다. 얼굴을 들 때마다 탱크에 그려진 노아의 비둘기가 눈에 들어온다. 탱크를 보라던 아내의 충고는 별 효력을 발휘하지 못하는 듯하다. 대형 탱크의 주입구는 남자가 요양소에 온 그날부터 지금까지 한 번도 열리지 않았다. 주입구에는 붉은 녹이 슬었다. 그 탱크들도 자신의 머리 속처럼 텅 비어 있을 것 같다.

남자는 붉은 안장의 자전거를 눈여겨보았다. 그 자전거는 자전거 보관소의 왼쪽 끝에서 세번째 고정대에 묶여 있었다. 교대 시간마다 다른 자전거들은 수시로 위치가 바뀌었지만 붉은 안장의 자전거는 늘 그 자리 그대로였다. 붉은 안장을 볼 때마다 사타구니가 불에 덴 듯 뜨거워지고는 했다. 안장과 핸들 사이의 프레임에 플라스틱 보조의자가 얹혀 있었다. 서너 살배기 아이의 엉덩이가 쏙 들어갈 크기였다. 붉은 안장의 자전거 주인은 근무가 없는 휴일이면 플라스틱 의자에 아이를 태우고 자전거를 탔을 것이다. 교대 시간이면 백여 명의 공원들이 움직이지만 그 누구도 붉은 안장의 자전거에 손대지 않았다. 붉은 안장의 자전거 주인은 대체 어디로 간 것일까. 남자는 아예 탱크들에 눈길도 주지 않았다.

남자가 야구광이라는 것을 알려준 것은 이종사촌들이었다. 남자와 한 살 터울이라는 일란성 쌍둥이들은 태어날 때와 마찬가지로 오 분 사이를 두고 한 명씩 문가에 나타나 남자를 당황하게 했다. 아주 오랜만에 보았는데도 그들은 한쪽 손만 살짝 들어 인사를 대신했다. 그 인사법으로 평소 그들과 남자와의 사이가 친밀했다는 것을 짐작할 수 있었다. 쌍둥이들은 보호자용 침상에 걸터앉자마자 투닥거리기 시작했다. 전화질을 하느라 사람을 현관에서 이십 분씩이나 기다리게 했다고 먼저 들어온 쌍둥이가 핀잔을 주었다. 바쁜 게 좋은 거 아니냐면서 뒤따라온 쌍둥이가 너스레를 떨었다. 남자는 이목구비가 똑같이 생긴 곱슬머리의 두 남자를 번갈아 바라보았다. 한눈에 봐서는 누가 형이고 아우인지 분간이 가지 않았다. 친척들 중 유일하게 남자만이 형과 아우를 알아보았다고 했다. 어떻게 알아보느냐고 친척 어른 중의 한 명이 물었는데 다 방법이 있다면서 알려주지는 않더라고 했다. 하지만 지금 남자의 눈에 쌍둥이는 너무도 똑같아 보였다. 쌍둥이들은 목소리도 비슷했다. 그들은 냉장고 안에 있는 여러 종류의 음료수 가운데 똑같이 섬유소 드링크를 골라 마셨다.

쌍둥이들은 동대문구장에서 있었던 프로야구 원년 개막전에 대해 상세히 기억하고 있었다. 전직 대통령이 양복조끼 차림으로 시구를 했고 공은 정확히 스트라이크존 안으로 날아갔다. 구장을 가득 채운 삼만여 관중의 함성이 이어졌다. MBC와 삼성의 경기였다. "야, 십회말 연장전까지 가는데 정말 손에 땀이 다 배더라." "맞아, 맞아. 이종도의 끝내기 한 방 정말 죽여줬지." "이종도가 유유히 홈플레이트를 밟을 때 이선희의 심정은 오죽했을까. 만루홈런을 맞았으니……" 쌍둥이들은 야구 이야기를 할 때만 호흡이 척척 맞았다. 갑자기 큰쌍둥이의 얼굴이 굳어졌다. "형, 기억나? 이 자식이 늦게 오는 바람에 우리가 발을 동동 굴렀던 거. 이 자식이 티켓을 다 가지고 있었잖어. 시장통이라 짐자전거들은 쉴새없이 돌아다니고, 자전거를 피하느라 이리저리 움직여대야 했지. 길게 줄을 섰던 사람들도 거의 다 입장을 하고. 난 경기장 앞에까지 다 와놓고 그 경기를 놓치는 줄로만 알았다니까. 아무튼 이 자식은 예나 지금이나 늑장을 부린다니까." 작은쌍둥이는 그 말에도 헐헐 웃기부터 했다. "그런 일이 있었나? 하도 오래된 이야기라 아무 생각도 안 나는데." 만약 남자가 쌍둥이를 분간할 수 있었다면 그건 바로 너무도 상반된 쌍둥이들의 성격 때문이었을 것이다.

1982년 3월 27일. 중학교 3학년이었고 새 학기가 시작된 지 얼마 되지 않은 때였다. 남자는 쌍둥이들과 동대문구장에 있었다. 손가락으로 셈을 해보았다. 벌써 이십 년이 넘은 옛날 일이다. 손가락으로 셈을 하는 버릇은 여전하다면서 어머니가 웃었다. 유난히 셈이 느려 어머니의 속을 태웠다고 했다. 덧셈에서 열이 넘는 수가 나오면 열 손가락으로 부족해 열 발가락까지 끌어다 셈을 해서 젊은 어머니는 걱정이 되면서도 터지는 웃음을 참을 수 없었다고 했다. 3월 말의 날씨처럼 변덕스러운 날씨도 없을 것이다. 멋을 내느라 벗어두고 간 점퍼 때문에 돌아오는 길에는 선득했을 것이다.

쌍둥이들은 십대의 사내아이들처럼 서로의 옆구리나 배를 치고받으면서 장난을 쳤다. 남자는 연장전 십회말 이종도가 친 홈런 장면을 그려보았다. 관중들의 함성이 저 먼 곳에서 들려왔다. 펜스를 넘은 흰 공이 점점 남자 쪽으로 다가오고 있었다. 공을 잡으러 앞좌석에 앉은 사람들이 우르르 일어서며 팔들을 뻗었다. 공은 정확히 남자를 향해 날아왔다. 남자는 벌떡 일어서면서 날아오는 공을 향해 손을 벌렸다. "늬들 생각나냐? 내가 이종도의 그 공을 잡을 뻔했지. 아깝게도 다 잡았다가 놓쳤잖어." 남자가 아쉬운 듯 무릎을 쳤다. 분명 야구공은 남자의 손에 들어오는 듯싶었다. 야구공을 손에 넣었다고 생각한 순간 어이없게도 공은 남자의 손에서 벗어나 아래로 굴러떨어졌다. 몇 계단 아래에서 서로 공을 잡으려는 사람들이 한데 뒤섞이면서 아수라장이 되었다.

남자는 무릎 위에 올린 텅 빈 두 손을 내려다보았다. 이 오른손의 허전함은 야구공을 잡았다 놓친 그때 그 느낌일까. 쌍둥이들은 눈을 끔벅거리면서 남자의 얼굴과 자신들의 얼굴을 번갈아 바라보았다. "무슨 소리야, 형. 그때 그 공은 우리 쪽으로는 오지도 않았어. 공은 분명히 경기장 밖으로 날아갔어. 안 그래?" 큰쌍둥이가 작은쌍둥이의 옆구리를 팔꿈치로 쿡쿡 찔렀다. 작은쌍둥이가 우물거렸다. "글쎄, 사람들이 함성을 지르고 자리에서 일어나 뛰어대는 통에 난 공이 날아가는 건 보지도 못했어. 아이고, 그게 벌써 이십 년 전이야. 우리는 열다섯이었고." 이십 년 전으로 거슬러올라가는지 쌍둥이들의 눈빛이 멀어졌다. 큰쌍둥이가 입맛을 다셨다. "그때 칼라 텔레비가 나왔었냐 안 나왔었냐?" 작은쌍둥이가 대답 대신 남자를 올려다보았다. "형, 나왔었어?" 큰쌍둥이가 이번에도 남자의 눈치를 살피며 팔꿈치로 작은쌍둥이의 옆구리를 찔러댔다. 작은쌍둥이가 입을 꾹 다물었다.

쌍둥이들의 대화는 다시 그룹 송골매로 옮겨졌다가 송골매의 열렬팬이던 앞집 동갑내기 여자애의 이야기로 이어졌다. 여자애 이야기가 나오자 쌍둥이들의 목소리가 더욱 커졌다. 여자애가 좋아하는 것은 큰쌍둥이였는데 작은쌍둥이가 큰쌍둥이인 척하면서 여자애에게 말을 걸었다는 것이다. 작은쌍둥이도 지지 않았다. 애당초 그 여자앤 큰쌍둥이와 똑같이 생긴데다 성격도 좋은 작은쌍둥이에게 호감을 가지고 있었다고 했다. 쌍둥이들은 남자의 방에 들어선 후부터 과거 이야기로만 한 시간이 넘게 이야기를 이어가고 있었다.

썬더보이가 들어서면서 쌍둥이들의 대화는 잠시 중단되었다. 인기척에 뒤를 돌아본 큰쌍둥이가 썬더보이를 알아보았다. 큰쌍둥이를 따라 작은쌍둥이가 고개를 돌려 썬더보이를 올려다보았다. 쌍둥이가 동시에 말을 내뱉었다. "어? 박성배다!" 하지만 정작 박성배라고 불린 썬더보이는 똑같이 생긴 곱슬머리 남자들을 요모조모 뜯어보느라 정신이 없는 듯했다.

자신이 응원하던 팀의 역전을 고대하던 204호 사내는 극적인 만루홈런 장면을 보지 못하고 그새 소파에 머리를 기댄 채로 잠이 들었다. 이곳 사람들은 시도 때도 없이 잠에 빠져든다. 남자는 어느새 자신이 야구 경기에 열중하고 있다는 것을 깨달았다. 펜스를 넘어간 야구공은 비교적 비좁은 구장 탓인지 훌쩍 경기장 밖으로 날아가버렸다. 불펜에서 이긴 팀의 선수들이 마운드로 쏟아져나오면서 환호성을 질러댔다. 그 화면 위로 엔딩 크레딧이 천천히 올라갔다.

썬더보이는 머리를 박박 민 청년에게 빗자루를 들려주고는 검술 시범을 해 보이는 중이다. 본국검이니 금계독립세, 맹호은검세에 대해 열심히 설명을 해준다. 청년은 열심히 고개를 끄덕거린다. 썬더보이가 먼저 실연을 해 보인다. 왼발이 뛰어나가고 오른발이 뒤따르면서 검을 든 두 손이 위를 찌른다. 오른발이 뒤로 물러서고 왼발을 끌어당기면서 검으로 상대방의 엄지와 집게손가락 사이를 내리친다. 청년은 자꾸 순서를 잊어버린다. 이번에는 썬더보이와 청년의 대련이다. 청년이 머리를 내리치면 썬더보이가 옆으로 살짝 물러난다. 이번에는 썬더보이가 청년의 머리 위에서 허리 쪽으로 칼을 내휘두른다. 청년이 방어를 하면서 두 칼이 허공에서 번쩍 빛을 내며 부딪친다. 남자는 두 개의 빗자루가 부딪치면서 내는 둔탁한 소리를 듣는다.

좁은 휴게실 안을 두 사람이 겅둥거리며 휘젓고 다니는 통에 텔레비전을 보던 사람들 몇이 방으로 돌아갔다. 청년은 순서를 자꾸 혼동한다. 순서라고 해봐야 다섯 동작뿐이다. 썬더보이도 그 이상은 기억하지 못한다. 청년은 머리를 내리쳐야 할 부분에 칼을 대각선 방향으로 휘젓는다. 그 바람에 칼을 피하려 한 발짝 옆으로 갔던 썬더보이가 기습적으로 옆구리를 맞고 만다. 통증과 화를 누르느라 썬더보이의 얼굴빛이 붉으락푸르락이다. 청년은 빗자루를 든 채 엉거주춤 서 있다. 썬더보이가 다시 청년이 선 자리로 가서 청년이 해야 할 동작들을 짚어준다.

텔레비전 옆의 안락의자에서 뜨개질을 하고 있던 중년 여자가 빗자루에서 떨어지는 먼지를 피해 남자와 204호 사내 사이로 자리를 옮겼다. 중년 여자는 만두처럼 시접을 여민 굽 낮은 신발을 신고 있었다. 남자의 옆에서 여자는 한동안 뜨개질에 열중했다. 여자의 무릎에 놓여 있던 실뭉치가 또르르 굴러 남자의 발에 와 멈췄다. 여자가 깜빡 존 모양이었다. 실뭉치를 잡으려 손을 뻗었다. 실의 까슬까슬한 촉감이 좋았다. 실뭉치는 손아귀를 꽉 채우고 넘쳤다. 손이 기억하고 있는 그 느낌은 아니었다. 남자는 손이 기억하는 것을 찾아 이것저것을 만져보았다. 지갑은 너무 얄팍했고 문고리는 차가웠다.

인기척에 여자가 잠에서 깼다. 부르르 몸을 떨더니 다시 뜨개질을 시작했다. 이번에는 한 줄을 뜰 때마다 남자의 등에 반쯤 떠진 스웨터의 몸통 부분을 대보았다. 스웨터의 품은 남자의 등보다 훨씬 작았다. 중년 여자는 스웨터의 사방을 늘여 남자의 등에 맞춰보려다가 투덜거렸다. 대바늘을 뽑고 빠른 손놀림으로 떴던 스웨터를 풀기 시작했다. 여자의 치마 앞자락이 금세 구불구불 풀린 실로 넘쳐났다. 코에 대바늘을 꿰던 여자가 중얼거렸다. 남자는 그 말이 자신에게 하는 말인 줄 알지 못했다. 여자가 조금 목소리를 높였다. "넌 영락없이 네 아빠를 닮았어. 세상에 어쩜 그렇게 빼다박을 수가 있는지……" 코를 꿰다 말고 여자가 남자의 옆얼굴을 흘깃거렸다. "얘, 넌 네 아빠를 닮아 등이 너무 길어. 이것 봐라. 표준 사이즈대로 스웨터를 떴는데 터무니없이 작잖니?" 코를 다 꿴 여자는 다시 부지런히 손을 놀려 스웨터를 떠가기 시작했다. 옷 양쪽에 꽈배기무늬가 들어간 흰색 스웨터였다. "목이 따갑다고 스웨터를 안 입고 서랍 속에서 썩히면 안 된다, 알았지?" 남자는 아무 대답도 하지 않았다. 여자가 남자를 나무라는 듯 혀를 찼다. "그 버릇은 여태 고치지 못했구나. 입에 침이 마르도록 타일렀건만. 어른이 말씀하면 재빨리 예, 하고 대답해야 하는 거다!" 남자는 엉겁결에 네, 하고 대답했다. 중년 여자가 고개를 획 돌려 남자를 쏘아보았다. "고얀 것. 이젠 어른을 놀리려 들어?"

여자가 벌떡 일어섰다. 흰 실꾸러미가 바닥으로 굴러떨어졌다. 여자는 잔뜩 화가 난 사람처럼 어깨를 들먹거렸다. "그래, 넌 네 아빠를 빼닮아서 걸핏하면 손찌검이냐? 엉? 나쁜 것." 허공으로 올라간 여자의 손이 남자의 뺨을 찰싹 내리쳤다. 남자가 뭐라고 말할 틈도 없었다. 뜨개질감을 두 손으로 쥔 여자는 종종걸음으로 휴게실을 나가버렸다. 여자가 흘린 실뭉치가 조금씩 풀리면서 여자의 뒤를 돌돌 따라 굴러갔다. 작은 덩치에 비해 손맛이 매웠다. 뺨이 얼얼하고 눈물이 핑 돌았다. 청년에게 또 옆구리를 공격당한 모양인지 썬더보이도 옆구리를 비벼대며 펄쩍펄쩍 뛰어오르고 있었다.

어머니는 사과 껍질이 끊기지 않도록 길게 깎았다. 사과에서 늘어진 껍질이 얼추 어머니의 무릎에 가 닿았다. 밤새 내린 빗물이 마당 곳곳에 웅덩이를 만들었다. 차양 아래로 빗물이 들이쳐서 붉은 안장의 자전거도 흠뻑 젖었다. 출근할 때 자전거를 가져왔던 공원들 가운데 몇은 거센 빗줄기 때문에 아예 자전거 없이 퇴근을 했다. 우비를 쓴 공원들이 자전거로 퇴근을 했지만 눈으로 흘러내리는 빗물 때문에 다른 날처럼 속력을 내지는 못했다. 붉은 안장의 자전거는 아무도 타지 않았다. 양 옆의 고정대에 다른 자전거들을 넣고 빼낼 때마다 붉은 안장의 자전거를 툭툭 건드렸다. 남자는 플라스틱 의자에 서너 살배기 아이를 앉히고 자전거를 달리는 자신의 모습을 상상해보았다. 솜털 같은 아이의 머리카락이 바람에 날리고 살짝 살이 접힌 뒷목이 보인다. 자전거 바퀴가 돌을 밟을 때면 아이의 엉덩이가 플라스틱 의자 위에서 가볍게 튀어오른다. 아이가 간지럼을 타듯 까르륵 웃어댄다. 그런 상상 끝에는 얼토당토않은 노래 가사가 떠올랐다. 아빠하고 나하고 닮은 데가 있어요. 눈 땡, 코 땡, 입 딩동댕.

"난 어떤 아들이었어요?" 어머니가 사과를 깎다 말고 창가에 선 남자를 올려다보았다. 야구광에 콩을 싫어하고 어릴 적 엄마의 생일 선물로 뽀뽀를 선물했던 아이는 어머니의 바람대로 연구소에 취직을 했다.

하지만 어머니 몰래 어머니의 지갑에 손을 댄 적도 있었을 것이다. 패싸움을 하고 찢어진 상처를 넘어져 생긴 거라고 둘러대기도 했을 것이다. 공부를 한다고 독서실에 자리를 잡아두고서 여자애의 집 앞에서 밤을 새운 적도 있을 것이다. 아내를 때리는 아버지를 보고 자라 결혼을 해서 자신의 아내를 구타하는 못된 남편일 수도 있었을 것이다. 놀란 닭들이 요란하게 홰를 치고 하얀 닭털들이 날아올랐다. 남자가 기억하는 것은 그것이 전부다. "넌 착한 아이였다." 어머니가 한숨을 쉬었다. 남자가 어머니를 몰라봤을 때도 어머니는 놀라지 않았다. 다른 사람은 몰라도 제 엄마는 알아볼 거라고 했다. 하지만 남자는 어머니와 관계된 그 어떤 기억도 하지 못한다. 남자는 두 손을 내려다보았다. "엄마, 혹시 내가 손에 무언가 쥐고 있었어요? 뭔가를 놓친 것 같은데. 그것 때문에 너무도 절망스러워요." 어머니는 아무런 대답도 하지 않았다. 어머니가 들고 있던 칼이 어긋나면서 사과 껍질이 끊겨 바닥에 떨어졌다.

공장은 이십사 시간 풀가동이다. 한밤중에도 방 안까지 공장의 불빛이 어울거린다. 썬더보이는 이마에 손을 얹고 잠이 들었다. 왜 그렇게 자느냐고 물었더니 생각이 너무 많아서라고 대답했다. 얼굴을 돌리면 바로 썬더보이의 뒤통수가 보인다. 공장의 불빛 때문에 정수리에서 목덜미까지 난 수술 자국이 선명하다. 그 자국이 번개 모양 같아서 썬더보이라고 부르기 시작했는데, 어느새 그 별명이 이곳 사람들 입에 붙었다. 수술을 하면서 짧게 자른 머리카락이 귀를 덮었지만 흉터 자국에는 머리카락이 자라지 않았다. 머리를 잘 빗어내려도 흉터는 가르마처럼 머리카락을 이등분했다. 내일은 집에 가는 날이라고 밤늦게까지 쌌던

짐을 몇 번이나 풀어대더니 어느새 잠이 들었다. 남자는 생각이 많은 사람처럼 이마에 손을 얹어보았다. 손이 돌덩어리처럼 너무 무거웠다.

복도에 울리는 이 발짝 소리는 방문객의 발짝 소리다. 플라스틱 슬리퍼를 끌고 다니는 이곳 사람들의 발짝 소리 가운데에서 확연하게 구분할 수 있다. 뾰족한 굽 소리는 남자의 방 앞에 와 멈춘다. 눈을 뜨지 않아도 누군지 알 수 있다. 발짝 소리가 침대로 다가온다. 화장품 냄새와 고른 숨결이 남자의 콧잔등까지 와 닿는다. 아내다.

아내는 창가에 선 채 전망부터 살폈다. 창틀에 두 팔을 얹고 엉거주춤 엉덩이를 뒤로 뺀 채 서서 한참 동안 입을 열지 않았다. 두 눈에 생기라곤 없어 보였다. 복도에서 종종 마주치는 이곳 여자들과 크게 달라 보이지 않았다. 숱이 적은 머리카락이 부석부석 들떠 있었다. 아내는 좀처럼 웃지 않았다. 저 여자와 사는 동안 난 행복했을까. 남자는 아내를 볼 때마다 죄책감을 느꼈다. 피가 뜨거워지지 않을까봐 안아볼 엄두가 나지 않았다. 아내가 어머니처럼 한숨을 내쉬었다.

아내가 손가락으로 창 밖의 무언가를 가리키면서 핏 웃었다. "칫, 자전거 따위……" 남자가 창가에서 바라보는 게 탱크들이 아니라 자전거라는 것을 알아채기라도 한 것일까. 한참 만에 아내가 다시 입을 열었다. "춘천 갔던 일 기억나?" 결혼하기 일 년 전쯤이었다고 했다. 삼일절이었다. 배로 십여 분 들어가야 하는, 젊은 사람들이 즐겨 찾는 유원지였다. 섬의 입구에서부터 눈에 제일 많이 띈 것이 자전거 대여소였다. 자전거로 섬을 일주하는 데 한 시간이 채 걸리지 않았다. 연인들은 죄다 자전거를 빌렸다. "이상하게 당신이 우물쭈물 빼더군. 그때까지

난 자전거를 못 타는 남자란 생각해본 적이 없었어. 수영이나 테니스, 못하는 게 없어서 만능 운동선수라고 연구소 내에 소문이 자자했었거든." 자전거를 빌리자고 아내가 억지를 썼다. "유독 못 하는 게 자전거 타기라고 당신이 말했는데, 난 장난인 줄 알고 웃어댔어." 남자는 아내가 모는 자전거의 짐칸에 올라탔다. 키 낮은 자전거라 두 다리가 땅에 질질 끌렸다. 모기 소리 같은 아내의 웃음소리가 이어졌다. "생각보다 당신은 너무 무거워서 난 그날 종아리에 알이 뱄어."

덩치가 큰 남자를 짐칸에 태우고 낑낑대며 자전거 페달을 밟는 여자란 금세 눈에 띄었다. 자리가 바뀐 남자와 여자를 보고 사람들은 장난을 치는 거라고 생각했다. 급경사에서 속도를 줄이지 못한 자전거가 강 쪽으로 쏜살같이 밀려내려가기 시작했다. 남자가 두 다리를 땅에 대고 버텼지만 헛수고였다. 자전거는 두 사람을 태운 채로 강물에 빠지고 말았다. "3월의 물은 너무 찼어. 심장이 졸아붙는 줄 알았지. 바닥에 발이 닿지 않을 땐 공포감이 밀려왔어. 팔을 허우적댈수록 괜한 강물만 삼켰지." 강은 물풀들과 관광객이 버린 오물로 더러웠다. 남자는 축 늘어진 아내를 강가로 끌어냈다. "아마 당신이 수영을 잘하지 못했다면 난 그 강에서 죽고 말았겠지. 그뒤로 난 두 번 다시 자전거를 타지 않았어. 당신은 무거운 당신을 태우는 게 벅차서냐고 놀려댔지만. 사실 난 물이 너무 무서웠어. 자전거를 보기만 해도 자꾸 물 속으로 빠질 것 같았어."

남자는 아내 곁으로 다가가 아내의 손을 쥐었다. 냉장고에서 깡통 음료수를 꺼내는 듯한 느낌이었다. 남자의 손 안에서 아내의 손이 조금 움찔거렸다. 아내의 손이 미끄러지듯 남자의 손에서 벗어났다. 아내가 한숨을 뱉어냈다. "하지만 난 자전거를 다시 탈 생각이었어. 자전거포에서 자전거도 미리 봐뒀는데……" 아내의 손 또한 남자의 손이 기억하고 있는 그 무언가는 아니었다.

썬더보이는 오지 않고 썬더보이의 아내만 왔다. 서랍 속에서 자꾸 잡동사니들이 나왔다. 한밤중에 바로 윗집에서 들린 아이의 울음소리가 화근이었다. 발작을 하듯 울어대는 아이의 울음소리는 삼십 분이 넘도록 멈추지 않았다. 윗집으로 올라가 벨을 눌렀지만 아무도 문을 열어주지 않았다. 썬더보이는 자신의 집 베란다로 나갔다. 베란다의 가스관을 타고 윗집으로 올라갈 작정이었다. 그런 일이라면 이미 경험이 있었다. 실수 없이 잘해낼 자신이 있었다. 아내가 말렸지만 썬더보이는 귓전으로 흘려들었다. 지난 오백 년 동안 자신은 아무 일 없이 살아남았다. 베란다 난간으로 올라가 간신히 가스관을 붙잡았다. 하지만 베란다의 난간에서 남은 한 발을 떼는 순간 기억과는 달리 두 손에 힘이 너무 없다는 것을 깨달았다. 썬더보이는 삼층 아래의 화단에 떨어지면서 머리를 부딪혔다. 아이의 부모는 아이가 잠든 틈을 타 잠깐 밤외출을 했었다고 했다.

"알고 계셨어요?" 화장을 하지 않은 썬더보이의 아내는 터진 만두 같은 눈꺼풀을 끔벅이면서 눈물을 훔쳤다. 썬더보이는 훌륭한 배우였다. 자신의 경험이라고 기억하는 것의 대부분이 그가 극에서 맡았던 배역이었다. 교통사고로 머리를 다쳤을 때 자신이 영화배우라는 사실만 지워졌다. 그의 머리 속에 남은 건 그가 맡았던 다양한 역할이었다. 수술은 순조롭게 끝났지만 예후에 대해서는 의사들도 장담하지 못한다고 했다. 분명한 건 이번에는 저번보다 아주 오랫동안 병원 신세를 져야 할 것 같다며 썬더보이의 아내가 한숨을 쉬었다. "그나저나 이번에 깨어나면 저번과는 반대였으면 좋겠어요. 그럼 말썽을 일으키진 않을 테죠. 맡은 배역이 환자역이다 생각하면 지루하지 않을 테죠. 수없이 주사를 맞고 검사도 해야 하는데 극중이다 생각하면 아프지도 않을 거 아녜요." 썬더보이의 아내가 희미하게 웃었다.

머리를 돌리면 텅 빈 침대가 보였다. 꿈에서 남자는 썬더보이의 머리통을 보았다. 썬더보이의 머리통은 여러 조각으로 기워져 있었다. 썬더보이가 자신의 머리통을 쓰다듬으면서 웃었다. 도련님, 이젠 축구공이라고 불러줘.

누군가 자전거의 붉은 안장을 떼어 달아났다. 자전거 보관소의 자전거들을 샅샅이 뒤졌지만 붉은 안장은 보이지 않았다. 안장이 떨어져나간 자리에 녹이 슨 스프링 몇 개가 삐죽이 솟아 있었다. 어제 저녁 교대 시간에도 분명히 붉은 안장은 그대로 있었다. 그렇다면 새벽반인 3조가 퇴근을 할 때 그들 중 한 명이 안장을 떼어 달고 갔을 것이다. 3조는 저녁 열시나 돼야 공장에 나타날 것이다.

기억하나, 로 종숙의 말은 시작되었다. 문병을 온 많은 친척들이 그렇게 말을 꺼냈다. 그런 말을 들을 때마다 남자는 자신이 다른 사람들의 기억으로 기워진 허수아비 같았다. 종숙의 손은 마른 나뭇잎처럼 버석거렸다. 종숙은 남자의 손을 오랫동안 붙잡고 있었다. 땅 밑으로 흐르는 지하수처럼 흐릿하게 뛰는 맥박이 느껴졌다. 종숙은 아버지의 장례식을 떠올렸다. 장례식 내내 어린 상주가 의젓했노라고 했다. 종숙을 따라온 어린아이는 썬더보이의 침대에 올라가 텀블링을 하듯 뛰어댔다. 이야기 중간중간 종숙이 아이에게 주의를 주었지만 그때뿐이었다. 아이가 뛸 때마다 침대 스프링이 삐걱거렸다. 아이는 뛰어오를 때마다 창 밖에 보이는 비둘기에 대고 혀를 빼물었다. 어머니와 아내는 종숙모와 복도에서 소곤대고 있었다.

"네가 아마 열여덟이었을 거다." 종숙은 복도 쪽에 대고 목소리를 높였다. "야가 열여덟 살 때 맞지요? 우리집에 왔던 기." 복도에서 그렇다는 어머니의 대답이 들려왔다. 종숙이 다시 말을 이었다. "그때 니가 누구드라, 그래, 니 이종인 쌍둥이들하고 우리집에 안 왔나. 기억나제?" 종숙은 다시 복도의 어머니를 향해 그 쌍둥이들은 지금 뭐 하면서 살고 있냐고 물어보았다. 어머니는 "밥 걱정은 안 하고 삽니다"라고 대답했다. 천렵을 하러 종숙의 자식들과 남자, 이종 쌍둥이들이 강가로 나갔다. 비가 온 직후라 개천의 물이 불어 있었다. 개천을 건너 물이 깊은 곳을 찾았다. 물 묻은 살갗이 금방 벌겋게 탔다. 고기는 한 마리도 잡지 못했다. 개천을 건널 때는 물살 때문에 종아리가 저릿저릿했다. 나이가 든 아이들이 먼저 건너고 초등학교 저학년이던 계집애 둘이 손을 잡고 뒤따라 나오던 참이었다. 계집애 하나의 몸이 물에 떴다. 작은 계집애들이 감당하기에는 물살이 너무 거셌다. 물에 뜬 계집애가 떠내려가면서 곁에 서 있던 계집애의 몸을 떼밀었다. 순식간에 물 속으로 계집애들의 모습이 사라졌다. 이쪽 개천가로 건너와 있던 남자애 하나가 소리쳤다. "저기 떠내려간다!" 누구 하나 선뜻 개천 속으로 들어가려 하지 않았다. 그때 개천으로 텀벙텀벙 들어간 게 남자였다. 남자는 물 속에 잠겨 있는 계집애들의 목덜미를 잡아 하나씩 물 밖으로 건져냈다. 물에 흠뻑 젖은 계집애들이 뒤늦게 입을 벌리고 울기 시작했다.

복도에 있던 종숙모가 이야기에 끼어들었다. "갸가 아니고요, 종기 아닙니꺼. 얼라들을 건지낸 건 민기가 아니라 종깁니더, 종기." "종기?" "야. 큰집 둘째 머스마 안 있습니꺼." 종숙이 멋쩍은 듯 웃었다. "그럼 이 이야긴 없었던 걸루 치고 지와뿌리라마." 종숙에게서는 약초 달이는 냄새가 났다. 종숙은 수많은 이야기를 했지만 수많은 이야기를 없었던 이야기로 만들기도 했다.

종숙을 배웅하기 위해 택시 정거장까지 함께 걸었다. 종숙네 아이는 매점 앞을 기웃거리느라 어른들의 걸음을 뒤처지게 했다. 과자봉투를 찢다가 로비에 과자를 절반이나 쏟아부었다. 택시가 와서 서고 어른들이 탔지만 가지 않겠다고 저만큼 달아나는 바람에 할 수 없이 남자가 뒤쫓아가 손목을 붙들었다. 아이의 손에는 과자가루가 묻어 있었다. 아이의 주먹 쥔 손이 손아귀 안에 쏙 들어왔다. 택시에 아이의 몸이 들어가면서 남자의 손에 있던 아이의 손이 물처럼 새어나갔다. 택시가 떠난 뒤에도 남자는 한동안 자신의 빈손을 내려다보았다. 자신의 손이 기억하고 있는 게 꼭 아이의 손인 것만 같았다.

남자는 하루 종일 자신의 손을 들여다보았다. 복도에서 어머니와 아내가 속삭였다. 어머니는 여전히 기억해서 좋은 게 없다고 했고, 아내는 정말 하나뿐인 아들을 망칠 셈이냐고 따지듯 물었다. 남자는 자신의 오른손이 잡았던 아이의 손을 떠올린다. 대체 아이의 손은 어디서 놓아버린 것일까. 어머니와 아내는 아이에 대해 한마디도 해주지 않았다.

빗길에 미끄러진 트럭은 남자의 그림자를 치었다. 놀란 닭들이 홰를 쳤다. 순식간에 하얀 닭털들이 날아다니기 시작했다. 남자는 황급히 고개를 저어 불길한 생각을 지웠다. 아내와 어머니에게는 아무 말 하지 않기로 했다. 아직 가을이 깊지도 않았는데 아내는 트렁크 가득 겨울 내복과 코르덴 바지 등을 챙겨왔다. 올 겨울은 이곳에서 나야 할 게 분명했다.

남자는 안장 없는 자전거로 다가갔다. 공장의 담을 타넘는 건 어렵지 않았다. 몇 개월 동안이나 아무도 타지 않은 자전거는 녹이 슬어 제대로 페달이 돌려지지 않았다. 핸들과 가까운 스탠드에 비뚤배뚤하게 흰 글씨가 씌어 있었다. 남자는 손가락 끝으로 그 글자를 쓰다듬었다. 신념. 신념은 중학교 때부터 남자가 가장 좋아하던 말이었다. 이렇게 표시도 있으니 붉은 안장의 자전거는 틀림없이 자신의 자전거였다. 바퀴 하나와 고정대를 묶어놓은 줄도 이미 삭아 굵은 철사 하나만 간당거리고 남아 있었다. 아이를 태우는 의자에도 먼지가 잔뜩 내려앉았다. 집에 가지 않은 지 얼마나 되었을까. 혹시 이 의자에 태우지 못할 정도로 아이가 커버린 것은 아니겠지. 줄칼로 철사를 갈면서 남자는 마음이 조급했다.

붉은 안장은 붉은 안장의 자전거로부터 네번째 고정대에 있었다. 안장을 당기자 쉽게 자전거로부터 분리되었다. 아무도 자전거를 타지 않자 주인 없는 자전거라고 생각한 모양이었다. 붉은 안장을 떼어 도로 제 자전거에 붙였다.

땅에서 발을 떼자마자 자전거는 휘청 흔들렸다. 재빨리 발을 뻗어 쓰러지려는 자전거를 고정시켰다. 다시 페달 위에 두 발을 얹어놓았다. 바퀴가 두 바퀴를 돌기도 전에 자전거와 함께 땅바닥으로 넘어졌다. 흙에 쓸린 뺨이 화끈거렸다. 다시 페달을 밟았다. 다섯 바퀴에서 스무 바퀴쯤으로 늘었다. 비뚤배뚤하지만 자전거가 앞으로 나가게 되자 탱크들 앞으로 보이는 흰 건물에 대해 아예 다 잊었다.

밤을 샌 3조의 얼굴들은 백지장 같다. 입을 벌릴 때마다 군내가 물씬 풍긴다. 밤새 입을 꾹 다물고 작업을 했을 것이다. 사내들은 자전거를 풀면서 음담패설을 늘어놓는다. 삼발이 건너로 1조의 자전거가 보이기 시작한다. 자전거들이 요령을 울려댄다. 고정대에서 자전거를 풀던 3조 공원 하나가 안장이 없어졌다고 신경질을 부린다. 옆의 누군가가 받아친다. 조심해라. 엉덩이 찔릴라.

3조의 자전거가 하나 둘 움직이기 시작한다. 자전거 경주라도 벌이듯 공원들은 열심히 페달을 밟는다. 남자는 몇 번 이리저리 비틀거리다가 간신히 중심을 잡지만 맨 뒤로 한참 처진 후다. 자전거 무리를 따라잡기 위해 핸들을 움켜쥐었다. 플라스틱 의자가 덜컹거렸다. 손아귀에 핸들이 쏙 들어왔다. 어쩌면 손이 기억하는 것이 자전거의 핸들일지도 모른다고 생각했다. 선두를 달리는 자전거가 삼발이 아래를 통과한다. 거대한 원형 탱크에는 노아의 비둘기가 그려져 있다. 늘 그 그림을 바라보던 남자는 더이상 그곳에 없다. 남자는 힘껏 페달을 밟는다. 3조에 섞여 자전거를 타고 가다보면 저절로 사옥까지 도착할 것이다. 집을 찾는 일은 그후에 생각할 일이다. 휴일이면 자전거의 플라스틱 의자에 아이를 태우고 도로를 질주할 것이다.

수십 대의 자전거가 여섯 개의 거대한 탱크 아래를 지나친다. 잠시 뒤에 삐걱거리면서 한 대의 자전거가 비뚤배뚤 그뒤를 쫓아간다. 신념이라는 이름의 자전거다.

낮과 낮

아버지가 담배 연기를 내뿜듯 거친 숨을 내쉬었다. 가슴에서부터 시작된 경련이 빠른 속도로 아버지의 몸을 훑어내렸다. 삶은 엄지발가락 끝에서 오래 머물렀다. 풀 이파리에 앉은 나비 같았다. 그래서 여자는 사람의 육신을 움직이는 혼이라는 것이 한 마리 나비처럼 아주 가볍고 작은 것일지도 모른다는 생각을 했다. 잠시 후 엄지발가락의 경련도 잠잠해졌다.

구(舊) 시가지에 자리잡은 낡은 레스토랑 건물도 관광 코스 가운데 하나였다. 여행사 깃발을 든 가이드를 중심으로 열댓 명의 관광객들이 건물 앞에 모여 있었다. 가이드의 설명에 따라 관광객들의 시선은 훼손 자국이 선명한 회벽 건물의 들창과 지붕으로 옮겨갔다. 그 동안에도 안경 쓴 노인은 비디오의 뷰파인더에서 눈을 떼지 않았다.

환승할 비행기로 갈아타기 위해 공항에 대기중일 때도 노인은 인천국제공항의 창 밖 풍경을 비디오카메라에 담고 있었다. 비행장에 계류중인 여러 기종의 비행기들 사이로 화물차와 계단차들이 분주히 움직였다. 보딩 시간을 알리는 안내 방송이 흐르자 노인은 일행의 뒷모습을 비디오카메라로 찍으면서 따라갔다.

노인들과 중년 남녀, 젊은 남자 한 명이 동반한 모임이었다. 좌석 배정에도 신경을 쓰지 않았는지 일행은 여자의 앞뒷자리로 뿔뿔이 흩어져 앉았다. 비행기 안은 싸늘했고 어두침침했다. 눈을 찌를 듯한 강렬

한 햇빛 때문에 모든 덧창들이 닫혀 있었다. 낮에서 낮으로의 이동이었다. 열세 시간의 비행 시간 동안 그들은 의자 등받이를 뒤로 젖히지 않았고 비행기의 복도를 어슬렁대지도 않았다. 좌석 너머로 그들의 대화 소리도 흘러오지 않았다. 뒷좌석에서 열에 들뜬 갓난아이의 울음소리가 들려왔다.

단시간 동안 스위스의 명소 몇 군데를 훑는 패키지 여행이었다. 가이드의 설명이 끝나자 그들은 둘, 셋씩 짝을 지어 건물을 배경으로 사진을 찍었다. 일행 모두 자신의 카메라를 가지고 있었다. 나중에 사진을 찾기 위해 주소를 교환하거나 만나는 일을 번거로워하는 듯했다. 짝을 지어 선 똑같은 모습을 각자의 카메라에 따로따로 담았다. 사진 촬영은 젊은 남자가 도맡아 했다.

한눈에도 도회지 사람들처럼 보이지는 않았다. 그들 중 누구도 옷차림에는 신경쓰지 않은 듯했다. 머리카락은 빗지 않은 것처럼 헝클어졌고 몇몇이 쓰고 있는 모자는 구겨졌다. 칙칙한 색깔의 외투 사이로 드러난 피부는 푸석푸석 말라 있었다. 일행 중의 유일한 젊은 남자까지도 얼룩이 튄 청바지와 때가 잔뜩 오른 스니커즈 차림이었다. 가이드가 삼각 깃발을 흔들며 앞장서자 일행은 하나 둘 그 뒤를 따라 성 피터 교회 쪽으로 내려갔다. 노인은 공항에서처럼 일행으로부터 몇 발짝 뒤처졌지만 서두르는 기색 없이 구 시가지의 건물들을 비디오로 찍었다. "암튼 일본 사람들 못 말려요. 언젠가 일본에서 오 년 정도 살다온 사람과 여행을 갔었는데 여기 서라, 저기 서라 하면서 사진을 찍어대는 통에 정작 관광은 뒷전이었지요. 그러니 일본에서 나고 자란 사람은 오죽하겠어요?" 공항에 마중을 나온 뒤로 최는 쭉 경어를 쓰고 있었다.

중세 무기고였다는 레스토랑의 실내는 서울에서 흔히 볼 수 있는 패밀리 레스토랑과 별반 다르지 않았다. 붉은 줄무늬의 흰 식탁보가 깔린 나무 탁자들이 건물 내부에 촘촘히 늘어선 기둥들을 피해 놓여 있었다. 들창이 활짝 열려 있었지만 레스토랑 안쪽으로는 햇빛이 닿지 않았다. 들창 위 어둑신한 벽 곳곳에 오백 년 전 기사들이 사용했다는 창과 검, 손도끼들이 전시되어 있었다. 레스토랑 안은 어두웠고 음식의 기름기가 채 환기되지 않아 끈적거렸다. 흡연 구역에서 넘어온 담배 연기가 검은 천장 높이 박힌 대들보 근처에 자욱이 고여 있었다. 수레바퀴가 달린 대포 뒤가 주방이었다. 스위스 전통의상을 입은 웨이트리스들이 양손에 열 장이 넘는 대형 접시들을 들고 종종거렸다.

이 도시에서의 공식 일정이 끝난 목요일 아침부터 남편은 구 시가지 산책을 시작으로 몇몇 도시를 여행했다. 자동차를 대여하지 않고 열차와 도보를 이용한 여행이었다. 삼박 사일간의 여행의 끝은 또다시 이 도시였다. 이 도시의 쇼핑가인 반호프슈트라세를 반나절 동안 돌아다녔고 페스탈로치 동상이 있는 공원에서 샌드위치와 탄산수로 점심식사를 했다. 호텔로 돌아오는 길에 여러 곳의 상점에 들렀지만 스카프 두 장과 수제 초콜릿을 샀을 뿐이었다. 남편은 화요일 저녁 대한항공 직항편으로 서울에 돌아올 예정이었다.

구 시가지 산책중에 남편은 이 레스토랑에서 식사를 했다. '버터 포테이토를 곁들인 양고기 구이. 맛★ 가격★' 남편은 음식과 사람의 평가에 관한 한 좀 인색한 편이었다. 특히 조미료 맛이라면 질색을 했다.

조미료를 넣지 않은 된장찌개 맛에 익숙해지려 한동안 힘이 들었다.

최와의 대화 속으로 주방에서의 잡음이 끼어들었다. 식기들이 부딪치고 뜨거운 프라이팬에서 음식들이 지글거리며 익었다. 주문을 할 때면 웨이트리스들의 독일어가 도드라졌다. 버터 포테이토를 곁들인 양고기 구이를 절반이나 남겼지만 최는 예전처럼 다 먹으라고 윽박지르거나 여자가 남긴 음식을 끌어다 먹지는 않았다. 최도 이곳 음식이 입에 맞지 않는 눈치였다. 남편의 평가처럼 맛에 비해 가격은 비쌌다.

"거긴 지금 새벽이지요? 잠을 깨워 죄송합니다." 최는 전화를 걸어놓고 한동안 말이 없었다. 잠시 뒤에 최는 형수님이라는 호칭 대신 예전에 그랬던 것처럼 나직이 여자의 이름을 불렀다. 결혼하기 전까지 최는 가끔 전화를 걸어와 여자의 이름을 불러놓고는 아무 말 없이 송수화기를 쥐고 있었다. 그럴 때면 여자는 "야! 너 또 술 먹었냐?" 라며 지청구를 하곤 했다.

최와는 입사동기였다. 최가 여자보다 세 살 위였지만 동기들이 그렇듯 그들도 거리낌 없이 반말을 썼다. 최는 새벽까지 이어지는 회식 자리에서 술에 곯아떨어진 여자를 업고 집까지 데려다주었다. 집 앞 골목에서 먹은 걸 죄다 게워낼 때까지 여자의 등을 두드려주기도 했다. 회사 동호회인 산악부에서 간 북한산 중턱에서 오줌을 누는 여자의 앞에 등돌리고 선 채 망을 봐준 것도 최였다. 조심하려 했는데 산기슭을 타고 내려간 오줌줄기가 앞에 선 최의 등산화 밑창을 적시고 있었다. 최는 담배를 피워문 채 산 아래 펼쳐진 도시를 내려다보았다. "돌아보면 죽는다" 고 엄포를 놓았지만 여자는 최가 결코 돌아보지 않을 사람이라는 것을 알고 있었다. 회사 동료들은 여자와 최를 볼 때마다 언제 국수를 먹여줄 거냐고 떠들어댔다. 남편도 그들 중 하나였다.

오랜만의 반말이 반갑고 그 시절의 몇몇 장면들이 스치고 지나가 웃음소리가 높아졌다. 하지만 여자의 웃음은 길게 이어지지 않았다. 최의 긴 침묵 뒤에서 8월의 뜨거운 태양과 들끓어오르던 바다, 검둥이처럼 검게 탄 조무래기들의 사투리 섞인 욕설들이 떠올랐다.

최와 호숫가 쪽으로 걸었다. 이 골목의 건물들은 대부분 지은 지 오백 년을 훌쩍 넘겼다. 대성당 건물의 지하는 그 기원이 11세기 후반으로 거슬러올라간다고 했다. 16~17세기의 주택과 길드홀들 사이를 걸어 남편도 호숫가에 이르렀을 것이다. '오래된 것들 앞에서는 이유 없이 나른해진다.' 남편의 다이어리에 남아 있던 메모가 떠올랐다.

오후가 되자 기온이 올라가 스웨터 속으로 땀이 뱄다. 호숫가를 따라 늘어선 벤치는 사람들로 꽉 차 앉을 자리가 없었다. 휴지가 둥둥 뜬 혼탁한 호수에 때투성이의 백조 몇 마리가 떠 있었다. 벤치에 앉은 젊은 남녀들은 주위의 시선을 의식하지 않은 채 부둥켜안거나 길게 키스를 했다. 이 년 넘게 스위스 지사에 머물고 있는 최에게는 이미 익숙한 광경인 모양이었다. 최가 담배를 피워물다가 생각난 듯 여자 쪽으로 담뱃갑을 내밀었다. 텅 빈 사무실에서 가끔 최가 물고 있던 담배를 빼앗아 한 모금씩 몰래 피우곤 했다. 사레가 들려 캑캑거리면 최는 목젖이 울리도록 크게 웃어댔다. 언제부턴가 여자는 양파 주머니와 두부, 생선이 담긴 장바구니에 담배를 숨겨 사들였다. 남편이 출근한 뒤에 비좁은 세탁실에 쪼그리고 앉아 담배를 피웠다. 하루 한 개비였으므로 남편에게는 들키지 않았다.

호텔로 돌아가는 길에는 개를 데리고 산책 나온 사람들과 끊임없이 마주쳤다. 덩치 큰 개들이 가로수나 보안등과 같은 기둥만 보면 그곳으로 가 코를 박고 킁킁거렸다. 그 바람에 수시로 걸음을 멈췄다. 최와는 호텔 건너편에서 헤어졌다. 전차 선로 너머로 건너편 보도에 선 최가 보였다. 예전 여자의 집 앞에서 그랬던 것처럼 최는 먼저 들어가라고 여자를 향해 손짓을 해댔다. "사나이는 결코 뒷모습을 보여주는 게 아니야." 최가 우스갯소리를 했던 때가 벌써 칠 년 전이었다.

이 호텔도 외관은 그대로 둔 채 낡은 내장재만 새것으로 교체한 듯했다. 로비와 복도에서 낡은 의자와 유리병, 접시 등을 볼 수 있었는데 그 옆에 붙은 라벨을 읽어보면 몇백 년 전의 유품들이었다. 호텔 자체가 작은 역사관이었다. 호텔 측에서는 남편이 묵었던 방을 무료로 여자에게 내주었다. 중앙역과 한 블록 떨어진데다 전통이 깊은 곳이라 숙박료가 비싼 곳이었다. 방은 이미 경찰의 조사를 거친 뒤였다. 경찰은 남편의 유서를 발견하지 못했다.

참나무 옷장의 손잡이는 투숙객들의 손때로 반질거렸다. 옷장 속에 남편의 양복과 오리털 파카, 간편한 옷가지들이 걸려 있었다. 와이셔츠 깃과 소매는 검은 때가 탔다. 겨드랑이에 누런 기름기 도는 다이아몬드 모양의 얼룩이 남아 있었다. 숱이 많던 남편의 겨드랑이가 떠올랐다. 여자의 허리를 감아쥐던 남편의 팔 힘과 몸에 와 닿던 단단한 허벅지의 느낌이 생생했다.

트렁크는 침대 밑에서 찾았다. 안에 든 가벼운 물건들이 서로 부딪혔다. 남편의 출장지마다 동행했던 트렁크에는 각국의 공항을 통과할 때마다 붙였던 수하물 스티커들이 남아 있었다. 트렁크를 앞에 놓고서야 트렁크의 비밀번호에 생각이 미쳤다. 한 번도 트렁크의 비밀번호에 대해 궁금증을 가져본 적이 없었다. 남편의 주민등록번호 앞자리 숫자 네 개로 다이얼을 돌렸다. 트렁크는 열리지 않았다. 집 전화번호도 남편의 휴대폰 번호의 끝자리도 아니었다. 군대를 다녀온 남자들에게 군번이라는 것이 있다는 것이 생각났지만 남편의 군번에 대해서는 더더욱 알 길이 없었다.

남편의 다이어리는 책상 위, 여권과 껌, 필기구와 흩어진 서류 더미 가운데 펼쳐져 있었다. 남편은 메모광이었다. 볼펜 자국들 때문에 종이들이 들떠 다이어리는 훨씬 두툼하게 느껴졌다. 다가올 11월과 12월에도 여러 건의 약속이 잡혀 있었다. 다이어리 어디에도 군번으로 짐작될 만한 숫자는 없었다.

금
09:00 취리히 출발
09:40 라인 폴 도착
사람들은 떨어지는 것에 열광한다
폭포, 낙엽, 눈, 별똥별, 번지점프, 롤러코스터……
14:00 루체른 도착. 카펠교, 호프 교회, 빈사의 사자상 관광
스위스 용병의 용감함과 수사자는 어울리지 않는다
야생의 수사자는 나태의 상징과도 같다. 망할 자식들

Tourist Hotel(Tel 041 410 24 74; touristhotel@centralnet.ch)

St Karli Quai 12, 개인욕실, CHF 134

호텔 지배인은 줄곧 허리를 꼿꼿하게 세우고 앉아 있었다. 깡마른 쉰 초반의 남자로 오랜 세월 동안의 직업의식이 목 부분에 배어 있는 듯했다. 최는 빠르고 강한 영어로 이야기를 했다. 독일식 악센트 때문에 지배인의 영어는 알아듣기 힘들었다. 최가 중간중간 통역을 해주었다. 남편을 발견한 사람은 호텔의 종업원이었지만 호텔 측에서는 그 대신 줄곧 지배인을 내세웠다. 목격자는 조깅을 하다 쓰러진 사람인 줄로만 알았다고 했다.

남편의 사인은 두개골 골절이었다. 호텔에서 투숙객들을 위해 마련해둔 십삼층의 운동실에서 추락사했음이 밝혀졌다. 짧은 바지와 면 셔츠 차림에 한 손에는 호텔의 이름이 프린트된 수건을 쥐고 있었다. 호텔 측은 자살로 단정지었다.

최가 경찰과 호텔 측에 유서가 발견되지 않은 것에 대해 따져 물었지만 그들은 그것에 대해 "세상에 대해 할말 없음"으로 받아들이는 듯했다. 지배인은 낮은 목소리로 투숙객의 자살 소식이 관광객들 사이에 번질 것이 염려스럽다고 말했다. 고인의 유품을 정리해 빨리 호텔을 떠나주기를 요청했다. 하지만 최도 호락호락하지 않았다. 최가 지배인에게 종이 뭉치를 들이밀었다. 지배인이 두 손을 가로저었다. 그것은 남편의 다이어리 사본이었고 최도 이미 다 읽은 듯했다. 지배인이 건성으로 종이 뭉치를 뒤적이고 있을 때 최가 여자에게 얼굴을 돌리고 속삭였다.

"계속 자살이라는 말만 반복하고 있어. 사고사라는 걸 인정하게 되면 보상금이라는 골칫덩어리가 걸려 있으니까. 이 도시가 어떤 도시야. 관광 수입이 삼위고, 이 나라 인구의 육분의 일이 직간접적으로 그 수입의 영향을 받고 있어. 그런데 관광객의 죽음에 대해서는 책임을 지려하지 않아. 전도유망한 젊은 남자가 운동실에서 추락했어. 뭔가가 있다구. 그런데 계속 발뺌을 하고 있어." 지사로 출장을 온 직원의 자살 사고는 회사 측에서도 타격이 클 거였다. 여자의 머리 속에는 지난주 금요일 난에 적힌 남편의 메모가 떠돌았다. "사람들은 떨어지는 것에 열광한다. 폭포, 낙엽, 별똥별, 번지점프, 롤러코스터……" 그뒤에 남편은 또다른 단어를 적으려다 말았을는지도 모른다. 떨어지는 것에 대한 열광. 투신자살.

운동실은 러닝머신를 비롯한 약간의 헬스 기구가 갖춰진 곳이었다. 통유리창 너머로 취리히 시내가 한눈에 내려다보였다. 남편의 사고 이후부터 운동실은 잠시 동안 폐쇄되었다. 환기를 시키지 않아 퀴퀴한 냄새가 뱄다. 창문 너머로 남편이 발견되었다는 곳을 내려다보았다. 남편이 쓰러져 있던 자리에는 노란색의 소형차가 주차되어 있었다. 십삼층은 생각보다 높지 않았다. 손을 뻗치면 십삼층 아래의 것들에 손이 닿을 듯했다. 죽음에 대한 두려움을 느낄 시간이 단 몇 초에 불과했을 거라는 점이 다행이라면 다행이었다.

라인 폴에 도착한 건 오후 한시가 지나서였다. 시골의 소박한 역사를 기대했는데 기차가 멈춘 곳에는 벤치 두 개와 역이름이 적힌 팻말이 전부였다. 마른 수풀 너머로 폭포의 물소리가 건너왔다. 물소리를 따라 걸어올라갔다. 낭떠러지 앞에 서자 수백 미터 아래로 펼쳐진 강줄기가 보였다. 폭포 바로 가까이까지 전망대가 설치되어 있었다. 가파른 계단은 관광객들이 신발에 묻혀 옮긴 물로 질퍽했다. 폭포 쪽에서 올라오는 사람들은 이미 물기운에 흠씬 젖어 있었다. 그들은 머리카락에 묻은 물방울을 털어내고 방금 본 장관으로 피곤한 기색을 보였다. 계단을 내려갈수록 폭포의 낙차 소리가 커졌다. 폭포에서 튀거나 흘러들어온 물이 전망대마다 흥건히 고여 있었다. 폭포 옆에서 독일인 관광객으로 보이는 남녀가 소리를 지르듯이 이야기를 나누고 있었다. 폭포의 곳곳에 설치된 전망대로 여러 모습의 물을 볼 수 있었다. 강에 고인 물은 가파른 낭떠러지를 떨어져내리고 움푹 팬 바위 틈을 만나 휘어지고 칼바위를 지날 땐 두 줄기로 갈라졌다. 물살은 급작스럽게 방향을 바꿨다. 높고 낮은 여러 개의 낭떠러지마다 물은 다른 모습과 소리를 내면서 떨어져내렸다. 맨 아래쪽의 전망대는 발코니처럼 튀어나와 폭포에서 떨어지는 물줄기가 안으로 흘러들고 있었다. 물의 방향이 전망대에 선 사람들과 마주하고 있어 거대한 물줄기가 전망대에 선 사람들을 덮칠 것 같은 착각이 들게 했다. 관광객들은 입을 다물었다. 귓속이 멍해졌다. 계곡은 물비린내와 물소리뿐이었다.

시어머니는 사지가 뒤틀리면서 거품을 물고 가무러쳤다. 남편과 터울이 많이 나는 어린 시동생들은 오빠와 형의 죽음보다 눈앞에서 쓰러지는 어머니의 모습에 놀라 울음을 터뜨렸다. 시어머니는 속옷에 똥을 지렸다. 고린내가 거실에 진동했다. 구급차가 도착하고 응급실에서 응급처치를 받은 후 입원실로 옮겨질 때까지 시어머니의 의식은 돌아오지 않았다. 뒤늦게 연락을 받은 시아버지가 병원으로 뛰어왔다. 일흔이 넘은 나이라는 것이 믿기지 않을 만큼 정정했다. 양복을 입은 뒷모습만으로 보면 중년 남자로 생각될 정도였다. 남편은 오종종한 체격의 외가 쪽이 아닌 친탁을 했다. 남편의 늙은 모습을 떠올릴 때면 자연스럽게 시아버지의 모습이 그려졌다. "그쪽에서 뭔가 잘못 알고 있는 것은 아니라더냐? 우리 애가 확실하다더냐?" 시아버지의 손이 떨리기 시작했다. 그 손을 양복 주머니에 찔러넣고는 한 시간 넘게 병실 창문 밖을 바라보았다.

보조 침상에 누웠지만 잠은 오지 않았다. 눈꺼풀 위로 작열하는 8월의 태양이 쏟아졌다. 파고가 높아지고 있었고 검둥이처럼 검게 탄 아이들이 바닷가에 손을 잡고 줄을 선 채 파도를 탔다. 파도는 아이들의 머리를 덮치고 밀려갔다. 사레에 걸린 아이들이 캑캑대면서 사투리가 섞인 욕설을 내뱉었다. 아버지의 몸에서는 썩은내가 났다. 병실에서는 창문을 활짝 열어두고 선풍기를 강으로 틀어놓았다. 손에 쥔 하드가 녹아 끈끈한 식염이 손목까지 흘러내렸다. 여자는 허겁지겁 녹아내리는 하드를 핥아대면서 침대에 누워 있는 아버지의 얼굴을 내려다보았다. 아버지는 술에 취해 오토바이를 몰았다. 지그재그로 달리던 아버지의 오토바이가 순식간에 버스의 바퀴 밑으로 딸려들어갔다.

임종을 지키려 아버지의 친척들이 병원으로 왔다. 열 명이 넘는 친척들은 병실 밖의 의자에서 불편한 잠을 잤다. 어머니는 친척들과 병원 건너편의 음식점으로 늦은 아침을 먹으러 간 후였다. 어머니는 무슨 일이 있으면 재깍 음식점으로 달려오라는 말을 귀에 못이 박이게 했다.

파리떼가 자꾸 아버지의 얼굴로 달라붙었다. 고약한 냄새는 병원 근처에 있는 건조장에서 나는 거였다. 그곳은 늘 파리떼가 들끓었다. 파리떼를 쫓았지만 헛수고였다. 손바닥으로 몇 마리 잡았지만 수는 줄어들지 않았다. 아버지가 움찔 두 눈을 부릅떴다. 충혈된 두 눈이 천장 어딘가를 쏘아보았다. 아버지의 얼굴 가까이 얼굴을 들이댔지만 아버지는 딸을 알아보지 못하는 모양이었다. 무슨 말을 하려는지 계속 입술을 달싹였다. 아버지의 몸과 연결된 기계에서 다급한 상황을 알리는 소리가 났다. 병원 복도는 텅 비어 있었다. 아버지가 가슴을 번쩍 치켜들었다. 잠시 후 가슴이 침대 시트에 둔탁한 소리를 내며 떨어졌다. 아버지가 담배 연기를 내뿜듯 거친 숨을 내쉬었다. 가슴에서부터 시작된 경련이 빠른 속도로 아버지의 몸을 훑어내렸다. 삶은 엄지발가락 끝에서 오래 머물렀다. 풀 이파리에 앉은 나비 같았다. 그래서 여자는 사람의 육신을 움직이는 혼이라는 것이 한 마리 나비처럼 아주 가볍고 작은 것일지도 모른다는 생각을 했다. 잠시 후 엄지발가락의 경련도 잠잠해졌다.

여자는 식사를 마친 어머니와 친척들이 돌아올 때까지 아버지 옆에서 있었다. 하드는 완전히 녹아 팔꿈치를 타고 흘러내려 병실 바닥에 고였다. 여자는 그때까지 하드를 꿰었던 나무 꼬챙이를 들고 있었다. 어머니가 아버지의 몸을 흔들어대면서 통곡했다. 이 사이에 이쑤시개를 꽂은 채 멍하니 서 있던 아버지의 형제들이 형님, 소리를 내면서 곡을 했다. 물소리는 곡소리를 닮았다. 보조 침상에 누워 있는 동안 분노가 수없이 몸을 휩쓸고 지나갔다. 신음 소리가 새어나와 이를 앙다물었다. 전망대 안으로 튀어들어온 물에 신발이 흠씬 젖었다. 수차례 격랑을 겪은 폭포는 몇십 미터 아래에서 잔잔한 호수로 고였다.

라인 폴을 떠난 남편은 오후 두시에 루체른에 도착해 시내 관광을 했다. 폭포에서 시간을 지체하느라 기차를 놓치고 말았다. 단선 철로여서 한 대의 기차가 종착지까지 갔다가 되돌아나와야 했기 때문에 기다리는 시간이 길었다. 루체른에 도착했을 때는 어둠이 내려 역 앞에 펼쳐진 호수가 보이지 않았다. 최에게 전화하지 않은 일이 떠올랐다.

침대맡 전등만 켜놓고 남편의 다이어리를 펼쳤다. 일과를 기록할 때까지도 남편은 무슨 일인가로 잔뜩 꼬여 있었다. 회의는 무사히 마쳤고 성과도 나쁘지 않았다. 새벽까지 술자리가 이어지고 다들 만취했지만 누군가 실수로 술컵을 깨는 사소한 일조차 벌어지지 않았다. 그날 새벽 남편을 호텔까지 데려다준 것은 최였다. 메모에도 목소리라는 것이 있었다. 다이어리에 남겨진 남편의 글에서는 너무도 낯선 남자의 목소리가 났다.

의식이 돌아온 시어머니는 다짜고짜 신발부터 꿰어 신었다. 그 바람에 정맥에 꽂은 주삿바늘이 빠져 달아났다. 간호사를 호출하러 병원 복도를 뛰었다. 심하게 앓는 환자가 있는지 복도로 신음 소리가 흘러나왔다. 시어머니는 주삿바늘을 꽂으려는 간호사의 손을 뿌리쳐 애를 먹였다. "내 당장 이 묘를 파헤치겠다! 그 묘가 생때 같은 내 자식을 데려갔다!" 어디서 그런 기운이 나는지 팔을 잡으려는 간호사 둘이 시어머니의 팔질 한 번에 뒤로 벌렁 나자빠졌다.

시어머니의 외가 쪽 친척들의 병문안이 이어졌다. 이러다 줄초상 치르는 것 아니냐면서 혀를 찼다. 누군가 가묘(假廟) 이야기를 꺼내려다

입을 다물었다. 시어머니는 누운 채로 어린애처럼 소리내 울었다. 밤이 되었지만 여전히 8월의 태양이 눈을 쪼아댔다. 불면의 밤이 이어졌다. 씻지 않은 몸에서 냄새가 났다. 대낮에도 방문객이 없을 때면 보조 침상에 누워 있었다. 끼니때가 되면 주린 뱃속이 바싹 오그라들면서 쓰렸다. 병원 매점에 내려가 허겁지겁 컵라면 국물을 넘겼다. 보온기의 물이 미적지근해서 면발은 제대로 익지 않았다. 라면 용기를 내려놓다 매점 유리창에 비친 자신의 얼굴을 보았다. 나이보다 이십 년쯤 늙은 여자의 얼굴이 거기 있었다. 병실로 올라오는 엘리베이터 안에서부터 입을 틀어막았다. 곧장 화장실로 뛰어가 먹은 것을 그대로 게워냈다.

시어머니는 시아버지를 보자마자 득달같이 달려들었다. 시아버지의 얼굴에 손톱 자국이 났다. 그것으로도 분이 풀리지 않는지 시어머니는 시아버지의 얼굴을 치려 벌떡벌떡 뛰어올랐다. "그래, 내 자식 앞세우니 기분 좋더냐? 자식 앞세우고 천년만년 살 것 같으냐?" 조미료를 넣지 않은 반찬을 만들고 사고 없이 자식들을 건사하고 남편 말끝에 한번도 토를 달지 않던 순종적인 모습은 온데간데없었다. 시어머니는 이를 바득바득 갈았다. 뼈만 남은 팔을 뻗어 시아버지의 멱살을 잡으려 했다. 셔츠의 단추가 떨어져나갔다. "내 당장 이놈의 묘를 파헤치고 말겠다!" 시어머니가 입에 거품을 물었다. 시아버지는 며느리의 눈치를 살피며 헛기침을 했다.

칠십을 넘기고부터 시아버지의 삶에 대한 집착은 더욱 강해졌다. 친구들의 장례식에 참석하는 횟수가 늘었다. 잠이 들면 늘 무덤 속에 갇히는 꿈을 꾸었다. 누군가 자신이 묻힌 무덤에 콘크리트를 들이부었다.

입을 다물고 잠이 들었지만 어느새 입은 벌어졌다. 베개 밑이 자면서 흘린 침으로 흥건했다. 점점 잠이 달콤해지고 잠귀가 질겨졌다. 칠십 년 넘게 반복된 생체리듬의 시계가 없었더라면 아침 여섯시 기상도 어려웠을 것이다. 괄약근이 조여지지 않고 늘 벌어져 있다는 느낌이 들었다. 애당초 흡연은 하지 않았고 삼십 년 넘게 적당한 운동을 해왔음에도 계단을 오를 때면 숨이 찼다. 젊은 사람들이 한 번에 두세 계단씩 뛰어오르는 것을 멍하니 쳐다보았다. 어느 날 식사시간에는 어금니 하나가 덜렁 빠져나오기도 했다. 이제 잠은 휴식이 아니라 죽음의 예행연습이었다. 팔다리를 휘둘러대는 통에 옆에서 자고 있던 시어머니가 여러 번 봉변을 당했다. 시아버지는 선산 중턱 자신이 묻힐 자리에 묘를 만들었다. 빈 관을 묻고 자신의 이름이 새겨진 비석을 세웠다. 이미 죽은 사람이므로 죽음이 자신을 피해갈 거란 생각에서였다.

최는 남편의 죽음을 단순 사고사로 단정하고 있었다. 시댁 식구들도 사고로만 알고 있었다. 그날 무슨 일이 있었는지 물어보려 최에게 전화를 걸었지만 최는 전화를 받지 않았다.

토

11:00 그리에르 도착, 그뤼에르 성, 치즈공장 관광

제리의 먹이, 그뤼에르 치즈 구입

폭포나 교회, 성 그 어느 것도 나를 자극하지는 못한다.

한 덩어리 치즈만이 나의 식욕을, 탐욕을 불러일으킨다

치즈만큼이나 구역질 나는 삶에 대한 집착

14:00 몽트레 도착, 시용성 관람

세번째 기둥에 새겨진 바이런의 이름을 보았다.

사랑스런 그녀가 한 방울의 눈물 흘리며

내 맹세에 답해주던 그때를 나는 지금도 기억하노라

한 방울의 눈물로…… 「눈물」

나 역시 기억한다.

Villa Germaine(Tel 021 963 15 28)

3 Ave de Collonges, 개인욕실, CHF 105

처음에 호텔을 나설 때는 다이어리에 적힌 남편의 여행 코스를 한번 따라가보려는 생각이었다. 남편이 마지막 며칠 동안 보고 느꼈던 것을 알고 싶었다. 하지만 빈사의 사자상과 무제크 성벽을 건성으로 지나쳤다. 이백 미터 길이의 카펠교는 걷는 도중 마음이 급해져 뛰다시피 걸었다. 지붕의 천장에 걸린 판화의 그림들은 눈에 들어오지 않았다. 그뤼에르로 가는 기차를 타고 자리에 앉았을 때도 조급증은 가라앉지 않았다. 막연히 누군가를 뒤쫓고 있다는 느낌이었다. 버스를 타고 먼저 떠난 친구를 자동차로 뒤따라 가느라 속도를 올리고 있는 것처럼 조바심이 앞섰다. 남편은 패키지 여행의 코스 중 몇 개를 골라 움직이고 있었다. 루체른에서 필라투스나 티틀리스 산을 등반하지 않은 것은 마테

흐름을 염두에 두고 있었기 때문이었다.

불레 역을 지나자 드넓은 초원에 방목된 소들이 보였다. 살진 소들은 목에 제 머리통만한 스위스 종을 달고 있었다. 소들이 뛰면 처진 엉덩이들이 출렁였다. 축제가 있는 모양이었다. 붉은 스위스 전통의상을 차려입은 남자들이 커다란 건물 쪽으로 짝을 지어 걸어갔다. 관광객들은 초원을 가로지르고 있었다. 머리카락은 헝클어졌고 모자는 구겨졌다. 그들은 느릿느릿 삼각 깃발을 든 가이드의 뒤를 따라 걸었다. 순식간에 스쳐 지나갔지만 그들이 그 일본인 관광객이라는 것을 알 수 있었다.

그뤼에르 성으로 올라가는 골목길 내내 길가에 있는 몇 개의 퐁뒤 전문 식당에서 흘러나온 치즈 냄새가 따라붙었다. 식당 안은 어두침침했고 탁자에 촛불들이 켜져 있었다. 크고 작은 돌들이 깔린 길이어서 신발이 자꾸 미끄러졌다. 상점으로 개조한 낡은 건물들에서는 손으로 만든 버터 사탕과 과자, 똑같은 모양의 자기 접시들을 팔았다. 뺨이 불그레한 중년 여자가 손짓으로 여자를 불러 손뜨개로 짠 아기옷들을 가리켰다. 성 관람객은 여자뿐이었다. 성 입구에서 티켓을 파는 여자 외에 다른 직원은 보이지 않았다. 입구에서 준 안내책자에 따라 번호가 적힌 방을 드나들었다.

기차는 레만 호수를 끼고 달렸다. 물에 반사된 햇살이 눈부셔 눈을 감았다. 창의 커튼을 치려다 움찔했다. 남편은 두꺼운 커튼을 싫어했다. 건너편 아파트에 사는 사람들의 시선을 고려해 버티컬로 창문을 가려두었다. 햇빛 때문에 여자는 늘 자명종 소리보다 먼저 잠에서 깼다. 고개를 돌리면 남편의 얼굴이 코앞에 있었다. 남편의 얼굴은 꺼칠했다.

지난 아침의 면도에도 불구하고 턱과 양 뺨은 수염이 빽빽이 덮여 있었다. 잠이 가져다주는 피로감 때문인지 남편이 몸을 뒤척였다. 코에서 입가로 이어지는 주름은 세수를 하고 나면 말끔히 사라졌지만 언젠가 그 주름이 그의 양 뺨에 깊이 자리잡게 될 것이다. 책을 읽거나 심각한 질문에 맞닥뜨리면 생기던 이마의 주름도 펴지지 않는 날이 올 것이다. 자연스럽게 시아버지의 얼굴이 떠올랐다. 남편도 시아버지처럼 삶에 집착하는 노인이 될 것이다. 불길한 꿈을 꾸고 난 아침이면 남편의 얼굴을 들여다보았다. 어머니처럼 늦은 아침을 먹느라 남편의 임종을 지키지 못하는 일은 없을 것이다. 장례를 치르고 난 다음에도 어머니는 넋나간 사람처럼 여자에게 묻고는 했다. "네 아버지가 마지막으로 남긴 말은 없었니?"

몽트레 역을 지나면 시용성 역이라고 알고 있었는데 기차는 역을 그냥 지나쳤다. 짙은 화장의 여자애들에게 물어보았더니 시용성 역은 내리는 사람이 기차에 붙은 버튼을 눌러야만 멈춘다고 말해주었다. 역 앞에서 1번 버스를 타면 성 앞까지 간다는 말을 덧붙였다. 역 앞에 서 있었지만 1번 버스는 오지 않았다. 무작정 걷기 시작했다. 비가 내리기 시작했고 걷는 동안 빗물이 옷속으로 스며들었다. 1번 버스가 텅 빈 채로 여자 옆을 지나쳤다.

시용성 앞은 관광객들로 붐볐다. 우산을 가져오지 않은 사람들이 매점 처마와 나무 밑에 서 있었다. 동양인 여자가 한국어로 된 안내책자를 건네주면서 지금은 다섯시이고 관람 시간이 한 시간밖에 남지 않았다, 그래도 성으로 들어가겠느냐고 물었다. 이마 위로 싹둑 자른 머리 때문에 나이를 가늠할 수 없었다. 한국어 안내책자는 오자투성이였다. 그뤼에르 성에 비해 규모가 컸고 지나쳐 가야 할 방들이 많았다. 방문 위에 적힌 번호를 확인하지 않으면 성 안에서 길을 잃기 십상이었다. 폐관 시간이 다 되어 성에는 몇 명의 관람객만 남아 있는 모양이었다. 방을 통과할 때마다 옆방에서 도란거리는 목소리가 들리고 카메라의 플래시 불빛이 반짝거리기도 했지만 정작 그 방으로 옮겨가면 인기척은 느낄 수 없었다. 방들의 모든 창에서 레만 호수가 내다보였다. 빗줄기가 굵어져 수면이 들끓어올랐다.

지하 감옥은 좁은 통로로 연결되어 있었다. 벽은 반쯤 무너졌다. 곳곳에 널린 고문 기구들에는 벌건 녹이 슬었다. 세번째 기둥 앞에 섰지만 낙서가 너무 많아 바이런의 이름을 찾기 어려웠다. 지하 감옥을 지나자 비좁은 통로가 몇 개 펼쳐졌다. 번호만 쫓아가면 되었으므로 길을 잃을 염려는 없었는데 덜컥 겁이 났다. 통로는 더욱더 비좁아져서 반쯤 몸을 구부리고 걸었다. 공간이 갑자기 넓어지고 십자가가 걸린 기도실이 나타났다.

웅성대는 사람들의 목소리는 바로 옆 통로 쪽에서 들려왔다. 반쯤 몸을 구부리고 나왔을 때 막 세번째 통로로 들어가는 사람의 뒷모습을 얼핏 본 듯했다. 엉덩이를 반쯤 내밀고 있었는데 관광객 행렬을 비디오카메라로 찍던 그 일본 노인이 분명했다. 두런대던 목소리가 다시 끊겼다. 남아 있던 관광객들마저 모두 돌아간 것일까. 비가 내려 성의 지하는 음산했다. 서둘러 통로를 벗어났다. 세번째 통로로 연결되어야 했는데 여자가 나온 곳은 바이런의 이름이 새겨진 기둥이 있다는 지하 감옥이었다. 짧고 강한 고통이 뒤통수를 쳤다. 허겁지겁 세번째 통로 쪽으로 뛰었다. 엉거주춤한 자세 때문에 속도가 붙지 않았다. 손에 땀이 흥건히 뱄다. 세번째 통로는 성의 이층, 기사들의 문장이 가득 걸린 커다란 연회실과 연결되어 있었다. 그곳에는 아무도 없었다.

빗물에 젖은 길은 미끄러웠다. 성의 어느 곳에서도 관광객은 보이지 않았다. 성문은 굳게 닫혀 있었고 남아 있는 관람객들이 나갈 수 있도록 쪽문만 열려 있었다. 창구에서 안내책자를 나눠주던 동양인 여자는 퇴근을 했는지 보이지 않았다. 매점은 문을 닫았고 가로수와 매점 아래서 있던 사람들도 보이지 않았다. 둥근 호숫가 건너편으로 번화한 몽트레가 보였다. 1번 버스는 오지 않았다.

일

10:30 체르마트 도착, 마테호른 관광

4478미터의 마테호른에서 나는 4478미터 아래에 있는 것들을 생각한다

4478미터 아래로 내려가면 나는 4478미터 위에 있는 것들을 생각하게 될 것이다.

취리히 호텔 예약 확인, 월요일 일박, 체크아웃 시간 연장

Goldness Schwert(Tel 01 266 18 18; Fax 266 18 88; hotel@rainbow.ch)

Hotel Bahnhof(Tel 027 967 24 06; Fax 967 72 16)

기차역 맞은편, 아침 불포함, CHF 76

남편의 파카는 헐렁했고 소매가 여자의 손등을 덮었다. 눈 덮인 산 아래 별장처럼 지어올린 목조 호텔들이 모여 있었다. 관광객을 태운 마차가 요령 소리를 내며 지나갔다. 마을 어디에 서든 마테호른 봉우리가 보였다. 고르너그라트 행 등산철도 승강장과 기념품점, 스위스 제 신발 가게를 지나자 한적한 시골 마을이 펼쳐졌다.

프런트에 앉아 있던 평상복 차림의 중년 여자가 여자를 알아보았다. 최에게 전화를 걸었다. "언제 어디에 도착할지 몰라 호텔마다 다 연락을 넣어뒀죠. 체르마트에서 딱 걸렸네요." 최는 남편의 다이어리 사본을 가지고 있었으니 여자가 어디에서 묵을지 짐작하고 있었을 것이다. 전화기 너머로 팔락팔락 종이 넘어가는 소리가 났다. 최가 남편의 다이어리를 들여다보고 있었다. "……그럼 내일 돌아오는 건가요?" 고르너그라트 전망대에 올라갔다 오려면 반나절은 걸릴 거였다. "하이킹을 할 건 아니죠? 그럼 아무리 게으름을 피운다 해도 세 시간이면 될 거예요. 오후에는 취리히에 도착하겠군요. 그럼 내일 오후에 시간 맞춰 호텔로 갈게요." 호텔방은 혼자 쓰기에 너무 컸다. 더블침대가 두 개 놓인 방 한쪽에 다락방이 얹혀 있는데 그곳에도 침대가 놓여 있었다. 발코니가 달린 방이었다. 발코니로 나가 서자 색색의 지붕들 위로 솟아오른 마테호른이 보였다. 침대를 옮겨가며 누워보았지만 잠은 오지 않았다.

그 일행과 마주친 것은 고르너그라트의 전망대에서 내려와 체르마트 역으로 걸어갈 때였다. 일행은 체르마트 역 광장에 서 있었다. 가이드가 체르마트에 대해 간단한 설명을 하는 동안 그들은 역사 앞의 상점들 위로 우뚝 솟은 마테호른을 멍하니 올려다보았다. 헝클어진 머리카락과 푸석푸석한 얼굴, 구겨지고 낡은 옷. 추위에 조금씩 몸을 떨고 있지 않았다면 취리히의 구 시가지에 서 있던 모습을 그대로 떠온 것 같았다. 그 일행을 한번에 알아본 것은 여행 내내 계속 마주쳐서가 아니었다. 비디오만 찍어대는 이상한 노인 때문도 아니었다. 여행사를 통해 모인 낯선 사람들처럼 보였지만 그들은 한집안 사람처럼 보이기도 했다. 그들에게는 무언가 결락되어 있었다. 그들은 얼마 전 몹쓸 일을 겪은 한집안 사람들처럼 보였다. 그사이 일행의 옷들은 더욱 구겨졌다. 음식을 먹다 흘렸는지 젊은 남자의 때 묻은 스니커즈에 붉은 소스가 묻어 있었다. 일행은 삼각 깃발을 든 가이드의 뒤를 일렬로 따라갔다. 노인은 여전히 비디오카메라를 들고 있었다. 청바지 호주머니에 손을 꽂고 따라가던 젊은 남자가 고개를 돌려 힐끗 여자를 쳐다보았다. 그러다 잘못 봤다 싶었는지 고개를 흔들고 다시 걸었다.

월

09:35 체르마트 출발

13:20 구 시가지 투어. 오래된 것들 앞에서는 이유 없이 나른해진다.

15:30 반호프슈트라세 관광. 스카프 두 장, 초콜릿 구입

지하에 금괴가 가득한 금고가 있는 거리. 이 거리를 걷는 것은 너무 어지러운 일이다. 발을 잘못 내디디면 금고 속으로 영영 빨려들어가버릴 것 같다.

여행은 끝났고 나는 여전히 권태롭다.

여행은 끝났고 여행의 시작점인 취리히 중앙역에 다시 돌아왔다. 하지만 일 주일 전 이 나라의 공항에 처음 도착하던 날처럼 화가 났고 피로감이 몰려왔고 현실감이 없었다. 호텔 로비에서 최가 기다리고 있었다. "이선배 같은 사람이 왜 그렇게 길에다 시간을 버렸는지 모르겠어요. 다녀봐서 알겠지만 이건 아예 동선 같은 건 염두에 두지도 않았더라구요. 동에 번쩍 서에 번쩍." 하지만 그 일본인 관광객들도 여자가 움직이는 코스를 따라 이동하고 있었다. "설마요, 여행사에서 그렇게 코스를 짤 리 없어요. 잘못 보았겠죠. 일본인 관광객들은 흔하니까요." 최는 여자의 말을 믿지 않았다.

호텔 지배인은 정중했지만 여전히 미덥지 않은 표정은 풀지 않았다. 고집스러운 사람이었다. 최가 목소리를 낮췄다. "이쪽에서 꼬리를 내렸어요. 애당초 말도 안 되었어요. 경찰에서 운동실을 조사해보니 심하게 낡은 회전창들이 문제가 되었죠." 오래된 건물의 회전창의 돌쩌귀들이 덜렁거렸는데 남편이 떨어진 곳의 회전창도 마찬가지였다. 비수기라 호텔 투숙객은 많지 않았고 이른 새벽 운동실을 사용하는 사람은 남편 혼자였다. 남편의 몸은 금세 땀에 젖었다. 창을 열어 새벽공기를 마시고 싶었을 것이다. 회전창으로 다가가 손잡이를 돌려 창을 밀쳤다. 돌쩌귀가 심하게 낡은 문이 갑자기 뒤로 휙 젖혀졌다. 손잡이를 잡고 있던 남편의 몸이 덩달아 창문 밖으로 튕겨나갔다. 경찰이 발표한 수사의 최종 결론이었다. 유품을 챙기고 남편의 시신을 운구하는 일만 남아 있었다. 운구절차는 까다로웠다. 병원 냉동고에 있던 남편의 시신이 장의사로 옮겨졌다고 최가 알려주었다. "죽기엔 너무 아까운 사람이었어요, 이선밴……" 최가 말끝을 흐렸다.

남편의 물건들을 챙겼지만 트렁크의 비밀번호는 알 수 없었다. 불현듯 트렁크 속에 든 것이 궁금해졌다. 트렁크가 열리면 모든 것이 명백히 드러날 것 같았다. 남편의 주민등록번호 열세 자리 숫자로 네 자릿수를 조합해 무작위로 다이얼을 돌려보았지만 트렁크는 꿈쩍하지 않았다. 안달이 났다. 다이어리를 옆에 끌어다놓고 보이는 숫자들을 모두 맞춰보았지만 열리지 않았다. 한 시간이 훌쩍 지났다. 트렁크를 깨부술 생각으로 방을 두리번거렸지만 아무것도 찾을 수 없었다. 자물쇠를 뜯어내는 방법이 있었다. 볼펜을 가지고 와 자물쇠 틈에 넣었지만 볼펜은 금방 부러졌다. 호텔 앞에서 헤어지면서 최가 생각난 듯 말했다. "잊고 있었는데 네 생일이 크리스마스 근처였지. 선배 다이어리에 그렇게 적혀 있더라. 한 달도 넘게 남았는데 벌써 호텔의 레스토랑에 두 자리가 예약되어 있었어. 경찰에서는 호텔에 전화를 걸었고 예약이 되어 있는 걸 확인했어. 그게 결정적인 뒷받침이 되었어." 여자는 자신의 생일로 다이얼을 돌려보았다. 혹시나 했는데 트렁크는 찰칵 소리를 내며 열렸다.

수제 초콜릿이 든 상자와 시어머니와 여자를 위해 산 듯한 똑같은 모양의 스카프 두 장. 트렁크를 샅샅이 뒤졌지만 메모지 한 장 발견되지 않았다. 그뤼에르에서 샀다는 치즈에 푸른 곰팡이가 슬어 있었다.

방부처리사는 여자 또래의 백인 여자였다. 지퍼백을 열고 남편의 얼굴을 보여주었다. 떨어지면서 함몰된 부분에는 보형물을 집어넣은 듯했다. 자세히 보니 몸 곳곳의 혈관에 주삿자국이 남아 있었다. 방부처리 약물을 주입한 듯했다. 코와 귀는 탈지면으로 봉해져 있었다.

시신을 안치해놓은 병풍 뒤에서 끄르륵대는 소리가 났을 때 어머니는 아버지가 다시 살아나 트림을 하는 거라고 생각해 관 뚜껑을 열어보았다. 8월의 무더위에 아버지의 장기들이 급속도로 부패하면서 나는 소리였다. 상여는 아버지가 평소 오토바이로 돌아다니던 소읍을 거쳐 바닷가 길을 따라 산으로 올라갔다. 어머니와 상여 뒤를 따랐다. 입고 있던 상복이 목에 쓸려 쓰라렸다. 아침이었는데도 날씨는 무더웠고 햇빛은 눈을 찔러댔다. 파도가 점점 높아지고 있었다. 검둥이처럼 탄 아이들이 파도를 타면서 깔깔대고 있었다. 관에서 새어나온 추깃물이 상여꾼들 어깨로 뚝뚝 떨어져내렸다.

면도를 하고 세수를 한 듯 남편의 얼굴은 말끔했다. 이를 닦고 나올 때면 습관처럼 습, 입맛 다시는 소리를 내고는 했다. 떨어질 때 얼굴을 찡그렸는지 콧마루 위에 깊은 주름이 남아 있었다. 남편은 매일 새벽 아파트 근처의 호숫가를 조깅했다. 서서히 맥박수가 증가하고 온몸의 근육들이 부풀어올랐다. 지구 두 바퀴 반 길이의 혈관을 22초에 주파하던 피가 순환을 멈췄다. 여자가 뒤처지면 남편이 여자의 손을 잡고 뛰었다. 들숨과 날숨을 반복하던 허파가 움직임을 멈췄다. 느닷없이 툭 던지는 한마디 때문에 가족들이 크게 웃고는 했다. 재치 있는 말과 기발한 아이디어를 생각해내던 뇌는 산소가 공급되지 못한 사 분이 지나자 뇌사 상태에 이르렀다. 남편이 알고 있던 지식들은 쓸모없어졌고 머리에 남아 있던 모든 기억들이 지워졌다. 남편의 시신을 비행기에 실으려면 장의사에서 발급한 방부처리 확인서가 필요했다. 일반 화물보다 세 배 이상의 항공료를 지불한 남편의 시신은 일반 화물들과는 다른 경로로 비행기에 탑재될 것이다. 탑재된 후에도 다른 화물과 격리 운송된다고 했다. 남편의 시신이 다시 냉동고로 들어갔다. 살짝 열린 문틈으로 스테인리스 침대가 보였다. 침대 아래로 풍성한 금발이 흩어져 있었다.

서울로 전화를 걸었다. 전화벨이 길게 이어지고 고등학교에 다니고 있는 시누이의 음성이 흘러나왔다. "엄만 퇴원하고부터 계속 울기만 해요. 잠도 안 자고 먹지도 않아요. 엄마가 좀 이상해요. 지금도 방 안 가득 오빠 사진을 늘어놓았어요." 비행기 도착 시간에 맞춰 공항에 앰뷸런스를 대기시켜야 했고 관을 옮길 운구조도 필요했다. "친구들 전화번호 모르는데요! 그런데 언니, 죽은 사람이 정말 우리 오빠 맞아요?" 시누이가 울먹였다. "박성구란 사람 전화번혼 어머니가 알아요. 그 사람에게 전화하면 다른 사람들에게 연락이 갈 거예요. 최소한 여섯 명이 필요해요. 몇 명이라고 했죠?" "알아들었어요. 최소한 여섯 명이요, 오빤 되게 무거우니까." 관은 이중관을 써야 했다. 목관을 다시 알루미늄 관에 넣고 그 사이에 드라이아이스가 채워질 것이라고 방부처리사가 말했다. 결혼을 하겠다고 인사를 하러 방문했을 때 시어머니의 치맛자락을 잡고 서 있던 초등학생이 떠올라 일러준 것들을 다시 읽어보게 했다. 떠듬떠듬 확인해나가던 시누이가 말했다. "오빤 아빠 무덤 아래 묻히게 될 거래요. 아빠 가짜 무덤 앞에."

공항 대기실에서 때가 탄 스니커즈를 신고 있던 젊은 남자를 보았다. 매점에서 잡지를 고르고 있었다. 공항으로 오는 동안에도 최는 몇 번이나 사고사였음을 강조했다. 커피숍의 건너편 자리에서 비디오카메라를 찍는 노인이 커피를 마시고 있었다. 찍었던 화면들을 돌려보는 모양이었다. 비디오 어디에도 노인의 모습은 찍히지 않았을 것이다. "그런데 너 알았냐? 내가 너……" 최가 우물거렸다. 여자는 대답 대신 고개를 끄덕였다. "언제?" 최의 목소리가 도드라지는 바람에 비디오카메라 노인이 얼굴을 들고 여자 쪽을 흘끔 바라보았다. "알면서 시치미 떼고 있었냐?" 최가 예전에 그랬던 것처럼 여자의 머리카락을 손가락으로 마구 헝클었다.

출국 심사장을 통과하며 뒤를 돌아보니 최는 그때까지도 여자를 향해 손을 흔들고 있었다. 아마 최와는 다시 만날 일이 없을는지도 모른다. 시간이 흐르면 누군가의 입을 통해 최의 죽음에 관한 소식을 듣게 될 것이다. 물론 그때까지도 여자가 살아 있다면 말이다. 이제 들어가라고 손짓을 하려 했지만 그만두었다. 말을 들을 최가 아니었다.

일본인 관광객 일행은 이번에도 뿔뿔이 흩어져 앉았다. 이륙을 알리는 안내방송이 이어지고 엔진의 굉음이 더욱 커지기 시작했다. 화물칸에 있을 남편이 떠올랐다.

남편이 집으로 돌아가는 건 그의 사고 후 십팔 일 만이었다.

화

공항 최승우 18:00 픽업

대한항공(KE918) 취리히 20:05 → 인천국제공항 수요일 15:05

16:30 귀가

그것은 인생

칼은 점수가 낮은 원의 가장자리부터 시작해 조금씩 소년 쪽으로 가깝게 날아왔다. 그럴 때면 모여 있는 사람들의 숨소리만 들렸다. 소년은 이를 앙다물고 눈을 감았다. 칼은 소년의 겨드랑이나 다리 사이로 날아와 꽂혔다. 칼날이 널빤지에 꽂히면서 칼몸을 부르르 떨어대면 오줌을 지릴 것 같았다. 사내는 그걸 칼 울음소리라고 했다.

스튜디오에는 작달막한 키에 눈썹을 검게 문신한 중년 여자가 나와 있다. 수십 번도 더 반복해서 이제는 외우다시피한 사연일 텐데도 막상 카메라 앞에 서니 말문이 막히는 모양이다. 복숭아씨를 넘기듯 마른침을 삼키고서야 입을 뗀다. 카메라는 여자가 펼쳐든 도화지 속의 약도를 비춰준다. 대부분의 출연자들처럼 일단 자신이 살던 집을 도화지 정중앙에 그려놓고 나서 집 주변을 하나씩 메워나간 듯하다. 그러다보니 세 칸짜리 일자집이 뒷산보다도 높고 교회당 건물보다도 크다. 일곱 살 어린 여자애가 수도 없이 물을 길어 날랐던 우물도 있다. 한겨울이면 동상에 걸린 손등이 터지면서 피가 뱄다. 그때는 기억하기도 싫은지 여자는 우물을 아주 작게 그려놓았다. 양동이에 걸려 넘어지면서 가지에 찔린 사시나무 한 그루도 곁에 버티고 서 있다. 창처럼 뾰족한 가지 끝이 허벅지를 깊숙이 찔렀는데 어머니는 상처에 된장을 발랐다. 짠기가 스며들면서 상처 부위가 타들어가듯 아팠다. 상처는 아물었지만 허벅지에는 배꼽처럼 생긴 흉터가 남았다고 한다. 여동생이 "새이는 배꼽이 두나. 배에 한나, 허벅지에 한나"라면서 놀린 기억이 선명하게 남아 있다. 키가 크고 살집이 붙으면서 흉터는 배 쪽으로 밀려올라왔다. 그 흉터를 가족들은 기억하고 있을 게 분명하단다. 여자가 그린 약도는 낙서 같다. 그곳을 떠나왔을 때의 어린 여자애의 손으로 그린 것 같다. 가끔 머리 속에 떠올랐을 뿐 직접 종이에 옮겨본 적은 없었을 것이다. 여자가 살던 곳의 지명은 지도상에서 사라진 지 오래다. 순우리말 지명들이 언제부턴가 하나 둘 한자어로 탈바꿈을 해서 이제는 나이든 토박이들의 대화 속에서나 옮겨다닐 뿐이다.

남자는 '그 사람이 보고 싶다'라는 프로의 애시청자이다. 깍지 낀 손을 다리춤에 찔러넣고 이불을 뒤집어쓴 채로 텔레비전을 본다. 밤새 온도가 급강하했다. 여자는 입이 마르는지 혀를 내밀어 두어 번 입술을 핥는다. 출연자들의 사연들이란 빤하다. 가난 탓이다, 밖으로 도는 아버지 탓이다, 느닷없는 어머니의 죽음 탓이다. 그리고 의붓어머니. 엇비슷한 사연들 때문인지 출연자들의 생김새도 어딘가 모르게 비슷비슷하다. 여자는 아버지와 오빠 둘, 세 명의 여동생을 찾고 있다. 살던 마을 이름은 어렴풋하게 기억하는데 아버지의 이름은 잊어버렸다.

텔레비전 화면이 흔들리더니 굵고 얇은 괘선들이 가로선을 그어대기 시작한다. 말소리도 웅웅거린다. 선이 번진 실루엣이 물결치면서 눈이 아프다. 자칫하다간 '그 사람이 보고 싶다'의 하이라이트를 놓치게 생겼다. 가족을 찾은 사람들이 스튜디오에 나와 첫 대면을 하는 순간이다. 방송국에서는 극적인 장면을 위해 일부러 스튜디오에서 첫 만남을 주선한다. 엄지장군톰은 바로 그런 것이 방송의 상업성이라고 꼬집는다. 밝히기 힘든 사생활을 공개석상에서 까발린 것으로도 부족해 눈물과 콧물로 범벅이 된 얼굴까지 만천하에 공개한다는 것이다. 그러면서 정신병원이 있는 어떤 마을 주민들의 정신건강을 예로 들었다. 격리병동을 볼 때면 자신의 실패쯤은 아무것도 아닌 것처럼 생각되면서 주민들 대부분이 낙천적인 성격을 가지게 되었다는 이야긴데 사실 무근이다. 하지만 엄지장군톰도 텔레비전의 위력이라는 것은 무시하지 못한다. 단지 십여 분 공중파를 탔을 뿐인데 방송을 본 사람들이 서커스로 몰렸다. 방송에서 슬쩍 스쳐간 엄지장군톰을 발견한 아이들이 환호성을 질러댔다. "엄지장군톰이다!" 공휴일이면 좌석이 꽉 찼다. 월급 외에도 수당이 덧붙는 날들이 연일 계속되었다. 엄지장군톰은 팔이 아프게 입장권을 개표하면서도 투덜거렸다. '부초 같은 인생살이'라는 프로그램의 제목에 이미 곡예사에 대한 고정관념이 뿌리 깊게 자리잡고 있다는 것이다. 엄지장군톰은 여기저기서 주워섬긴 이야기들을 끊임없이 풀어놓는다. '로얄 패밀리' 식구 중에 그의 입심을 능가할 사람은 없다. 하지만 그와 같은 컨테이너를 쓰고 있는 남자는 안다. 그가 꿰고 있는 한국사는 텔레비전의 '우리 역사 스페셜'이라는 다큐멘터리를 통해 터득된 것이고 차례상 차리기는 요리 프로를 통해 알게 된 것이다. 조금만 유심히 관찰한다면 엄지장군톰이 거창하게 말하는 '나의 사관'이라는 것이 모 방송국의 논설위원을 그대로 빼다박았다는 것도 눈치챌 수 있을 것이다. 엄지장군톰에게 텔레비전은 엄마고 아빠였다.

옆 컨테이너에서 여자애들이 모여앉아 드라이어나 다리미를 쓰고 있는 게 분명하다. 컨테이너의 난방은 전적으로 전기장판과 난로에 의존할 수밖에 없다. 열두 개의 컨테이너 가운데 가족들이 쓰는 컨테이너가 절반 이상이다. 컨테이너마다 냉장고와 텔레비전이 한 대씩 딸려 있다. 조금 큰 아이들이 있는 방에는 컴퓨터도 있다. 오늘 새벽에도 남자는 여자애들의 신발 끄는 소리에 잠이 깼다. 여자애들은 새벽부터 목욕탕에 다녀온 후 화장을 하고 머리를 만지고 외출복을 구김 하나 없이 다린다. 자가발전기가 감당해낼 수 있는 용량을 초과하게 되면 제일 먼저 텔레비전에 신호가 온다. 출연자들이 입은 옷들의 색이 뭉개져서 화면은 온통 무지개색이다.

삼십칠 년 만에 여동생과 오빠들이 만났다. 어리벙벙한 큰오빠는 여동생인데도 선뜻 말을 놓지 못한다. 여동생은 오빠를 초인종을 누른 세일즈맨 대하듯 한다. 서로의 머리 속에 남아 있던 그 어린 얼굴이 아니다. 보다 못한 사회자가 끼어들어 세월을 탓한다. 세월이 남매 사이를 훼방놓았다는 것이다. 그 과정에서 출연자들은 대략 두 부류로 나뉜다. 쌍방의 기억을 조각 그림처럼 맞춰나가다가 결정적인 기억이 맞아떨어지면 뒤늦게 통곡 소리가 터진다. 부둥켜안고 스튜디오 바닥을 구른다. 혼절할 것처럼 숨을 쉬지 못한다. 하지만 기억이 빗나가기만 하면 다른 장소로 옮겨가 프로그램이 끝날 때까지 실마리를 찾아간다. 그래도 안 되면 최후로 유전자 검사라는 과정이 남아 있다.

지갑 속에 어릴 적 사진 한 장을 넣어가지고 다니는 건 이런 일을 예상해서는 아니었지만 다행 중의 다행이라는 생각이 든다. 가끔 지하철을 타고 한강 다리를 건널 때면 사진 한 장 때문에 불길한 상상을 한다.

혹시나 지하철이 다리 아래로 추락을 한대도 사진을 잃어버리지 않도록 호주머니를 꼭 쥐고 있어야 해. 그렇담 어떻게 헤엄을 쳐서 강을 빠져나오지? 한 팔로 헤엄치는 법을 배워야 할까. 누전 때문에 컨테이너 하나가 홀랑 불에 탄 적도 있었다. 대체 어디에 보관해야 안전할까. 그런 점에서 보자면 엄지장군톰은 그런 걱정을 할 필요가 없다. 엄지장군톰은 일곱 살에서 성장이 멈췄다. 일곱 살짜리 엄지장군톰을 엄마는 동물원에 두고 갔다. 엄지장군톰은 코끼리 우리 앞에서 동물원이 폐관할 때까지 서 있었다. 엄지장군톰이 서커스에서 해야 하는 수많은 일 가운데 하나가 코끼리 조련이었다. 다른 동물들의 우리를 다 놔두고 코끼리 우리 앞에서 엄마의 손을 놓친 건 결코 우연이 아니라고 했다. 집까지 찾아가려고 마음만 먹었다면 그럴 수도 있었다고 엄지장군톰은 말했다. 하지만 왜 그렇게 하지 않았는지에 대해서는 입을 다물었다.

스티로폼을 대놓은 벽에서 물이 줄줄 흘러내린다. 컨테이너 안팎의 온도차가 크다는 증거다. 밤새 벽을 타고 흐른 물이 엄지장군톰이 애지중지하는 여자 연예인 브로마이드를 적셔놓았다. 이 꼴을 본다면 욕설을 내뱉고 컨테이너가 들썩이도록 뛰어댈 테지만 지금은 담요를 둘둘 말고 세상 모르게 자고 있다. 꿈속에서 다디단 물이라도 빠는지 거무튀튀하고 두터운 입술을 쪽쪽 빨아댄다. 엄지장군톰의 이름은 동철이다. 로얄 패밀리 단원이라면 동철이라는 이름 대신 엄지장군톰이라고 부른다. 급한 일이 있을 때는 뒤를 생략하고 "엄지!" 하고 불러댄다. 불뚝성격이 그것은 참아낸다. 속을 떠봤더니 퉁명스레 한마디했다. "동철이란 이름도 원래 이름은 아니잖아." 로얄 패밀리 단원 모두 예명을 쓴다.

자신이 좋아하는 연예인의 이름을 따거나 자신의 주묘기 뒤에 성을 붙이거나 만화 주인공의 이름을 가져오거나 하는 식이다. 단장처럼 아예 성(姓)까지 바꾼 단원도 가끔 눈에 띈다. 남자는 자신의 예명을 그레이하운드라고 짓고 싶었다. 그레이하운드란 이름을 꺼내자마자 엄지장군톰이 시큰둥하게 남자를 바라봤다. "아, 화장실 딸린 고속버스?"

텔레비전 화면은 정상으로 돌아왔지만 '그 사람이 보고 싶다'는 이미 끝난 후이다. 신발 끄는 소리가 컨테이너 앞을 지나간다. 이번 외출에는 중국 기예단 여자애들도 낀 모양이다. 과거 어느 때인가는 서커스 단원이 삼백 명이 넘었을 때도 있었다고 한다. 서커스 기술을 배우려고 무작정 가출을 하는 젊은이들도 많았다. 단장도 그런 젊은이 중의 하나였다. 남자가 처음 로얄 패밀리에 발을 들여놓았을 때는 열다섯 명이 전부였다. 공중곡예를 하는 단원 둘이 그날 새벽 아무 말도 없이 천막을 벗어났다고 단장이 말했다. 그나마 공중곡예를 보러 띄엄띄엄 사람들이 찾아왔다. 극단엔 퇴역 곡예사들뿐이었다. 단장과 부단장, 그밖의 직함을 가지고 있는 단원들을 빼면 서커스의 평단원이란 원숭이 일가족과 코끼리 한 마리뿐이었다. "자네가 날 수 있다면 얼마나 좋을까." 혼잣말을 하고서 단장이 웃었다. 줄을 타던 젊은 여자 단원이 돌아왔다. 사회에 나갔던 일 년 반 동안 익힌 미용 기술로 단원들의 머리를 붉고 푸르게 염색해주었다. 전국에 산재해 명맥만 겨우 유지해가던 서커스단들이 해산했다. 몇 명의 단원들이 새로 영입되었다. 그 속에 엄지장군톰이 끼어 있었다.

이 년 전부터 단원의 4할가량이 중국 기예 단원들이다. 십대 초중반의 소녀들이 돈을 벌려고 고향을 떴다. 소녀들은 일상생활에서 볼 수 있는 국그릇이나 항아리 등의 소품을 가지고 몸의 유연성을 이용한 묘기를 부렸다. 여자애들은 일부러 단장의 컨테이너와 먼 길을 택하지만 단장은 다 알고 있는 눈치다. 여자애들은 밤늦게까지 백화점이나 나이트클럽을 쏘다니다가 돌아온다. 단장은 단원들을 쥘 때와 풀어줄 때를 귀신같이 안다. 지금은 모른 체하지만 천막 극장이 문을 여는 순간부터는 한동안 콧바람을 쐴 수 없다. 여자애들의 웃음소리가 조금씩 멀어진다. 엄지장군톰은 새벽녘에야 컨테이너로 돌아왔다. 급격히 떨어지는 기온 때문에 새벽까지 코끼리와 원숭이가 있는 막사에서 보냈다. 세 개의 난로로도 부족해서 기름 난로 두 개에 불을 더 지폈다. 여느 때 같으면 여자애들 발짝 소리에 누구보다 먼저 문을 열고 지부럭거렸을 텐데 지금은 입술을 빨며 잠을 자고 있다.

전기장판은 코일이 감긴 쪽만 골라가며 검게 그을렸다. 엉덩이만 뜨겁고 코 위로는 싸늘하다. 눈을 떠보니 엄지장군톰과 부둥켜안은 채 자고 있었다. 오늘 같은 날은 늑장을 부려도 좋다. 컨테이너 박스들을 실은 트레일러들보다 나중에 출발한 트럭들은 폭설주의보 때문에 강원도에서 발이 붙잡혔다. 땅은 꽁꽁 얼었다. 트럭이 예정대로 도착했다고 해도 이렇게 언 땅에 버팀목을 박을 수는 없다. 어차피 땅이 조금 녹을 때까지 기다려야 한다. 트럭이 눈에 묶여 일정에 며칠 차질이 생기게 되었는데 단장이 느긋한 건 바로 그 때문이다. 태풍이 천막 극장을 휩쓸고 지나갔을 때도 단장은 품위를 잃지 않았다. 젊은 곡예사들이 질색한 '부초 같은 인생살이'란 말의 진원지는 단장이 틀림없다. 일기예보에 따르면 사흘 뒤 오후부터 기온이 영상으로 올라갈 거라고 한다. 땅이 녹을 때쯤이면 천막 재료를 실은 트럭이 맞춤하게 도착할 것이다.

겨울철은 특히 천막 극장의 비수기이다. 극장을 연다고 해도 평일엔 회당 고작 열 명 안팎의 관람객이 들 뿐이다. 천막 곳곳에 피워둔 기름난로의 기름값이나 간신히 건질 뿐이다. 몇 명이 들든간에 관객이 있으면 공연을 해야 한다. 박수 소리는 무대까지 올라오지 못한다. 하지만 공연을 허투루 했다가는 국물도 없다. 그건 단장의 고집이다. 그 고집이 다른 서커스단이 족족 없어지는데도 로얄 패밀리 서커스단이 명맥을 유지하고 있는 이유이기도 하다. 단장은 앞이 꽉 막힌 위인은 아니다. 대신 성수기 때보다 공연 횟수를 줄였다.

점점 나대지를 찾는 것이 어려워진다. 천막만 치려고 해도 삼백 평 이상의 공터가 필요하다. 게다가 단원들이 숙소로 쓰는 컨테이너가 열두 개나 된다. 두 평짜리 작은 컨테이너지만 종렬로 쌓아올리지 않는 이상엔 웬만한 공간을 잡아먹는다. 사람들이 붐비는 곳이어야 한다. 전철역이나 터미널 근처면 금상첨화다. 한때 서커스는 위성도시들만 골라 돌았다. 재개발 구역이 많아 아파트가 들어설 빈 부지가 지천이었다. 이제는 아파트 건축 붐도 내리막길이다. 가까스로 공터를 찾아 천막을 치면 주변의 아파트 주민들로부터 진정이 들어온다. 천막에서는 하루 종일 커다랗게 음악을 틀어놓는다.

공연이 지체된다니까 신이 난 건 여자애들이다. 서커스가 지겹다는 말이 입에 뱄다. 공중그네를 타는 지나의 두 손바닥에는 굳은살이 앉았다. 안전망을 치지만 십오 미터 높이의 그네에 앉아 있으면 어제 처음

그네를 탄 것처럼 손에 땀이 밴다고 한다. 그네에 거꾸로 매달리면 그네로 쏠린 관람객들의 얼굴이 눈에 들어오는데 수없이 해낸 묘기이면서도 잘해낼 수 있을지 자신이 의심스러워진다고 한다. 공중돌기를 하고 반대편의 그네 봉을 놓치지 않고 잡은 후에도 가슴은 콩닥거리고 박수 소리는 한참 후에야 들린다고 한다. 지나는 한 번 홍역을 앓았다. 두 발을 땅에 붙이고 하는 일을 찾아갔다가 일 년도 못 채우고 서커스로 돌아왔다. 돌아와서는 서커스가 지겹다는 똑같은 레퍼토리를 늘어놓는다. 그런 지나가 한껏 차려입고 외출을 한다. 중국 소녀들이 묵는 컨테이너에 대고 그사이 익힌 서툰 중국말로 소리를 지른다. 백화점까지 나간 길에 약반액 초대권이라도 좀 뿌리고 오면 좋으련만 그런 말을 꺼냈다간 본전도 못 찾을 게 뻔하다.

하루 종일 도시로 흩어져 전단 작업을 하는 일은 남자 단원들 몫이다. '부초 같은 인생살이'라는 말에 엄지장군톰은 발칵 화를 냈지만 그건 도둑이 제 발 저려서일 것이다. 로얄 패밀리는 한 달을 주기로 이 도시 저 도시로 떠돌아다닌다. 이번엔 다행히 공터를 빌릴 수 있었지만 내년엔 이 공터도 빌리지 못할 것이다. 점점 더 천막을 세울 공간이 없어져간다. 단장의 꿈은 상설 서커스 공연장을 짓는 것이다. 하지만 로얄 패밀리가 한곳에 터를 잡고 눌러앉으면 남자는 어쩔 수 없이 극단을 떠나야 할 것이다.

사진은 조금씩 변색된다. 그날 남자가 입었던 반팔셔츠의 색깔도 다 날아가버렸다. 사진 속에는 소년과 키가 크고 건장한 사내가 서 있다.

사내의 왼쪽 어깨에는 원숭이 한 마리가 올라타 있다. 커다란 국그릇을 엎어놓은 듯한 머리 모양의 소년은 여덟 살쯤 되었을 것이다. 소년은 곁에 선 사내를 두려워하고 있다. 곁에 선 사내를 증오하고 있다. 그런 감정들은 여덟 살짜리 꼬맹이가 가슴에 담아둘 수 없는 거라서 사진 속 소년의 얼굴은 종잇장처럼 구겨져 있다. 사진관의 형은 사진을 건네주면서 "왜 인상을 썼냐?"고 물어봤다. 소년은 "햇빛 때문에요"라고 대답했다.

건장한 사내는 소년의 바짝 마른 어깨에 크고 두툼한 손을 얹었다. 다정함의 표시가 아니다. 소년은 어깨로 사내의 악력을 느낀다. 무언의 압력이다. 사내는 한겨울에도 러닝셔츠 바람으로 여인숙 마당에 나가 맨손체조를 했다. 어떤 날은 펌프에 머리를 대고 차가운 물을 뒤집어썼다. 누렇고 거무스름한 이가 듬성듬성 박혀 있었다. 부러져서 반만 남은 이도 있었다. 못을 씹어먹는 차력을 배우면서 부러지고 빠졌다고 한다. 평소엔 입을 꾹 다물고 있다가도 술에 취하면 이를 드러내놓고 웃어댔다. 수입이 좋지 않은 날이 허다했다. 그런 날은 트럭의 조수석에서 잠을 잤다. 사내는 그날 번 일당을 가지고 술집으로 가 돌아오지 않았다. 가끔 밀린 숙박비와 식비를 받으러 트럭을 찾아오는 사람들이 있었다. "아버지 어디 가셨냐?" 소년은 발끈한다. "우리 아버지 아녜요!" 사람들이 소년의 머리를 쥐어박고 뺨을 꼬집는다. "그럼 니가 하늘에서 떨어졌냐? 땅에서 솟았냐?" 소년은 주먹을 쥐고 바락바락 소리지른다. "우리 아버지 아녜요! 아녜요!" 사내는 결코 소년의 아버지가 아니다.

이 도시는 평면적이다. 유리상자 속의 모형도시처럼 깨끗하다. 예전에는 이 일대가 복숭아밭이었다고 한다. 수많은 복숭아나무가 뽑히고 아파트 단지가 자리잡았다. 그 흔적은 전철역 바로 앞에 있는 커다란 회관 이름에 남아 있다. 차력사 사내가 말했다. 그 여자는 복숭아가 많이 나는 곳에서 왔다고. 그 많던 복숭아나무들은 어디로 갔을까. 남자는 사방을 휘둘러본다. "야, 요한복음. 이럴 거면 차라리 집배원이 되지 그랬냐?" 엄지장군톰은 남자가 모는 자전거의 짐칸에 올라앉았다. 짧은 두 다리가 바퀴 중간쯤에서 대롱거린다. 만화 캐릭터가 그려진 아동화를 신었다. 엄지장군톰은 마치 코끼리에 올라타듯 짐칸에 앉아 있다. 엄지장군톰이 코끼리에 올라타려고 애를 쓰다 넘어지면 관객들이 웃어댄다. 코끼리 몸통에 얼굴을 찧으면서 무대 멀찍이 나동그라진다. 넘어질 땐 늘 머리부터 박는다. 무대 가운데 코끼리가 얌전히 서 있으면 무대를 왔다갔다하면서 머리를 굴린다. 텀블링 기구를 끌어와 높이 뛰어오른다. 그 기세로 코끼리 등에 올라타려고 하지만 코끼리가 한 발짝 옆으로 물러나는 바람에 바닥에 떨어지고 만다. 관객석에서는 웃느라 눈물을 빼는 사람들도 있다. 애써 올라탄다는 것이 이번엔 거꾸로 올라탔다. 코끼리는 그것도 모르고 둥근 무대를 뛰어다닌다. 코끼리 등에서 미끄러지면서 꼬리를 붙들고 질질 끌려다닌다. '코끼리 팅커벨과 엄지장군톰'은 로얄 패밀리의 인기 프로 중의 하나다. 엄지장군톰은 자전거 짐칸에 거꾸로 앉아 있다. 남자와 서로 등을 맞대었다. 그래야 경치를 온전히 볼 수 있다지만 맞바람을 피하기 위해서라는 것을 남자는 안다. 면장갑을 끼었지만 핸들을 잡은 손이 부풀어올랐다. 겨울 바람에서는 칼 울음소리가 난다. 모자와 마스크로도 채 가리지 못한 눈으로 바람이 들이쳐 눈알이 시다. 자전거 짐칸에 거꾸로 앉아 가는 난쟁이는 그래서 더 사람들의 주목을 끈다.

집배원처럼 담당 구역을 샅샅이 꿰고 있는 사람도 드물 것이다. 하지만 집배원은 서커스 단원처럼 빠른 시간 내에 전국을 돌아다닐 수는 없다. 남자가 가지고 있는 지도책은 귀퉁이가 닳았다. 로얄 패밀리가 천막을 친 곳마다 붉은 동그라미 표시가 되어 있다. 동그라미 표시가 된 곳에서 한 달 머무는 동안 남자는 자전거를 타고 이곳저곳을 기웃거렸다. 복숭아가 난다는 곳이면 그곳까지 찾아갔다. 빈 집이 많았다. 굵은 나무 두 개를 가새질러 폐쇄한 대문 앞에 서면 가슴이 철렁했다. "요한복음, 서커스가 차라리 나았어." 엄지장군톰이 뜸을 들인다. 또 어디선가 들은 이야기를 주워섬길 것이다. "요즘 사람들은 문패도 잘 달지 않는다더라. 개인 신상 노출을 꺼리는 거지. 그리고 이 아파트 숲 좀 봐라. ……니가 찾아갈 수 없으면 그분들이 널 찾아오게 해야 돼."

남자는 제 발로 로얄 패밀리를 찾아왔다. 벌써 팔 년 전이다. 어머니 손을 잡고 서커스를 찾아갔던 기억이 어렴풋하다. 어머니의 분홍색 한복은 걸을 때마다 사각사각 소리가 났다. 관객 대부분이 노인들이다. 관객석에 부모님이 앉아 있을 수도 있다. 남자는 페달을 힘껏 밟고 마주 오는 보행자도 없는데 요령을 울려댄다. 극장을 세울 천막은 아직 도착하지 않았다. 땅도 녹지 않았다. 하지만 나대지 임대료는 계속 불어간다. 약반액 초대권에 '웃기지 않고 재미없다면 입장료 환불!'이라고 크고 붉은 글씨로 박아넣었다. 천막 극장은 아직 세워지지 않았지만 이미 쇼는 시작된 것이다. 할인권 없이 극장을 찾는 사람은 드물다. 가능한 만큼 할인권을 뿌려야 한다. 남자는 할인권 작업에 제일 열심이다. 덕분에 파트너인 엄지장군톰도 덩달아 바쁘다.

예전엔 복숭아밭이었다지만 지금은 한 그루도 찾아볼 수가 없다. 남자는 수도 없이 자신이 살던 집을 그려보았다. 남자가 살던 집은 골목 제일 안쪽에 있다. 골목길에는 똑같은 모양의 집들이 나란히 마주 보고 있다. 페인트를 칠한 대문들에는 사자 모양의 문고리가 두 개 달려 있다. 새소리인 초인종 소리도 기억한다. 남자가 살던 집의 대문은 짙은 푸른색이다. 막다른 골목이다. 밤이면 술 취한 사람들이 골목인 줄 알고 들어서다가 남자 집 대문에 머리를 부딪히기도 했다. 개표도 늘 남자가 도맡았다. 표 한 장에 얼굴 한 번, 남자가 맡은 곳은 언제나 줄이 조금 길게 늘어섰다.

도시에는 백화점이 하나, 대형 할인마트가 하나, 극장과 나이트클럽이 들어 있는 대형 쇼핑몰이 하나, 이름난 수영 선수의 이름을 딴 수영장이 하나, 작은 공원이 열하나, 대형 공원이 하나, 운전교습소가 하나…… 도시를 자전거로 한 바퀴 돌면서 본 것들이다. 다른 도시보다 자전거를 빨리 달릴 수 있었던 건 도시 전체를 연결하는 자전거도로 덕분이었다. 골목길은 찾아볼 수가 없다. 복숭아나무처럼 골목길도 모두 사라져버렸다. 엄지장군톰은 조금씩 멀어지는 풍경들을 보면서 건물이나 거리에서 만나는 플래카드의 문구를 읽는다. 다른 할인점보다 물건값이 비싸면 차액을 돌려드립니다, 겨울에 만나는 한여름 바캉스전, 아이가 익사하는 것은 부모님 책임입니다…… 그러다 생각난 듯 묻는다.

"야, 요한복음. 그 연놈들 얼굴 생각나?" 돌아오는 길에는 곳곳에 떨어진 할인권이 밟힌다.

엄지장군톰은 남자를 요한복음이라고 부르지만 서커스단에서는 열 개의 손을 가진 사나이로 통한다. 남자에게 저글링을 가르쳐준 건 사진 속에 나란히 서 있는 원숭이 사내이다. 사내는 작은 트럭에 원숭이와 소년을 태우고 시골 장을 찾아다녔다. 적당한 터가 발견되면 사내는 신발 끝을 질질 끌며 원을 그렸다. 그 원이 그날의 무대였다. 빨간 원피스를 입은 원숭이를 풀어놓으면 아이들이 먼저 모여들었다. 어른들이 모이면 사내는 사람들에게 가까이 다가가 보는 앞에서 못을 씹어삼켰다, 한쪽 끝을 벽에 댄 철근을 목으로 휘었다. 사람들이 박수를 치면 원숭이가 땅에서 펄쩍펄쩍 뛰어오르며 킥킥거렸다. 분위기가 무르익으면 트럭 짐칸에 싣고 다니던 약을 팔았다. 활명수 병에 든 검은 액체는 먹어도 되고 상처에 발라도 되는 만병통치약이었다. 소년은 작은 플라스틱 소쿠리에 병을 넣고 다니다가 손을 드는 손님들에게 병을 주고 돈을 받았다. 사내는 마지막 순서로 지금껏 보지 못한 차력을 보여주겠다고 호언장담했다. 사내는 윗옷을 훌훌 벗어던졌다. 배는 허리띠 아래로 늘어졌고 배꼽은 살 속에 묻혀 있었다. 어깨와 배 곳곳이 흉터였다. 분홍색의 켈로이드는 멀리서 보면 크고 작은 벌레 같았다. 처녀들이 징그럽다면서 한 발짝 물러났다. 사내는 처녀들에게 배를 들이밀면서 흐흐 웃었다. "잠시 후면 저 트럭이 배 위를 지나갈 겁니다! 울산 앞바다의 통통배가 아니라 바로 이 배, 시원 달콤한 신고 배가 아닌 바로 이 배, 이 배 위를 지나간다, 그 말씀입죠!" 사내의 너스레가 끝나면 어디선가 나타난 젊은 사람이 트럭에 올라 시동을 걸었다. 사내는 나무 널빤지를 배 위에 덮고 트럭의 앞바퀴 앞에 누웠다. 트럭의 바퀴가 지나갔던 것처럼 널빤지에는 검고 뚜렷하게 바퀴 자국이 나 있었다. 트럭이 덜컹 움직이자 누군가 비명을 질렀다. 여기저기서 사람들이 손을 들었다. 소년은 이곳저곳으로 약병을 나눠주기 위해 뛰듯 걸었다. 하지만 트럭은 쉽게 사내의 배를 통과하지 않았다. 사내는 트럭 앞에 누웠다 일어났다를 반복하면서 뜸을 들였다. 결국 안달을 내던 사람들은 제 풀에 지쳐 하나 둘 흩어졌다. 사람들이 다 가고 나면 사내는 트럭 운전석에 앉았던 청년에게 돈 몇 푼을 집어주었다.

여인숙을 잡게 되면 사내는 사나흘을 술에 절어 지냈다. 잠을 잘 때는 자신의 팔과 소년의 팔을 끈으로 묶었다. 몸을 잦힐 수도 없었다. 사내의 벌어진 입에서 마늘 냄새가 났다. 겨드랑이에서는 땀냄새가 났다. 사내는 늘 웃통을 벗고 잤다. 사내의 몸에서 수십 마리의 벌레들이 꾸물거렸다. 그 벌레들이 자신의 몸으로 기어올까봐 겁이 났다. 구들장이 무너져라 코를 골며 자는 사내 옆에 몸을 오그리고 누워 소년은 빨리 어른이 되기만을 바랐다. 사내의 몸집만해지기를 바랐다. "이 새끼이야. 넌 운이 좋은 놈이야." 맨처음 저글링을 배울 때 사내가 한 말이었다. 사내의 발 앞에는 만병통치약 한 상자가 놓여 있었다. "난 말야, 맨처음부터 막바로 칼로 들어갔어. 이게 다 그때 난 상처들이야." 사내가 약병을 하나 꺼내들었다. "잘 들어. 같은 말 두 번 하는 건 딱 질색이야. 이제부터 이걸 던질 거야. 처음이니까 두 개부터 시작한다. 병을 놓칠 때마다 한 대씩이다." 약병은 소년의 발 아래 떨어져 산산조각났다. 병이 깨지면서 튀긴 내용물이 무릎까지 점점이 묻었다. 사람들 앞에 서야 했기 때문에 종아리나 팔은 때리지 않았다. 옷에 가려지는 허벅지나 등에 벌레가 지나간 듯한 맷자국이 남았다. 딱지가 떨어지기도 전에 다시 터져 피가 흘렀다. 밤이 되면 사내의 손에 묶인 채 잠이 들었다. 바닥에 살이 닿을 때마다 신음 소리가 새어나왔다. 핏물이 옷과 붙어버려 옷을 갈아입을 때면 또 한번 생채기가 벌어졌다. 약장사와 훈련으로 늘 졸렸지만 잠은 오지 않았다.

손을 드는 손님에게 갈 때면 약병들로 저글링을 하면서 다가갔다. 박수가 쏟아졌다. 약병 대신 칼을 손에 잡았다. 사내가 약상자 위에 앉아 땀을 닦으면서 소년에게 칼을 던졌다. 다섯 개의 칼을 받아 원으로 돌렸다. 박수가 쏟아졌다. 소년 대신 사내가 약병을 날랐다. 쇼만 구경하고 얌체처럼 그냥 가는 사람들이 더 많았다. 사내가 트럭 앞바퀴 앞에 누웠다. 트럭의 핸들은 이제 소년이 맡았다. 시동을 걸고 사내에게로 조금씩 움직이면 여기저기서 괴성이 터져나왔다. 별안간 차문이 열리고 누군가의 손이 소년의 몸을 끌어내렸다. 덩치가 크고 불량스럽게 생긴 젊은 남자였다. 술냄새가 물씬 풍겼다. 젊은 남자가 사람들을 향해 고함을 질렀다. "누구 이 묘기 본 사람 있습니까? 사깁니다, 사기. 작년에도 여기 왔었는데 계속 일어섰다 누웠다만 하다 끝이 났죠." 사내가 벌떡 일어섰다. 출렁출렁 흔들리는 배를 젊은 남자에게 들이밀면서 소리쳤다. "사기? 여기 널빤지 안 보여? 기합 소리 한 번이면 트럭이 배 위를 지난다구!" 젊은 남자도 지지 않았다. 트럭의 운전석에 올라타더니 액셀을 밟았다. 트럭이 덜컹 전진했다. "그럼 어디 한번 누워보시지.

내가 직접 몰아 지나갈 테니." 사내는 눕지 않았다. "이 깡패 새끼가 어디 남의 영업장에 와서 생난리야, 난리! 누가 보냈어? 엉?" 젊은 남자가 운전석에서 뛰어내려 약상자를 발로 찼다. 약병들이 흩어지면서 깨졌다. 놀란 원숭이가 끈이 묶인 철창을 끌고 가면서 킥킥거렸다. 사내의 주먹이 젊은 남자의 턱을 쳤다. 젊은 남자가 사내의 배를 발로 찼다. 트럭의 바퀴가 지나간다던 배였지만 젊은 남자의 발길질에 사내는 쉽게 넘어갔다. 두 사람이 이리저리 뒹굴 때마다 뽀얀 흙먼지가 일었다. 구경꾼들은 자리를 뜨지 않았다. 순경이 사내와 젊은 남자를 연행해가면서 소동은 가라앉았다.

사내가 돌아올 때까지 소년은 원숭이와 트럭에서 기다렸다. 도망치자고 마음먹었으면 충분히 그렇게 할 수 있었다. 면허는 없었지만 운전도 할 수 있었다. 트럭을 몰고 저 거리 끝으로 점점이 작아질 수도 있었다. 소년은 도망치지 않았다. 그 여자는 소년을 차력사에게 넘겼다. "버르장머리라곤 눈 씻고 찾아봐도 없는 녀석예요. 말을 안 듣는 아이한테 매처럼 좋은 약은 없지요." 사내가 여자의 말에 고개를 끄덕이면서 실실 웃었다. 사내의 관심은 온통 여자의 하얀 허벅지에 가 있었다. 여자가 슬금슬금 허벅지로 올라온 사내의 손등을 파리잡듯 내리쳤다. "언내라고 방심하지 말아요. 벌써 한글을 깨쳤어요." 부모님의 얼굴처럼 남자가 누나라고 부르던 그 여자의 얼굴도 실루엣처럼 남아 있을 뿐이다.

"절대 잊지 마라. 마음의 칼이 무뎌진다 싶으면 꺼내서 다시 갈아. 용서하지 마라. 알았냐, 요한복음?" 흘려들을까봐 엄지장군톰은 쐐기를 박는다. 사람들은 나눠준 할인권을 길에 버리고 돌아간다. 할인권을 따라가다보니 컨테이너 박스가 있는 공터에 다다랐다. "누가 보면 헬리콥터에서 뿌려댄 줄 알겠다. 오히려 잘된 거다. 이렇게 발에 차이니 길 가던 사람들이 안 보고 배기겠냐? 저봐. 다들 추워서 땅만 보고 걷잖어." 무슨 생각을 했는지 엄지장군톰이 키득거린다. "야, 요한복음. 그런데 정말 재미없고 안 웃기면 돈 돌려주냐?" 아직 천막을 실은 트럭은 도착하지 않았다. 단장은 꽁꽁 언 공터 한가운데 뒷짐을 지고 서 있다. 바람막이 하나 없는 공터를 바람이 휩쓸고 지나가지만 흙먼지도 얼었는지 날리지 않는다. 단장은 상설 서커스 극장은 물론이고 서커스 학교를 세우려는 꿈을 가지고 있다. 방송에 나왔을 때 몇 번이나 그 이야기를 했다. 그곳 학생들은 체계적인 서커스 교육을 받게 될 것이라고 했다. 단원들은 체계적인 서커스 교육이란 게 뭔지 쉽게 이해하지 못한다. 공중곡예를 하다 어느 날 외발 자전거를 타고 저글링을 하다 난데없이 공중 오토바이 묘기를 해내야 한다. 단장이 지금 서 있는 자리에 천막 극장을 받쳐줄 중심 버팀목이 세워지게 될 것이다. 천막 위로 솟은 버팀목의 꼭대기에는 로얄 패밀리의 상징인 깃발이 꽂히게 될 것이다.

아침부터 엄지장군톰이 민지와 옥신각신한다. 엄지장군톰과 눈을 마주하고 선 민지는 좀처럼 물러날 기색이 없다. 민지는 새해에 여덟 살이 된다. 민지의 엄마는 공중곡예사였다가 해산 후 체중이 불면서 지상으로 내려와 외발 자전거와 단지 돌리기를 맡았다. 민지아빠는 외줄 묘기를 부린다. 서커스단을 따라다니면서 듣고 본 것이 서커스뿐이라 민지도 자연스럽게 서커스를 시작했다. 커다란 공에 올라가 중심을 잡고 공을 굴릴 때면 혀까지 빼물고 열심이다. 작은 외발 자전거를 타고 무대에 올라가 제 엄마의 커다란 외발 자전거 뒤를 쫓아다녀 관객들에게 박수를 받았다. 민지는 따로 훈련을 받은 적이 없다. 놀이처럼 이것저것 흉내내면서 하나씩 터득해간다. 묘기를 해내지 못했다고 벌을 서거나 꾀를 부렸다고 매를 맞지 않는다. 어쩌면 저런 것이 바로 체계적인 서커스 교육일지도 모른다며 엄지장군톰이 프랑스인지 영국인지에 있는 유치원 이야기를 꺼냈다. 여덟 살이니 새봄이면 초등학교에 입학해야 한다. 로얄 패밀리는 한 달에 한 번씩 장소를 이동한다. 이번 공연이 팔만두번째 공연이다. 상설 공연장 이야기는 남자가 처음 온 팔 년 전에도 단원들 사이에 떠돌고 있었다. 민지를 학교에 보내려면 이번 공연을 끝으로 한곳에 정착해야 한다. 고민이 깊으면 묘기도 잘 되지 않는다. 민지 부모는 단장에게 불려가 두어 번 주의를 받은 눈치다. 민지는 키가 고만고만한 엄지장군톰이 제 또래의 남자애인 줄로만 안다. 술래잡기를 해주지 않는다고 심통이다. 키가 작을 때는 꼬박꼬박 존댓말을 했었는데 어느 순간부터 반말을 한다. 곁에서 지켜보던 민지엄마가 그런 민지를 꾸중할 생각은 않고 웃었대서 엄지장군톰은 더 역정을 낸다. 엄지장군톰은 민지엄마보다 두 살 위다. 민지엄마가 화를 풀어준다고 엄지장군톰의 엉덩이를 툭툭 두드린 게 오히려 더 부아를 지르는 형국이 되고 말았다. 엄지장군톰은 엉덩이를 실룩대고 짧은 팔을 흔들어대면서 동물 막사로 들어가버린다.

단장은 몇몇 젊은 남자 단원들에게 외출 금지령을 내렸다. 천막을 실은 트럭이 오후 안으로 도착할 거라고 한다. 천막 극장을 치는 데도 꼬박 이틀이 걸린다. 중장비를 대여하지만 잔일이 너무 많다. 천막이 완성되면 천막 안에 무대를 만들고 좌석을 꾸민다. 좌석이라야 돗자리를 까는 게 전부지만 겨울철에는 한기가 올라오지 못하도록 스티로폼을 겹겹으로 깔아주어야 한다. 지상에서 십오 미터 높이에 공중곡예를 위한 시설도 설치해야 한다. 컨테이너들 사이사이에 전깃줄이 어지럽게 널려 있다. 전깃줄과 엉킨 빨랫줄에 널린 빨래는 뻣뻣하게 얼었다. 여자 단원들은 갈치처럼 번득이는 공연복 가장자리에 스팽글 알들을 단다. 천막 극장을 치고 나면 지저분한 컨테이너들의 모습은 가려질 것이다. 엄지장군톰은 하루 종일 코끼리와 원숭이들이 있는 천막을 지킨다. 자칫 천막 안의 온도가 떨어지기라도 하면 큰일이다. 난로의 불이 꺼지지 않도록 유심히 살펴야 한다. 밖의 날씨와는 다르게 천막 안은 초여름이다. 코끼리 우리 앞에 의자를 가져다놓고 앉았는데 표정이 제법 심각하다. 이십오 년 전 동물원의 코끼리 우리 앞에 서 있던 날을 떠올리는 모양이다. 동물원 문이 닫히고 엄지장군톰을 발견한 건 동물원의 사육사였다. 엄지장군톰의 특이한 외모를 보자마자 사육사는 서커스의 길 잃은 소년이라고 생각했다고 한다. "어디 서커스냐?" 사육사의 말 한마디가 동철의 인생을 바꾼 것이다.

"이런 우라질 놈의 새끼." 도망도 못 가는 병신새끼라고 사내가 소년의 배를 걷어찼다. 머리 속에 뱀이 우글거리는 사악한 새끼라고 땅바닥에 패대기질을 했다. 파출소에서 나와 장이 섰던 곳으로 오는 동안 틀림없이 소년이 트럭을 몰고 사라졌을 거라고 짐작한 모양이었다. 사내는 소년을 시장의 머릿고기집으로 데려갔다. 조갈증이 난 것처럼 막걸리 사발을 한 손에 쥐고 벌컥벌컥 들이켰다. 목젖이 격하게 요동쳤다. 입가로 막걸리가 질질 새어 흘렀다. 사발에 막걸리를 따라 소년에게 건넸다. 시금털털했다. 사내가 소년의 머리통을 쥐어박았다. "이런 되다만 새끼. 막걸린 흘리면서 마셔야 제맛이 나." 그날 밤 사내는 제 손목에 소년의 손목을 묶지 않았다.

트럭 쇼는 더이상 할 수 없었다. 사내는 사람들이 점점 더 영악해져간다고 투덜댔다. 이제 바야흐로 사기의 시대는 지나간 것이다. 못도 이물질을 섞어 만드는지 예전 맛이 아니라고 했다. 못을 씹으려야 더이상 씹을 이가 남아 있지 않았다. 사내는 목공소에서 커다란 과녁을 맞춰와 하루 종일 페인트칠을 했다. 과녁 안의 동심원들은 색을 달리 칠했다. 제일 중심 원에 소년을 세웠다. 사내가 던진 칼이 과녁의 제일 바깥 원에 가 꽂혔다. 소년은 사내가 하던 것처럼 바닥에 침을 뱉었다. "반을 줘요." 사내는 조금 늦게 소년의 말을 알아차렸다. 말 대신 손이 먼저 올라갔지만 소년의 몸이 더 날랬다. "반도 적어요. 칼에 맞으면 골로 가는 건 나라구요." 이번엔 별의별 상소리를 퍼부었다. 매에도 욕설에도 이미 이골이 났다. 사내가 벌건 얼굴로 땅에서 튀어올랐다. 부푼 배 때문에 숨이 거칠어졌다. 사내가 숨을 헐떡이며 신음 소리처럼 내뱉었다. "이. 더는 안 돼, 이 사악한 놈아."

'인간 과녁'은 금세 소문을 탔다. 칼은 점수가 낮은 원의 가장자리부터 시작해 조금씩 소년 쪽으로 가깝게 날아왔다. 그럴 때면 모여 있는 사람들의 숨소리만 들렸다. 소년은 이를 앙다물고 눈을 감았다. 칼은 소년의 겨드랑이나 다리 사이로 날아와 꽂혔다. 칼날이 널빤지에 꽂히면서 칼몸을 부르르 떨어대면 오줌을 지릴 것 같았다. 사내는 그걸 칼울음소리라고 했다. 술을 마시지 않는 낮에도 사내는 수전증에 걸린 사람처럼 손을 떨었다. 지금은 용케 잘 맞히고 있지만 어느 순간 사내의 손에서 날아온 칼이 십 점 만점 자리를 맞힐지 알 수 없는 일이었다. 눈을 떴다. 날아오는 칼에서 눈을 떼지 않았다. 칼끝이 조금씩 커졌다. 어느 날부터인가 칼이 날아오는 길이 보이기 시작했다. 사내가 잠이 들면 여인숙 밖으로 나와 트럭 앞에 세워둔 과녁에 칼을 날려보았다. 과녁에는 숱한 칼자국이 소년의 몸 모양을 따라 나 있었다. 소년의 키는 이 점짜리 원 부근 끝에 머물렀다. 더이상 소년이 아니었다.

"눈을 가리고 할 수 있겠나?" 로얄 패밀리의 단장이 물었다. 세계적인 저글러였던 엔리코 라스텔리는 열 개의 공을 동시에 던지고 받을 수 있었다. 아직까지 그 신화는 깨어지지 않았다. 눈을 가리고 공 다섯 개를 받을 수 있게 되었다. "외발 자전거를 타고 할 수 있겠나?" "줄을 넘으면서 공들을 떨어뜨리지 않을 수 있을까?" 단장의 주문은 계속 이어졌다. 관람석에서 환호성이 터졌다. 어느 날 단장이 다시 남자를 불렀다. "눈을 가리고 할 수 있겠나?" 로얄 패밀리의 첫 대면에서 단장이 한 말이었다. "아니, 칼 던지기 말이야. 인간 과녁. 엄지장군톰이 그러더군, 자네가 칼을 잘 다룬다고." 물을 넣은 풍선을 매달아놓고 연습을 했다. 반 년 동안이나 물풍선들이 터졌다. 단장은 재촉하지 않았다. 물풍선들이 하나도 터지지 않은 날 이후부터 과녁에는 엄지장군톰이 섰다. 텅 빈 무대에는 단장과 서커스 식구들이 서서 숨을 죽이고 있었다.

"이봐, 중요한 데만은 좀 봐달라구. 난 아직 총각이라구." 첫 칼이 날아갔다. "이것 봐. 입도 좀 봐줘. 먹고 살아야 하니까." "귀도 봐줘. 귀까지 없으면 정말 이상할 거야, 내 얼굴." 칼이 날아갈 때마다 엄지장군톱이 너스레를 떨었다. 그때부터다. 같은 컨테이너를 쓰게 된 것은.

사내는 술에 절어 살았다. 이제는 낮에도 술에 취해 있는 날이 많았다. 매일 입을 벌리고 웃어댔다. 술에 취해 칼을 던졌다. 그런데도 칼은 정확히 남자의 몸을 비켜가 꽂혔다. 눈속임이었다. 남자는 날아오는 칼을 주시했다가 조금씩 팔과 다리를 움직이고 몸을 비틀었다. 조금씩 남자가 주도권을 쥐었다. 만병통치약 대신 비누를 팔았다. 스테인리스 냄비 세트를 팔았다. 푼돈을 쥐던 때와는 달라졌다. 사내는 더이상 남자에게 욕을 퍼붓지 않았다. 함부로 허리띠를 풀지도 않았다. "그 여자 생각나요?" 사내는 술과 여자를 좋아했다. "날 아저씨한테 데리고 왔던 여자……" 사내는 금방 떠올리지 못했다. 술을 한 잔 더 부어주었다. 마시면서 흘리는 술이 반이었다. "어디 살던 누구였대요? 혹시 동네 이름 기억나요?" "아, 그 계집!" 다음날 일어나 보니 여자는 온데간데없고 지갑이 텅 비어 있었다고 했다. 여인숙 방 한쪽에 소년만 자고 있었다고 했다. "길에서 만난 계집이야. 장에서 내 차력을 봤다더라구. 뭐랬더라…… 복숭아가 많이 나는 곳에서 왔다고 했어. 왜 이렇게 피부가 곱냐니까 복숭아를 물리게 먹었다고 했어……"

더이상 사내 곁에 머물 이유가 없었다. 칼이 날아와 과녁에 꽂혔다. 구경꾼들이 박수를 치고 휘파람을 불었다. 과녁에 꽂히는 칼은 모두 열 개이다. 손은 매일 물이 닿는 곳이라 염증이 오래갈 것이다. 발과 다리도 안 되었다. 복숭아가 많이 나는 곳이면 앞으로 다 찾아갈 생각이었다. 칼이 부르르 떨면서 어깨 쪽으로 날아왔다. 남자는 그 칼을 피하지 않았다. 칼이 어깨의 살점을 집었다. 사람들이 술렁댔다. 비명을 지르다 기절한 처녀도 있었다. 사내는 게슴츠레한 눈을 끔뻑이면서 과녁을 바라보고만 있었다.

짐은 작은 비닐가방 하나면 되었다. 운동화 끈을 묶는데 사내가 배를 부풀리면서 으름장을 놓았다. 술냄새가 쏟아졌다. "아파? 그까짓 것. 너흰 좋은 세상 만난 거야. 이것 봐. 우린 매일 찔리고 부러졌어." 가방을 들고 여인숙 문을 나섰다. 사내가 맨발로 뛰어나와 남자를 막았다. 몇 개 남지 않은 누런 이를 드러내며 비굴하게 샐샐거렸다. "이건 어때. 오 대 오." 이상하게도 복숭아를 먹었던 기억은 나지 않았다. 여름이면 리어카 가득 복숭아를 실은 장사들이 장에 들어섰지만 복숭아는 사먹지 않았다. 가칫가칫한 복숭아털이 싫었다. 털이 붙으면 온몸이 근질거렸다. 칼에 찔리지 않은 쪽으로 가방을 고쳐들었다. 터미널 쪽으로 걷는데 이상하게도 다리가 휘청거렸다. 사내가 계속 소리쳤다. "야, 이 개자식아. 그래 좋다. 육 대 사. ……잘 먹고 잘 살아라. 칠 대 삼……"

여섯 살이었는지 일곱 살이었는지 잘 모른다. 정확한 건 그날이 일요일이었다는 거다. 소년은 긴 나무의자에 앉아 목사님 말씀을 그대로 따라 중얼거렸다. 아직도 남자의 입에는 그날 마지막으로 암송했던 성경 구절의 끝부분이 맴돈다. 아이들을 위해 그 부분은 단조로운 음을 띠고 있었다. 요한복음 3장 16절.

그날 교회가 끝난 그 시간에 소년을 집까지 바래다주기로 되어 있는 건 집에서 일하고 있는 식모누나였다. 주일이면 엄마는 가장 깨끗한 옷을 꺼내 입혀주었다. 소년은 검정색 신사복에 빨강 나비넥타이를 맸다. 식모누나는 소년이 투정을 부리지 못하도록 입을 벌리게 하더니 커다란 알사탕을 입에 물렸다. 알사탕이 어찌나 큰지 혀로 굴릴 수도 없었다. 말을 하려고 입을 벌리면 끈적끈적한 사탕물이 검정 양복으로 떨어졌다. 식모누나는 집으로 가는 대신 터미널로 소년을 데리고 갔다. 터미널의 여자 화장실에서 소년의 옷을 갈아입혔다. 동네 남자애들이 입는 평범한 옷이었다. 가르마를 탄 머리카락도 손가락으로 마구 헝클었다. 입가가 온통 진득진득한 사탕물투성이였다. 누나는 언제 감추어두었는지 자신의 옷가지가 든 커다란 옷가방을 들고 있었다. 누나가 스웨터를 올리더니 배를 동여맸던 기저귀 천을 풀었다. "아, 답답해서 미치는 줄 알았네." "누나, 뱃속에 감춰둔 게 뭐야?" 소년이 물었지만 누나는 소년의 말이 아예 들리지 않는 것처럼 행동했다. "치. 지들도 쓴맛을 한번 봐야 돼." 소년이 알아듣지 못하는 말만 되풀이했다. 누나와 버스를 탔다. 그레이하운드가 그려진 고속버스였다. 자꾸 잠이 쏟아졌다. 빨리 걸으라고 누나가 꿀밤을 먹였다. 버스를 여러 번 갈아탔다. 완전히 잠이 달아나 눈을 떴을 때는 바로 코앞에 빨간 원피스를 입은 원숭이가 있었다.

트럭은 천막과 함께 녹지 않은 눈까지 싣고 왔다. 땅은 아직 녹지 않았다. 중심 버팀목을 세우려면 좀 애를 먹을 것이다. 중장비차를 빌리지만 우산살처럼 알루미늄 대들을 박고 알록달록한 천을 뒤집어씌우는 것은 남자 단원들 몫이다. 언 땅이 녹으면 손님들이 신발에 진흙을 묻혀들일 것이다. 돗자리가 진흙으로 더럽혀지기 십상이다. 천막 극장 입구에서 아스팔트 포장 도로까지 널빤지를 깔아야 할 것이다. 공터로 들어온 트럭이 서행하면서 클랙슨을 울려댄다. 컨테이너 문이 열리고 단원들이 얼굴을 내민다. 여자애들은 눈을 만지러 뛰어나온다. 천막을 치려면 이틀은 꼬박 걸릴 테지만 쇼는 진작에 시작되었다. 천막이 세워지면 하루 종일 커다란 음악이 울려퍼질 것이다. 약반액 초대권은 도시 곳곳에 충분히 뿌렸다.

쇼가 시작되면 남자의 앞에는 보이지 않는 커다란 과녁이 있을 뿐이다. 과녁 중앙엔 일곱 살짜리만한 엄지장군톰이 서 있다. 열 개의 칼을 다 던질 동안에는 그 어떤 잡념도 끼어들지 않았다. 집 생각도 어머니 생각도 잠시 잊는 순간이다.

엄지장군톰이 득달같이 트럭의 운전석으로 달려간다. 눈이 얼마나 왔길래 이틀 동안이나 눈에 묶여 있었는지 그것이 궁금한 거다.

임종

아버지는 무영이든 아니든 상관없는 듯했다. 마지막 가는 길에 오점 없이 홀가분하게 가고 싶었다. 죽음으로써 자신의 삶을 완성시키고 싶었다. 나는 무영의 뺨에 난 흉터를 올려다보았다. 대체 저 사내는 누구일까. 내가 알고 있는 무영은 눈이 나빴다. 눈이 나빠 커다란 국화 송이를 찐빵으로 알고 달려들었다고 했다. 무영의 그 말 때문에 난 늘 커다란 국화 송이를 볼 때마다 김 오르는 찐빵이 떠올랐던 것이다.

유원지로 가는 길목에 자리잡은 장례식장 앞에 서자 과연 우리 고모들이다는 생각이 들었다. 길눈이 어두운 친지들을 상대로 몇 번씩이나 장례식장의 위치를 설명하고 있기에는 고모들 셋 다 하나같이 성미가 급했다. 해수욕장을 개장하는 여름 한철에만 전국에서 수십만 명의 인파가 모여드는 곳이니 초행자라도 쉽게 찾아오리라는 계산이었을 것이다. 공항에서 장례식장까지 태워다준 택시기사는 고모들보다 한수 위였다. 앞의 자동차가 제 속도를 내지 못할 때마다 차창 밖으로 상체를 다 내밀고 침을 뱉거나 고함을 질렀다. '유원지 5킬로미터'라고 적힌 이정표를 지나자 속도는 이십 킬로미터 아래로 떨어지고 서다 가다를 반복하더니 '유원지 좌회전 1킬로미터'라고 적힌 이정표 아래서부터는 움직일 줄을 몰랐다. 이차선 도로에 세 줄 네 줄로 자동차들이 늘어섰다. 가뜩이나 유원지로 드나드는 차량들로 혼잡한데 장례식장이 들어선 뒤로 교통 사정이 더 악화되었다며 택시기사는 룸미러에 비친 자기 얼굴에다 대고 성미를 부렸다.

어디서 나타났는지 택시 앞으로 푸른색의 소형 트럭이 끼어들었다. 짐칸에 어른 키만한 근조화환이 실려 있었다. 커다란 국화 송이들이 마치 커다란 찜통에서 부푼 찐빵 같다는 생각을 하다가 고인에 대한 예의가 아니지 싶어 머리를 내저었다. 빵집 아들도 아닌데 이상하게 커다란 국화만 보면 조건반사처럼 김이 오르는 찐빵이 떠올랐다. 근조화환에 검은 리본이 달려 있었다. 한일개발상사 대표가 보내는 화환이었다. 리본에 적힌 한자들은 틀린 곳이 없는데 어딘가 이상했다. 이상한데도 어디가 이상한지는 찾아낼 수 없었다.

막내고숙은 오래 앓았다. "이번엔 진짜가?" 부고 전화를 받은 아버지의 첫마디였다. 목숨이 경각에 달렸다는 전화를 할 때마다 막내고모는 기차역에서 아버지 손을 놓친 아이처럼 바락바락 울었는데, 정작 막내고숙이 죽자 울지도 않고 생전 처음으로 침착해졌다. 장례식장에서 운구용 차량이 오기를 기다리는 동안 벌써 뻣뻣하게 굳어가는 고숙의 팔다리를 주물러 반듯하게 뉘어놓았다. 고숙은 자고 있는 것처럼 편안해 보였다. 고모는 떡집에 전화를 해서 문상객 접대용으로 쓸 인절미와 송편을 세 말 맞추고 두 고모에게 전화를 걸었는데 두 고모는 가게에서부터 막내고모집까지 대성통곡을 하며 뛰어왔다. 급히 비행기표를 예약하고 공항으로 나가 비행기를 타느라 우리 가족은 부산을 떨었다.

장례식장 입구에는 두건을 쓰고 상장과 요질을 갖춰입은 앳된 상주 하나가 친구와 마주 선 채 담배를 태우고 있었다. 풀기가 가시지 않은 상복이 뻣뻣해서 종이옷이라도 입은 듯 어색했다. 수면 부족으로 얼굴이 창백하고 입술에 하얗게 거스러미가 일었다. 장례식장 입구에 걸린 안내판에서 고숙의 이름과 빈소의 호수를 확인하는 동안에도 연신 근조화환이 장례식장 안으로 들어갔다. 배가 부를 만큼 찐빵 생각을 했다. 아버지는 고향에만 오면 자동인형처럼 사투리를 썼다. "여기 언제 이런 기 생겼노?" 아버지를 몇 발짝 뒤에서 따라오던 어머니가 "요즘 지방에는 결혼식장이 너무 안 돼놔서 장례식장으로 바꾼 곳도 있답디다"라고 알은체를 했다. 수많은 이름들을 지우고 다시 썼는지 고숙의 이름 아래로 채 지워지지 않은 글자들이 흐릿하게 남아 있었다. 김미선이라는 이름은 단번에 알아보겠는데 그 아래의 이름은 간신히 가운뎃글자인 '배'자 한 자만 보였다.

부모님을 안으로 들여보내고 담배를 꺼내물었다. 아무리 금연 열풍이 분다 해도 장례식장 같은 데선 예외로 쳐야 한다는 생각을 하면서 불을 붙이는데 옆에 서 있던 앳된 상주는 담배 연기에 눈을 찔린 것처럼 소매로 자꾸 눈을 훔쳤다. 빳빳한 삼베에 눈 언저리가 금방 붉어졌다. 그럴 때는 아무 말도 하지 않는 것이 상책이라고 생각한 모양인지 친구는 못 본 척 고개를 돌렸다.

음식점과 노래방, 옷가게 사이로 골목길들이 엉켜 있었지만 골목길들은 바닷가의 해안도로에서 하나로 합쳐졌다. 병원 건너편은 회 타운이었다. 규모와 차림표가 엇비슷한 횟집들이 즐비했다. 수족관에서 흘러나온 물이 길에 고여 물비린내가 진동했다. 손님이 가게 안으로 들어서면 잠시 후 고무장화와 고무앞치마 차림의 주방장이 나와 뜰채로 넙치나 우럭 따위를 떠서 들어갔다. 횟집 뒤는 새단장을 한 모텔촌이었다. 작은 두 쪽짜리 창문마다 에어컨 실외기가 매달려 있고 외래어로 된 모텔 이름 곁에는 한결같이 온천 표시가 커다랗게 그려져 있었다. 모텔과 모텔 사이로 유원지가 내다보였다. 관람용 풍차가 천천히 원을 그리며 돌고 있었다. 바이킹이 포물선을 그리고 내려갈 때마다 배 밑바닥이 햇빛에 반사되며 반짝 빛이 났다. 젊은이들이 깔깔거리면서 유원지 쪽으로 몰려갔다. 장례차가 입구에 서고 사람들의 부축을 받으며 내린 젊은 여자가 오열했다.

장례식장의 복도는 어두침침했다. 크고 작은 빈소들 건너편에 음료수 회사의 마크가 찍힌 냉장고가 놓인 접객실이 있었다. 배식실에서 흘러나온 듯한 개숫물이 복도에 흥건했다. 화장실 앞에 시든 근조화환이 비스듬히 서 있었다. 국화의 이파리가 시들고 검게 타들어갔다. 화환 아래로 하얗게 떨어진 국화 이파리들이 커다란 구더기 같았다. 화장실을 드나드는 사람들의 구둣발에 이파리가 으깨어지거나 복도 끝의 빈소 앞까지 묻어가 날렸다. 빈소는 꽉 차 있었다. 식사 때의 패밀리 레스토랑처럼 순번을 기다리는 대기석이 따로 있을 듯싶었다. 지하 일층에만 빈소가 열두 곳이었다. 빈소들을 지나치다 언뜻 젊은 여자의 영정을 보았다. 대학교 졸업사진을 확대해서 쓴 듯했다. 이목구비의 윤곽이 뚜렷하지 않았지만 학사모 아래의 머리카락이 검고 숱이 많았다. 빈소에는 어머니뿐이었다. 영정 아래 나이든 어머니가 목이 부러진 인형처럼 고개를 떨구고 앉아 있었다.

막내고숙의 빈소는 복도 맨 끝방이었다. 이름표를 확인할 필요도 없었다. 접객실의 낮은 칸막이 위로 노랗게 염색한 머리들이 휙휙 지나고 거칠고 빠른 사투리들이 건너왔다. 빈소 한편에 기대앉아 있던 막내고모가 힘들게 눈을 뜨고 나를 올려다보았다. 염색한 머리의 정수리에 수질을 얹었는데, 어릴 적 크리스마스 카드에서 보았던 천사의 고리를 한 노랑머리 천사 같았다.

고모들은 한평생을 이 유원지에서 보냈다. 유원지를 발판으로 기반을 잡았다. 해수욕장만 덩그러니 있던 무렵에는 여름 한철 장사로 일 년 생활비를 벌어들였다. 삶은 소라와 우렁이가 든 고무 다라이를 이고 해안가 끝에서 끝까지 하루에도 수십 번 왕복했다. 모래밭을 걷는 것은 맨땅을 걸을 때보다 몇 배나 힘겨웠다. 모래밭에서 누군가 손을 흔들어 부르면 다른 행상에게 손님을 놓칠세라 허겁지겁 뛰었다. 뛰다가 모래밭에 고무 다라이를 엎은 적도 있었다. 여유가 생기자 고모들은 노랗게 머리를 염색했다. 유원지 분위기가 물릴 만도 한데 일 년에 한두 번 승합차를 전세내 다른 유원지로 놀러다녔다.

9월 초였다. 해수욕장은 진작에 폐장했다. 그 틈을 타 중국여행을 가려다가 여행은커녕 여행비까지 다 날리고 말았다면서 둘째고모가 어머니 앞에 앉아 목청을 높이는 중이었다. 고숙의 죽음을 알리는 전화가 딱 오 분만 늦게 왔어도 자신은 지금 이 자리에는 있지도 못했을 거라며 너스레를 떨었다. 고모들은 서른 중반을 넘긴 조카의 엉덩이를 차례로 툭툭 두들겼다. 둘째고모가 나를 붙잡고 중국여행 이야기를 재탕하는 동안 큰고모는 고봉밥을 담아와 내밀었다. 고모들은 잠시도 한자리에 엉덩이를 붙이고 있지 못했다. 혼자서 가게를 꾸려가던 습관 때문이었다. 주방을 보다가 손님을 맞아 주문을 받고 음식을 만들어 내오고 계산을 하던 것이 몸에 뱄다. 고모들은 문상객 대접에 쓸 육개장 솥뚜껑을 수시로 열어보았다. 밑반찬 양도 확인해두었다가 나물이 떨어지면 배식실에 연락을 했다. 육개장 국물이 졸면 물을 붓고 간이 싱거우면 소금을 쳤다. 문상객들이 한 번에 몇 명이 들이닥치더라도 한눈에 인원수를 파악해 밥상에 수저를 늘어놓고 밥과 국을 푸고 밑반찬을 내놓았다.

문상객들 대부분이 고모들의 상가번영회 회원들이었다. 잠깐 카운터를 다른 사람에게 맡기고 온 듯했다. 역시 고모들이었다. 길눈 어두운 친지들에게 몇 번이나 같은 말을 해야 하는 번거로움을 없앴을 뿐 아니라 유원지 내에 가게를 둔 번영회 사람들이 쉽게 오갈 수 있는 곳에 장례식장을 잡은 것이다. 친목회 사람들이 우르르 밀려들자 큰고모가 그들을 반겼다. 큰일이 있을 때마다 자기 쪽 사람들을 얼마나 동원할 수 있는지로 고모들은 신경전을 펼쳤다. 둘째고모가 입맛을 다셨다. "우리 친목회원들은 다 중국에 안 가 있나. 여행만 아니몬 다들 여기 와 있을 기구만은."

저녁때가 되어서야 이곳저곳에 흩어져 사는 친지들이 도착했다. 섬에서 배를 타고 나온 노인마저 길을 헤매지 않고 한번에 찾아왔지만 친지들은 한결같이 오는 길에 차가 너무 막히더라는 말로 인사말을 대신했다. 나이가 지긋한 친지들은 막내고숙이 점잖은 양반이라 더운 여름철 식구들이 큰일 치르다 탈날까 싶어 찬바람 부는 때에 맞춰 돌아갔다고 입을 모았다. 하지만 지난 팔 년 동안 목숨이 경각에 달린 고모부를 업거나 택시에 태워 병원 응급실을 오갔던 막내고모네 식구들은 아무 말 하지 않았다.

막내고숙은 자신의 유해를 화장해달라고 유언했다. 벌초를 하느라 자식들이 무덤까지 찾아다닐 것을 생각하니 내가 다 힘들다는 말을 할 때는 두 번이나 긴 기침을 했다. 친지들 중 몇이 과연 점잖은 사람이었다며 고개를 끄덕였다. 아버지는 거기에 대고 아버지와 어머니의 묏자리를 사두었다는 말을 꺼내지는 않았다. 그것으로 막내고숙은 뒷전으로 물러났다.

"누고?" 술잔을 받던 노인 하나가 턱짓으로 나를 가리켰다. 옆의 노인이 늘어진 눈을 끔벅이며 나를 바라보았다. 둘째고모가 나섰다. "우리 종손 아닙니꺼." 노인 하나가 무릎을 쳤다. "아, 야가 갸가?" 무슨 이야긴지 어리둥절한데 둘째고모가 반색을 했다. "야, 맞다 아닙니꺼. 갑니더. 서울서 대기업에 다니는." 머리가 희끗희끗한 노인이 두 손으로 아버지 앞에 놓인 종이잔에 맥주를 따랐다. "형님은 좋겠십니더." 발동선 한 척으로 아이 넷을 길러냈는데 요즘은 부부 둘이 사는 것도 여의치 않다며 노인이 단숨에 소주를 들이켰다. "어허, 이 사람." 아버지가 노인의 팔을 잡았다. 소주잔을 든 노인의 손이 심하게 떨렸다. 색이 바래고 보풀이 인, 계절보다 빠른 모직 점퍼를 입고 있었다. 맞은편의 검은 양복에 넥타이핀과 커프스 단추까지 구색을 갖춘 아버지의 옷차림과는 대조적이었다. 십 년 전 사촌의 결혼식장에서 만났었다는 이야기에서부터 어릴 적 하루 머문 친척집에서 새로 꿰맨 이불에 오줌을 쌌다는 이야기까지 케케묵은 이야기들이 쏟아져나왔다. 노인들이 어제 일처럼 기억하고 있는 것을 나는 기억해낼 수가 없었다. 노인 하나가 손가락을 펼쳤다. "그럼 야가 내하고는 몇촌 간이고?" 드디어 머리 아픈 촌수 이야기가 나왔다. "오촌이다. 내가 오촌당숙이다." 술잔이 돌고 웃음이 터졌다. 가족 야유회라도 나온 것 같았다. 아무래도 유원지 터라서 그런 듯싶었다.

막내고모도 빈소에서 나와 친척들 사이에 앉았다. 어머니는 수의(壽衣) 가격이 제일 궁금했던 모양이었다. "싼 걸로 했다. 여서도 까놓고 그래쌌트라. 중국산 천지라고." 중국 이야기가 또 둘째고모의 중국여행 이야기에 불을 지폈다. 어떻게 시간을 맞춰도 그렇게 딱 맞췄는지 막내고숙이 마지막으로 가면서 크게 심통을 부린 것 같다고 했다. 다른 상에 친척들과 앉아 있던 큰고모가 무릎걸음으로 어머니 곁에 와 앉았다. "새이야, 갸가 왔었다 카드라." 어머니는 한번에 알아들은 모양이었다. 둘째, 막내고모도 큰고모 쪽으로 귀를 내밀었다. 어머니가 아버지의 옆구리를 찔렀다. 아버지는 낮부터 한 잔 두 잔 마신 술에 벌써 취해 있었다. 큰고모가 목소리를 낮췄다. "오빠, 무영이가 명희 집에 왔더랍니다." 그 이야기는 사발통문인 둘째고모도 처음인 모양이었다. "명희 집에? 와?" 큰고모는 둘째고모 말을 무시했다. 평소 같았으면 말을 먹고 말았다고 발끈했을 텐데 둘째고모도 심각했다. "초인종을 눌러 문을 열어줬는데 지가 무영이라 카믄서, 점심을 맛나게 묵고 돌아갔답니더. 키가 훌쩍하니 크면서도 뼈대가 굵지 않은 게 꼭 오빠더랍니다." "그게 다가?" 아버지는 말수가 적었다. "야. 명희년도 첨엔 뭐라도 팔라꼬 온 거 아이가 생각하고 비싸지 않음 사줘야지 했답니다." 둘째고모가 말끝을 자르고 나섰다. "오빠 안부는 안 물어봤다 카드나?" 아버지가 알고 싶었던 것도 그것이었을 것이다. 가만히 앉아 듣고만 있던 막내고모가 머리를 흔들었다. "갸는 무영이가 아이다. 갸는 외탁을 해가 키가 쪼그맸다 아이가?" "야야, 우리가 갸를 마지막으로 본 게 언제고? 어? 열여섯, 열일곱? 그때 본 걸 보고 어애 알겠노?" "종자를 보면 이게 감잔지 오인지 안다 아이가. 니 갸 생모 생각 안 나나?"

내 기억 속의 무영도 막내고모가 기억하고 있는 것과 비슷했다. 무영을 가장 잘 알아볼 수 있는 사람이라면 할머니 다음으로 나일 거였다. 일곱 살 때 무영을 처음 만난 이후로 열일곱 살, 무영이 생모에게 가기까지 방학 때마다 나는 무영과 함께 지냈다. 할머니가 돌아가셨으니 무영을 단번에 알아볼 사람은 나밖에 없었다. 마지막으로 보았을 때도 무영은 또래 아이들보다 키가 작았다. 책가방에 공업 시간에 쓸 티(T)자를 끼워갈 때면 작은 키가 더욱 두드러졌다.

아버지는 한 번도 무영을 무영이라 부른 적이 없었다. 키가 작다고 해서 마메, 콩을 뜻하는 일본어로 부르거나 아예 호칭을 생략했다. 둘째고모가 머리를 갸우뚱했다. "암만 생각캐도 이상타. 무영이가 뭐한다꼬 얼굴도 잘 모리는 명희한테 갔실꼬. 여기 왔으믄 우리한테 안 오고. ……명희는 여기 온다 카드나?" 큰고모가 옆의 상에 대고 목소리를 높였다. "명희는 온다 카드나?" 갸름한 얼굴에 화장이 좀 짙다 싶은 중년 여자가 오징어를 씹고 있다가 대답했다. "온다 카든데." 나와 촌수간에 있는 사람이 분명한데 얼굴은 낯설었다.

무영의 소식을 듣는 것은 근 십 년 만이었다. 십 년 전에도 이런 자리에서 친척 누군가로부터 무영이 일본으로 밀항했다는 소식을 전해들었다. 나는 대학 3학년 2학기를 휴학하고 군입대를 준비중이었다. 앞날을 예측할 수는 없었지만 난 죽을 때까지 밀항 같은 건 하지 못할 사람이라는 생각을 했다. 이랏샤이마세(어서 오세요). 이케부쿠로나 긴자의 밤거리에서 호객을 하고 있는 무영의 모습이 막연히 떠올랐다. 막내고모의 목소리가 밀항이라도 하듯 은밀해졌다. "니는 세상 헛살았다. 그렇게 당해놓고도 명희 그 가시나 말을 믿나? 난 콩으로 메주를 쑨대도 안 믿는다, 그 가시나 말은……" 고모들이 아버지의 눈치를 살폈다. 발동선을 가지고 있다는 노인이 아버지의 잔에 술을 따랐다. 여느 때 같으면 술이 과하다고 핀잔을 할 어머니도 아무 말 하지 않았다. 아버지는 단숨에 술을 마시고 노인에게 잔을 돌려주었다. 술기운이 오르자 노인은 손을 떨지 않았다.

장례식장 밖으로 나왔다. 해가 짧아졌다. 크고 작은 온천 등에 붉은 불이 들어왔다. 살이 델 듯 뜨거운 물에 몸을 담그고 싶었다. 무영은 내 아랫배에 종주먹질을 해댔다. 생모를 만나고 온 후였다. 키는 작은데 손은 매웠다. 고통 때문에 나도 모르게 무릎이 꺾였다. "아프나? 이까짓 게 아프나 말이다." 무영이 내 멱살을 잡아 일으켜세웠다. 키가 내 어깨밖에 닿지 않았는데도 난 꼼짝달싹할 수 없었다. "혀영? 웃기고 있네. 니는 내보다 두 달 늦게 태어났다 카드라." 호적 신고가 잘못되었다는 것을 생모에게서 확인했던 모양이었다. 여름인 줄 알고 있었는데 생일도 초가을이었다. 추석 준비로 기름 냄새가 온 집 안에 진동하는데 산기가 왔다고 했다. 그 동안 동생을 형이라고 불렀던 것이 억울했을 것이다. 무영이 골목길 끝으로 달음박질쳤다. 뛰어가다 몸을 돌려 내 이름을 불렀다. 형이라는 호칭 대신 무영의 입에서 나온 내 이름이 낯

섰었다. 죽은 쥐를 밟는 느낌이었다.

담뱃불을 붙여 물다가 별안간 장례식장으로 오던 중 트럭에 실려 있던 근조화환에서 이상했던 점이 생각났다. 검은색 리본. 근조란 한자 위에 축(祝)자가 붙어 있었다. 글자를 쓴 화원의 직원이 습관적으로 쓴 게 틀림없었다. "아니면 근조화환이 많이 나가는 걸 축하하려고 했는지도 모르지." 나도 모르게 혼잣말을 했다. 해놓고 보니 혼잣말을 하는 건 무영이 잘 하던 짓이었다. 나이차가 거의 예순 살이나 나는 할머니와 살다보니 무영은 늘 말상대가 아쉬웠다. 할머니는 말귀가 어두워서 같은 말을 몇 번이나 해도 엉뚱한 대답이나 했다. 혼자 지내기 심심했던 무영은 늘 옆에 누가 있는 것처럼 자기 혼자 질문을 하고 대답을 했다. "갸가 귀신하고 이야기하는갑다." 할머니는 무영의 그런 버릇을 끔찍이도 싫어했다. 담배 한 대를 다 피울 무렵 유원지가 있는 하늘 쪽에서 폭죽이 터지기 시작했다.

아버지는 반나절이나 현관문 밖에 서 있었다. 저녁 다섯시가 되자 복도 끝에서부터 어둠이 몰려오기 시작했다. 손과 발이 곱아들었다. 여느 때라면 따뜻한 식당 같은 곳에서 밥을 먹거나 다방에서 차를 마시면서 식구가 오기를 기다렸을 것이다. 그런데 집 앞을 떠나면 다시는 집을 못 찾아올 것 같은 무섬증이 들었다. 계모임에서 점심식사를 하러 나갔던 어머니는 그날따라 귀가가 늦어졌다. 요즘 들어 어머니는 집 안에 있는 것보다 밖에서 지내는 걸 더 좋아했다. 친구들과 점심도 먹고 노래방에 들르고 나면 하루가 금방 갔다. 젊은 시절 친구들을 찾아 밖으로만 나돌던 아버지는 외려 하루 종일 집 밖으로 나가지 않는 날도 많았다. 늦어진 저녁식사 준비 때문에 부랴부랴 집으로 뛰어온 어머니는 불도 켜지 않은 어두컴컴한 복도 한쪽에 서 있는 검은 물체를 보고 기겁을 했다.

집 안에 들어와서도 아버지는 현관문을 여는 비밀번호를 생각해내지 못했다. 여섯 자리 숫자가 식구들의 생일이 든 달과 날짜를 꿰어맞춘 거라는 것을 알고 있으면서도 속수무책이었다. "이제 이 양반도 다된 모양이네." 뒷생각 없이 말부터 뱉어놓고 떨어질 불벼락을 예상하고 있던 어머니는 아무런 반응 없는 아버지를 올려다보았는데, 아버지는 입을 반쯤 벌린 채 넋을 빼놓고 어둠이 고여 있는 베란다만 쏘아보았다. 어머니는 아버지가 뭘 보고 있나 아버지의 시선을 좇아가다가 섬쩍지근한 기분이 들어 아버지로부터 한 발짝 떨어졌다. 죽음이 베란다만큼 와 있다는 생각이 들었다.

"니 아부지가 이상하다." 회식 자리에서 어머니의 전화를 받았다. 한 줄로 붙인 상 곳곳은 전골 냄비에서 흐른 국물로 얼룩이 지고 콩나물 가닥이 말라붙어 있었다. 술 취한 동료들이 목청을 높이는 통에 어머니의 목소리가 잘 들리지 않기도 했지만 어머니 또한 아버지에게 들리지 않도록 목소리를 낮추고 있는 듯했다. 나는 그 일을 대수롭지 않게 넘겼다. "비밀번호 여섯 자리는 사실 좀 길어요. 이참에 줄여요." 옆에 앉은 동료가 내 전화기에 귀를 바싹 들이댔다. "뭐야? 기니까 줄이다니, 바짓단 이야기야?" 동료는 게슴츠레 뜬 눈으로 나를 지그시 바라보았다. 할말이라도 있는 줄 알았더니 입을 크게 벌리고 하품을 했다. 삭지 않은 음식 냄새가 고스란히 내 얼굴로 날아왔다. 일 분도 채 되지 않아 건너편에 앉은 다른 동료가 하품을 했다. 동료가 입을 다물기도 전에 대각선 방향에 앉아 있던 부장이 하품을 했다. 순식간에 하품이 번져가기 시작했다. 당황한 여직원은 이미 벌어지기 시작한 입으로 허겁지겁 손바닥을 가져갔다. 무안해서 딴청을 부리던 동료들은 누가 먼저랄 것도 없이 일어섰다. 제일 먼저 하품을 했던 동료는 고춧가루 묻은 휴지뭉치에 이마를 대고 잠이 들었다. 동료를 깨워 일으켜세우려는데 의문이 생겼다. 하품처럼 죽음도 번지는 건 아닐까. 몇 년 사이에 해마다 친지들이 죽었다. 고모들은 모두 과부가 되었다. 막내고숙을 화장하고 온 뒤부터 막내고모는 울기 시작했다. 밥을 먹으면서도 울고 오줌을 누면서도 울었다. 세수를 할 때도 울었다. 눈물이 갈비탕 솥에도 떨어졌다. 눈물 때문인지 국 간이 짜다고 불평하는 손님이 있었다고 했다. 둘째고모 말에 의하면 막내고모 얼굴은 불어터져 세 그릇만치로 늘어난 우동가락이라고 했다.

아버지의 몸은 집 안으로 들어왔지만 아버지의 정신은 그날 이후로 문 밖에서 여전히 엉뚱한 숫자를 누르고 있었던 모양이다. 한 달쯤 뒤에 아버지는 오층 복도에서 남의 집 대문을 발로 차다가 경비원에 의해 집으로 돌아왔다. 한 층 위거나 아래였다면 엘리베이터 층수를 잘못 눌렀다고 이해할 수 있었을 테지만 층수가 달라도 너무 달랐다. 아버지는 남의 집 문 앞에 서서 지갑을 꺼내고 그 속에 끼워둔 쪽지를 펼쳤다. 비밀번호를 또 잊을까봐 식구들 몰래 종이에 적어두었다. 숫자를 확인하고 더듬더듬 번호를 눌렀다. 문은 열리지 않았다. 버튼식 열쇠의 특성

상 연거푸 세 번의 실수가 이어지자 문은 아예 차단되어버렸다. 겁이 나고 화가 치민 아버지는 현관문에 발길질을 했다. 그래도 열리지 않자 신문 투입구를 열고 안으로 손을 집어넣었다. 발길질에 복도가 소란스러워 문을 열어본 옆집 사람은 아버지를 도둑으로 알았다. 경비원들이 몰려오고 아버지는 두 팔이 꺾인 채 복도 벽에 밀쳐졌다. 아버지의 얼굴을 알고 있던 경비원이 아니었다면 아버지는 경찰서까지 연행되었을 것이다.

아버지가 왜 505호의 문을 따려고 했는지 이해가 가지 않았다. "신영호씨, 왜 거긴 갔어요? 505호에는 왜 갔어요?" 어머니는 아버지의 한 손을 끌어다 무릎 위에 올려놓고 어린아이를 구슬리듯 물었다. 성질은 아직 남았다는 듯 아버지가 혀를 찼다. 머리를 감고 거실에 물을 뚝뚝 흘리며 제 방으로 가던 동생이 새삼스럽다는 듯 한마디했다. "고릿짝에 살던 아파트. 거기 아냐?" 말귀가 어두운 사람이 아닌데도 어머니는 반 박자 늦었다. "뭔 아파트? 고릿짝 언제?" 말을 하다 말고 어머니가 와락 울음을 터뜨렸다. 잡히는 대로 귀건 뺨이건 팔뚝이건 아버지를 꼬집어댔다. "정말, 이이가 왜 이래? 무섭게 왜 이래?"

오층짜리 아파트는 내가 중학교 때까지 살던 곳이었다. 연탄을 때서 늦가을이면 며칠 동안 연탄이 배달되고는 했다. 오층까지 연탄을 지고 나르는 일은 만만치 않았다. 숙달될 대로 숙달이 되었을 텐데도 연탄을 배달하던 아저씨는 꼭 한두 장의 연탄을 깼다. 현관 앞의 긴 복도는 연탄 보관 장소가 되었다. 간혹 다른 집에서 연탄을 집어가기도 해서 싸움이 나기도 했다. 연탄이 줄어들면 봄이 되었다. 연탄이 다 비워져도 복도 벽에는 연탄 쌓였던 자국이 일 년 내내 남아 있었다. 엘리베이터를 타고 십칠층 버튼을 누르려던 순간 아버지는 꼭 이십 년 전으로 되돌아갔다. 우리집은 복도 맨끝에 있었다. 우리는 주인의 발짝 소리를 아는 강아지처럼 수많은 발짝 소리 가운데 아버지의 발짝 소리를 알아냈다. 아버지가 초인종을 누르기도 전에 문을 열고 복도로 뛰어나갔다. 아버지는 늘 복도를 내려다보며 걷고 있다가 우리가 부르는 소리에 꿈에서 깨어나듯 정면을 바라보았다. 연탄 냄새 자욱하고 비좁고 낡았던 아파트. 자전거를 선물로 받고 환호성을 질러댔지만 오층까지 내리고 올리는 것이 힘들어 자전거 타기에 금방 흥미를 잃고 말았다. 아버지는 그 아파트 어디가 좋았던 걸까. 아파트는 아주 오래 전에 재건축되어 고층 주상아파트가 들어섰다. 그곳에 계속 살았으면 지금쯤 넓은 평수의 아파트를 얻었을 거라고 어머니는 두고두고 아쉬워했다.

봄이 되어 기온이 영상으로 올라가던 날, 부고가 날아들었다. 발동선으로 고기잡이를 한다던 노인의 얼굴이 떠올랐다. 섬까지 가는 길은 너무 멀었다. 문상을 가는 고모들 편에 조의금만 전달했다. "갸가 내하고 사촌간이다. 내 어머니의 동생 아들이재. 나보다 네 살 아래구만은." 아버지에게 그 소식을 전하자 아버지는 고향 땅을 밟았을 때처럼 사투리를 했다.

아버지의 머리맡에는 액자가 놓여 있었다. 액자 옆에 못 보던 조각상이 눈을 끌었다. 백조 암수 한 쌍은 도금이 벗어져 얼룩투성이였다. 침대 뒤쪽으로 일부러 감춘 듯한 잡동사니들이 쌓여 있었다. 때가 오른

봉제인형들과 목욕탕 증정이라고 쓰인 플라스틱 재떨이. 체스 게임판은 흑킹과 백나이트 말이 없었다. 흑백사진 속에 펄펄 날던 호시절의 젊은 아버지가 있었다. 공을 몰고 골대까지 돌진할 때면 공과 자신밖에는 아무것도 보이지 않았다고 했다. 따라붙은 상대편 선수들을 하나 둘 제쳤다. 컨디션이 좋은 날이면 골대가 두세 배 확대되었고 공이 꽂힐 곳이 보였다. 아버지의 정강이에는 그때 상대편 선수에게 차여 생긴 흉터가 불가사리 모양으로 남아 있었다. 사진 속의 축구부원들은 모두 유명을 달리했다. 유일하게 아버지 혼자 남았다. 아버지는 젊은 시절, 다른 선수들을 따돌렸듯 혼자 살아남았다. 지난번 문상 때는 같이 술을 마실 친구가 없어 혼자 소주 반 병을 자작했다.

아파트 단지의 재활용품 상자 속에 누군가 상체를 박은 채 물건을 고르고 있었다. 헌옷과 구두는 킬로그램으로 무게를 달아 해외로 수출된다고 했다. 언젠가 텔레비전의 프로그램에서 서울에 있는 체육관의 이름이 인쇄된 셔츠를 입은 흑인 꼬마를 본 적이 있다. 가끔 외국인 노동자로 보이는 사람들이 쓸 만한 물건들을 골라가고는 해서 그러려니 생각했다. 속에 있는 것을 고르는 모양인지 상자 밖에 내놓은 두 발이 잠깐 공중에 뜨기도 했다. 그렇게 꾸무럭대던 사람이 상체를 일으켜세웠다. 피가 몰려 붉어진 얼굴 가운데서 쉭쉭 소리가 났다. 한 손에 서류가방이 딸려 올라왔다. 가방에 묻은 먼지를 손으로 툭툭 털어 돌아서는데 아버지였다.

염색을 하지 않자 머리카락은 금방 하얗게 변했다. 사냥꾼처럼 재던 발걸음에 힘이 빠졌다. 다리가 굽었다. 어머니는 방 안에 들어설 때마다 코를 움켜쥐었다. 환기를 시키는데도 고약한 냄새가 고인다고 했다. 시간마다 자동 분사되는 방향제를 사다 벽에 걸어두었다. '새벽의 숲 속향'이라고 했다. 그 향이 궁금해 방 안으로 들어갔던 동생이 얼굴을 찡그리며 소리를 질렀다. "엄마, 아빠 똥 쌌나봐." 어머니가 놀라 뛰어와 침대에 누워 있던 아버지의 바지를 와락 벗겼다. 아버지가 놀라 몸을 동그랗게 말았다. 어머니가 가슴을 쓸어내리면서 안도의 숨을 내쉬었다. "가시나도 참. 니네 아빠가 그럴 사람이니?"

집으로 들어가니 아버지는 현관 밖에 서 있고 어머니는 오십 리터들이 쓰레기봉투를 펼치고 아버지가 주워온 물건들을 쓸어담고 있었다. 아버지는 어린아이처럼 울상이 되었다. 어머니는 옆집 사람들이 들으라는 듯 소리를 질렀다. "젊을 때 이렇게 끌어들였으면 부자가 되고도 남았을 거 아냐? 그때는 촌지 같은 것도 받지 않고 대쪽같이 굴더니 뒤늦게 욕심은 생겨가지고, 이런 쓰레기를 대체 어디다 쓰라구, 내 말 들려? 신영호씨?" 언제부턴가 어머니의 목소리가 점점 커지고 있었다.

저녁을 먹는데 아버지는 밥알을 셌다. 옆에서 어머니가 푹푹 떠먹으라고 하자 숟가락 가득 밥을 떠 입에 쑤셔넣었다. 입 밖으로 밥알이 떨어졌다. 국도 입술 사이로 반쯤 흘러나왔다. 마음대로 되지 않자 아버지가 소리나게 숟가락을 놓았다. 그날부터였을 것이다. 비밀번호를 잘못 눌러 집 안으로 들어오지 못한 그날부터 아버지는 우리들과 눈을 맞추지 않았다. 아버지가 콩나물 반찬 그릇에 대고 우물거렸다. 식구들은 알아듣지 못했지만 나는 한번에 알아들었다. "마메." 막내고숙의 장례식장에서 무영의 소식을 들은 직후에도 아버지는 무영에 관한 이야기를 입에 올리지 않았다. 아버지 먼저 무영에 대해 입을 연 것은 처음이었다.

무영과 나는 호칭을 생략했다. 머쓱해하던 무영이 피식, 웃었다. "나 알아보겠냐? ……많이 변했지." 저 혼자 묻고 저 혼자 대답하는 것은 변함이 없었다. 외모로만 보면 머리끝이 내 어깨에 간신히 닿던 그 무영이 아니었다. 사투리도 버렸다. 만나기로 약속한 다방에 손님이 많았다면 무영을 찾는 데 애를 먹었을 것이다. 다행히 다방 안에는 중절모를 쓴 노인 한 명만 신문을 보고 있었다. "아버지가 널 찾는다." 무영은 대답 대신 주방 쪽에 대고 빽, 소리를 질렀다. "아가씨, 여기 물 한 잔."

아가씨가 통굽 슬리퍼를 질질 끌며 다가와 물잔을 소리나게 내려놓았다. 505호 아파트에 살던 때가 떠올랐다. 아버지의 발짝 소리를 분간할 수 있었던 것은 발뒤꿈치를 끌며 걷는 아버지의 걸음 습관 때문이었다. "아버지, 얼마 안 남으셨다. 살아 계실 때 한번 봐라. 아버지도 아버지지만 너도 한이 된다." 생각보다 말이 잘 나왔다. 말을 하면서도 어느 드라마에서 본 장면이지, 싶었다. 무영은 찻물을 입에 물고 양치질을 할 때처럼 소리를 냈다. "나 많이 변했다." 그 뒷말을 기다렸는데 무영은 아무 말 하지 않았다.

조도 낮은 다방 안에서는 알지 못했는데 밖으로 나오자 무영의 왼쪽 뺨에 난 흉터가 도드라졌다. 포물선 모양의 흉터였다. 무영이 내 시선을 의식했는지 뺨에 공기를 넣어 부풀렸다. 포물선의 양 끝이 닿을 듯했다. 무영이 한 손을 내밀었다. 악수를 청하는가보다 했는데 손바닥에 명함이 쥐여 있었다. "한 번은 올게." 택시가 서자 무영은 한 팔을 천천히 들어올렸다. 택시가 떠나고 나서 명함을 들여다보았다. 투명해서 뒤가 들여다보이는 명함 한가운데 이름과 연락처만 인쇄되어 있을 뿐이었다.

아버지의 병은 막내고숙처럼 질질 끌지 않을 모양이었다. 별안간 물을 제외한 음식을 끊었다. 미음을 쑤어서 입에 들이댔지만 입을 열지 않았다. 아버지의 몸은 사과 한 상자를 들 때처럼 단짝 들렸다. 아버지를 업고 주차장까지 걸었다. 아버지는 어린애처럼 두 팔과 다리로 내 몸을 감았다. 불쑥 어릴 적 읽었던 동화 속의 노인이 떠올랐다. 업고 개울만 건네달라던 노인은 개울을 건넌 뒤에도 신기료 장수의 등에서 내려오지 않는다. 온 힘을 다해 떨쳐내려 해도 깡마른 노인은 붙어 떨어지지 않는다. 할 수 없이 신기료 장수는 노인을 업고 다닌다. 아버지가 영영 내 등에서 내려오지 않으면 어쩌나. 아주 오래 전 아버지의 등에 업혔던 기억이 떠올랐다. 등에 업혀 아버지의 고향 바닷가를 걸었을 것이다. 그때 아버지는 나지막이 배호의 노래를 불렀다. 후회하지 않아요. 울지도 않아요. 당신이 먼저 가버린 뒤…… 그날 밤 아버지의 노래를 듣는 것처럼 가사와 곡이 선명하게 떠올랐다.

링거 주삿바늘을 꽂을 때는 간호사가 두 번이나 애먼 데를 찔렀다. 정맥이 숨어 잘 보이지 않는다고 했다. 먹는 것도 없는데 아버지는 자꾸 똥을 지렸다. 옆 침대의 환자가 고린내를 참지 못하고 돌아누웠다. 따뜻한 물을 받아와 아버지의 아래를 닦아주었다. 정신이 어느 때보다 명징해진 아버지가 소리 죽여 울었다. 주름진 고환 새는 잘 닦이지 않았다. 아버지의 고환은 짝짝이였다.

병원 뒤뜰로 난 길은 장례식장으로 통했다. 병원 뒷문에 서서 무영과 나란히 담배를 피워물었다. 담배는 무영보다 내가 먼저 배웠다. 책가방에 몰래 숨겨간 88담배를 무영에게 꺼내주던 것이 떠올랐다. 담배 한 개비를 피우는 동안에도 하얗고 탐스러운 국화로 만든 근조화환이 세 개나 장례식장 쪽으로 운반되었다. 근조화환이 지나가네, 라는 지각과 동시에 김이 모락모락 오르는 찐빵 생각이 났다. 나는 무영의 얼굴을 올려다보았다. 무영도 근조화환을 눈으로 좇고 있었다. 명희라는 사촌의 전화번호를 가르쳐주면서도 막내고모는 신신당부했다. "그 가시나 입에서 나온 말은 열 개 중에 하나만 진짜라고 믿으몬 된다. 알긋나?" 지방에 살고 있지만 명희라는 사람은 사투리를 쓰지 않았다. 무영의 연락처를 묻자 기다리고 있었다는 듯 금방 연락처를 대주었다.

무영이 앞장서 걸었다. 팔다리가 길어 양복이 태가 났다. 무영은 어떻게 명희라는 사촌을 알았을까. 병실로 가는 길에 무영보다 한 걸음 뒤처졌다. 무영의 뒤에 대고 소리를 높였다. "넌 안경 안 쓰냐?" 무영이 뒤도 돌아보지 않은 채 말했다. "나, 눈 하나는 좋다. 일점 오 일점 오다."

고모들은 유원지에 놀러갈 때처럼 승합차를 대절해 타고 왔다. 병원 근처에 와놓고도 전화를 열 통 넘게 했다. 지방에서만 차를 몰던 기사라 서울 지리는 너무 모른다고 투덜대면서 병실로 들어섰다.

아버지는 무슨 말을 할 것처럼 입술을 달싹였다. 사지 끝에서부터 조금씩 경직되는 중이었다. 어머니가 손수건으로 눈물을 찍어대면서 고모들을 둘러봤다. "오빠한테 하고 싶은 말, 마지막으로 해요. 말은 못

해도 다 듣는답니다." 둘째고모가 머뭇거리다 한마디 내뱉었다. "사과……" 옆에서 눈물을 짜던 큰고모가 웬 뜬금없는 소리냐며 둘째고모를 흘겨보았다. "지금 야가 뭐라 캐쌌노." 둘째고모가 길게 한숨을 내쉬었다. "오빠 마지막 가는 길에 지 맘속에 묻어뒀던 이야기를 할라 캅니다. 나는 오빠가 미웠더랬습니다. 오빠는 남자라꼬 공부도 많이 하고 직장도 좋은 델로만 다녔지요. 오빠가 우릴 창피스러버하는 것도 다 압니더." 둘째고모가 울고 있었다. "오빠가 열아홉 때니까 내는 열세 살. 엄니는 맛난 것이 있으몬 오빠에게 주었더랬지요. 그때 오빠가 가지고 있던 사과 한 알. 너무도 먹고 싶었는데, 오빤 나는 본 척도 않고 동네 다른 가시나에게 줘버립디다. 야속했지요. 이자 그만 그 맘 풀랍니다. 잘 가시소. 가서 좋은 자리 잡고 기다리소마, 야?"

아버지가 두 손을 뻗어 허공을 헤집었다. 보이지 않는 무언가를 뿌리치는 것으로도 보였고 무언가를 잡으려는 듯도 싶었다. 아버지의 손이 얼굴에 닿자 동생은 소스라치게 놀라며 울음을 터뜨렸다. 뒤에 서 있던 무영이 성큼성큼 다가와 아버지의 두 손을 잡았다. 아버지가 순해졌다. 고모들이 그제야 무영을 보았다. "누꼬? 무영이라?" 큰고모와 둘째고모는 무영의 손을 잡는데 막내고모는 눈을 가늘게 떴다.

아버지는 눈을 뜨고 있었지만 얇은 비닐막을 씌워놓은 듯 아무것도 보이지 않는 모양이었다. 무영은 아버지의 손을 움켜쥐고 소리 죽여 울었다. 아버지의 마른 손등 위로 눈물이 툭툭 떨어졌다. 고모들이 아버지의 가슴 쪽으로 달려들어 악을 쓰듯 울었다. 염색한 뒤통수로는 누가 누군지 분간이 가지 않았다. 어머니는 아버지의 입술에 귀를 대고 아버지의 마지막 말을 들으려 했다. 나는 마치 친구 아버지의 장례식장에 온 사람처럼 한 걸음 물러나 있었다. 눈물도 나오지 않았다. 친구 아버지 장례식장에서는 아무리 슬퍼도 친구보다 많이 울어서는 안 된다. 무영은 세 번이나 병원에 찾아왔다. 나도 몰라봤으니 일 년에 한 번 볼까 말까했던 아버지가 한눈에 무영을 알아볼 리 없었다. 그런데도 아버지는 무영의 손을 덥석 잡았다. 손을 잡고 자신과 닮은 데가 있는지 무영의 얼굴을 뜯어보았다. 아버지는 무영을 숨기고 싶어했다. 그때는 공이 없어도 발이 공을 차고 싶던 젊은 때였다. 태풍으로 배가 섬에 묶이지 않았더라면 그런 과오는 저지르지 않았을 것이다.

아버지는 무영이든 아니든 상관없는 듯했다. 마지막 가는 길에 오점 없이 홀가분하게 가고 싶었다. 죽음으로써 자신의 삶을 완성시키고 싶었다. 나는 무영의 뺨에 난 흉터를 올려다보았다. 대체 저 사내는 누구일까. 내가 알고 있는 무영은 눈이 나빴다. 눈이 나빠 커다란 국화 송이를 찐빵으로 알고 달려들었다고 했다. 무영의 그 말 때문에 난 늘 커다란 국화 송이를 볼 때마다 김 오르는 찐빵이 떠올랐던 것이다.

아버지의 몸과 연결된 기계에서 아버지의 죽음을 알리는 경고음이 울리기 시작했다. 아버지가 숨을 몰아쉬었다. 사내가 힘껏 아버지의 손을 쥐었다. 그렇다면 무영은 대체 어떻게 된 것일까. 둘째고모가 사그라지는 아버지의 정신에 대고 고함을 질렀다. "오빠! 임종정념하소!"

아버지의 눈에서 빛이 사라지고 입술은 살짝 벌어진 채 굳었다. 아버지가 그토록 바라던 편안한 임종이었다.

무심결

남자는 팔 년 전에 처음이자 마지막으로 K씨를 보았다. 간간이 이어지던 전화통화는 오 년 전이 마지막이었다. 일 년에 한 번 정초에 부치던 연하장도 삼 년 전쯤 수취인 불명이라는 도장이 찍힌 채 반송되면서 끊겼다. K씨는 이 년이 넘게 지면에 모습을 나타내지 않았다. 도대체 K씨에게 무슨 일이 있었던 것일까. 얼핏 창 밖을 내다보았다. 밖은 이상하리만치 고요했고 바람 한점 불지 않았다.

한 문예지의 '궁금했습니다'라는 난에 평소 남자가 좋아하는 시인 K씨의 수필이 실려 있었다. K씨의 글을 읽는 것은 근 이 년 만이었다. 글을 통해 K씨가 올해 초 서울 근교에 단층 목조주택을 짓고 삼십팔 년 동안의 서울생활에 종지부를 찍었다는 것을 알았다. 짤막한 분량의 글은 대부분 그곳에서의 일상에 관한 것이었다. 베란다에서 자칫 밟아 짓뭉개버릴 뻔한 달팽이가 사나흘쯤 뒤 거실 끝에 놓인 벤자민 화분 위를 기어오르고 있더라는 것이며, 마당으로 내려온 독사를 어쩔 수 없이 삽끝으로 내려쳐야 했던 이야기며, 남자는 어느새 K씨의 글에 몰입해 있었다. K씨의 산문은 그의 시와는 또다른 매력이 있었다. 원색 화보란인 까닭에 글 사이사이 볕이 좋은 창가나 수국이 만발한 화단 앞에서 포즈를 취한 K씨의 크고 작은 사진이 함께 실려 있었다. K씨가 꿰고 있는 헐렁한 흰 고무신은 발등까지 뻘흙이 덕지덕지 묻어 있었다.

사진상으로도 K씨의 시력이 급작스럽게 떨어졌다는 것을 짐작할 수 있었다. 어느 글에선가 K씨는 자신의 두 눈에 대해 쓴 적이 있다. 『아라비안나이트』의 신기료 장수 이야기에 빗대어 자신의 지나친 욕심이 두 눈을 멀게 할 거라고 했다. 신기료 장수는 땅 속에 묻힌 보물을 볼 수 있다는 앉은뱅이 노인의 유혹에 넘어가 한쪽 눈에 마법의 풀을 바르게 된다. 과연 한쪽 눈이 멀고 나자 모든 땅과 바다 속에 감춰진 보물들이 보이기 시작했다. 신기료 장수는 더 많은 보물들을 보고 싶어 안달이 났다. 다른 한 눈마저도 멀어버린다면 이 세상의 모든 보물이 모두 제 것이 되리라는 생각이 들었다. 남은 한쪽 눈에도 풀을 발라달라고 앉은뱅이 노인에게 애걸을 한다. 한쪽 눈이 마저 멀었을 때 땅 속과 바다 속의 보물은 사라지고 암흑만이 남았다. 노인이 재빨리 신기료 장수의 등에 올라탔다. 걸음이 뒤처질 때면 노인은 깡마른 다리로 신기료 장수의 허리를 졸랐다…… 하지만 남자가 알고 있는 K씨의 이력은 욕심과는 생판 무관한 것이었다. 남자는 K씨의 입가에 깊게 팬 주름이 그 동안 그가 외곬으로 살아온 증거라고 생각해왔다.

집에서는 보이지 않지만 산 너머로 서해바다가 펼쳐져 있어 비가 오거나 흐린 날이면 영락없이 물미역 냄새가 밀려온다고 했다. 이곳에 와서야 눈에 보이지 않는 것들에 대해 머리 숙여지는 날들이 많아지고 있다고 K씨는 덧붙였다. 화보에 실린 어떤 사진 속에도 K씨가 직접 설계했다는 목조주택의 전경은 나와 있지 않았다. K씨의 얼굴을 클로즈업한 사진 위로 목조건물의 천장널이 슬쩍 끼어들었는데 침목처럼 시커먼 나뭇장 아래 어른 주먹만한 풍경이 매달려 있었다. 혹시 K씨의 산책길 끝에 바다가 있는 것일까, 그래서 흰 고무신창으로 뻘흙을 묻혀 나르고 있는 것일까. K씨의 산문은 시와 마찬가지로 남자에게 잡념이 들끓게 했다.

글의 맨 끝부분에 이르렀을 때 남자는 방금 읽은 한 문장 때문에 가슴이 덜컥 내려앉고 말았다. '자식을 앞세우고 걸어가는 산책길에서 자꾸만 현기증이 인다. 햇빛마저 서글프다.'

남자가 K씨를 마지막으로 본 것은 팔 년 전이었다. 혼기를 한참 놓치고 결혼해 마흔이 다 되어서야 얻은 큰아들은 지금쯤 대학을 졸업하고 직장인이 되어 있을 것이다. 그 아래로 다섯 살 터울이 지는 딸아이가 하나 더 있었다. 혹시나 잘못 읽은 것은 아닌가 싶어 방금 전의 그 문장을 소리내어 읽어보았다. '자식을 앞세우고 홀로 걸어가는 산책길에서 자꾸만 현기증이 인다. 햇빛마저 서글프다.' 이번엔 앞뒤 문장까지 함께 읽어보았다. 하지만 그 문장의 이해를 돕는 어떤 실마리도 찾을 수 없었다.

K씨가 살고 있던 개포동의 아파트를 방문했을 때 현관문을 열어준 것은 초등학교 6학년이던 K씨의 딸아이였다. K씨는 물걸레로 마루를 훔치고 있다가 걸레를 들지 않은 손을 뻗어 남자에게 악수를 청했다. 오래된 시영아파트는 비좁았고 해가 잘 들지 않았다. 머리를 양 갈래로 총총 땋아내린, 눈이 커다란 계집애는 제 아버지의 무릎에 한 손을 올려놓은 채로 낯선 방문객을 말끄러미 바라보았다. 윤이라고 했던가 연이었던가, 외자로 된 이름이었다. 초등학교 교사인 K씨의 부인은 집에 없었다. 계집애가 부엌에서 달그락거리더니 오렌지 주스 두 잔과 초코파이 두 개가 놓인 쟁반을 내왔다. 계집애가 신고 있는 흰 면양말의 바

닥은 맨땅을 디딘 것처럼 새까맸다.

'궁금했습니다'는 한동안 근황을 알 수 없었거나 독자들로 하여금 호기심을 불러일으키는 문화계 인사를 찾아가는 난이었다. 남자는 K씨의 얼굴 사진을 한참 들여다보았다. K씨가 신고 있는 흙 묻은 고무신도 찬찬히 살폈다. 사진 속의 침침해 보이는 눈은 노안 때문이기도 하겠지만 어쩌면 끊임없이 흘린 눈물 때문에 여린 눈가의 살갗이 짓물러버린 것일 수도 있다는 생각이 들었다. 골이 깊이 패게 다문 입술은 다시 보니 무언가를 견뎌내려고 이를 앙다물고 있는 것처럼 보였다. 남자는 팔 년 전에 처음이자 마지막으로 K씨를 보았다. 간간이 이어지던 전화통화는 오 년 전이 마지막이었다. 일 년에 한 번 정초에 부치던 연하장도 삼 년 전쯤 수취인 불명이라는 도장이 찍힌 채 반송되면서 끊겼다. K씨는 이 년이 넘게 지면에 모습을 나타내지 않았다. 도대체 K씨에게 무슨 일이 있었던 것일까. 얼핏 창 밖을 내다보았다. 밖은 이상하리만치 고요했고 바람 한점 불지 않았다. 꽃사과나무 위로 드문드문 펼쳐진 하늘은 기차 침목을 엮어놓은 것처럼 거무튀튀했다.

주방으로 뚫린 작은 창으로 커다란 양은 곰솥들이 보였다. 시퍼런 불꽃에 뚜껑에서 흘러넘친 멀건 국물이 가 닿을 때마다 곰솥 밑바닥으로 그을음이 생겼다. 에어컨은 고장이었다. 가슴패기에 금색 실로 회사 로고가 새겨진 작업복 차림의 기술공이 가게 바닥에 부품들을 잔뜩 늘어놓은 채 에어컨 내부를 들여다보고 있었다. 벽에 걸린 선풍기들은 회전 방향을 바꿀 때마다 꼬리 긴 마찰음을 냈다.

주문한 도가니탕이 나오기를 기다리는 동안 오전에 읽었던 K씨의 산문에 대해 운을 뗐다. 편집장은 붉은 얼굴에 흘러내리는 땀을 연신 훔쳐댔다. 셔츠 겨드랑이의 누런 얼룩이 점점 커지고 있었다. 물수건으로 얼굴과 목을 닦아댈 때마다 숱 많은 겨드랑이가 눈에 들어왔다. 편집장도 K씨의 근황에 대해서 알지 못했던 모양인지 아이쿠, 탄성과 함께 들고 있던 물수건을 떨어뜨렸다. 편집부의 정은 밑반찬으로 나온 장아찌를 소리내어 씹었다. "개포동요? 요즘 거기 투기가 장난 아녜요. 그런데 올 초라면 한몫 잡긴 힘들었을 거예요…… '우리는 철새처럼 만났다'의 그 시인 맞죠?" 뚝배기를 들어 국물을 소리내어 마시고 수육을 건져 소스에 찍어먹는 사이사이 K씨에 관한 이야기가 이어졌다. 기술공은 허리에 양 팔을 얹은 채 속수무책으로 먼지가 낀 에어컨 필터를 들여다보고 있었다. 갓 스물이 넘었을까, 이제 막 연수를 마치고 새 작업복을 입은 듯했다. 풀기가 가시지 않은 작업복의 솔기에 쓸려 목덜미가 울긋불긋했다. 머리 속에서 줄줄 땀이 흘렀다. 왜 그런 흉사가 소문 하나 없이 잠잠하게 가라앉았는지 알 수 없다며 편집장이 물수건으로 얼굴을 훔쳐냈다. 정은 자꾸 K시인과 H시인을 혼동했다. 어린 자식을 앞세웠으니 아마도 친지들끼리 단출하게 장례식을 치른 모양이라고 편집장이 고개를 끄덕였다. 이 년 동안의 공백기도 아마 그 일과 무관하지는 않을 거라며 정이 잇몸으로 음식을 씹는 노인처럼 수육을 우물거렸다. 살이 겹친 곳마다 땀으로 미끈덩거렸다. 식당 안으로 들어서던 덩치 큰 남자들이 식당의 열기에 기겁을 하고 도로 나갔다. 식당의 유리창으로 사차선 도로가 내다보였다. 미등을 켠 자동차들 위로 두꺼운

구름장이 몰려들고 있었다. 편집장이 구두를 신고 나가면서 이쑤시개를 빼물었다. "L선생은 알지도 몰라. 막역한 사이라고 전해들었거든."

여자는 남자에게 가랑이를 벌였다, 라는 문장에서 남자는 조금 민망해졌다. 작가의 글씨체는 악필이었지만 분명 그렇게 씌어 있었다. 남자는 그 문장을 그대로 재교지에 옮겨적었다. 맞은편에 앉은 정은 더위 때문인지 입을 반쯤 벌린 채 허공을 보고 있었다. 땀 때문에 숱이 적은 머리가 이마에 달싹 달라붙어 피곤해 보였다. 화장은 이미 지워져 잡티가 드러난 채였다. 정과 우연히 눈이 마주치자 남자는 뜨거운 냄비 뚜껑에라도 덴 듯 시선을 피했다. 정이 눈을 가늘게 뜨고 남자의 얼굴을 들여다보았다. 가끔 고개를 들 때마다 의심스러운 눈초리로 남자를 지켜보고 있는 정과 눈이 마주쳤다.

"L선생도 K선생의 근황에 대해 아는 게 없더군." 편집장이 남자의 담뱃갑에서 담배 한 개비를 꺼내물었다. "외려 그 사실이 확실한 거냐고 반문하시더라구. 그 양반 지난 이 년 동안 시를 쓰지 않은 것은 물론이고 친구들과도 연락을 딱 끊었던 모양이야." 편집장이 천장에 대고 입을 동그랗게 말았다. 고리 모양의 담배 연기가 천천히 가라앉았다.

남자는 K씨가 산문을 발표한 잡지사에 전화를 걸어 전화번호와 주소를 옮겨적었다. 어쩌면 잡지의 편집자는 K씨의 근황을 알고 있을지도 모른다는 데 생각이 미쳤다. 하지만 전화를 받은 여직원은 담당자가 지금은 외근중이며 언제 돌아올지 모른다고 전해주었다.

전화를 걸 생각으로 송수화기를 들었다가 도로 내려놓았다. K씨의 시집을 준비하는 동안 남자는 매일같이 그와 전화통화를 했다. 오 년 전의 일이었다. 아무래도 전화보다는 편지가 나을 듯싶었다. K선생님께. 그렇게 쓰고 나니 말문이 막혔다. 태풍 루사가 북상중이라고 썼다가 편지지만 몇 장 구겨버렸다. K씨에게 연례행사로 보내던 연하장도 끊은 지 삼 년이나 되었다. 그 동안 두 차례 직장을 옮겼다. 이제 직장을 옮기기에는 나이가 너무 들었다라고 끼적거렸다가 이내 지웠다. 에어컨의 희망온도를 평상시보다 낮추었는데도 후텁지근하다며 정이 손부채질을 해댄다. 편집장이 앉아 있는 칸막이 너머에서는 도넛 모양의 담배 연기가 올라온다. 건물 꼭대기 어디선가 누군가 변기 물을 내린다. 한참 만에 그간의 격조함을 부디 용서하시라고 썼다.

편지를 쓰는 동안 커다란 눈망울과 바닥이 시커멓던 양말로만 기억되던 K씨 딸아이의 얼굴이 조금씩 선명해졌다. 사진에서 얼핏 본 목조건물의 지붕선이 무척 아름다웠노라고 적었다. 화단에 핀 수국이 지기 전에 댁으로 한번 찾아뵙고 싶다는 말은 빈말이 아니었다. 하지만 왠지 K씨가 신고 있던 흰 고무신에 묻은 흙에 대해서는 쓰고 싶지 않았다. 초코파이를 내놓고 남자가 빵가루를 흘리며 초코파이를 먹는 모습을 지켜보던 계집애와, 그 계집애가 신발을 벗고 고무줄놀이를 하느라 더럽힌 양말에 대해서도 쓰지 않았다. 단지 죄송하다고만 썼다. 침목처럼 검은 목조건물이 불길하다고는 하지 않았다. 편지에 적은 글들은 모두 변죽일 뿐이었다. 혹 그때 보아서일까. 두 아이 중 흉사의 장본인이 꼭 그 계집아이일 것만 같았다. 하지만 오늘 오전에 읽은 선생의 산문에 마음을 다쳤노라고만 썼다.

남자는 간신히 막버스 시간에 댈 수 있었다. 버스 정류장까지 내달리는 동안 온몸의 땀구멍에서 끈적끈적한 땀이 배어나왔다. 새벽 두시의 서울 하늘을 올려다보며 숨을 골랐다. 흩어졌던 비구름이 조금씩 모여들고 있었다. 맨 뒷좌석에 연인으로 보이는 한 쌍의 젊은이들과 남자가 심야버스 손님의 전부였다. 버스는 냉방이 잘 되어 있었다. 땀이 마르면서 한기가 느껴졌다. 도심을 벗어나면서 버스는 조도 낮은 가로등이 서 있는 외곽도로를 달리기 시작했다. 버스 운전사는 가끔 룸미러 속의 버스 안을 들여다보았다. 오전에 읽었던 K씨의 글이 좀처럼 머리 속에서 떨쳐지지 않았다. 밤마다 산 너머 뻘밭까지 짐승처럼 배회하다 돌아오는 K씨의 모습이 떠올랐다. 흰자위는 붉게 충혈되고 눈시울은 짓물렀다. 남자애의 손이 여자애의 겨드랑이를 간질이는 모양이었다. 여자애가 갈매기 울음소리를 냈다.

계집애는 이야기가 끝날 때까지 제 한 손을 아버지의 무릎에 올려놓고 있었다. K씨는 이야기 중간중간 남자에게로 향한 시선을 거두고 계집애의 옆얼굴을 들여다보고는 했다. 어머니가 출타중인 티가 났다. 도배를 한 지 오래된 듯 도배지 곳곳에 어린아이의 낙서가 흐릿하게 남아 있었다. 비좁은 거실의 벽면이란 벽면은 온통 책장 차지였다. 책장에 꽂히지 못한 책들이 바닥 이곳저곳에 돌탑처럼 위태롭게 쌓여 있었다. 대낮이었지만 베란다 창으로는 해가 들지 않았다. 거실 창으로 내다보이는 베란다의 철창살에는 붉은 녹이 슬어 있었다. 천장에 얼룩이 밴 부엌 쪽에서는 집 안에 발을 들일 때부터 났던 시큼한 냄새가 계속 풍겼다. 초코파이는 녹아 있었고 파이를 쥔 손가락에 초콜릿이 묻었다.

어심 회전초밥 전문점, 화성갈비식당, 강남주단, 카페 올리브, 구구약국, 아톰 만화방…… 술에 취한 채 이 골목을 통과하고 싶은 날이 많았다. 하지만 술은 버스를 타고 오는 동안 진작에 깨어 남자가 골목에 발을 디딜 때는 하루 중 가장 머리가 맑았다. 백 미터 남짓 길게 이어진 이 상가 골목은 지난 십 년 동안 아무런 변화를 겪지 않았다. 한동안 신문지상을 달구던 재개발 붐은 산업도로를 사이에 두고 건너편에서 멈췄다. 아파트 딱지라도 얻을 요량으로 모여들었던 사람들이 상가 뒤편의 낡고 오래된 집들에 눌러앉았다. 간판들의 불은 꺼졌다. 골목 어디서고 인기척이라고는 느껴지지 않는다.

어심 회전초밥 전문점의 유리창에는 십 년 전 붙여둔 메뉴판이 그대로 남아 있다. 매년 여름마다 물에 잠긴 부분의 글씨들은 획이 떨어져나가 온전한 글자 하나 없다. 초밥 전문점의 사장 겸 주방장은 하루 종일 잉크빛 대나무가 인쇄된 유카타를 걸치고 있다. 회전초밥틀은 돌지 않은 지 오래되었다. 틀 사이사이에 간장때가 눌어붙고 녹이 슬었다. 유리창에 붙은 메뉴는 스무 가지가 넘지만 지금은 인근 공사장에서 점심을 대놓고 먹는 인부들을 위해 막회를 넣은 회덮밥과 간단한 김초밥을 말 뿐이다. 공사장의 인부들은 돌지 않는 회전초밥틀 상에 둘러앉아 밥을 먹는다. 손님을 끌기 위해 가게 밖에 세워두던 입간판들은 첫 수해 때 빗물에 휩쓸려가버렸다. 간판의 글씨들도 지난 십 년 동안 한 획씩 한 자씩 떨어져나갔다. 획이 떨어져나간 부분은 한동안 먼지 테두리가 남았지만 바람과 빗물에 먼지 테두리마저도 지워졌다. 아무도 새로운 간판을 달지 않았다.

가게의 차양들은 물에 젖은 빨래처럼 축 늘어져 있었다. 골목에 들어오는 동안 또다시 땀이 흐르기 시작해 바짓단이 맨살에 들러붙었다. 바람은 불지 않는다. 젖었다 마르기를 반복한 옷에서 건어물 냄새가 난다. 단 한 번 이 골목까지 남자를 찾아오려던 여자가 있었다. 일요일 오전 늦잠을 자고 있다가 여자의 전화를 받았다. 여자는 교회에 예배를 보러 나온 길에 기차를 탔다고 했다. 역에 내린 지 십 분 정도 되었다고 했다. 어디로 가면 볼 수 있느냐고 물었다. 잠이 확 달아났다. 뒷말이 자꾸 앞말을 앞섰다. 여자가 웃었다.

"역 앞에서 계속 직진하세요. 철로를 따라 좀 걸으면 어심 회전초밥 전문점이라는 간판이 보여요." 하지만 어심 회전초밥 전문점이라는 간판을 여자는 찾을 수가 없을 것이다. 간판의 획은 모두 떨어져나가고 어, 호, 저문저, 라는 글자만 남아 있을 뿐이다. "아, 그럼 카페 올리브에 들어가 계시겠어요" 카페 올리브의 간판도 마찬가지였다. 올 ㅣㅂ, 라는 뜻을 알 수 없는 글자만 간신히 붙어 있을 뿐이다. "아, 아닙니다. 그냥 역에서 기다리시겠어요? 제가 나가겠습니다." 남자는 철로를 따라 뛰었다. 자갈돌에 운동화 밑창이 미끄러지면서 몇 번이나 바닥에 손을 짚었다. 여자는 신축한 역사의 대합실에 앉아 있었다. 남자는 대합실로 들어가지 않고 유리창 밖에서 여자를 지켜보았다. 여자는 손목시계를 들여다보고 개찰구로 나오는 사람들을 지켜보기도 하다가 가끔 발장난을 치기도 했다. 남자는 역사 안으로 들어가지 않았다. 철로를 따라 걸으면서 여자에게 전화를 걸었다. 갑작스레 급한 일이 생겨 나갈 수 없게 되었다고 했다. 여자는 아무 말도 하지 않았다. 자갈밭을 딛는 소리만 이어졌다. 몇 분이 흐르고 여자 쪽에서 먼저 전화를 끊었다.

이 상가 거리에도 호시절은 있었다. 지금은 모든 가게들이 해가 지면 문을 닫으려 서두르지만 한때는 늦은 새벽까지 문을 열어두는 곳이 많았다. 아파트 단지가 들어서기 전만 해도 이곳은 주말이면 수천 쌍의 연인들이 즐겨 찾는 데이트 코스 가운데 하나였다. 허름하고 작은 기차역의 출입구로 하루 종일 수많은 사람들이 쏟아져나왔다. 역 앞으로 주말 특수를 노리려는 주점들이 들어서고 선물가게와 공기총 사격장 같은 오락실이 생겼다. 딱히 볼거리가 있는 곳이 아니었다. 연인들은 철길을 따라 무작정 걸었다. 상가 골목은 데이트 코스의 반환점쯤에 자리잡고 있었다. 회전초밥집의 회전판은 갖가지 회를 얹은 초밥 접시들을 싣고 쉴새없이 돌았다. 새벽까지 노래방에서는 악을 써대는 노랫소리가 새어나왔다. 월요일 아침이면 데이트 코스를 따라 구토물과 여자들의 머리핀, 귀걸이 한 짝, 생리대, 텅 빈 지갑, 동전 같은 것들이 떨어져 있고는 했다. 어머니는 아직도 호시절 타령이었다. 그때 벌어둔 돈을 곶감 빼먹듯 다 썼노라고 했다.

K씨는 글에서 이곳에 와서야 눈에 보이지 않는 것들에 대해서도 고개가 숙여진다고 했다. 팔 년 전 개포동의 K씨 집을 찾았을 때 남자는 K씨 그리고 그의 딸아이와 함께 뒷산에 있는 절까지 산책을 했다. 사람들이 드나드는 입구 중앙에 서 있는 커다란 목련나무 때문에 절을 드나드는 사람들은 나무를 비켜서 걸어야 했다. 목련은 한창 절정이었다. 사십구재 준비로 바쁜 사람들이 절 마당을 분주히 오갔다. 절 뒷마당은 인적이 뜸했다. 절 어딘가에서 나이든 여자가 소리 죽여 울었다. 우연

히 영단(靈壇) 안을 들여다보게 되었다. 빼곡히 놓인 위패들 가운데 새것처럼 보이는 젊은 여자의 사진 하나가 눈에 들어왔다. 눈썹과 머리카락이 검은 여자였다. 여자의 사진 아래에는 빨간 리본을 단 미니 마우스 봉제인형이 놓여 있었다. 인형의 노란 장갑 부분에 손때가 타 있었다.

이왕 온 김에 약수를 떠서 천천히 내려가겠노라고 K씨가 딸아이와 뒤처졌다. 절 마당에서 인사를 하고 헤어졌는데 문득 산을 내려가다 돌아보니 K씨는 인사를 나눌 때 그대로 목련 아래 서서 남자의 뒷모습을 지켜보고 있었다. 남자는 K씨에게 다시 목례를 했고 K씨는 남자를 향해 손을 흔들었다. 산모퉁이를 돌아 절 마당이 보이지 않게 될 때까지 몇 번이고 그런 일이 반복되었다.

남자의 이름을 따 붙인 정육점 간판의 불은 꺼져 있었다. 가게 옆으로 난 골목길로 들어가면 살림집과 곧바로 통하는 철문이 나타난다. 어머니 방에는 아직 불이 켜져 있었다. 아버지가 아직 귀가하지 않았다는 표시였다. 인기척이 나자 어머니 방 쪽에서 끙, 소리가 새어나온다. 어머니는 귀가가 늦어지는 아버지를 기다리다 기다리다 지치면 푸념처럼 한마디하곤 했다. 방으로 들어가는 남자의 뒤통수로 기어코 그 말이 날아온다. "아무래도 늬 아부진 한길에서 초상을 치르게 될 거다."

창문을 열어두었지만 바람은 방충망을 건너오지 못한다. 비닐장판은 끈적해서 땀에 젖은 살갗이 자꾸만 들러붙는다. K씨를 찾아가고 싶다는 생각을 하긴 했지만 매번 생각에서 끝나고 말았다. 손꼽아보니 K씨의 딸아이는 지금쯤 스물한 살의 처녀가 되어 있을 것이다. 불현듯 그날 K씨와 산책을 갔던 절의 영단에서 본 젊은 여자의 사진이 떠올랐다.

젊은 여자의 눈썹과 머리카락이 무섭도록 검었다. 그 여자의 사진 위로 K씨의 딸아이 얼굴이 겹쳐졌다. 초콜릿이 묻은 손을 어쩌지 못해 안절부절못하고 앉아 있던 남자를 보다 비싯 웃던 계집애는 스물한 살의 처녀로 자랐을 것이다, 만약 살아 있다면 말이다.

골목 저 끝에서 주정뱅이의 노랫소리가 들려온다. 아버지다.

1992년 처음으로 집이 물에 잠겼다. 밖이 소란스럽지 않았더라면 내처 잠을 자다 봉변을 당할 뻔했다. 방구들로 스며든 빗물로 비닐장판이 불룩하게 울었다. 어머니는 마당을 뛰어다니면서 악을 쓰듯 남자의 이름을 불러대고 있었다. 방문을 열자마자 문지방 밖에 고여 있던 빗물이 삽시간에 방 안으로 밀려들어 남자의 발목까지 차올랐다. 콘센트 가까운 곳을 지날 땐 두 발에 저릿저릿 전기가 느껴졌다. 물 속에서 전기뱀장어 한 마리가 헤엄을 치고 있는 듯했다.

영업중이 아닌데도 사람들은 모든 간판에 불을 밝혔다. 호시절로 되돌아간 듯했다. 얼마 지나지 않아 전기가 끊기면서 거리는 암흑천지가 되었다. 우왕좌왕하던 사람들이 부딪히며 나동그라지고 서로에게 욕설을 퍼부어댔다. 빗물이 콸콸 소리를 내며 낮은 지대를 찾아 흘렀다. 하수구에서는 오물 섞인 물이 역류했다. 상가 사람들은 두 손을 놓은 채 멍하니 서 있었다. 누군가 통곡을 했다. 누구는 미친 듯이 아이의 이름을 불러댔다. 애들이 한꺼번에 울어대기 시작했다. 남자들 몇이 가게로 뛰어들어가 물을 퍼내다가 양동이를 내던지면서 주저앉았다. 치킨집의 플라스틱 의자들이 물 위로 둥둥 떠올랐다. 물살은 몸이 기우뚱 한쪽으로 쏠릴 정도로 거셌다.

비가 멈춘 후 이틀 뒤에야 빗물이 빠졌다. 가게와 살림집에는 붉은 토사가 쌓였다. 쓸 물건과 쓰지 못할 물건을 추려내느라 시간이 다 갔다. 상가 골목 곳곳에 고장난 가전제품과 흙투성이의 책과 옷가지들이 산더미처럼 쌓였다. 아주머니들은 울다 웃다 했다. 살수차들이 물을 뿌려 토사를 씻어내고 급수차가 도착했다. 아이들이 주전자와 페트병을 들고 급수차 앞에 길게 줄을 섰다. 하루에 한 번씩 소독차들이 하얀 연기를 뿌리면서 골목을 빠져나가면 반벌거숭이 아이들이 인디언처럼 괴성을 질러대면서 꽁무니를 쫓아갔다. 골목은 커다란 빨래터가 되었다. 며칠 동안이나 빨아 넌 이불호청과 옷가지들이 바람에 날렸다. 정육점의 대형 냉장고 안에서는 해동된 고기들이 썩기 시작했다. 파리가 들끓었다. 어디서 왔는지 개들이 가게 앞으로 모여들었다. 고기는 개들에게도 줄 수 없었다. 어머니는 돌멩이를 던져 개들을 쫓았다. 정육점의 고기들을 버리는 건 그런대로 괜찮았지만 아톰 만화방의 만화들이 모두 젖어 종이죽처럼 못쓰게 되었을 땐 자신도 모르게 욕이 나왔다. 아톰 만화방의 만화를 보면서 남자는 한글을 뗐다.

기상청은 태풍 루사가 오늘 오후 세시 전남 고흥반도 남쪽 해안지방에 상륙, 시속 삼십 킬로미터의 속도로 북상중이며 북진 또는 북북동진하면서 전북과 강원 등지를 관통, 남부와 강원지방에 많은 비를 뿌릴 것이라고 예보했다. 남자는 신문에서 구름 사진을 보았다. 태풍 루사는 둥근 구름띠 모양이었다. 편집장이 피워올리는 도넛 모양의 담배 연기와 비슷했다. 태풍의 눈은 별자리도 볼 수 있을 만큼 투명하다고 했다. 가끔 태풍의 눈에 갇혀 열대지방의 새가 이동해오기도 한다고 했다. 남자는 별자리를 관찰하듯 창 밖을 내다보았다. 꽃사과나무의 이파리가 조금 움직였다.

이듬해 여름에도 집들은 물에 잠겼다. 상가 골목을 아우르고 들어선 아파트 단지 때문일 거라는 추측들이 사람들 사이에 돌았다. 고지대에 자리잡은 아파트 단지에서 자체적으로 해결하지 못하는 빗물이 저지대로 모여든다는 것이었다. 전기가 끊기고 암흑이었지만 상가 사람들은 예전처럼 당황하지 않았다. 너나없이 입고 있던 흰 내의 때문에 서로의 얼굴을 식별할 수 있었다. 상가 사람들은 괜찮으냐고 안부를 주고받기까지 했다. 이번에도 속수무책으로 빗물이 집 안으로 스며드는 것을 지켜볼 수밖에 없었다. 미리 챙겨둔 가방을 짊어지고 상가 사람들은 대피 장소인 초등학교 강당으로 모여들었다가 물이 빠지자 집으로 흩어졌다. 토사를 퍼내는 데도 한결 요령이 붙었다. 아파트 단지의 부녀회에서 찾아와 수재민들에게 컵라면을 나누어주었다. 이번에는 젖은 벽지를 뜯어내고 새 벽지를 바르지 않았다. 물이 빠지고 벽이 말랐는데도 물이 차올랐던 자리에 얼룩이 남았다. 그땐 이만큼 물이 차올랐었지. 사람들은 추억을 이야기하듯 벽의 얼룩을 어루만졌다. 아주머니들은 울다 웃다 하지 않았다. 입을 꾹 다문 채 이불을 빨아널고 흙탕물을 뒤집어쓴 그릇들을 퐁퐁 탄 물에 닦았다. 가끔 개구쟁이들에게 소리를 칠 뿐이었다. 물을 그냥 마시면 안 된다, 꼭 끓인 물을 마셔야 한다.

망가진 가전제품을 청소차가 싣고 가면 집 안은 또다시 중고제품들로 채워졌다. 두 번의 침수소동을 겪고 나자 이곳엔 상습침수지역이라는 딱지가 붙었다. 사람들이 피신한 초등학교 건물이 두 해 연속 뉴스를 탔다. 띄엄띄엄 찾아오던 부동산 중개인들의 발길이 아예 끊겼다.

점심을 먹고 돌아오는 길에 남자는 K씨에게 보내는 편지를 우체통에 넣었다. 편지를 막 넣으려는 순간 뚝, 빗방울 하나가 떨어졌다.

빗소리가 어찌나 컸던지 서로의 말소리를 알아듣기 위해 목청을 높여야 했다. 창 밖의 꽃사과나무 잎들이 빗줄기에 찢겨 떨어졌다. 푸른 꽃사과 열매가 바람이 불 때마다 우두두 떨어져내렸다. 외출에서 돌아오는 직원들의 신발 밑창에 으깨진 꽃사과 열매가 묻어들어와 여기저기 돌아다녔다. 물비린내에 달큰한 사과향이 섞여났다. 행인들은 우산대를 두 손으로 바투 쥐고 종종걸음쳤다. 시도 때도 없이 여자들이 비명을 질러댔다. 뒤집어진 우산을 접었다 펴느라 여자들은 울상이 되었다. 날아가는 우산을 잡으려 사람들이 허둥댔다. 간판이 바람에 덜컹거리고 입간판들은 일 미터 밖으로 날아가 떨어졌다. 웨딩드레스를 입은 신부가 우산도 받치지 않고 거리를 걸어갔다. 질질 끌리는 드레스 자락으로 스며든 흙물이 무릎 높이까지 올라가 있었다. 신부의 뒤를 커다란 골프우산을 받쳐든 턱시도 차림의 신랑이 뒤쫓아갔다. 신부의 얼굴은 화장이 번져 얼룩덜룩했다. 신부가 신랑에게 뭐라고 고함을 쳤다. 빗물 때문에 눈물은 보이지 않았다. 가로수들의 줄기가 바람에 날리면서 채찍 소리를 냈다. 문득 오늘 점심에 결혼식에 간다던 아버지의 말이 떠올랐다.

제본 과정 전에 오자를 잡아낸 건 다행 중의 다행이었다. 편집장이 남자의 책상에 교정지를 던졌다. 곧 출간계획이 잡혀 있는 '붉은 강'이라는 소설의 재교지였다. 편집장은 직원들을 성(姓) 하나만으로 부르는 습관이 있었다. "야, 강! 이제부터 널 가랑이라고 불러주마." 남자는 영문을 모른 채 붉은 줄이 그어진 교정지를 들여다보았다. 붉은 볼펜의 교정은 분명 남자 자신의 필체였다. 정은 어느새 남자의 의자 뒤에 와서서 교정지로 얼굴을 들이밀고 있었다. 정이 붉은 줄이 그어진 문장을 소리내어 읽기 시작했다. 여자는 남자에게 가랑이를…… 정이 폭소를 터뜨리면서 남자의 어깨를 사정없이 내리쳤다. "이제 보니 강선배……" 남자는 허겁지겁 초교를 찾아 펼치고 손가락으로 글씨들을 짚어나가기 시작했다. 자꾸만 행을 놓치고 처음부터 다시 읽어야 했다. 여러 번 확인했지만 여자는 남자에게 가랑이를…… 이라고 읽었던 그 문장은 온데간데없었다. 대신 여자와 남자는 실랑이를 벌였다, 라는 문장만 있을 뿐이었다.

정은 남자의 뒤를 쫓아다니면서 야유를 퍼부었다. "그럼 그때 내 시선을 피했던 게 바로 이것 때문이었어요? 응큼하긴……" 워낙 비좁은 곳이어서 삽시간에 직원 모두가 그 일을 알게 되었다. 요 며칠 남자는 K씨와 그의 딸아이에 대한 생각으로 골머리를 앓았다. 편집장이 남자의 책상에 와 걸터앉으면서 담뱃갑에서 담배를 꺼내물었다. "편집 일이 년차들은 틀린 글자만 보면 그냥 지나치질 못해. 화장실 낙서까지 교정을 본다니까. 편집 사오 년차들은 틀린 글자가 오히려 인간적으로 생각되는 거야. 그런데 편집 칠팔 년차들은 어떤 줄 알어? 지들이 소설을 쓴다니까." 엘리베이터 앞에서 남자와 마주친 경리부의 새내기 최도 그 일에 대해 알고 있는 듯했다. 남자를 보자마자 화들짝 놀라며 쏜살같이 사무실로 뛰어들어가버렸다.

집으로 들어가는 도로가 유실되었다. 커다란 개천이 도로를 가로지르며 새로 생겨났다. 붉은 흙탕물이 흘러넘쳐 도로 가의 나대지들에 물이 찼다. 좌석버스는 길이 끊긴 곳에서 유턴해 돌아갔다. 승객들 몇은 버스를 타고 시내로 돌아가고 몇은 버스에서 내려 빗줄기 속에 서 있었다. 붉게 흘러넘치는 물을 보고 있자니 K씨의 글이 생각났다. '눈에 보이지 않는 것에 대해 머리 숙여지는 날들이 많아지고 있다.' 어쩌면 지금 도로를 가로질러 흘러가는 저 물길이 원래 제자리였는지도 모른다는 생각이 들었다. 심야버스 속에서 가끔 아스팔트 도로 아래를 흘러가는 물소리를 들은 것도 같았다. K씨의 글은 언제나 남자의 머리 속에 오래 머물러 있었다.

빗소리 때문에 어머니도 남자도 목청을 높였다. 상가 골목이 침수되었다고 했다. 화장실이 넘치고 하수구가 역류했다고 했다. 그러면서 어머니는 "그런데 어쩌냐. 니 아버지가 여적 안 온다"라고 했다. 말끝에 무어라 이야기를 이었지만 전화가 끊기고 말았다. 남자가 다시 전화를 걸었지만 전화는 불통이었다. 남자는 좌석버스를 타고 다시 시내로 나왔다. 시내도 비 피해가 속출하고 있었다. 거센 빗줄기에 가로수들의 뿌리가 드러났다. 쓰러져 엉킨 가로수들 때문에 행인들이 도로를 걷고 있었다. 자동차가 지나갈 때마다 행인들은 고스란히 물세례를 받았다. 횡단보도를 건너려던 사십대 남자가 감전사고로 숨졌다는 소식도 들려왔다.

남자는 편집부의 장의자에 누워 밤을 새웠다. 밤새도록 비는 멈추지 않았다. 논의 물꼬를 살피러 나갔던 육십대 남자가 급류에 휩쓸려 실종되었다. 공원묘지가 산사태로 무너져 백여 개의 무덤이 유실되었다. 조간에서 남자는 신원을 알 수 없는 육십대 사내의 죽음에 대한 기사를 읽었다. 사내의 사망 추정 시간은 토요일 오후였다. 연초록 양복을 입고 있었고 키는 백칠십 센티미터쯤이라고 했다. 사내는 남자 고등학교의 뒷담 아래에서 발견되었다. 그 학교 이름이 낯설지 않았다. 매일 아침 버스 정류장에서 마주치던 학생들의 교복에서 그 이름을 본 것 같았다. 아버지는 토요일 오후 상가번영회 회원의 딸 결혼식에 참석한다고 했다. 아버지의 여름 정장은 연초록빛의 양복, 단벌뿐이었다. 후미진 골목이었다. 이 미터 높이의 슬레이트 담 너머 고등학교 운동장이 있었다. 보충수업을 위해 학교에 남은 아이들이 축구를 하며 큰 소리로 떠들어댔다. 아버지는 술에 취해 아무 곳에서나 쓰러져 잠을 자는 부랑자로 오해받을 만했다. 예식장의 피로연장을 나올 무렵 이미 걸음을 제대로 떼어놓는 것이 힘들 만큼 만취해 있었을 것이다. 남자가 K씨에게 쓴 편지를 우체통에 넣을 때 빗방울이 쏟아지기 시작했다. 새벽에 신문을 돌리던 사람은 길가에 쓰러진 아버지를 알아보지 못했다. 어두운데다가 거친 빗줄기가 시야를 방해했을 것이다. 아버지의 오른손 손등 위로 자전거 바퀴가 지나갔다. 아니, 아니다. 남자는 고개를 흔들었다. 신문 활자는 너무 작았다. 남자는 다시 그 기사를 읽었다. 사내의 인상착의는 방금 전 남자가 읽은 것과 전혀 딴판이었다. 사내는 돛을 펼친 요트가 프린트된 비치 셔츠에 면반바지를 입고 있었다고 했다. 사내가 발견되었다는 학교도 남자가 한 번도 들어본 적이 없는 학교였다. 여자는 남자와 실랑이를 벌였다. 여자는 남자와 실랑이를 벌였다. 심각하게 생각할 일은 아니었다. 남자는 요즘 부쩍 K씨의 일에 신경을 썼다.

월요일 오후에야 길은 복구되었다. 상가 골목의 물은 그때까지도 덜 빠진 채였다. 흙탕물에서 온갖 냄새가 났다. 남자는 바지를 무릎까지 접어올리고 흙탕물 속을 첨벙첨벙 건너갔다. 초등학교 강당에서 어머니는 아주머니들과 수다를 떨며 앉아 있었다. 물에 젖어선 안 될 것들은 미리 가방 안에 싸두었다고 어머니가 남자를 보고 웃었다. 아버지는 보이지 않았다. 길이 끊긴 참에 친구 집에 눌러앉아 술을 마시고 있다는 전화를 받았다고 했다.

토사를 쓸어내고 물에 젖은 물건들을 골목에 쌓아두는 일이 상가 사람들에게는 연례행사가 되어버린 듯했다. 살수차가 동원되어 거리의 오물을 쓸어가고 급수차가 들어와 물을 배급했다. 조무래기들도 쓰레받기를 들고 제방에 스며든 흙을 집 밖으로 떠내고 있었다. 아이들은 침수된 집의 물과 흙을 떠내면서 잔뼈가 굵을 것이다. 집 안에 들어찬 빗물의 수위가 조금씩 높아지고 있었다. 벽에 걸어놓은 달력이 젖었다. 달력을 떼어내면서 남자는 내년엔 좀더 높은 곳에 못질을 해야겠다고 생각한다. 빗물을 쓸어내다 방바닥에서 시작되는 틈을 발견했다. 틈으로 검지손가락이 쏙 들어갔다. 해마다 빗물에 지반이 쓸려가면서 집의 뿌리도 조금씩 드러나기 시작했다. 이제 몇 해가 지나면 물 위로 둥둥 떠다니는 건 플라스틱 의자나 소쿠리, 가벼운 가전제품들이 아니라 집들이 될 것이다. 금세 파리가 들끓었다. 소독차가 하얀 연기를 뿌리면서 골목 안으로 들어왔다. 낯익은 냄새다. 이런저런 잡음에 섞여 주정뱅이의 노랫소리가 들려온다. 연기 때문에 골목 끝이 보이지는 않지만 아버지가 틀림없다.

"강선배, 누가 왔는 줄이나 알아요, 사장실에?" 정은 흥분해서 두 손바닥을 비벼댔다. "지금 사장실에 귀신이 와 있다구요, 귀신. 도대체 강선배 요즘 왜 그래요?" 남자의 어깨를 내리치던 정이 턱짓으로 편집부 문을 가리켰다. 문가에 커다란 눈망울을 한 젊은 여자가 서 있다. 남자는 한눈에 그 여자를 알아보지 못했다. "귀신, 귀신." 정이 입을 벙긋거린다. 여자는 한번에 남자를 알아본 모양이었다. "한 번 만난 적이 있었는데요." 여자가 입술을 작게 오물거렸다. 불현듯 머리를 총총 땋아내린 K씨의 딸아이 얼굴이 떠올랐다. "K선생님? 그렇다면 윤?" 그제야 여자의 얼굴에 희미하게 웃음이 번졌다. "아니요, 연이에요. 윤은 제 오빠고……"

사진에서 느낀 것처럼 K씨의 시력은 이 년 전부터 급작스레 나빠지기 시작했다. 시를 타이프하거나 출판사에 전해주는 일을 이제는 연이 도맡아 했다. "눈이 잘 보이지 않게 된 후부터 아버진 좀 까다로워지셨어요. 어렸을 때 비닐로 된 비료부대를 쓰고 논 적이 있었는데 사물이 전부 그때처럼 부옇게 보인대요." 그렇다면 흉사의 주인공은 딸아이가 아닌 장남 윤이었을까. 연이 가방에서 편지봉투를 꺼내 탁자에 올려놓았다. 남자가 K씨에게 보낸 바로 그 편지였다. "아버진 강선생님의 편지를 받고 즐거워하세요. 그런데 읽어드릴 수는 없었어요. 지난 태풍에 우편물들이 모두 젖어버렸거든요. 글씨가 번져 읽을 수가 없었죠. 간신히 강선생님의 이름은 확인할 수 있었어요."

연과는 출판사 앞에서 헤어졌다. 연이 뒤돌아 남자를 물끄러미 올려다보았다. 검은 눈동자 속에 초등학교 6학년 계집아이의 장난스러움이 남아 있었다. 초콜릿이 묻은 손을 어떻게 해야 할까 전전긍긍하는 남자의 모습을 계집애는 재미있게 지켜보았다. "아버진 수국이 지기 전에 강선생님이 한번 오셨으면 하세요. 웬일인지 요즘 그 동안 소식이 끊겼던 친구분들로부터 전화가 여러 통 걸려왔지요. ……눈이 나빠지고서부터 아버지의 즐거움이란 윤 오빠와 절 앞세우고 산책을 하는 것뿐이랍니다."

남자는 문예지를 뒤적여 '궁금했습니다' 란을 다시 읽었다. 사진 속의 K씨는 팔 년 전보다 훨씬 노쇠해 보였다. L선생이 K씨의 근황을 확인하려 전화를 걸었을 것이다. K씨의 산문은 여러 번 읽어도 새롭게 읽혔다. 삼박 사일간에 걸친 달팽이의 여행과 뒤꿈치를 물릴까 어쩔 수 없이 뱀의 모가지를 향해 삽끝으로 내리쳐야 했던 이야기에 금방 몰입할 수 있었다. 침침한 눈으로 어떻게 달팽이를 발견했고 뱀의 모가지를 단번에 겨냥해 내리칠 수 있었는지에 대한 의심은 품지 않았다. K씨는 글에 그렇게 썼다. 이곳에 와서야 눈에 보이지 않는 것들에 대해 머리 숙여지는 날들이 많아지고 있다라고.

남자는 며칠 동안 자신을 괴롭혔던 그 문장에 이르렀다. 연의 지적대로였다. '두 자식을 앞세우고 뒤따라가는 산책길에서 자꾸만 현기증이 인다. 햇빛마저 서글프다.' 전혀 다른 그림이 눈앞에 펼쳐졌다. 장성한 아들과 딸의 보폭은 크다. 시인은 일부러 걸음을 늦추고 아이들의 뒷모습을 보며 걷는다. 눈부신 햇살이 아이들의 어깨에 걸려 있다. 왜 그런 오독을 하게 되었는지 알다가도 모를 일이었다. 무심결이었을 것이다.

단추

A와 결혼을 하고 신혼여행을 갈 때였어. 공항 검색대에서 자꾸 삐 하는 소리가 났어. 기계를 몇 번이나 통과했지만 삐 소리는 계속 울렸지. 내 뒤로 줄이 자꾸만 길어졌어. 사람들이 내 얼굴을 힐끗거렸지. 하지만 나는 말하지 않았어. 가족들도 더이상 단추 이야기는 하지 않았어. 그런데 지금도 내 안에서는 가끔씩 녹물이 흘러나와. 희미하지만 나는 알 수 있어. 느낄 수 있어.

금요일 밤이면 H와 난 밤나들이를 나가곤 했어. 거리는 한꺼번에 밀려든 자동차와 사람들로 붐벼 발짝을 떼는 것조차 힘이 들었지. 빌딩과 상가 앞에 모여선 사람들은 시계를 들여다보거나 발을 구르면서 초조하게 일행을 기다렸지. 짐짓 딴청을 피우다간 누군가의 발에 발뒤꿈치를 밟히기 십상이었어. 우린 구두가 더러워지는 게 싫어 종종걸음쳤어. 그러다보면 같은 장소를 몇 바퀴나 돌게 되는 거야. 우연히 마주쳤던 사람과 두세 번 부딪히는 건 자연스러운 일이었지. "또 만났네요." 그럴 땐 누가 먼저랄 것도 없이 웃었어. 주차장 입구에는 일찌감치 만차를 알리는 팻말이 나붙었어. 삽시간에 도로는 주차장이 되어버리고 인근의 모든 연결 도로들까지 교통 체증에 몸살을 앓게 되는 거야. 그게 금요일 밤이야.

골목엔 키 큰 남자애들이 삼삼오오 모여 담배를 피우고 있다가 여자가 지나갈 때마다 휘파람을 불어대지. 불빛 아래서는 사람들의 나이를 가늠하기가 쉽지 않아. 아마 우린 어둠 속에 우리 나이를 감추고 싶었을 거야. 우린 밤거리를 쏘다니기엔 좀 어색할 수도 있는, 서른둘이었어. 무리 속에 끼다보면 저절로 호흡이 가빠지고는 했지. 그 거리의 여자애들은 하나같이 웃음이 헤펐어. 별일 아닌 일에도 이를 드러내고 소리내 웃는 거야. H는 그걸 금요일 밤의 열기라고 불렀어.

우린 대낮엔 거들떠보지도 않던 것들을 마구 사들였어. 캐릭터 인형이나 끈 없는 원피스, 십 센티미터 굽높이의 샌들과 눈썹 고데기 같은 쓰잘 데 없는 것을 사는 데 월급의 반 이상을 써댔던 거지. 크고 작은 쇼핑백을 양 손에 나눠쥐고 무단 횡단을 일삼았어. 그 거리에선 다들 그랬거든. 값싼 맥줏집을 찾아내면 발을 굴러대면서 십대 소녀들처럼 호들갑을 떨어댔지만 다음주 금요일이 되면 그 가게를 찾는 건 엄두도 내지 못했어. 금요일 밤의 열기. 가게 안의 사람들은 열에 들뜬 듯 횡설수설했지. 괜한 일에 주먹다짐이 오가고 아무 데나 침을 뱉어대는 거야. 우린 스스럼없이 옆좌석의 남자와 맥주잔을 부딪치기도 했지. 시끄러운 음악 때문에 간단한 통성명에도 고함을 질러대야 했어. 결국은 상대방의 이름조차 제대로 알아들을 수 없었어.

가게 바닥은 땅콩알과 담배꽁초, 침자국으로 점점 더러워졌어. 새벽 서너시쯤 거리로 나온 뒤에도 귀는 먹먹했어. H와 나는 고함을 쳤지. 치맛자락은 잔뜩 구김이 가고 술이나 안주 얼룩이 묻어 시큼한 냄새가 났어. 우린 서로의 얼굴을 자세히 들여다보지 않았어. 피곤 때문에 십 년은 더 늙어 보였거든. 거리를 꽉 채웠던 사람들은 온데간데없고 가게들은 셔터를 내리고 간판의 불을 껐어. 금요일 밤은 지났고 이미 토요일이 시작된 거야. 우린 어슬렁어슬렁 새벽길을 걸었어. 아직 귀가하지 못한 사람들 몇이 배회하고 있었지. 어두운 상점 앞에 앉은 여자애는 뭔가를 잃어버린 아이처럼 소리내어 울었어. 담벼락에 길게 제 그림자를 드리운 채 오줌을 갈기는 취객도 있었지. 흔들릴 때마다 오줌발이 제 운동화를 다 적셨어. 길가는 음식점에서 내다버린 쓰레기들로 가득 찼어. 검은 비닐봉지는 안에 든 것이 터져나올 듯 꽉 차 있었지. 고양이 발톱이 지나간 봉투에서 새어나온 오물이 길바닥에 널렸어. 참외 껍질과 닭뼈가 썩는 내가 고약했지. 전봇대 밑은 토사물로 번들거렸어. 보도블록에 머리를 괴고 잠든 남자의 허벅지를 밟은 적도 있었어. 남자는 미동도 하지 않았어. 누군가 벌써 남자의 주머니를 털어간 모양이었어. 남자는 가져갈 것이 하나도 없는 사람처럼 항복 자세로 누워 있었으니까. 장난기가 발동한 H가 다시 남자의 허벅지를 밟고 지나갔어. H가 낄낄거렸지. 이번엔 내가 남자의 다른 쪽 장딴지를 밟아주었지. 남자가 신음 소리를 내며 뒤척였어. 골목 어디선가 마주쳤던 남자 중 한 명이 틀림없었어.

우린 웃고 떠들어대면서 H의 방이나 내 방으로 돌아왔어. 화장도 지우지 않은 채로 곯아떨어졌지. 고릿고릿한 생선포와 김 빠진 맥주, 찌든 담배 냄새, 누구 것인지 기억나지 않는 향수 냄새가 조금씩 방 안에 고였지. 우린 진작에 잠에서 깼지만 아무도 깬 척하지 않았어. 머리맡에 흩어진 잡동사니가 든 쇼핑백은 거들떠보지 않았지. 토요일이었으니까.

아파트 단지를 빠져나온 여자는 그대로 큰 도로까지 내달았다. 몇 년 동안 뜀박질이라고는 하지 않았는데도 속도가 붙는 게 신기하기만 했다. 어깨에 걸쳐멘 핸드백이 미끄러져내려 땅에 끌렸다. 땀이 흘러 블라우스가 몸에 달라붙었다. 구두 속의 스타킹 신은 발이 헛돌았다. 발목이 삐끗하는 바람에 품에 든 것을 놓칠 뻔했지만 가까스로 중심을 잡았다. 아파트 단지 쪽으로 들어오던 자동차 앞을 그대로 뛰어 질렀다. 자동차가 급정거를 하고 운전자가 차창을 내려 여자에게 욕설을 내뱉었지만 여자는 아랑곳하지 않았다. 마침 달려오던 택시를 향해 손을 흔들었고 차에 올라타자마자 터미널이라고 외쳤다. 우선 이 도시를 벗어날 생각이었다.

터미널에서 단출한 여장을 꾸린 건 여자 혼자뿐이었다. 휴가 막바지 철이었다. 반라의 옷차림을 한 젊은 여자들이 껌을 씹듯 수다를 떨어댔다. 젊은 남자애들이 발가락에 꿰는 슬리퍼를 질질 끌면서 걸었다. 바퀴 달린 트렁크의 모서리가 자꾸 종아리를 치고 지나갔다. 아이들은 울긋불긋한 비치볼을 튕기며 대합실 안을 뛰어다녔다. 갓난아이들은 시도 때도 없이 울어댔다.

제일 먼 거리로 행선지를 잡았다. 한 번도 가본 적 없는 곳이었다. 결혼 후 한 번도 혼자 집 밖을 나선 적이 없었지만 오래 전부터 마음은 집으로부터 먼 곳만 떠돌았다. 종착지의 이름을 몇 번 되뇌어보았다. 그러자 금방 고향 같은 친근한 느낌이 들었다. 배차 간격은 오 분으로 쉴새없이 고속버스들이 터미널을 떠났지만 이미 가까운 시간의 표는 매진된 후였다. 한 시간 넘게 터미널에 앉아 있었다. 왁자지껄하게 떠들어대면서 사람들이 터미널 밖으로 사라졌고 다른 입구로는 꾸역꾸역 검게 그을리고 피곤해 보이는 사람들이 몰려나왔다. 누군가 말을 걸어올까봐 바닥만 내려다보았다. 가끔 지나가는 사람이 어깨라도 치면 소스라치게 놀랐다.

버스는 둥글게 원을 그리며 터미널을 벗어나 휴가지로 가려는 차량들 틈에 섞였다. 낯익은 도시 풍경이 끊기고 거대한 탱크가 박힌 공업단지가 나타났다. 하늘을 찌를 듯 높이 솟은 굴뚝들에서 검은 연기가 쿨럭쿨럭 솟아올랐다. 품에 안은 아기를 고쳐안았다. 아기는 칭얼대지도 않고 잘 잤다. 바싹 마른 밭이 이어졌다. 러닝셔츠에 챙 넓은 밀짚모자를 쓴 깡마른 중년 사내가 밭에 물을 대고 있었다. 물이 딸려나올 때마다 호스는 구렁이처럼 꿈틀거렸다. 붉은 땅은 물이 스며들면서 검게 변했다. 해가 반대편 창으로 자리를 옮겼다. 지는 해가 눈을 찔러댔다. 햇빛이 성가셨는지 아기는 자면서도 얼굴을 찡그렸다. 그럴 때면 H의 얼굴이 살짝 도드라졌다. 지금쯤 H는 남태평양의 한 섬에서 휴가를 즐기고 있을 것이다. 호텔의 조식 뷔페에서 시원한 멜론으로 아침식사를 때웠을 것이다. 작년 여름에 산 검은 비키니가 죈다면서 H는 전화로 툴툴거렸다.

H의 집 아주머니는 연신 하품을 해댔다. 자다 깬 모양인지 부석부석 들뜬 머리카락이 뒤통수에서 납작 눌려 있었다. 아주머니가 체머리를 앓는 사람처럼 머리를 흔들었다. "손주 넷이 내 손을 거쳤어. 이런 것 저런 것 다 길러봤는데 말야, 또 요런 건 처음이야. 밤낮이 완전히 뒤바뀐 거야." 버릇을 들여보려 자는 아기 볼을 꼬집어봤는데 꼼짝도 않더

라고 했다. 그러더니 손끝으로 입을 톡톡 쳤다. "이그 요놈의 입, 이런 말 애 에미한테는 옮기지 마. 괜한 오해 살라." 밤새 놀아달라 보채는 바람에 안고 있었더니 온몸이 다 부었다고 아주머니는 엄살을 떨었다.

깜빡 존 모양이었다. 품에 안은 아기를 떨어뜨릴 뻔했다. 재빨리 아기를 고쳐안았다. 아기의 동그란 눈이 여자를 올려다보고 있었다. 혓소리를 내며 얼러주었더니 숨이 넘어갈 듯 웃어댔다. 분홍색 잇몸에 반짝 돋은 이가 보였다.

똑같은 티셔츠로 맞춰입은 대학생들이 터미널 바닥에 둥글게 앉아 게임을 했다. 박수 소리가 커질 때마다 아기 몸이 여자의 품에서 딱딱하게 굳었다. 웃음소리가 터져나오면 움찔 놀라기도 했다. 대학생들을 제외하면 대합실은 한산했다. 모시옷 차림의 노인 둘이 의자를 서너 개씩 차지하고 눕듯 앉아 있었다. 터미널에 들어서던 중년 남자가 노인들을 알아보고 깊숙이 고개를 숙였다. 공중화장실에서 새어나온 지린내가 대합실에 진동했다.

터미널을 끼고 다방과 슈퍼, 음식점들이 늘어서 있었다. 손님이 없는 탓인지 주인들은 아예 가게 밖의 평상에 걸터앉아 부채질을 했다. 택시 승강장에는 바지를 무릎까지 걷어올린 운전사들이 앉아 담배를 피웠다. 슈퍼에 들러 물과 우유, 기저귀를 샀다. 식욕은 없었지만 기저귀를 갈아야 하기 때문에 방이 있는 식당으로 들어갔다. 간판에 커다란 글씨로 '24시간 영업'이란 글씨가 씌어 있었다. 가게 밖에는 따로 만든 부뚜막에 커다란 무쇠솥이 걸려 있었다. 뚜껑이 들썩일 때마다 김이 새어나왔다. 밥상 곳곳에 콩나물 가닥과 고춧가루 같은 음식 찌꺼기가 말라

붙어 있었다. 끈적끈적한 음식 찌꺼기로 파리들이 날아들었다. 천장부터 늘어진 파리 끈끈이 절반이 달라붙은 파리로 시꺼멨다. 배가 불룩한 중년 여자가 밑반찬이 담긴 그릇들을 소리나게 내려놓았다. 두 눈두덩이 부어 눈동자가 보이지 않았다. 멜라민 그릇들은 하나같이 귀퉁이가 불에 눌어붙어 오그라들거나 검게 그을렸다. 물기를 제대로 닦지도 않았는지 반찬 아래로 물이 흥건했다.

아기의 기저귀는 흠씬 젖어 있었다. 축축하고 끈적였을 텐데 어떻게 잠을 잘 수 있었는지, H를 닮지 않은 건 분명했다. 그런데도 H는 전화를 하면 노상 힘들어 죽겠다는 타령을 늘어놓았다. 사타구니에 붉은 발진이 일었다. 아기는 누워 있는 동안에도 코앞으로 날아드는 파리를 잡으려 두 팔을 내둘렀다. 가까운 곳에 있는 파리를 볼 때면 눈동자가 한가운데로 몰렸다. 콩나물해장국이 든 뚝배기를 내려놓던 중년 여자가 투덜거렸다. "그러게 천 기저귀를 써야지. 요즘 것들은 지 편한 것만 알아 탈이야, 탈. 어린 게 얼마나 따가웠을꼬, 말도 못 하고. 이리 내." 해장국집 여자가 한 팔로 번쩍 아기를 들어올렸다. 아기가 해장국집 여자의 굵은 팔에 대롱대롱 매달렸다. 엉덩이가 반점으로 푸르렀다. 해장국집 여자는 두툼한 손바닥으로 아기 엉덩이를 툭툭 쳤다. "애는 애고 엄마나 밥 한 그릇 다 비워. 얼굴이 반쪽이네." 해장국집 여자가 아기를 한 팔에 끼고 가게 밖으로 나갔다. 국물이 졸았는지 소태 같았다.

해장국집 여자는 밥을 남겼다고 또 투덜댔다. "그렇게 안 먹으니 젖이 쪼그라들밖에. 그래서 젖이나 나오겠어?" 체중이 줄면서 여자의 가슴도 뼈에 달라붙었다. 우유를 데워 숟가락으로 조금씩 떠먹였다. 우유병에 익숙해서 그런지 아기는 제대로 받아먹지 못했다. 혀로 숟가락을 핥아보지만 입에 들어오는 양이 부족하자 칭얼대기 시작했다. 해장국집 여자는 주방에서 설거지를 하는 모양이었다. 스테인리스 그릇들과 수저가 타일 바닥에 쏟아지면서 요란한 소리를 냈다.

적산가옥을 개조한 여인숙의 내부는 생각보다 깨끗했다. 요 하나를 펴면 꽉 차는 작은 방이었지만 작은 화장대에 소형 텔레비전까지 갖추고 있었다. 이부자리는 세탁해서 햇볕에 바싹 말린 듯했다. 화장대 앞에 앉았다. 땀에 젖은 머리카락이 말라 엉켜 있었다. 화장은 다 지워지고 기미가 드러났다. 여자는 남의 얼굴을 바라보듯 무심히 거울을 들여다보았다. 복도 끝에 수도꼭지가 둘 박힌 공동세면대가 있었다. 걸을 때마다 발 밑에서 나뭇장이 뒤틀리는 소리가 났다. 비누받이의 비누는 물러 아기가 쥐었는데도 움푹 손자국이 났다. 벌거벗긴 아기를 올려놓았더니 세면대가 꽉 찼다. 목욕을 시키고 머리를 감기는 동안에도 아기는 계속 꿈지럭거렸다. 비누칠을 했을 때는 너무 미끄러워 놓칠 뻔하기도 했다. 아기를 씻기는 동안 튄 물이 블라우스를 흠뻑 적셨다.

아기는 좁은 방 안을 엉금엉금 기어다녔다. 화장대 모서리를 잡고 일어서려 안간힘을 썼지만 매번 주저앉았다. 그럴 때면 코 주위가 붉어졌다. 집게손가락만 내밀어 텔레비전의 버튼이란 버튼을 다 눌러댔다. 화면이 들어오면 깜짝 놀라며 엉덩방아를 찧었다. 텔레비전의 출연자가 웃으면 덩달아 웃었다. 물컵이 엎어지고 텔레비전 화면이 수시로 바뀌었다. 이부자리에서는 한낮의 햇볕 냄새가 났다. 아기를 안고 뛸 때 아기는 깃털베개처럼 가벼웠다. 바동대는 아기를 끌어다 옆에 뉘고 불을 껐다. 뒤채려는 아기를 두 팔로 안았다. 사지를 버둥거리다가 발악하듯 울어댔다. 다시 불을 켰다. 어이없게도 아기의 뺨에는 눈물 자국이 없었다.

두 쪽짜리 작은 창으로는 바람 한점 들어오지 않았다. 벽에 걸린 소형 선풍기가 쉴새없이 돌고 있었지만 바람은 미적지근했다. 터미널의 작은 광장과 저녁을 먹었던 콩나물해장국집이 내려다보였다. 광장에도 바람은 불지 않는 듯 가로수의 작은 잎들이 흔들리지 않고 무겁게 내려앉아 있었다. 택시 한 대가 문 네 짝을 활짝 열어젖힌 채 서 있었다. 운전사는 두 발을 핸들에 올려둔 채 잠든 모양이었다. 흰 면양말이 희디희었다. 지금쯤 A는 귀가했을 것이다. 해장국집의 홀은 텅텅 비었다. 해장국집 여자는 바닥에 누운 채로 텔레비전을 보고 있었다. 숨을 쉴 때마다 커다란 배가 조금씩 부풀었다가 꺼졌다. 배가 어찌나 부른지 배에 가려 두 다리는 아예 보이지도 않았다.

아기는 새벽까지 깨어 있었다. 눈에 장난기가 가득했다. 아기는 여자의 배를 기어서 넘었다. 작은 몸인데도 너무 아파 아, 소리가 났다. 머리카락을 쥐어뜯기도 했다. 검지손가락으로 여자의 귓속을 후벼파다가 그 손을 다시 코로 가져갔다. 아기의 얼굴이 여자의 얼굴에 가까이 다가올 때마다 달큰한 입냄새가 났다. 아기가 여자의 배에 올라타고 엎드려 있으면 콩콩 아기의 심장 뛰는 소리가 들려왔다. 움직이면서 금방 땀을 흘려 아기의 몸은 미끄덩거렸다. 그럴 때면 여자는 자면서도 웃었다. 나이든 여자의 새된 고함 소리를 들었다. 그릇이 땅바닥에 떨어지고 퉁퉁 튕기며 멀어졌다. 병이 상자째 우르르 쏟아지며 산산조각났다.

H와 쏘다니던 금요일 밤들이 떠올랐다. 소리는 다 들리는데 눈을 뜰 수가 없었다. 눈을 감았지만 아기의 움직임은 눈에 보이는 듯했다. 바스락대는 소리가 머리 위에서 허리로 발치로 계속 바뀌었다. 새벽 첫 버스가 터미널을 빠져나가는 소리에 여자는 눈을 떴다. 텔레비전은 켜져 있었고 아기는 문가에 엎드린 채 잠들어 있었다.

콩나물해장국집 여자는 무쇠솥에 물을 붓고 있다가 여자를 뒤돌아봤다. 콧대가 퍼렇게 멍들고 부어 있었다. "나이가 들면 혀도 늙어. 음식 간이 그래서 자꾸만 짜지는 거야." 플라스틱 바가지로 국물을 조금 떠 여자에게 내밀었다. 간이 좀 셌다. 해장국집 여자가 양동이를 들어 물을 더 부었다. "음식집 간은 집 간보다 조금 세야 해. 그래야 맛있게 생각되는 법이거든." 해장국집 여자가 여자의 품에서 축 늘어진 아기를 보고 희미하게 웃었다. "엄마가 좀 고생하겠네. 그래서 어젯밤 내내 그 방에 불이 켜져 있었구먼."

아기를 안고 시내 쪽으로 걸었다. 시내라고 해야 터미널에서 이백 미터 길이로 늘어선 상점들과 우체국, 도서관이 다였다. 버스가 와서 멈춰 서면 커다란 보따리를 든 촌로들이 꾸물꾸물 내렸다. 보따리와 고무다라이가 어찌나 큰지 버스 문에 걸려 한동안 씨름을 해야 했다. 먼저 간 사람이 앉으면 그곳이 그 사람 자리였다. 좋은 자리를 잡으려고 뛰다가 넘어지기도 했다. 보따리를 풀고 좌판을 차렸다. 복제판 테이프를 가득 실은 리어카가 트로트 노래들을 몰고 나타났다. 깊은 잠이 들었는지 아기는 축 늘어졌다. 몇 걸음 가지 못하고 멈춰 서서 아기를 고쳐안았다. 정오는 한참 멀었는데 거리는 벌써부터 달궈졌다. 알이 자잘한 복숭아를 가지고 온 할머니는 손바닥으로 해를 가리면서 지나가는 사람들을 불러세웠다. 얼굴이 놋그릇처럼 반질반질했다. 한쪽에서는 나물을 캐온 할머니가 비닐봉지를 풀었다. 나물을 풀어헤치면 김이 모락모락 올라왔다. 떡볶이와 순대를 파는 리어카를 지났다. 울긋불긋 광대차림을 한 사내가 엿가위로 박자를 맞춰 춤을 추면서 엿을 팔았다.

아기용품점에 들어갔다. 아기용품점 간판이 달렸는데도 아기용품은 가게 뒤쪽으로 밀려나 있었고 부인용 속옷이 진열장에 가득했다. 포대기로 아기를 업는 건 엄두도 나지 않았다. 상점의 젊은 여자가 유모차를 권했다. 햇빛을 막는 덮개가 마음에 들었다. 바람과 비를 피하기 위해 덮개를 씌울 때도 아기가 밖을 볼 수 있도록 투명 창이 나 있었다. 유모차 밑바닥에 짐을 넣을 수 있는 큼직한 바구니도 달려 있었다. 유모차에 아기를 뉘었다. 아기가 젖을 빨 듯 입을 오물거렸다. 우유병도 두 개 샀다. 갈아입힐 옷을 두 벌 사고 기저귀 발진이 생각나 땀띠분도 사넣었다. 들고 다니던 기저귀 봉투까지 넣으니 바구니가 꽉 찼다.

확성기 소리가 요란하고 트로트 메들리가 끊이지 않는데도 아기는 잠만 잤다. 해장국집에 들어가 보리찻물을 끓여 우유병에 넣었다. 우유병의 젖꼭지를 입가에 대자 아기의 입이 자석처럼 달라붙었다. 젖꼭지를 빠는 힘이 어찌나 센지 우유병의 물이 와짝와짝 줄었다. 여자는 유모차를 밀면서 장을 보았다. 좌판에 쭈그리고 앉아 네 개에 천원 하는 핀을 골랐다. 땀에 젖으면서 아기의 앞머리가 곱슬곱슬하게 말렸다. 앞머리를 틀어올려 핀으로 묶어주었다. 장을 보러 나온 사람들이 유모차의 덮개를 들어올리고 아기를 들여다보았다. "아이구야, 계집애가 크기도 하네." "눈꺼풀 봐라, 만든 거 같네." 그러고 보니 영락없는 계집애였다.

복숭아를 사서 그늘에 앉아 베어먹었다. 구두는 아예 벗어두었다. 퉁퉁 부은 발에 물집이 잡히고 벌겋게 구두 자국이 나 있었다. 복숭아 과즙이 흘러 치마에 떨어졌다. 가로세로로 굵은 주름이 잡힌 치마는 너저분했다. 폭이 넓은 홑겹 바지를 사서 갈아입자 걸음폭이 커졌다. 굽 없는 운동화로 갈아신고 나자 검은 정장구두는 필요 없어졌다. 구두를 신을 일이 없을 것 같았다. 길가의 쓰레기통에 던져버렸다. 아주 오래 전부터 여기 사람인 것 같았다. 신작로를 따라 들어가면 마당 가득 하얀 아기 기저귀가 펄럭이는 집이 있을 듯싶었다. 작은 도시였지만 필요한 것은 갖추갖추 다 있었다.

사진관의 위치도 눈여겨봐두었다. 가을이 오면 아기의 돌사진도 찍어야 했다. 규모가 작기는 하지만 사진관 진열창에 걸린 사진들이 마음에 들었다. 사진관의 사진사는 육십이 넘은 남자였는데 밤색 베레모를 비스듬히 머리에 얹고 있었다. H가 알면 난리가 날 일이었다. H는 아기가 태어나기 전부터 돌사진을 찍을 사진관을 이미 물색해두었다. 사진사는 가끔 한 손으로 베레모를 들어올린 채 머리에 부채질을 해댔다.

젊은 엄마 둘이 유모차를 밀고 와 곁에 앉았다. 아기 엄마들은 아기라는 공통점 때문에 자연스럽게 말을 텄다. "여자아이죠?" 여자는 대답하지 않았다. H는 사내아이만을 찾아다닐 것이다. H가 아기를 찾을 때를 대비해 여자아이라고 해두는 것도 나쁘지 않을 듯했다. 서로의 아기가 몇 개월인지 묻고 나자 자연스럽게 출산에 관한 이야기가 오갔다.

“사 킬로 가까운 아기였어요. 꼬박 이틀 동안 산통을 했다니까요.” 한 번 입을 열자 거짓말이 술술 나왔다.

H는 초산에 만산이었기 때문에 이틀 동안이나 산통에 시달렸다. H의 남편은 출장중이었다. 병원의 대기실에 앉아 여자는 프로농구 중계를 보았다. H의 전화는 새벽에 걸려왔다. A는 간신히 든 잠을 깨고 말았다면서 획 등을 돌려 누웠다. 허겁지겁 H의 아파트로 차를 몰았다. 어두운 골목에서 검은 개 한 마리가 튀어나왔다. 개는 헤드라이트 불빛에 겁을 먹고 등을 활처럼 굽혔다. 꼬리는 엉덩이 사이로 숨겼다. 검은 개는 밤의 배경에 묻혀 잘 보이지 않았다. 개를 칠까봐 겁이 났다. 경적을 울려보았지만 흘낏 뒤를 돌아보았을 뿐 길을 내주지는 않았다.

H는 왜 이렇게 늦었냐며 짜증부터 냈다. 다급했던 전화 목소리와는 달리 H는 멀쩡해 보였다. 출산용품이 든 가방을 들고 병원까지 혼자 가도 될 것 같았는데 갑자기 배를 움켜쥐고 주저앉아 여자를 기겁하게 했다. 대기실에는 아내의 출산을 기다리는 남편들이 둘 있었다. 한 사람은 점심나절인데도 술에 취해 있었다. 다른 한 사람은 아예 농구 중계를 보러 온 사람 같았다. 농구를 보다 벌떡 일어서서 자유투 포즈를 취했다. 그가 상상으로 들고 있는 공은 너무 커서 마치 하늘을 떠메고 있는 아틀라스처럼 보였다. 패스나 드리블 실책에는 어떤 팀이든 욕설을 내뱉었다. 양팀 중 어느 팀의 팬도 아닌 게 분명했다. H의 남편이라면 어떻게 기다리고 있었을까, 궁금했다. 그리고 A라면. 질문이 꼬리를 물었다.

H의 아기는 눈이 동그랬다. 뱃속에서 머리카락이 자라 당장이라도

머리를 묶을 수 있을 것 같았다. 카메라 플래시가 터지자 아기가 눈을 휘둥그레 뜨고 여자를 바라봤다. "어? 얘가 날 보네?" 아기를 안고 있던 간호사가 웃었다. "미안하지만 아긴 지금 아무것도 볼 수 없어요." 땀에 젖은 머리카락이 H의 넓은 이마에 달싹 달라붙었다. H는 여자를 보자마자 남편 흉부터 늘어놓았다. "늘 옆에 붙어 성가시게 굴더니 정작 필요할 땐 없다니까." 카메라를 들이댔더니 두 팔을 휘저어대며 소리를 질러댔다. 분만실로 들어갈 때와 영 딴판이었다. H의 이마를 쓸어주었다. "에고고, 죽는 줄 알았네." H가 엄살을 떨었다. H에게서는 좋지 않은 냄새가 났다. 입원실로 옮긴 H가 첫 미역국을 먹을 때 H의 남편이 왔다. 출장지에서 산 장미꽃 한 송이를 들고 허겁지겁 뛴 모양인지 꽃잎이 몇 개 남지 않았다. 흉을 볼 땐 언제고 H는 남편을 보자마자 찔끔 눈물을 짰다. 그것이 H였다.

젊은 엄마가 앞단추를 풀었다. 아기의 입가에 손가락을 갖다대자 아기가 손가락 쪽으로 얼굴을 돌렸다. 젊은 엄마의 젖가슴은 희고 컸다. 퍼런 유선이 유방 전체에 얼키설키 얽혀 있었다. 아기의 작은 입이 젖꽃판까지 깊숙이 물었다. 아기가 젖을 빠는 동안 젊은 엄마는 간지럼을 타는 것처럼 자꾸 웃었다. 물리지 않은 다른 젖가슴에서 새어나온 젖이 윗옷에 동그란 얼룩으로 번져가고 있었다.

이런 이야길 들었어. 시한부 삶을 살고 있는 여자가 있었지. 남편이 출근하고 나면 여자는 텅 빈 공간에 혼자 남겨졌어. 남편은 아직 젊었어. 집보다는 바깥을 더 좋아할 나이였지. 틈만 나면 운동을 즐기고 옷

차림에도 신경을 쓰고는 했지. 여자는 자신이 죽은 후에도 남편은 유유자적 삶을 즐기면서 살아갈 거라고 생각했어. 여러 가지 약물과 주사 때문에 자신은 벌써 죽어가고 있었어. 벌써 썩고 있는지 겨드랑이에서 악취도 났지. 머리카락은 항암제로 다 빠져 쥐면 반 줌도 되지 않았어. 남편은 신혼 초에 늘 그렇게 이야기했어. "당신이 먼저 죽는다면 난 혼자 살 자신이 없어. 난 당신을 따라갈 거야." 물론 농담이었겠지만 그런 말이 싫진 않았지. 그런데 그 말이 결혼하고도 한참 만에야 울림을 갖게 된 거야. 그 무렵 그 부부는 싸움이 잦았어. 여자는 아끼던 그릇들을 깨부수고 고함을 질러댔지.

여자는 남편이 퇴근하기를 기다렸어. 여름이라 모든 집들이 창들을 활짝 열어두었지. 남편이 돌아오자 얼른 남편의 양복에 달린 단추 하나를 떼어냈어. 그러고는 남편을 베란다로 데리고 나갔지. "당신, 기억나? 내가 죽으면 따라 죽겠다고 한 말?" 남편은 어리둥절한 표정이었어. 여자는 베란다 창살에 기대앉았어. 위험하다면서 남편이 다가왔지. 여자는 남편에게로 팔을 내밀었어. 하지만 남편 손을 잡지는 않았어. 손을 잡는 대신 남편을 떼밀었지. 그 힘에 여자의 몸은 사정없이 뒤로 밀렸어. 방충망이 찢기고 여자의 몸은 베란다 밖으로 떨어졌지. 경찰은 남편이 아내를 베란다 밖으로 밀었을 거라고 추측했어. 떨어진 부인의 손 안에 남편이 입고 있던 양복 단추 한 알이 쥐여 있었으니까. 남편이 베란다 밖으로 부인을 떼미는 순간 다급해진 부인이 남편의 양복을 쥐었고, 그 바람에 양복 단추가 떨어져나간 거라는 거였지. 결말은 어떻게 되었느냐고? 생각나지 않아. ……문득 정신을 차리고 나면 내

손엔 A의 양복 단추 하나가 쥐여 있고는 했어. 단추는 땀으로 번들거렸지.

한눈에도 해장국집 여자라는 것을 알 수 있었다. 나물을 팔던 할머니들이 일어나 사내에게 욕설을 퍼부었다. 사내는 해장국집 여자보다 훨씬 작았다. 그런데도 해장국집 여자는 사내의 발길질에 벌러덩 나가떨어졌다. 꽃무늬 몸뻬가 금방 흙투성이가 되었다. 사내의 얼굴은 불콰했다. 사내가 쓰러져 뒹구는 해장국집 여자를 향해 눈을 부라렸다. 해장국집 여자는 대거리도 하지 않았다. 분을 못 이긴 사내가 씩씩대더니 해장국집 여자의 머리카락을 움켜쥐었다. 해장국집 여자는 사내에 의해 질질 끌려갔다. 보라색 플라스틱 슬리퍼가 벗겨졌다. "왜 저렇게 맞고 사나 몰라. 이십사 시간 내내 아줌만 기름 낀 솥만 끼고 살아요. 연중무휴라 일 년 내내 문을 열어두지요. 아저씬 밖으로만 나돌아요. 아줌마가 솥을 다루는 것만큼 아저씰 다룬다면 좋으련만. 나 같으면 저러곤 안 살아." 젊은 엄마가 아기를 돌려안고 팽팽하게 불어오른 다른 젖을 물렸다. 장에 나온 남자들이 서넛 뛰어들어 남자를 떼어놓으면서 싸움은 끝났다. 해장국집 여자는 천천히 일어나 바지를 털고 머리를 손으로 빗었다. 손가락 사이에 머리카락이 한 움큼 빠져나왔다. 깨금발로 뛰어가 벗겨진 슬리퍼를 꿰었다. 배가 출렁이고 뒤이어 살진 엉덩이 두 쪽이 제각각 흔들렸다.

날이 저물자 짐을 정리한 트럭들이 하나둘 거리를 떠났다. 빈 고무다라이를 옆구리에 낀 노인들이 버스에 올라타거나 트럭 짐칸에 타고 신작로 끝으로 사라졌다. 상점들이 불을 밝혔다. 여름밤이었다. 해장국집 여자는 깍두기 하나를 놓고 소주를 마셨다. 여름 가뭄으로 계곡의 물이 말랐다. 그나마 많지 않던 관광객의 발길이 뚝 끊겼다. 소주잔을 들어올릴 때마다 겨드랑이에서 쉰 옥수수 냄새가 났다. 가게에 돌아와 혼자 울었는지 눈가가 짓물러 있었다. 한 잔을 들이켠 해장국집 여자가 여자에게 소주잔을 내밀었다. 아기는 넓은 가게의 홀을 기어다녔다. 어찌나 빠른지 홀 이쪽에 있는가 싶으면 어느새 그 반대편으로 가 있었다. 한 모금 홀짝였다. 오랜만에 마시는 술이었다. 술이 들어가면 모든 걸 털어놓게 될까봐 그 동안 일절 입에 대지 않았다. 술이 목구멍을 타고 넘어갈 때는 자신도 모르게 캬, 소리를 냈다. 해장국집 여자가 걸걸 웃었다. 몇 잔을 주거니받거니 했다. 해장국집 여자가 턱으로 아기를 가리켰다. “애비는?” 여자가 대답도 하지 않았는데 해장국집 여자는 다 안다는 듯 고개를 주억거렸다. “다 그런 거지, 뭐 그런 거지……” 해장국집 여자가 두툼한 손바닥으로 눈가를 훔쳤다. “첨부터 그랬던 건 아냐. 이상하게 하는 일마다 꼬였거든. 사실 나랑 결혼이란 걸 할 때부터 이미 그 사람은 꼬일 대로 꼬인 건지도 몰라. 내가 올려다볼 수 있는 사람이 아니었거든. 욕심이 났어.” 해장국집 여자가 손가락으로 무 조각을 집어 소리나게 씹었다. 무슨 이야기를 했는지 기억나지 않았다. 해장국집 여자가 무릎을 치고 “저런”이라며 혀를 차던 모습이 얼핏 기억날 뿐이었다. 속에 든 것을 다 말해버렸을까봐 겁이 났는데 아침에 마주친 해장국집 여자는 아무 말도 하지 않고 국 간이나 봐달라고 했다.

나는 돌사진 속의 내가 마음에 들지 않아. 꼭 머슴애 같지. 엄마는 머리숱을 많아지게 하려 내 머리를 박박 밀었지만 돌사진을 찍을 때까지도 머리카락이 전혀 자라지 않았다는 거야. 내 돌사진 속에는 레이스 옷을 입은 남자아이가 앉아 있어. 웃기지 않니? 하얀 레이스 드레스를 입은 빡빡머리 남자아이. 지금도 나는 머리숱이 적어. 물론 그때처럼 빡빡머리는 아니지. 머리숱 같은 건 아무래도 좋아. 그보다 더한 결점도 많은걸. 다행히도 머리카락 길이는 적당히 여성스러울 정도가 되었어. H의 머리카락이 생각나. H의 머리카락은 칠흑같이 검고 윤기가 나지. 침대에 누운 H의 모습을 본 적이 있어. 베개 위에 물미역 다발처럼 펼쳐진 H의 머리카락은 정말 탐스러워.

돌사진 속의 나는 레이스가 달린 하얀 원피스를 입고 있어. 다섯 개의 철제 단추가 달린 옷이지. 엄마는 처녀 적에 서울에 있는 라사복장학원에 다녔다고 했어. 돌복으로 울긋불긋한 색동옷이 아니라 원피스를 입게 된 건 다 그것 때문이야. 하얀 원피스는 엄마가 직접 천을 끊어 만든 것이거든. 집안일도 해야 하고 돌상도 차려야 하고 돌복도 만들어야 하고 엄마는 무척 바빴어. 돌복은 돌 바로 전날에야 완성이 되었어. 마지막 단추를 달 무렵에 엄마는 다섯번째 단추 한 알이 없어졌다는 것을 알았어. 마룻바닥을 샅샅이 뒤져도 단추는 발견되지 않았지. 불길함이 엄마의 몸을 꿰뚫었어. 엄마는 갑자기 내 두 발을 잡아채 나를 거꾸로 매달았어. 피가 얼굴로 쏠려 내 얼굴도 빨개졌어. 그러고는 곧 시퍼레졌지. 너무 겁이 나서 울 수도 없었어. 엄마는 손바닥으로 내 등을 쳤어. 급기야는 내 등을 주먹으로 두드려댔지. 침과 함께 아침에 먹었던 젖이 입과 콧구멍으로 흘러나왔어. 내 돌사진을 자세히 보면 위에 있는 네 개의 단추와 가장 아래에 있는 단추의 무늬가 달라. 둥글고 커다란 네 개의 단추에는 커다란 왕관이 돋을새김되어 있어. 영국의 여왕이나 쓸 것 같은 그런 왕관이야. 왕관 단추가 어느 옷에서 나온 것인지는 몰라. 몇 번이나 이 옷에서 저 옷으로 옮겨다녔을 거야. 그때는 단추도 귀하던 시절이었거든. 아래에 있는 마지막 단추는 대학교의 이름을 월계수 잎이 감싸고 있는 모양이야. 그건 아빠의 대학교 교복에 달려 있던 단추야. 엄마의 재봉상자 안에는 별의별 단추가 다 들어 있었어. 하지만 왕관 단추와 비슷한 크기의 단추는 그것밖에 없었지.

초등학교 2학년 때였어. 백 미터 달리기를 하고 나서 숨을 고르고 있었지. 그런데 아무리 시간이 지나도 아픈 옆구리가 나아지지 않았어. 남은 수업시간 내내 허리를 잡고 있다 집으로 돌아왔어. 의사는 맹장에 염증이 생긴 거라고 했어. 다행히 수술은 하지 않아도 된다고 했지. 소염주사 한 대로 염증은 가라앉았어. 나는 의사에게 말하지 않았어. 수술을 해야 한다고 했다면 어떻게 되었을지 몰라. 그럼 내 몸의 단추를 빼낼 수 있었을까. 초등학교 4학년 과학시간이었어. 과학상자 안에서 자석을 꺼내는데 자석이 자꾸 배 쪽으로 가는 느낌이었어. 누군가 눈치를 챌까봐 두려웠어. 자석을 얼른 과학상자 안으로 집어넣었어. A와 결혼을 하고 신혼여행을 갈 때였어. 공항 검색대에서 자꾸 삐 하는 소리가 났어. 기계를 몇 번이나 통과했지만 삐 소리는 계속 울렸지. 내 뒤로 줄이 자꾸만 길어졌어. 사람들이 내 얼굴을 힐끗거렸지. 하지만 나는 말

하지 않았어. 가족들도 더이상 단추 이야기는 하지 않았어. 그런데 지금도 내 안에서는 가끔씩 녹물이 흘러나와. 희미하지만 나는 알 수 있어. 느낄 수 있어.

신작로는 뱀처럼 산 사이로 꼬리를 감추었다. 신작로의 끄트머리는 지열로 꾸물거려 현기증이 났다. 유모차를 밀고 가로수 그늘 아래로 걸었다. 가끔 멈추고 앉아 신작로 건너편으로 펼쳐진 밭과 논을 보거나 아기에게 보리차를 먹였다. 더운 바람이 불었다. 밭은 바싹 말라 갈라터지고 있었다. 밭에 심긴 콩과 들깨의 이파리 끝이 둥글게 말렸다. 간밤에도 아기는 잠자지 않고 방 안을 기어다녔다. 아침에 일어나보니 여자의 다리 하나를 베고 자고 있었다. 씻겨도 씻겨도 아기는 금방 더러워졌다. 목과 팔이 겹쳐진 곳에 먼지 띠가 남았다. 손가락 사이를 펴고 먼지를 닦아주었다. 밤과 낮이 바뀌었달 뿐 잘 먹고 잘 자는 예쁜 아기였다.

그늘을 찾아 걸었지만 온몸은 금세 땀으로 범벅이 되었다. 바짓단이 다리를 휘감았다. 이마에서 흘러내린 땀이 눈으로 스며들어 눈알이 따끔거렸다. 유모차 안의 아기도 더웠는지 축 늘어졌다. 우유병을 입가에 갖다댔지만 빨지 않았다. 신작로 저 끝에서 신기루처럼 한 무리의 사람들이 나타났다. 무리는 천천히 움직였다. 한참 만에야 무리가 여자 앞을 지나갔다. 굴건을 쓴 상주가 앞서고 그 뒤로 상여를 멘 사람들이 뒤따랐다. 상여꾼들의 얼굴은 검게 그을렸다. 성긴 베로 만든 상복에 목덜미가 쓸리는지 계속 목을 긁어대는 사람도 있었다. 양장은 축 늘어졌고 상엿소리는 중얼거림으로 바뀌었다. 상여의 무게 때문에 상여를 든 사람들의 어깨가 눌려 있었다. 상여 속에 두 사람이 누운 듯했다. 상여꾼들의 어깨에는 황토색 얼룩이 묻어 있었다. 상여의 뒤에서 한참 떨어져 수질을 얹은 예닐곱 살 정도로 보이는 계집아이가 뒤따라 갔다.

신작로를 벗어나 샛길로 접어들었다. 자동차 번호판만한 푯말이 잡목 사이에 떨어져 있었다. 붉은 녹이 슬어 과수원이라는 글씨만 간신히 읽혔다. 언덕을 올라가자 넓은 공터가 나왔다. 과수목이라고는 한 그루도 보이지 않았고 마른 나무가 뿌리째 뽑혀 나뒹굴었다. 공터 안쪽, 커다란 감나무 그늘 아래 작은 양옥집이 있었다. 크고 작은 방이 한 칸씩, 타일을 바른 화장실과 작은 부엌이 아담했다. 문짝은 떨어져 간당거리고 벽지는 발톱 자국과 함께 너덜댔다. 플라스틱 소쿠리와 알루미늄 냄비, 칫솔 같은 세간살이들이 나뒹굴었다. 빈 개집 앞에는 굵은 쇠사슬이 널려 있었다. 감나무 가지는 열매의 무게를 이기지 못하고 부러질 듯 휘었다. 그늘에 앉아 유모차의 덮개를 열었다. 아기의 코에 땀이 송골송골했다. 마당 가득 하얗게 널려 하늘거리는 기저귀들이 떠올랐다. 세월이 순식간에 흘러 무르익은 감들이 땅 위로 떨어지는 소리가 나는 것 같았다.

간을 싱겁게 해도 저녁이면 해장국은 국물이 졸아 짜졌다. 우유를 배불리 먹은 아기는 눈을 굴리면서 가게 안을 기어다녔다. 신작로의 과수원은 십 년 넘게 물 많은 복숭아를 생산해냈다고 했다. 하지만 땅이 메말랐다. 아기 주먹만한 복숭아는 퍼석퍼석했다. 휴면기에 들어가 땅이 놀고 있으니 싼 값에 빌릴 수 있을 거라고 했다. "파랗게 젊은데 무섭지 않겠어?" 해장국집 여자가 물었다. 아기만 있으면 괜찮을 것 같았다. 콩나물을 다듬던 손을 몸빼에 문지르고는 벌떡 일어섰다. "말 나온 김에 어디 물어나봐야지."

눈을 떼지 않고 있었는데 언제 아기가 밖으로 나갔는지 알 수 없었다. 보리차를 끓이고 식히는 동안에도 주방 너머로 식당 안을 살펴 아기의 거동을 주시하고는 했다. 가게 밖에도 아기는 없었다. 가로등이 띄엄띄엄 박힌 신작로 쪽은 어두웠다. 만약 거리로 나왔다면 밝은 곳을 향해 갔을 거라는 생각이 들었다. 터미널 쪽으로 뛰었다. 슈퍼 뒤로 검은 그림자가 휙 지나갔다. 뛰어가보았지만 커다란 검은 고양이였다. 여자는 땅만 보면서 걸었다. 쓰레기봉투에도 질겁을 하고 다가갔다.

터미널의 대합실은 버스를 기다리는 승객들이 앉아 텔레비전을 보고 있었다. 바닥 어디에도 아기는 없었다. 다리의 힘이 풀렸다. 까르까르 아기의 웃음소리가 들렸다. 웬 젊은 여자가 아기를 안고 있었다. 빼앗듯 아기를 안아들었다. 난데없이 터미널로 반벌거숭이 아기가 기어들어왔다고 했다. 칭얼거리길래 한번 안아준 것뿐이라고 했다. 젊은 여자가 버스를 타러 가면서 손을 흔들었다. "빠이, 빠이!" 아기가 갑자기 두 팔을 젊은 여자 쪽으로 내밀면서 울음을 터뜨렸다. 젊은 여자도 황당했는지 어깨를 으쓱했다. 젊은 남자가 젊은 여자의 손을 잡아당겼다. 서울행 버스였다. 젊은 여자가 개찰구 밖으로 나가자 아기의 울음은 더욱 서러워졌다. 엉덩이를 두들기고 얼러댔지만 아기는 울음을 멈추지 않았다. 터미널까지 기어오르다 무릎이 까지고 엉덩이는 먼지투성이가 되었다. 아기 울음에 젊은 여자가 잠깐 고개를 돌렸다. 그 옆모습이 언뜻 H와 닮아 있었다.

울음을 그쳤지만 아기의 작은 횡경막이 격하게 움직였다. 아기가 입술을 모았다. 옹알이는 아니었다. "뭐라구?" 여자는 아기 입에 귀를 가져다댔다. "어무아, 어무아." H가 직장에 갈 때마다 아기는 아주머니 품에서 엄마를 향해 팔을 내뻗었다. 엄마는 안아주지 않았다. 대신 손을 흔들면서 말했다. "빠이, 빠이." 아기는 H의 얼굴을 또렷하게 기억하고 있었다. 아기가 힘겹게 다시 토해내듯 말했다. "엄마!"

H는 A를 데리고 나왔다고 툴툴거렸어. 이렇게 사람 많은 데서 셋이 움직이는 게 얼마나 성가신 것인지 몰라서 그랬냐는 거야. 나는 안절부절못했어. A는 오랜만에 이런 곳에 와본 듯했어. H의 이야기가 귀에 들어갈까봐 걱정했는데 사방을 휘둘러보느라 정신이 없었지. H의 말처럼 우린 자꾸 A를 놓쳤어. 그럴 때마다 인파에서 벗어나 상가의 쇼윈도에 붙어서서 A를 기다렸지.

우린 엘리베이터를 타고 고층건물 꼭대기로 올라갔어. 야경이 한눈에 내려다보였지. 한산하고 조용했어. "세상에, 우리가 저러고 돌아다녔던 거야?" H가 유리창에 얼굴을 들이밀고 고개를 내저었어. 꼬물거리는 사람들이 거리에 꽉 차 있었지. A가 소리내 웃었지. H가 샐쭉해져서 A를 쏘아봤어. 내가 봐도 A는 H가 좋아할 만한 타입이 아니었어. 그는 너무 말랐고 나이들어 보였으니까. 이미 머리숱도 적어지고 있었지.

술을 시킬 때도 안주를 고르라고 차림표를 밀어줘도 H는 심드렁했어. A는 그런 H의 모습이 우스웠는지 자꾸 웃었지. A가 왜 이렇게 잘

웃나 싶었는데 다시 보니 H는 귀여운 구석이 많은 애였어. 술을 마시니까 H는 조금 누그러진 것 같았어. H가 우스갯소리를 할 때마다 A는 웃었지. 그들은 내가 잠깐 자리를 비우는 것도 눈치채지 못한 듯했어.

술이 취하면 풍경들은 슬라이드 필름처럼 툭툭 끊겨. 인상적인 몇 장의 사진만 머리 속에 남는 거야. 바에 앉아 있는 H와 A의 뒷모습이 눈에 들어왔어. 두 사람 사이로 들어가 어깨동무를 할 참이었지. 비어 있던 내 의자 위로 A의 손이 올라왔어. 그리고 천천히 H의 손이 올라갔지. 두 사람은 손을 잡았어. H와 A의 손가락은 길고 희었지. 누가 먼저랄 것도 없이 손가락이 손가락 사이로 파고들었어. 깍지 낀 손가락은 아름다웠지.

엘리베이터를 타고 내려오는 동안에 나는 아무것도 못 본 척했어. H와 A도 그렇게 믿는 것 같았어. 우리는 다시 사람들로 붐비는 거리에 섞였어. 누군가 자꾸 내 발을 밟고 지나갔어. 검정색 융단 구두가 구둣발 자국 천지가 되었지. 술에 잔뜩 취한 남자애들이 스크럼을 짜고 고래고래 노래를 부르며 맞은편에서 다가왔지. 그들 때문에 사람들이 이리저리로 흩어졌어. 순식간에 나란히 걷고 있던 H와 A를 놓쳐버렸지. 한참을 기다렸지만 그들은 오지 않았어.

난 아무에게도 말하지 않았어. 금요일 밤이었으니까. 금요일 밤이면 우린 열에 들뜬 사람처럼 행동했었지.

아주머니는 아무렇지도 않게 문을 열어주었어. 자주 들락거리면서 얼굴을 튼 사이였으니까. H는 아기를 아주머니에게 맡겨놓고 여행중이었어. H다운 일이었지. 아기는 숱이 많은 곱슬머리였어. "앤 밤낮이 완전히 바뀌었어." 아주머니가 물끄러미 내 얼굴을 들여다보았어. "그런데 왜 새댁네는 애기가 없누." 아주머니는 간밤에 한숨도 못 잤다고 했어. 눕자마자 코를 골더군. 아기를 안아보았어. 내가 낳은 아기처럼 내 품에 딱 맞았어. 한번 안은 아기를 내려놓기가 싫었어. 아기를 안은 채 그냥 구두를 꿰어 신었지. 그뒤로는 아무것도 생각나지 않아. A는 내가 지성적인 사람이라고 했어. 자신의 아이들은 지성적인 여자의 손에서 자라나길 바란다고 덧붙였지. A와 결혼했고 난 예전처럼 여전히 H의 단짝 친구였지. 지성이라고? 그 금요일 밤 이후 난 깍지 낀 손이라면 질색이었어. 고통 때문에 목욕탕 바닥을 뱀처럼 기기도 했지. 그런 밤이면 H의 집으로 물처럼 스며들어갔어. 자고 있는 H의 침대로 기어올라갔지. H는 늙지도 않았어. 밤에 칭얼거리는 아이에게 먹이려 잠옷의 단추를 풀어놓았어. 엄마의 젖꼭지만큼 작은 입을 동그랗게 벌린 아기의 입가에는 빨다가 흘린 젖이 묻어 있었지. 한쪽 젖가슴이 보안등 불빛에 반사되어 부옇게 드러나 있었어. 붉은 실뱀은 아가리를 벌려 H의 젖가슴에 이를 박았지. 그 금요일 밤 이후로 내 오 년은 엉망진창이었어. 난 아기를 안고 내달리기 시작했어. 사실은 그날 밤 이후로 난 늘 그렇게 하고 싶었거든.

극지(極地)호텔

극지호텔은 예전처럼 빛나지 않았다. 유리 조각마다 누군가 돌을 던진 것처럼 구멍이 뚫려 골자재가 그대로 드러났다. 그 틈새마다 갈매기들이 터를 잡았다. 간판이 붙었던 자리는 커다란 먼지 테두리만 남아 있었다. 살문 너머로 호텔의 정원이 들여다보였다. 출입 엄금이라고 적힌 경고문이 정원 입구에 박혀 있었다.

극지(極地)호텔은 모래톱 위에 지어졌다. 백여 개가 넘는 객실의 발코니들이 남해바다로 나 있었다. 외벽보다 돌출된 커다란 창으로 햇빛이 쏟아졌다. 투숙객들은 아침잠을 설쳤고 카페테리아는 아침 일찍 영업을 시작했다. 창의 중간쯤에서 흔들리는 수평선에 공깃돌만한 섬 몇 개가 흩어져 있었다. 선착장에서는 매일같이 방송을 크게 틀어놓고 섬까지 유람할 관광객을 끌어모았다. 두 시간마다 한 번씩 유람선이 뱃고동을 울리며 천천히 선착장을 벗어나면 갈매기떼가 일시에 날아올라 한동안 배꽁무니를 따라붙는 단조로운 장면이 반복되었다. 안개가 끼는 날이면 그나마도 보이지 않았다. 느리게 움직이는 안갯발 건너에서 새어나오는 뱃고동 소리로 유람선이 창 밖 어딘가를 지나고 있다고 추측할 수 있었다.

물랭 루주의 분장실로 막 공연을 끝낸 캉캉팀이 들이닥치기 시작한다. 겹겹으로 속치마가 달린 치맛자락을 말아쥐고 허겁지겁 뛰어들어오는 무용수들과 다음 공연을 위해 무대로 나가려는 애크러뱃팀 사이에 가벼운 실랑이가 벌어진다. 한데 뒤뭉친 무용수들이 욕설이 섞인 거친 숨을 몰아쉬면서 코르셋처럼 상체를 조이는 무용복의 끈을 풀고 치마를 벗어던진다. 하이힐을 신고 두 박자 빠른 템포에 맞춰 다리를 번쩍번쩍 들어올리고 연신 치마를 흔들다보면 나중엔 아예 사지의 감각이 없어진다고 했다. 한 차례 공연이 끝나고 나면 살이 겹친 곳은 물론이고 얼굴이며 목이 온통 땀으로 미끈둥거린다. 치마를 풀썩일 때마다 무용수들의 체취가 화장대에 앉아 있는 여자에게까지 날아온다. 분냄새다. 싱그러운 땀냄새다. 퀴퀴한 곰팡이 냄새다. 땀에 전 무대의상들은 햇빛에 말려주어야 한다. 분장실에는 햇빛 한 가닥 새어들어올 구멍조차 없다. 햇빛에 말리지 않은 옷에 곰팡이가 슬었다. 무용수 중 몇은 피부병이 생겼다.

분장실은 복도 한쪽을 막아 임시로 만들었다. 복도를 따라 길게 화장대를 짜맞추고 엿가락처럼 꼬인 전구를 천장 이곳저곳에 늘어뜨렸다. 반대편 벽에 옷걸이를 일렬로 세워놓고 무대의상들을 걸었다. 복도 끝은 비상구지만 쇼에 쓰이는 부채와 장구 등 소도구들이 쌓여 있다. 사람이 드나들지 않은 지 오래되었다. 비상구에서 일층으로 올라가는 계단에는 외제 위스키와 햄 통조림 따위가 든 상자들이 천장까지 쌓여 있다. 문을 밀치면 간신히 사람 하나 비켜 드나들 수 있는 틈이 벌어질 뿐이다.

무용수 하나가 여자가 앉은 화장대 위에 다리를 걸치고 스타킹을 벗는다. 인조 속눈썹에 덧칠한 마스카라가 땀에 번져 눈 아랫시울이 검게 물들었다. 어쩌면 스트레칭을 하며 주저앉다가 너무 힘이 들어 찔끔 눈물을 짰는지도 모른다. 목이 희고 긴 것이 경아라는 이름의 무용수인 것 같다. 쇼 끝에 이르면 누군가 제 손목과 발목에 끈을 달아 천장에서 조종하고 있는 것만 같다던 그애다. 인조 속눈썹 때문에 눈을 쉴새없이 깜박거리는 습관이 있는 걸 보면, 힘들어 죽겠지만 쇼의 맨 마지막 관객들을 향해 치마를 들추고 엉덩이를 까보일 때면 그나마 속이 후련해진다고 했던 제니인지도 모른다. 물랭 루주에서 캉캉을 추는 무용수들은 죄다 얼굴이 갸름하고 목이 길다. 정수리에서 틀어올린 똑같은 머리모양에 긴 인조 속눈썹을 붙이고 빨간 루주를 칠하고 나면 누가 누군지 얼굴을 분간할 수 없다.

무용수들은 2부 차례가 되기 전까지 운신이 불편한 겹겹 치마를 벗어두고 무용복 상의도 벗어던진 후 브래지어와 무릎 길이의 속바지 차림으로 시간을 죽인다. 그 차림새로 반대편 복도에 있는 주방으로 가서 손님용 안주를 슬쩍해 올공거리기도 하고 먼지가 자욱이 내려앉은 맥주상자에 걸터앉아 담배를 피워댄다.

스팽글이 달린 무대의상으로 갈아입고 흘러내리는 머리카락을 집어올려 실핀을 마구 꽂아넣었다. 무대에 올라가기 전에 눈그늘을 감추기 위해 분을 덧바른다. 움켜쥐면 머리숱은 반 줌도 되지 않는다. 벌어진 이 사이로 가끔 말이 새기도 하고 침도 튄다. 담배 연기 때문에 목이 매캐해져서 사탕 한 알을 입에 넣고 혀로 굴린다. 전용 분장실은 엄두도 낼 수 없다. 물랭 루주와 맺은 육 개월 단발 계약의 만기일자가 코앞으로 다가왔다. 물랭 루주 측에서는 아무런 언질조차 없다.

웨이터들이 안주와 술을 가지러 내려올 때마다 요란한 무대 효과음과 박수 소리가 새어나온다. 오늘도 손님은 많지 않은 것 같다. 웨이터들이 주방으로 내려오는 간격이 뜸하다. 물랭 루주가 빚더미에 올라앉았다는 소문이 있다. 웨이터들은 안주를 가지러 와서도 금세 올라갈 생각을 않고 뭉그적대면서 무용수들과 농담을 주고받는다. 속옷 차림인 것에 웨이터들도 무용수들도 부끄러워하지 않는다.

곁에서 담배를 피우는 무용수에게서 담배를 빼앗아 흡, 깊이 빨아들이고 도로 건네주었다. 담배는 특히 목소리에 치명적이다. 팽그르르 현기증이 일면서 맥주병들이 빽빽이 꽂힌 플라스틱 상자들이 우르르 여자에게로 무너지듯 기운다. 비틀거리며 무대 쪽으로 가는 여자의 등에 대고 무용수 하나가 소리친다. "엄마, 화이팅!" 고개는 돌리지 않은 채 한 팔을 들어 크게 흔들어준다. 목이 긴 경아인지 연방 눈을 깜빡이는 제니인지 도무지 알 수가 없다. 이곳 무용수들은 하나같이 골초이고 쉰 목소리를 낸다.

모래톱이 끝나는 곳에서 극지호텔의 정원이 이어졌다. 정원에는 정원사가 자식처럼 돌본 정원수들이 바닷바람을 견뎌내며 서 있었다. 꽃이 피기 시작하는 초봄부터 스카이라운지의 창가 자리는 계절 내내 예약 손님들로 들끓었다. 정원은 평지에서의 감상은 물론이고 스카이라운지에서의 조망까지도 염두에 두고 조성되었던 것이다. 제비꽃과 수선화, 은방울꽃과 데이지, 접시꽃, 작약, 수국…… 군락을 이루며 핀 일년생, 다년생 화초들이 한껏 멋을 내 가지치기를 한 교목과 관목, 잔디와 어떻게 한데 조화롭게 어울리는지 정원을 내려다보면 알 수 있었다. 커다란 별이나 불가사리를 자수해놓은 손수건 같은 인공 정원이 거기 있었다.

바다와 접하지 않은 호텔의 삼면에는 유리 조각을 조각보처럼 덧댄 듯한 유리창이 붙어 있었다. 발코니 창들 쪽에서 떠오른 해는 관광 상품점과 한식당이 있는 정문 쪽으로 졌다. 해가 어디에 있든 호텔 라운지는 늦은 오후까지 햇빛이 들이찼다. 유리창으로 들어온 햇살은 복사뼈 부근에서 개울물처럼 고여 일렁였다.

신선한 계절음식들로 풍성한 식당들과 붉고 두툼한 카펫이 깔린 라운지와 계단과 회랑. 봄 내내 딸기 페스티벌을 위해 수십 상자의 딸기가 설탕에 졸여졌다. 진종일 딸기가 졸면서 눌어붙는 향이 라운지에까지 진동했다.

무대 위에서는 한창 인간 사다리가 만들어지고 있는 중이다. 체중이 많이 나가는 김과 그의 사촌이 무대 왼쪽 끝에 무동쌓기로 서 있다. 무대 중앙에는 시소처럼 생긴 기구가 놓여 있다. 한쪽 끝에 김의 처인 박이 올라가 있다. 밴드는 드럼 위주로 긴박감 있는 음향을 만들어낸다. 덩치가 큰 단원이 전속력으로 뛰어와 시소 위로 점프하고 반대편의 박이 튕겨오른다. 박은 공중에서 날쌔게 공중돌기를 해 아슬아슬하게 무동쌓기로 서 있는 일행 등 위로 또다른 무동을 쌓는다. 객석 여기저기서 산발적인 박수 소리가 터져나온다. 무대 밑 대기 장소에서 객석은 보이지 않는다. 굳이 객석을 둘러보지 않더라도 객석이 얼마나 차 있는지는 감잡을 수 있다. 홀 여기저기에 듬성듬성 손님들이 앉아 있을 것이다. 관객으로 꽉 찬 무대에 서서 노래를 부른 적이 있다. 미처 좌석표를 구하지 못한 관객들이 통로를 가득 메웠다. 관객이 내쉬는 숨과 체온으로 공연장의 실내 온도가 높아질 지경이었다. 그럴 땐 관객 전체가 크고 단단한 덩어리가 되어 여자를 압도했다.

무동쌓기가 계속되지만 산발적으로 이어지던 박수 소리도 어느 순간 끊어진다. 더이상 신기할 것도 없는 묘기다. 공중으로 튀어오른 단원이 엉뚱하게 날아가 객석 의자에 머리를 박는다면 관객은 술렁대기 시작할 것이다. 맨 밑에서 다섯 사람을 어깨에 지고 선 김은 고통으로 입술이 파래졌다. 피부처럼 달라붙은 체조복의 솔기가 금방이라도 터질 것처럼 근육이 잔뜩 부풀어올랐다. 이를 앙다문 김은 다른 단원들을 진 채 무대를 왕복한다. 얍, 하는 기합 소리와 함께 인간 사다리가 허물어지고 나란히 한 줄로 선 애크러뱃 팀원들이 똑같이 고개를 숙였다가 똑같이 고개를 든다. 애크러뱃팀이 반대편 무대 계단으로 내려가고 사회자인 코미디언의 우스갯소리가 이어지지만 호응을 해주는 사람이 없다. 예전엔 그가 넘어지기만 해도 시청자들은 까무러치게 웃어댔다. 사회자는 황급히 다음 차례인 여자를 무대로 불러올린다. 한때 같은 무대에 여러 번 섰던 사회자는 중년줄에 접어든 지 오래인 여자의 이름 끝에 아직도 양(孃)자를 붙인다. 무용수들은 여자를 '엄마'라고 부른다. 무대는 살얼음판처럼 미끄러워서 발을 떼기가 조심스럽다. 애크러뱃팀이 무대 곳곳에 땀을 묻혀 놓았다. 자칫했다가는 엉덩방아를 찧거나 무대 밖으로 나동그라질지 모른다. 무대로 나서자마자 밴드는 성급하게 연주를 시작한다. 전주가 끝나기 전에 마이크를 잡아야 하는데 무대 중앙에 놓인 마이크까지의 거리가 너무 멀다. 여자는 오리걸음으로 무대

위를 뭉그적거린다. 객석 어딘가에서 웃음이 터진다.

분장실은 스무 명의 무용수들이 피워댄 담배 연기로 자욱하다. 물랭루주와 이웃한 한식집에서 배달시켜온 김치찌개 냄비를 맥주상자 위에 올려놓고 무용수 몇이 빙 둘러앉아 늦은 저녁을 먹는다. "엄마! 엄마도 덤벼." 입가에 김칫국물을 벌겋게 묻힌 무용수가 숟가락을 들이밀며 엉덩이 걸음으로 여자가 앉을 틈을 만든다. 운두 낮은 스테인리스 냄비에 김치와 두부 조각, 퉁퉁 분 당면 가닥이 양념과 엉겨 있다. 끼어 앉긴 했지만 식욕이 생기질 않는다. 등을 타고 식은땀이 흘러내린다. 간신히 무대에서 넘어지는 추태는 모면했다. 무대 뒤에서 코미디언이 여자를 붙들었다. 그는 예전에 텔레비전에서 했던 것처럼 이리저리 넘어지지 않는다. 그가 물랭 루주의 재정 상태에 대해 귀띔해주었다. 물랭루주가 빚더미에 올라앉았다는 것이었다.

음식 쟁반을 치우기가 바쁘게 무용수들은 담배를 빼어문다. 캉캉을 출 때처럼 일사 불란하게 담뱃갑을 이리저리로 건네고 라이터가 공중에서 날아다닌다. 출연자 몇이 분장실까지 드나드는 행상의 고무 다라이 앞에 쭈그리고 앉아 떡과 김밥을 집어 우물거린다. 잠시 후면 2부 쇼가 시작될 것이다. 비상구를 열어두었지만 환기가 되지 않는다. 비상구와 연결된 일층의 문은 밖에서 잠겨 있다. 일층 계단 끝까지 밀려간 담배 연기와 반찬 냄새는 다시 분장실 안으로 밀려들어온다. 조명등 열기에 코 언저리의 화장이 녹아내렸다. 식은땀이 뺨과 이마에 희끗한 골들을 패어놓았다. 화장이 번지지 않도록 분첩으로 꾹꾹 찍어누른다.

출연자들 모두 삼 개월에서 길게는 육 개월, 단발 계약자들이다. 재계약이 성사되면 삼 개월에서 육 개월 동안은 다리를 뻗고 잘 수가 있다. 무용수 몇이 담요를 깔아놓고 화투패를 돌린다. 화투장을 떼면서도 이 사이에 담배를 물고 있다. 무용수들은 수시로 바뀐다. 여자가 극장에서 노래를 부르기 시작한 일 년 전부터 지금까지 캉캉팀에 남아 있는 무용수는 다섯 손가락 안에 꼽을 수 있다. 물랭 루주가 없어지지 않는 한 캉캉팀은 해체되지 않을 것이다. 하지만 물랭 루주 극장쇼의 꽃인 캉캉팀도 마음 놓고 있을 수는 없다. 놀이공원의 퍼레이드나 다른 업소에서 공공연히 외국인 무용수들을 볼 수 있다. 조명등 아래에서 빛나 보이려 일부러 희게 화장할 필요도 없다. 출연료도 한국 무용수보다 적을 뿐 아니라 한국말이 익숙해질 때까지는 최소한 불평을 늘어놓을 수도 없기 때문에 고용주들이 선호한다고 했다.

폐관 시간이 다가오면 제니뿐 아니라 무용수 전체가 눈가물이 심해진다. 속눈썹을 붙이는 본드의 독성 때문에 흰자위가 충혈된다. 땀이 번진 얼굴에 자꾸 분을 덧발라대서 화장이 두터워진다. 자칫 넘어지기라도 하면 중국 도자기 인형처럼 산산조각날 것 같다.

해안선은 극지호텔 뒷문에서 시작되어 완만한 포물선을 그리며 반대편 해안으로 이어졌다. 해안선을 따라 무작정 걸었다. 해안선 끝은 방파제로 이어졌고 그 너머에는 크고 작은 바위들이 쌓여 언덕을 이뤘다. 바위와 바위 사이를 건너뛰었다. 언덕 아래는 수심이 깊은지 바닷물이 검었다. 헐거운 고무옷을 입은 해녀 둘이 잠수를 해서 전복이나 해삼 같은 것을 캐 올라왔다. 갈매기떼가 날아와 흰 부리 끝으로 바위 틈을 헤집었다. 여자를 육지 끝으로 데려오면서 매니저는 말했다. "한 두어

달 잠수하고 있으면 조용해질 거야." 해녀들은 크게 숨을 삼키고 나서 머리로 검은 수면을 깨고 물 속으로 들어갔다. 해녀들을 따라 숨을 참아보았지만 스물을 세는 것도 힘들었다. 담배 탓이었다. 묘한 정적이 흘렀다. 망태기를 걸어놓은 노란 스티로폼 공 두 개만 검은 물 위에 떠 있었다. 언덕 아래로 뛰어내려갔다. 바위는 미끄러웠다. 몇 번이나 바위에 정강이를 차였다. 검은 물 속을 들여다보았다. 입이 바싹바싹 탔다. 한참 뒤에야 노란 공 옆으로 얼굴을 쏙 내민 해녀들이 하얗게 질린 여자를 보고 웃었다. "야야, 놀랐나?" "워매야, 놀랐는갑네!"

멀리서 보면 횟집들과 가요주점, 실내 오락장 위로 솟은 극지호텔은 열대 식물원처럼 보였다. 해안선을 따라 한참 걸어오긴 했지만 해안선 끝에 서면 반대편 해안선에 서 있는 호텔이 손에 잡힐 듯 가까웠다. 호텔까지 헤엄쳐 건널 수 있을 것 같았다. 발가락을 바닷물 속에 담가보니 소스라치게 물이 찼다.

서울에서는 아무런 기별이 없었다. 엉겁결에 야반도주하듯 매니저의 자가용을 탄 것이 끝이었다. 술기운 때문에 자가용 뒷좌석에 옴츠리고 누워 자다 깨다를 반복했다. 눈을 뜨면 창 밖으로 붉은 가로등 불빛이 휙휙 지나갔다. 멀미가 났다. 매니저는 새로 깐 차 시트를 더럽힐까봐 안절부절못했다. 숙소에 진을 치고 있는 기자들 때문에 옷가지를 따로 챙길 틈도 없었다. 흰 세로줄이 박힌 추리닝 차림에 맨발로 운동화를 꺾어신고 호텔에 도착했을 때는 새벽이었다. 어두워서 바다는 보이지 않았다. 호텔 라운지는 텅 비어 있었고 프런트 데스크에 검정 양복 차림의 키 큰 남자 직원이 혼자 서 있었다. 앞머리를 단정하게 뒤로 빗어

넘긴 것이 인상적이었다. 남자 직원이 체크인하는 매니저와 몇 발짝 뒤에 떨어져 라운지를 둘러보는 여자를 번갈아 바라보았다. 남자 직원과 눈이 마주쳤다. 몰골이 사나웠지만 남자 직원은 한눈에 여자를 알아보는 듯했다. 여자가 왜 이 새벽에 육지 끝까지 내려왔는지도 짐작하고 있는 듯했다.

웨이터 하나가 부리나케 분장실로 뛰어내려왔다. 극장 입구에서 손님들을 안내하는 웨이터다. 물랭 루주의 소식통이다. "떴어?" 무용수 하나가 목을 길게 빼고 묻는다. 무용수는 웨이터의 대답은 기다리지 않고 분장실 안쪽을 향해 소리친다. "떴대!" 웨이터는 날쌔게 복도를 뛰어간다. 뜨개질을 하고 있던 애크러뱃팀의 박이 벌떡 일어나 묻는다. "알렸어? 남자들 쪽에도 알렸어?" 남자 출연자들은 아예 분장실조차 없다. 몇몇 출연자들은 출연 시간에 맞춰 극장에 나왔다가 자신의 순서가 끝나는 대로 극장을 떠난다. 가끔 극장에 뜨는 유명 연예인들은 곧바로 이층 귀빈실로 올라간다. 물랭 루주에만 얽매여 있는 남자 출연자들은 지금쯤 주차장에 주차된 봉고차 안에서 잠을 자고 있을 것이다. "좀전에요. 알아봤자 뾰족한 수 있느냐고 소리를 빽 지르더라구요, 김씨 아저씨가." 애크러뱃의 박은 뭔가 더 물어보고 싶은 모양이지만 웨이터는 이미 계단 밖으로 사라지고 없다.

물랭 루주 사장은 불쑥불쑥 극장에 와 쇼를 관람하고 간다고 했다. 그런 소문은 계약 기간이 끝나기 한두 주 전부터 돌았다. 사장이 극장 쇼를 관람하는 건 다음 쇼에 출연시킬 출연자들을 물색하기 위해서라고 했다. 패를 돌리고 있던 무용수가 화투장을 던졌다. 화투를 챙기지도 않은 채 담요를 반으로 접어 구석으로 밀쳐놓는다. 먼지를 툭툭 털고 일어난 무용수들이 눈치를 보며 화장대로 다가온다. 한쪽 다리를 올려놓고 새삼스럽게 스트레칭을 한다. 부스럼이 난 곳을 찾아 분을 발라댄다. 물랭 루주의 꽃인 캉캉팀도 마음 놓을 수는 없다. 까딱하다간 흰 피부에 늘씬한 다리를 가진 외국인 무용수들에게 자리를 내줄 판이다. 힘들다고 엄살을 떨지만 무대에 올라서는 순간 다른 때보다 더욱더 높게 다리를 들어올리고 더욱더 탐스럽게 엉덩이를 까보일 것이다. 애크러뱃의 박은 다시 뜨개질거리를 잡아보지만 몇 코 뜨지 못하고 금방 손을 놓는다. 박은 작은 상자 속에 온몸을 다 집어넣는 재주가 있다. 유리 상자 속에 남은 다리를 넣고 나면 팔과 다리가 엉킨 박의 몸은 꼭 실뭉치 같았다. 그 묘기로 한 십오 년 걱정 없이 지냈다.

없어진 스타킹 한 짝 때문에 무용수 둘이 티격태격한다. 다른 쪽에서는 스트레칭을 하다 발끝으로 얼굴을 쳤다고 또 시비가 붙었다. 무용수들은 수시로 바뀐다. 이십대에 잠깐 해보는 인생 경험이라고들 말한다. "어디다 더러운 발을 대?" "더러워? 더러워? 이리 와. 향기나는 니 발 좀 한번 구경하자!" 무용수가 다른 무용수의 발을 걸어 넘어뜨린다. "다 알어, 골탕 먹이려고 일부러 감춘 거지? 빨리 내놔!" 한쪽 다리에만 스타킹을 꿴 무용수가 펄쩍펄쩍 뛰어오른다. 다른 무용수가 허리에 손을 갖다대고 턱을 치켜든다. "뭐, 고올타아앙? 그래, 일부러 감췄다. 배고플 때 골탕인가 뭔가를 끓여 먹을려고 감춰뒀다, 어쩔래?" 비상구를 열어두었지만 담배 연기와 음식 냄새는 빠지지 않는다.

캉캉이 시작되기도 전에 사장의 검은 자동차가 물랭 루주를 떠났다는 소문이 들려왔다. 사장이 극장에 머문 것은 기껏해야 삼사십 분 정도다. 일 주일에 한 번 들르는 젊은 개그맨이 디제이를 보고 있을 시간이었다. 극장쇼를 보지 않았다는 건 출연자 모두와 재계약을 한다는 뜻일 수 있다. 물랭 루주가 빚더미에 올라앉았다고 사회자가 말해주었다. 어느 누구와도 재계약을 하지 않겠다는 뜻일 수도 있다. 무용수들이 겹겹 치마를 들썩거리면서 분장실로 들어오고 애크러뱃팀이 빠져나간다. 무대의상을 벗지도 않은 채 무용수 하나가 허겁지겁 가방을 뒤져 담배부터 찾아 피워문다. 땀으로 온몸이 미끈둥거린다. 코르셋으로 조인 가슴이 눈에 띄게 오르락내리락한다. 눈 밑으로 검게 눈화장이 번졌다. 경아인지 제니인지 모르겠다.

극지호텔은 육지의 남쪽 끝 모래톱 위에 지어졌다. 한여름이면 십만이 넘는 인파가 해수욕을 하러 모여든다는 해안선을 따라 걷다보면 운동화 속으로 모래알이 스며들었다. 정원 나무 그늘에 앉아 한참 동안 모래알을 털어냈다. 추리닝 호주머니에 넣어온 위스키 미니어처를 병째 홀짝이면서 해안가를 산책하는 사람들을 눈으로 좇았다. 밤이 깊어지면 어둠 속에서 면도날처럼 파도들이 빛났다. 술에 취하면 호텔방으로 돌아가 씻지도 않은 채 그대로 곯아떨어졌다. 자고 또 자도 깊은 밤이었다. 아침이면 침대 시트 곳곳에 모래알이 떨어져 있었다.

"바닷바람은 가전제품을 못쓰게 망쳐버려. 바닷가 쪽 방값이 왜 비싼지 이제 아시겠지? 가전제품들 감가상각 때문이라구." 극지호텔의 정원사는 시옷자 사다리를 가이즈까향나무에 기대어놓고 올라가 가지치기를 했다. 가위가 어찌나 컸던지 손잡이를 한 손에 하나씩 잡아야 했다. 푸르스름하게 간 가윗날을 제외한 다른 곳은 온통 붉은 녹투성이였다. 가윗날이 교차되면 어른 손가락 굵기의 가지들이 댕경댕경 잘려나갔다.

"문을 이중, 삼중으로 닫아놔도 아무 소용 없어. 일 주일만 그냥 둬봐. 모래가루가 호텔을 새하얗게 뒤덮을 테니. 안개처럼 가는 모래알들이 기계 속으로 들어가 고장을 내. 염분도 한몫을 하지." 젖빛 수액이 동글동글 맺힌 향나무의 절단면에서 돼지표 본드 냄새가 났다. 바닷바람은 가전제품만 망치는 것이 아니었다. 정원사의 피부는 콩기름에 여러 번 절였다 말린 창호지 같았다. 그런 종이는 화살도 뚫지 못한다고 했다.

정원사는 누군가에게 쫓기듯 재게 움직였다. 정원수들의 가지치기가 끝나면 새로 온 묘목에 버팀목을 대주었다. 일정한 높이로 깎아놓은 잔디나 화초들 위로 잡초가 고개를 내밀었다. 아비산나트륨을 그릇에 타서 잡초의 끝을 담가두었다. 독약을 빨아들인 잡초가 누렇게 타들어갔다. 긴 호스를 끌고 와 정원에 물을 뿌리는 것도 정원사의 몫이었다. 화단을 매일 돌아보면서 시든 꽃을 재빨리 떠내고 같은 빛깔의 꽃으로 그 자리를 채웠다. 시든 꽃들을 뿌리째 뽑아 외발 수레에 던져넣을 때는 매정하기까지 했다. 꽃을 모종하고 화단에 심고 잡초를 뽑고 물을 주면서 정성을 들인 장본인이라고 믿기지 않았다. 꽃을 던지면서 정원사는 투덜댔다. "시든 꽃은 다시 피지 않아. 이놈의 바닷바람 때문이야. 너무 빨리 시들어버려." 정원사가 제때제때 시든 꽃들을 뽑아버렸기 때문에 스카이라운지에서 내려다보이는 정원은 늘 변함없었다.

무대에는 마술쇼에 사용했던 금은박지 조각들이 흩뿌려져 있다. 여자는 물랭 루주에서 하루에 두 번씩 세 곡의 노래를 부른다. 객석은 거의 비어 있어 봄밤치고도 너무 썰렁하다. 술 서너 병에 기본안주 한 접시 시켜놓고 시간만 죽치는 손님들이 태반이라고 웨이터들이 불평을 늘어놓았다. 사회자의 말마따나 극장쇼는 이제 한물갔다. 삼백 평이 넘는 극장 안이 손님으로 꽉꽉 차던 때가 있었었다. 적자가 일 년 이상 지속되고 있다고 했다. 사회자는 화가 나 있다. 그의 코미디가 이젠 안 먹힌다. 그러면서도 예전처럼 더이상 넘어지려고는 하지 않는다. 유명 연예인의 출연도 뜸해졌다. 사회자는 괜한 정부 탓을 했다. 사회자의 넋두리를 들으면서 여자는 울어야 할지 웃어야 할지 모르는 표정으로 서 있었다. 예전처럼 극장쇼가 붐을 이루고 있었다면 여자에게까지 노래할 기회가 오지 않았을 것이 뻔하다. 조명등은 너무 뜨겁다. 벌써 머리 속에 땀이 맺히기 시작했다. 어쩌면 눈썹이 그을릴지도 모른다.

밴드 연주자들은 반쯤 졸면서 연주를 한다. 음악이 흘러나오면 천장 곳곳에 달린 미러볼이 돌았다. 1절 절반을 부를 때까지 홀은 텅 비어 있다가 우물쭈물 한 쌍의 남녀가 나와 부둥켜안고 스텝을 밟으면 서너 쌍의 남녀가 이곳저곳에서 우르르 나와 춤을 췄다.

두번째 노래는 종전의 히트작 '영원히 안녕'이다. 이 노래로 여자의 얼굴을 기억하는 사람이 아직 있다. 팬이었다고 무대로 맥주잔을 내미는 손님도 있다. 그들 얼굴에 팬 주름과 거무스름한 잇몸에 뜨끔한 적이 한두 번이 아니다. 객석 저 안쪽에서 가벼운 소동이 벌어진 모양이었다. 조명 기구에 눈이 부셔 객석에서 벌어지는 일을 또렷하게 볼 수는 없다. 술 취한 손님이 일어서다가 테이블을 밀며 넘어진 듯했다. 테이블이 밀려 쓰러지면서 덩달아 옆의 테이블들도 넘어졌다. 술병이 깨지는 소리가 났다. 쓰러진 테이블 쪽을 기웃거리느라 누구도 여자의 노래에 신경을 쓰지 않는다. 춤을 추던 사람들도 동작을 멈췄다.

꿈지럭꿈지럭 넘어졌던 사람이 일어섰다. 장신의 사내였다. 사내는 긴 상체를 앞뒤로 건들거리면서 홀을 가로질러 곧장 무대로 다가왔다. 블루스를 추던 남녀들이 자리를 비켜주며 사내를 쳐다보았다. 무대는 홀보다 기껏해야 일 미터 남짓 높다. 마음만 먹는다면 술이 취했더라도 단번에 뛰어오를 수 있는 높이다. 웨이터들은 쓰러진 테이블을 일으킬 생각도 여자에게 다가오는 사내를 저지할 생각도 하지 않고 끼리끼리 모여 수군대고 있었다. 밴드 쪽을 돌아보았지만 그런 손님들에 익숙한지 계속 연주만 할 뿐이었다. "노랠 그 따위로밖에 못 불러?" 순식간에 무대 위로 뛰어오른 사내가 여자의 머리채를 손가락으로 휘어감을 것 같았다. 여자는 마이크를 쥐고 슬금슬금 뒷걸음질쳤다.

무대까지 다가온 사내는 노래를 부르는 여자를 멀거니 올려다보았다. 무언가에 놀라 술기운이 확 달아난 듯했다. 사내가 머리를 세차게 흔들었다. 여자는 언제라도 도망칠 수 있도록 신경을 곤두세우고 노래를 부른다. 사내는 얌전히 여자의 노래를 들을 뿐이다. 마지막 소절. "……나는 그대 손을 놓아버렸네, 영원히 안녕, 영원히 안녕"이라는 부분에서는 따라 부르기까지 했다. 사내가 악수를 청하듯 한 손을 내밀었다. 손을 잡아도 될지 조금 망설였다. 사내가 내민 손을 재차 흔들었다. 우물거리며 무대 끝으로 걸어갔다. 막 이발을 마친 듯 머리 모양이 단정했다. 손을 내밀다가 여자는 사내의 눈에서 반짝이는 눈물을 보았다. 당황해서 입이 벌어졌다. 사내의 동행인 듯한 남자들이 몇 몰려나와 사내의 양 팔을 붙잡고 홀 밖으로 끌어냈다. 다들 비틀댔다. 차례로 넘어지고 껄껄 웃어댔다. 뒷걸음질로 끌려가던 사내의 구두 한 짝이 벗어졌다. 사내가 여자를 향해 목소리를 높였지만 이어지는 반주 소리에 묻히고 말았다. 사내의 구두 한 짝이 블루스를 추는 사람들의 발길에 차여 홀 이곳저곳으로 옮겨다녔다.

끈을 매는 수제화다. "왜 울었어요?" 사내를 만나면 꼭 물어보고 싶었다. 구두를 집어들고 곧바로 뛰어나갔지만 사내와 그 일행은 보이지 않았다. 물랭 루주의 네온사인에는 커다란 풍차가 그려져 있다. 무대를 밝히던 조명등이 꺼졌다. 웨이터들이 홀을 돌면서 깨진 병조각을 쓸어담고 테이블에 엎드려 잠든 손님을 깨우는 소리가 극장 밖에까지 들려나온다. 무용수들이 우르르 몰려나와 극장 앞에 대기하고 있던 봉고차 두 대에 나누어 탄다. 옷만 갈아입었달 뿐 머리와 얼굴 화장은 그대로다. 봄밤이지만 아직 새벽공기는 서늘하다. 불 꺼진 봉고차 창 안으로 빽빽하게 끼어앉은 무용수들의 얼굴이 하얀 헝겊으로 만든 인형 머리처럼 보인다. 봉고차는 골목을 빠져나가 대로로 끼어든다. 남은 한 대가 그 뒤를 따라 움직이려는데 별안간 차가 멈추고 무용수 하나가 뛰어내린다. 연신 눈을 깜빡이는 제니다. 분장실에 물건을 두고 온 모양이다. 제니를 남겨두고 봉고차가 극장 앞을 벗어난다. 봉고차를 향해 손을 흔들던 제니는 봉고차가 사라지자 코트 주머니에 손을 찔러넣고 쪼르르 극장 안으로 뛰어들어간다.

출연자들이 모두 빠져나갔지만 분장실에는 한동안 온기가 남아 있다. 사내가 벗어두고 간 구두는 무대의상을 걸어두는 옷걸이 밑으로 밀쳐둔다. 스팽글 원피스를 벗어 쇼핑백에 넣고 하이힐도 벗는다. 화장대 위에 가방 하나가 놓여 있다. 제니 것 같다. 비상구 문이 열려 있다. 하루 종일 열어두어도 담배 연기는커녕 냄새도 빠지지 않는다. 여자보다 앞서 극장 안으로 들어간 제니가 보이지 않는다. 주방 쪽은 불이 꺼져 있다. 극장으로 들어오다 웨이터들에게 붙들려 노닥거리고 있는 것이 분명하다. 비상구 문을 닫고 손잡이의 단추를 누른다. 제니를 위해 분장실의 불은 끄지 않는다. 아니나다를까 텅 빈 홀 한쪽에 웨이터들이 둘러앉아 맥주를 홀짝이며 키득대고 있다. 젊은 웨이터들이 극장 안에 들어온 제니를 순순히 보내줄 리 없다.

물랭 루주의 화재사건을 본 건 정오 뉴스에서였다. 열한시쯤 일어나 식은밥에 물을 말아 첫술을 뜨려는 참이었다. 물랭 루주의 풍차 간판 아래에서 검은 연기가 쿨럭쿨럭 쏟아져나오고 있었다. 사위는 어두웠지만 붉은 불길 때문에 물랭 루주라는 것은 확실히 알아보았다. 불길이 물랭 루주의 창에서 새어나와 커다란 혓바닥처럼 벽을 핥아댔다. 불은 새벽 네시 십분쯤에 일어나 물랭 루주를 태우고 세 시간 만에 꺼졌다고 했다. 텔레비전에 나오는 화면은 화재 진화 장면을 찍은 것이었다. 소방차들이 호스로 물을 뿜어대고 있었지만 불길은 조금 사그라졌다가 물을 피해 다시 피어올랐다. 소방관들이 들고 있는 호스가 커다란 구렁이처럼 꿈틀거렸다. 화인은 담뱃불이거나 누전에 의한 것으로 추정하고 있었다. 다행히 그 시간에 극장이 비어 희생자는 없었다고 했다.

물랭 루주는 형체를 알아볼 수 없을 정도로 불에 탔다. 골목길을 사이에 둔 상가는 다행히 화를 면했다. 검게 타거나 그을린 홀 바닥에 물이 흥건히 고여 있었다. 무대에 서지 못한 출연자들이 화재 현장 주위를 얼씬거렸다. 불길에 맥주병들이 터졌고 플라스틱 상자들은 엿가락처럼 벽에 눌어붙었다. 포장지가 타고 검게 그을린 통조림 깡통은 터질 듯 팽창되어 있었다. 저기가 무대였고 이곳이 홀이었다고 겨우 구별만 할 수 있을 뿐이었다. 유니폼을 입지 않은 웨이터들이 혀를 내둘렀다. "아, 생각만 해도 아찔해. 형 말처럼 몇 병 더 했더라면……" 불현듯 제니 생각이 났다. 무용수들 사이에서 제니를 보지 못한 것 같았다. 팔짱을 낀 채 멀찍이 서서 구경을 하고 있던 무용수들이 고개를 저었다. "아직예요. 걘 노냥 늦잖아요. 자고 있느라 어쩜 이 소식도 모를지 모르죠, 뭐." 웨이터는 무슨 말이냐며 여자를 내려다봤다. "제니야 잘 알죠. 그런데 어젠 저희끼리 마셨어요. 제니를 봤다면 물론 합석을 했겠죠." 다른 웨이터도 같은 말을 했다. "제니요? 못 봤어요. 극장 안으로 다시 들어왔다면 눈에 띄었을 거예요. 그럼 그냥 가게 우리가 뒀겠어요. 우리가 극장을 나갈 때까지 무용수 그림자도 못 봤어요."

분명 극장으로 다시 들어가는 제니를 보았다. 화장대 위에 누군가 빠뜨리고 두고 간 가방 모양도 선명했다. 분장실에 돌아가 무대의상을 갈아입고 열려 있는 비상구의 문을 잠갔다. 여자는 고개를 설레설레 흔들었다. 비상구 뒤의 계단에는 위스키와 햄상자들이 쌓여 있었다. 환기를 위해 열어둘 뿐 사람이 드나들지 않은 지 오래였다. 혹시 제니가 그곳에 있었더라면 인기척을 느꼈을 것이다. 여자가 문을 닫을 때는 고함을 질렀을 것이다. 극장 안으로 뛰어들어갔다. 옷에 물이 튀었다. 지하에 있는 분장실로 들어가는 계단을 찾긴 찾았는데 들어갈 수가 없었다. 진화 때 쓰인 물이 계단에 반쯤 차 있었다.

비상구 문을 닫는데도 제니가 인기척을 내지 못할 이유라도 있었던 걸까. 비상구와 연결된 일층 문은 밖에서 자물쇠가 채워져 있었다. 일층 문쪽으로 뛰어가려는데 웨이터가 여자를 불러세웠다. "여기요, 여기 제니 왔어요!" 물랭 루주의 화재 소식을 알지 못했는지 제니는 불탄 극장을 들여다보며 호들갑을 떨고 있었다. 대낮에 밖에서 보는 제니의 얼굴은 좀 낯설다. 인조 속눈썹을 붙이지 않아서인지 눈을 깜빡이지도 않는다. 똑같은 무대의상을 입고 정수리에 머리를 올려 묶고 속눈썹에 붉은 루주까지 바르고 나면 무용수들은 누가 누군지 분간이 가지 않는다. 더구나 네온사인도 꺼진 새벽이었다. 극장 안으로 다시 쪼르르 뛰어들어간 것이 제니였나. 웨이터들은 극장 안으로 들어온 제니를 본 적이 없다고 했다. 담배 연기를 깊이 삼켰을 때처럼 팽그르르 현기증이 났다. 제니는 인조 속눈썹 때문에 연신 눈을 깜빡거린다. 하지만 이제는 눈끔쩍이가 제니인지 경아인지도 잘 모르겠다. "떴다." 출연자들이 방금 골목길로 들어선 검은 자가용 앞으로 몰려간다. 줄곧 담배만 물고 있던 애크러뱃의 김도 담배를 구두로 비벼끄고 꿈지럭거리며 일어선다.

여자는 곽을 몰라봤다. 밴드에서 베이스를 치고 있다고 했을 때에야 어렴풋이 기억이 나는 것도 같았다. "인기 연예인들도 출연한답니다.

출연료도 물랭 루주보다 후하구요. ……어차피 물랭 루주가 다시 지어질 때까지 그냥 노시는 것도 그렇잖습니까?" 여자에 비해 곽은 여자의 신변에 대해 꽤 알고 있었다. "절 믿으시죠?" 곽은 말끝마다 토를 다는 버릇이 있었다. 나이는 서른 초반, 얼굴에 얽벅얽벅한 자국이 패어 있다. 지난 육 개월 동안 그가 연주하는 기타에 맞춰 노래를 불러놓고도 그에 대해 아는 게 없다는 것이 미안하던 참이었다. 곽이 행선지를 말했을 때 더이상 주저할 것이 없었다. 물랭 루주의 화재 때문에 졸지에 일자리를 잃은 두 명의 밴드 연주자가 가세했다. 드럼의 이와 전자 오르간의 박이었다. 셋은 허물없어 보였다. 이와 박은 여자와도 안면이 있었다.

차 안에서도 우동을 먹기 위해 잠시 들른 휴게소에서도 단연 물랭 루주의 화재가 주된 관심사였다. "물랭 루주란 이름이 불을 부르나?" "아, 맞다. 진짜 물랭 루주도 불이 났었잖아." "지금 건 다시 지어진 거지. 파리의 명소잖아." "확실한 건 서울의 물랭 루주는 다시 지어지지 않을 거란 거지." 물랭 루주가 빚더미에 올라앉았다는 소문은 진작부터 알고 있었다. "화재 때문에 오히려 사장이 이익을 봤어. 한물간 극장을 누가 인수하겠어. 이러나저러나 손해는 마찬가지라 질질 끌고 있었는데 오히려 잘된 거지. 설마 사장이 불을 지른 건 아니겠지?" 사이드미러를 노려보던 곽이 재빨리 옆차선으로 끼어들었다. 곽은 속도광이었다. 조금이라도 속도가 떨어지는 것을 참지 못하고 계속 차선을 바꾸고 경적을 울려댔다. 이와 박은 그런 곽의 운전 습관을 알고 있는 듯했다. "진작부터 망조가 보였어. 손님 수는 와짝와짝 주는데 애들이 물건까지 빼돌렸어. 도깨비 시장 같은 데 술이랑 통조림을 싼값에 넘겼다는 소문이 있어. 아마 사장만 몰랐을걸. 서로서로 눈감아주니까 가능했던 거지." 화재가 나던 날 새벽, 극장으로 다시 들어가는 제니를 보았다. 웨이터들은 제니는커녕 다른 무용수를 본 적도 없다고 시치미를 뗐다. 이가 낄낄 웃었다. "생각나? 네 생일날 진탕 마셔댔던 그 위스키들……" 곽이 차선을 급하게 바꾸는 바람에 뒤 차가 헤드라이트 불빛을 깜빡이면서 길게 경적을 울려댔다.

곽도 속은 것이 분명했다. 연거푸 담배를 피워대면서 대기실을 왔다 갔다했다. 낭패를 본 것은 곽의 말만 믿고 따라온 세 사람도 마찬가지였다. 행사가 있을 강당의 담벼락에는 포스터가 일렬로 붙었다. '영원히 안녕' 의 가수, 라는 타이틀 밑에는 십칠 년 전에 찍은 여자의 사진이 인쇄되어 있었다. 이마를 덮는 단발머리의 아가씨가 이를 드러내며 웃고 있었다. 여자와 같이 출연할 거라는 유명 연예인들이란 모두 모창 가수들이었다. 진짜 연예인의 이름을 빌려와 성이나 이름의 한 획, 한 자를 살짝 바꾼 우스꽝스러운 이름들을 쓰고 있었다. 도민노래자랑이라는 것도 약을 팔기 위한 구실이었다. 무대 아래에 놓인 커다란 고무다라이 속에서 어른 주먹만한 달팽이들이 꿈틀댔다.

스팽글이 달린 무대의상은 자연광 아래서 조잡하게 보였다. 이곳까지 내려온 이상 헛걸음하는 것보다는 반나절 노래와 연주를 해주고 수고비를 챙기는 게 낫지 않겠느냐며 곽이 나머지 세 사람을 신중하게 바라보았다. 강당은 노래자랑에 나온 참가자들과 그들의 가족과 친지, 친척들로 가득 찼다.

구레나룻이 유명한 트로트 가수와 비슷하게 생긴 남자 가수는 노래 소절 중간중간 허리에 손을 얹거나 아랫입술을 깨무는 동작을 똑같이 해 보였다. 그럴 때마다 관중석에서 웃음이 쏟아졌다. "이 가요대회에 참가하기 위해 멀리 미국에서 귀국하신 패튀김……" 사회자가 가수를 소개하면 사람들은 번번이 속으면서도 진짜 가수가 왔을지 모른다는 기대감에 목을 늘였다. 모창 가수는 그 가수와 비슷해 보이도록 이마에 실리콘을 넣고 코를 성형했다고 했다. 노인들 몇이 행사 내내 엉거주춤 서서 춤을 추었다. 빠른 곡이든 느린 곡이든 무표정한 얼굴에 똑같은 빠르기로 팔을 저었다.

출연자들의 노래가 끝나면 사회자는 고무 다라이에서 꺼낸 달팽이를 팔뚝에 올려놓고 약의 효능에 대해 늘어놓았다. 기어가는 달팽이 뒤로 점액질의 액체가 묻었다. 술 취한 사내가 일어나 사회자를 향해 고함을 쳤다. "다 사기다, 사기. 진짜 조용필을 불러온나! 진짜를 불러와!" 여자가 노래를 불렀지만 이번엔 신나는 노래를 부르라고 소리를 질러댔다. 어디선가 나타난 덩치 두 명이 술 취한 사내를 끌고 갔다. 사람들이 코미디인 줄 알고 웃어댔다. 고무 다라이에서 기어나온 달팽이들이 무대 사방으로 흩어졌다. 사회자는 사회를 보다 말고 달팽이를 집으려 뒤뚱댔다. 사람들이 또 와 웃었다. 노래자랑에 참가한 모든 출연자들에게 금가루가 섞인 화장품 세트나 기미, 주근깨에 특효인 비누를 나누어주었다. 상을 받고 기분이 좋아진 사람들이 달팽이와 한약재를 넣고 달인 즙을 한 상자씩 샀다.

출연료도 약속했던 것과 달랐다. 그나마 출연료의 일부분을 달팽이

즙으로 대신했다. "뭐야, 이거 약속하고 다르잖아!" 곽이 대들었다. 사회자가 누런 이를 드러내며 웃었다. "애당초 우린 진짜를 원한 게 아니었다구. 콩하면 메주하고 알아들으셔야는 건데. 진짜라고 빳빳하게 콧대나 치켜세우고. 한번씩 손도 잡아주고 그래야 되는 건데…… 젊은 아가씨들을 쫙 푸는 게 더 나았어." 곽은 대거리를 하려다 그만두었다. 강당 앞에 선 덩치들이 아까부터 쭉 곽을 지켜보고 있었기 때문이었다. 밴드는 손수 달팽이즙 상자를 자동차 트렁크까지 날랐다.

횟집을 나섰을 때 이미 삼인조 밴드는 취해 있었다. 트렁크 가득한 달팽이즙 처리에 대해 이야기를 나누었지만 쉽게 결론이 나지 않았다. 곽이 잘 아는 곳이 있다면서 앞장섰다. 여자는 달팽이 사내에게서 받은 돈의 일부를 가지고 집으로 돌아가고 싶었다. 해안가를 벗어나 야트막한 언덕길을 올라갔다. 곽은 이 지역을 손에 꿰고 있는 듯했다. 빌라들을 지나 상가 지하에 있는 카페 앞에 섰다. 네온사인은 꺼져 있었고 문도 잠겨 있었다. 곽이 세게 문을 두들겼다. 계단을 올라오는 슬리퍼 소리가 들리고 누군가 카페 문을 열어주었다. 카페 남자와 곽은 방금 전에 헤어졌다 만난 사람들처럼 필요한 말만 했다. "야, 인사드려!" 여자를 멀뚱멀뚱 바라보던 카페 남자가 아, 낮게 탄성을 질렀다. 카페 남자가 손을 비벼대며 중얼거렸다. "이게 웬일이래?"

곽은 위스키와 맥주를 섞은 잔을 돌렸다. 이와 박이 한번에 털어넣었다. 카페 한쪽 구석에 드럼이 늘어져 있었다. "누님, 한잔 쭉 들이켜십쇼." 곽이 맥주잔을 내밀었다. 반 잔쯤이면 괜찮을 것 같았다. 맥주는 미지근했다. 갈증이 났다. 회와 먹은 매운탕의 간이 좀 셌다. 한 모금 더 훌쩍였다. 카페 남자가 요란스럽게 드럼을 두들기기 시작했다. 북소리가 조금씩 멀어졌다. 눈꺼풀 속에서 크고 작은 소용돌이가 일어났다. "어? 누님, 약하게 왜 이러세요?" 멀리서 곽의 목소리가 들려왔다. "괜찮아? 정말 괜찮은 거야?" 드럼치는 이다. "칫, 이 정돈 이 여자한테 아무것도 아니야. 코끼리 비스킷이라구. 이 여잔 약기운으로 무대에 올랐었다구. 믿어지냐? 무대에선 그렇게 멋지게 노래를 불러댔지만 사실은 무대공포증이 있었다는 거 아니냐. 경찰이 이 여자 애인집을 덮쳤는데 말야. 그집 뒤뜰이 온통 양귀비밭이더란다. 정말 대단해. ……날 믿지? 말 샐 일도 없어. 이번엔 십오 년 가지고는 안 될걸?" 누군가 여자의 뺨을 손가락으로 찔러댔다. "여보세요, 여보세요. 뭐야, 벌써 간 거야?" 양귀비라니? 킥킥 웃음이 났다. 생각보다 곽이 나에 대해 아는 게 많다는 생각을 한 게 끝이었다. 여자는 풀썩 테이블 위로 쓰러졌다.

정신이 돌아온 건 울음소리 때문이었다. 드럼 치는 이가 자신의 배와 바닥을 번갈아 들여다보면서 어린애처럼 징징 짰다. 바닥에 무언가를 흘린 듯했다. 갑자기 손바닥으로 바닥을 긁기 시작했다. 다 긁어모으면 그것을 배에 집어넣는 시늉을 했다. 다 집어넣고 나면 다시 바닥을 보며 울고 무언가를 긁어모아 배에 집어넣는 동작을 반복했다. 이가 울먹였다. "담 철창을 넘다가 배가 찢어졌어. 내 창자가 다 쏟아졌어. 하나라도 흘리면 엄마한테 혼날 거야." 카페 남자는 아직도 드럼을 치고 있었다. 전자 오르간의 박은 소파 위에, 곽은 다른 자리의 소파 바닥에 누워 있었다. 오줌을 지렸는지 바지 아랫도리가 젖어 있었다. 관자놀이께가 쑤셨다. 뺨을 때리자 곽이 천천히 눈을 떴다. 방짜 그릇처럼 얽은 얼굴은 놋대야처럼 핏기가 없었다. 눈에는 푸른 비닐이 끼어 있는 것 같았다. 곽의 점퍼에서 돈을 조금 꺼냈다.

큰길로 나가 택시를 잡았다. "극지호텔로 가주세요." 택시 운전사가 룸미러로 여자를 들여다보았다. "초행이신가베. 바로 저긴데. 맘대로 하소. 산책할라면 걸어가도 좋고." 혹시 철거되었을지도 모른다는 생각을 했는데 택시 운전사의 말에 안도의 한숨이 나왔다. "아직도 그 호텔이 있었네요. 굉장히 오래 되었는데……"

예전에 그랬던 것처럼 해안선을 따라 걸었다. 하이힐의 굽이 모래톱에 푹푹 빠졌다. 구두를 벗어 들고 걸었다. 어디선가 설탕에 졸아붙는 딸기향이 났다. 그 냄새를 쫓아 걸으니 호텔 뒷문 앞에 서 있었다. 관목들 사이를 쫓기듯 재게 걷고 있는 정원사가 보였다. 양손에 든 양동이가 다리에 부딪힐 때마다 물이 흘러넘쳤다. 호텔로 들어가는 문 위에 '사랑의 축제 딸기 페스티벌'이라고 쓴 플래카드가 걸려 있었다.

유리창으로 카페테리아가 들여다보였다. 종업원이 딸기 무스 케이크를 내려놓자 젊은 여자가 환호성을 질렀다. 라운지는 온통 딸기 냄새였다. 라이브 카페에서는 필리핀 여자 가수가 타악기에 맞춰 노래를 부르고 있었다. 일본인 관광객으로 보이는 단체 손님들이 라운지 한쪽에 크고작은 가방들을 잔뜩 쌓아놓고 사진을 찍어댔다. 관광객 모두 카메라나 비디오카메라를 하나씩 들었다. 키가 작고 늙은 일본인 남자가 여자에게 카메라를 내밀었다. 단체 사진을 찍어달라는 모양이었다. 일본인 남자가 분수 앞에 선 동행들 사이로 가 섰다. 사진을 찍어주고 돌아서니 프런트 데스크에 키가 큰 그 직원이 서 있었다. 그가 여자를 알아보고 수줍게 웃었다.

"내년 봄에 오신다더니 이제야 오셨어요? 십육 년하고 육십구 일이 지났습니다."

체크인을 하기 위해 프런트로 다가갔다. 가까이에서 보니 그도 조금 늙어 있었다. 조명이 너무 밝아 화장 밑의 주름을 들킬까봐 조마조마했다. 직원의 얼굴이 낯이 익었다. "어? 당신은?" 직원이 고개를 끄덕였다.

"날 위해 울어준 그 남자 손님?"

"예, 물랭 루주. 저도 거기서 만날 줄 꿈에도 몰랐어요. 어찌나 반갑던지. 그날 그 노래, 너무 좋았어요. 이젠 맛이 나더군요, 허스키 보이스. 그대 손을 놓아버렸네, 영원히 안녕, 영원히 안녕. 나도 모르게 울어버렸죠. 사실, 옛날 목소리는 너무 맑기만 했어요."

"구두는 찾을 수 없어요. 물랭 루주에 불이 났죠."

"아? 거기였군요. 어디서 빠뜨렸나 했죠. 걱정하지 마세요. 남은 한 짝을 진작에 버렸거든요."

유리창으로 햇살이 쏟아져 들어왔다. 복사뼈 부근에서 일렁이던 햇살이 소스라치게 찼다.

"아직 3월이라 바닷물이 찹니다. 이리로 올라오세요."

여자는 발목에서 찰랑거리는 물 속에 담긴 자신의 두 발을 보았다. 물이 어찌나 찬지 발목 아래의 발이 원숭이 발처럼 붉었다.

"믿지 않으시겠지만 지금이 만조 때라 그래요. 신문에서 읽으셨죠? 지구 온난화니 해수면 높이의 상승이니. 모래펄 위에 서 있으니까 만조 때면 바닷물이 좀 밀려들어오지요. 발이 얼기 전에 얼른 이리로 올라오세요."

두통 때문에 관자놀이께가 지끈거렸다. 인조 속눈썹 하나가 뺨에 붙어 있었다. 드럼 치는 이는 배의 수술 자국을 그대로 드러낸 채 잠들었다. 주변의 살보다 희고 도드라진 상처는 커다란 노래기의 화석 같았다. 실내는 어두웠고 통로로 발을 내놓다가 물컹한 것을 밟았다. 오르간 치는 박이 통로에 쓰러진 채 잠들어 있었다. 허벅다리를 제법 세게 밟았는데 미동도 없었다. 카페 남자는 드럼 옆에 누워 드럼 치는 흉내를 내며 인상을 찡그리고 있었다. 곽의 아랫도리가 축축하게 젖어 있었다. 뺨을 두들겼지만 깨어나지 않았다. 점퍼에서 돈을 조금 꺼냈다. 어디다 벗어두었는지 구두는 찾을 수 없었다. 곽의 운동화를 벗겨 신었다. 길가로 나가 택시를 세우고 올라탔다. "극지호텔로 가주세요." 택시 운전사가 룸미러 속의 여자를 들여다보았다. "첨인갑네. 바로 조기가 그 호텔 아닝교. 산책 삼아 슬슬 걸어가믄 될 낀데."

해안가는 사람과 갈매기로 들끓었다. 관광객들은 새우깡을 사서 갈매기들에게 뿌려주었다. 새우깡이 흩어진 곳으로 갈매기떼가 휩쓸려다녔다. 새우깡을 들고 있으면 부리로 채가기도 했다. 곽의 운동화는 너무 커서 걸을 때마다 발뒤꿈치가 빠졌다. 선착장에서는 방송을 크게 틀어놓고 유람선을 탈 사람들을 모으고 있었다. 스팽글 원피스를 입은 여자를 사람들이 흘낏거리며 지나갔다.

극지호텔은 예전처럼 빛나지 않았다. 유리 조각마다 누군가 돌을 던진 것처럼 구멍이 뚫려 골자재가 그대로 드러났다. 그 틈새마다 갈매기들이 터를 잡았다. 간판이 붙었던 자리는 커다란 먼지 테두리만 남아 있었다. 살문 너머로 호텔의 정원이 들여다보였다. 출입 엄금이라고 적힌 경고문이 정원 입구에 박혀 있었다.

해안가에서 정원으로 들어설 때마다 모래 묻은 운동화를 털어대던 돌다리들은 잡초에 묻혔다. 정원사가 아주 오래 전에 호텔을 떠났다는 것을 짐작할 수 있었다. 수국과 칸나가 만발했던 화단 곳곳이 온통 야생 토끼풀 천지였다. 토끼풀들이 하얗게 무리지어 피어 있고 양지 쪽의 풀들은 이미 검게 시드는 중이었다. 언제 옮겨 심었는지 호텔 외벽에 삼층 높이의 커다란 젓나무가 서 있었다. 젓나무 그림자가 길게 드리워진 자리에는 토끼풀마저 볼 수 없었다. 가지치기를 하지 않은 젓나무는 성이 잔뜩 난 거인처럼 난폭해 보였다. 정원사가 돌보던 정원수의 가지들은 햇빛을 따라 휘어지면서 엉클어져 있었다.

호텔 안으로 들어가는 철책에 한 발을 올려놓았다. 예전에는 한달음에 뛰어넘고는 했다. 철책에 걸린 치맛자락이 뜯기면서 스팽글 알들이 바닥에 흩뿌려졌다. 잡초는 무릎 높이로 자랐다. 돌다리는 숨어 있었지만 호텔로 들어가는 길은 여자에게 너무도 익숙했다. 호텔 뒷문에 떨어진 플래카드는 구둣발 자국으로 엉망이었다. '사랑의 축제 딸기 페스티벌' 이라고 적혀 있었다.

카페테리아를 장식했던 그랜드피아노와 크리스털 술잔들, 테이블과 의자는 하나도 남아 있지 않았다. 건전지를 넣으면 구십 도 각도로 인사를 하는 전통 인형이 늘어서 있던 관광 기념품 가게 역시 마찬가지였다. 아득하게 딸기가 설탕에 졸아붙는 냄새가 났다. 딸기 무스 케이크를 한 입 떠넣은 것처럼 입 안에 흥건히 침이 고였다. 빈 식당 곳곳에서 웃음소리와 사기 그릇이 부딪히는 소리가 메아리쳤다.

붉고 두툼한 카펫에 하얀 모래먼지가 자욱하게 내려앉았다. 경고문을 무시한 침입자들이 많았는지 흐릿하고 뚜렷하게, 사람과 짐승 발자국이 한데 엉켜 있었다. 엘리베이터는 작동되지 않았다. 오래 전에 물이 마른 듯 분수 안은 모래와 갈매기 분뇨로 더러웠다. 계단은 물론이고 프런트 데스크와 유리창 틈새도 온통 모래투성이였다. 마치 모래로 만든 집 같았다. 방들을 지나쳤다. 갈매기들이 뒤뚱거리면서 걸어다녔다. 발코니 창 중앙쯤에 걸린 수평선에 공깃돌만한 섬들이 모여 있었다. 뱃고동을 울리면서 유람선이 바다를 가로지르고 갈매기떼가 일시에 날아올라 배꽁무니를 따라갔다. 욕실에 들어가 수돗물을 틀어보았다. 모래가 쏟아질까봐 걱정했는데 쇳가루가 섞인 물이 쪼르르 새어나왔다.

십칠 년 전 여자는 극지호텔에서 봄을 났다. 체크아웃을 할 때 프런트에 서 있던 장신의 호텔 직원이 아쉬운 듯 속삭였다. "다음에도 꼭 들러주십시오." 그에게 여자는 내년 봄에도 꼭 들르겠노라고 약속을 했다. 커다란 가방을 끌고 라운지를 가로지르는 동안에도 딸기가 설탕에 졸아붙는 냄새가 났다. 끈이 달린 손지갑을 달랑거리면서 매니저가 서둘러 걸었다. "대체 그 가방은 다 뭐야? 그 동안 살림이라도 났던 거야?"

호텔을 빠져나온 여자는 로비에 대기하고 있던 소속사의 승용차에 탔다. 승용차는 서울로 올라가는 대신 공항으로 여자를 데려갔다. 두 달이면 소문이 잠잠해질 거라고 호언장담했던 매니저는 "억울해하지

마. 네가 네 무덤을 팠으니까"라고 운을 뗐다. "이 나라는 너무 좁아. 더이상 네가 발디딜 곳이 없어. 한 일이 년 밖에 나가 있어. 숨쉬지 말고 조용히 있으면 사람들은 그 일을 잊게 될 거야."

딸기 페스티벌에 다시 들르겠다고 약속을 한 게 벌써 십칠 년 전이다. 스카이라운지에서는 호텔 정원이 한눈에 내려다보였다. 흰 토끼풀 숲과 마구잡이로 자란 나무들이 한데 뒤엉킨 비밀의 정원이었다. 잡초 사이에서 햇빛을 받아 반짝반짝거리는 건 여자의 무대의상에서 쏟아진 스팽글 조각들이었다.

자전소설

그애가 아까부터 팔짱을 낀 채 우리를 내려다보고 있는 것만 같았다. 그애는 고등학교도 졸업하지 않은 채 집을 나가 행방불명되었다고 했다. 철물점 사내의 유해가 발견되는 것보다 더 걱정이 되는 일이 있었다. 육 개월 전부터 전화를 걸어와서는 아무 말 없이 끊어지는 전화가 신경이 쓰였다. 아무래도 수정이일 것만 같았다. 어느 날 불쑥 수정이가 찾아와서는 은밀한 곳에 난 그 점을 보여주려 할 것만 같았다.

이십여 년 전에 떠나온 뒤로는 두 번 다시 발길을 하지 않았으니 그애가 전화로 불러준 약속 장소까지 단번에 찾아갈 수 있으리라는 기대는 애초부터 하지 않았다. 그애는 바쁜 사람을 이리 가라 저리 가라 해서 미안하긴 하지만 자신은 집 지키는 발바리 신세라 한시도 가게를 비워둘 수가 없다고 했다. 자기 입으로 뱉어놓고도 그 뒷말이 우스웠는지 한참 동안 킬킬대더니 "야, 이런 내 모습 상상이 가냐?"라고 물어왔다. 세월과 좋지 않은 기호식품에 길들여진 탓인지 그애의 목소리에는 탁성이 많이 끼어 있었다. 아닌게 아니라 밖으로 나돌기만 하던 망아지 같던 계집애의 목에 목사리를 매서 밖으로 달아나지 못하도록 붙잡아둔 것이 대체 무엇인지 궁금했다.

새가 뜬 대문니 사이로 침을 칙 갈기면서 자신보다 머리통이 두 개나 더 있을 듯한 남자에게 으름장을 놓던 그애의 얼굴이 떠올랐다. 근육도 살집도 없는 쇠젓가락 같은 몸매였지만 패거리 중의 그 누구보다도 날랬다. 고등학교 1학년 때까지 학교 대표 단거리 선수였다는데 내가 만났을 때는 생각날 때마다 미용과 재봉 학원 언저리를 기웃대던 자퇴생에 불과했다. 벌써 이십 년도 훌쩍 지난 옛날 일이다. 무서운 게 세월이라지만 세월보다 무서운 건 현실이다. 먹고살아가야 하는 현실 앞에서는 그 패거리라고 해서 어쩔 도리가 없었을 것이다. 그애의 말에 의하면 패거리 대부분이 결혼을 했고 아이도 있으며 제 직장에서도 조금씩 자리를 잡아가는 중이라고 했다.

새로 단장한 관공서들과 한국에 있는 은행이란 은행은 죄다 모아놓은 듯한 거리, 패스트푸드점을 끼고 드높게 올라간 고층 건물들 아래 서자 조금은 헤맬 요량으로 몇십 분 여유를 둔 것이 다행이란 생각이 들었다. 그애가 소상히 이야기해준 대로 번화가 사이를 비집고 주택가 쪽으로 차머리를 들이밀었다. 자동차 한 대가 간신히 드나들던 구불구불하고 지저분한 골목길을 예상했었는데, 웬걸 현관 앞까지 차를 댈 수 있는 포장도로가 바둑판 모양으로 나 있었다. 다닥다닥 붙어 일조권은 커녕 바람도 잘 들지 않던 단층 가옥들 대신 고층 아파트 단지와 빌라촌이 자리잡았다.

시 외곽까지 시원스럽게 뚫린 산업도로는 개통된 지 얼마 되지 않은 듯 차량 통행이 뜸했다. 도로 건너편은 시공사의 이름이 찍힌 철제 담이 끝간 데 없이 펼쳐져 있었다. 공사장을 지나자 마구잡이로 파헤쳐진 비포장도로가 나타났다. 대형 트럭의 바퀴 자국이 사방으로 어지럽게 파여 있었는데 모두 공사장 입구 쪽으로 집결되고 있었다. 수시로 나타나는 웅덩이와 돌덩이를 밟을 때마다 차가 튀어오르면서 차지붕에 머리를 부딪혔다. 공사장을 미처 벗어나기도 전에 차창이란 차창은 온통 먼지를 뒤집어쓰고 말았다.

비포장도로가 끊어지고 곧바로 언덕길이 나타났다. 그 언덕길은 기억 속에서처럼 햇빛을 받아 살얼음이 낀 개천처럼 반짝이고 있었는데, 언덕길 초입에 있던 집 몇 채는 이미 허물어진 채였다. 포클레인 날 자국이 선명한 깊은 구덩이가 패어 있다.

백 미터 남짓한 길이의 언덕길 저 너머로부터 휘파람 소리가 먼저 날아온다. 조금 뒤에야 휘파람을 분 소년의 이마가 보이기 시작하고 잠시 후면 언덕 꼭대기 위로 힘차게 페달을 굴려 달려온 소년의 모습이 온전히 드러난다. 언덕길을 올라오는 내내 쉬지 않고 페달을 밟아야 했으므로 온몸은 땀에 흠뻑 젖었다. 언덕길에 올라선 후부터는 페달에 그냥 발만 얹고 있으면 된다. 가속도가 붙으면서 자전거의 안장이 스프링에서 떨어져나갈 것처럼 들썩거리고 소년은 휘파람 대신 소리를 질러댄다. 비켜요! 저리 비켜요! 다쳐도 책임 안 져요! 자전거의 요령은 떨어져나간 지 오래다.

세번째 장편소설인 『바람의 자식들』은 바로 그 언덕길을 달려내려오는 소년의 고함 소리로부터 시작되고 있다. 이십여 년 전 그 소년도 나도 열일곱 살이다. 경사가 가파른 언덕길을 쏜살같이 달려내려온 소년은 속도가 붙어 회전수가 많아진 바퀴의 도움을 받아 지금은 아파트 단지가 들어선 곳까지 그대로 쭉 밀려나간다. 바퀴가 서서히 멈출 무렵이면 안장에서 벌떡 일어서서 힘껏 페달을 밟는다. 페달을 밟을 때마다 소년의 몸을 따라 자전거도 왼쪽, 오른쪽으로 넘어질 듯 휘청거린다.

모퉁이를 돌면 바로 축대길이다. 축대길을 따라 내려가면 상가의 지하실을 빌려쓰고 있는 부흥교회가 나타난다. 교회까지 빨리 가려는 마음에 진작에 고장난 브레이크를 손보려 하지 않는다. 브레이크를 밟아 속도를 줄일 여유가 없는 것이다.

가끔 독자들이 보내온 엽서나 편지 속에는 이런 질문이 들어 있고는 한다. "작품 속의 자전거를 타는 소년은 혹시 작가의 분신이 아닌가요?" 주위 사람들의 음모로 인해 조금씩 미쳐가는 주부의 이야기를 썼을 때도, 지난밤의 일을 전혀 기억하지 못하는데 침대에 놓여 있는 피묻은 칼 때문에 고민하는 회사원 이야기를 썼을 때도 독자들은 그런 식의 질문을 던졌다. "그 소설의 어디까지가 사실이고 어디까지가 창작인가요?" 그래도 그런 질문들은 나은 편이다. 가끔 애독자임을 자처하는 사람들이 이른 아침에 전화를 걸어와 이렇게 운을 뗀다. "아무래도 그 소설 속의 이야기가 꼭 내 이야기인 것만 같아서요."

언덕길로 올라서면서 차의 보닛과 운전석에 앉은 내 몸의 각도가 구십 도 이상으로 벌어졌다. 가파른 언덕길을 오를 때면 자동 기어변속장치도 별 소용이 없다. 액셀이 차바닥에 닿도록 힘껏 밟고 있지만 속도를 받지 않는다. 겨울이면 이 언덕길은 빙판길이 되었다. 넘어지지 않으려고 엉덩이를 빼고 엉거주춤 발을 떼던 사람들의 모습이 생생하다. 위의 누군가가 미끄러지면 그 아래를 걸어내려가던 사람들 몇이 덩달아 넘어지고 말았다. 넘어진 사람들은 일어서지도 못한 채 언덕 아래까지 미끄러져 내려갔다. 언덕 길가에 있던 집에서 조심성 없이 던지는 연탄재도 잘 피해야 했다. 쌓인 눈과 범벅이 된 연탄재 가루는 눈이 다

녹은 후에도 날아다녔다.

언덕 마루에 도달하자 발아래로 펼쳐진 동네가 한눈에 들어왔다. 기억 속에서보다 더 낡은 것도 더 새로워진 것도 없이 그곳을 떠나던 그날 그대로인 듯했다. 공사장 먼지는 이곳까지 날아와 지붕과 창틀에 수북이 쌓였다. 하늘과 지붕 사이를 띠처럼 두른 것이 배수 펌프장이다. 장마가 물러간 지금 펌프장 곳곳에는 무릎 높이로 자란 잡풀이 무성했다. 장마철이면 고지대에서 흘러내린 빗물이 축구장 세 배 크기의 펌프장 가득 고이곤 했다. 구청에서 해박은 축구 골대가 상습적으로 물에 잠겼다. 축구 골대는 더께로 붉은 녹이 슬면서 조금씩 삭아갔다. 빗물은 우기가 지난 뒤에도 한참 고여 있다가 더러는 공지천으로 흘러나가고 더러는 땅 밑으로 스며들었다. 물이 고인 동안에는 부화한 장구벌레들이 펌프장 가득 득시글댔다. 물이 빠지고 난 뒤에는 악취가 날아들었다. 습도가 높아 축축한 날이면 악취도 물기를 머금고 땅으로 낮게 낮게 가라앉아 커다란 대접 같던 이곳에 고여 있었다. 배수 펌프장을 어디로 떠 옮기기 전까지는 아무리 기다려도 투자 가치는 높아질 수 없을 거라던 어머니의 판단이 옳았는지는 잘 모르겠다. 어머니는 새로 지어 올린 이층짜리 건물을 본전치기로 넘기고 미련 없이 이곳을 떴다.

다른 곳보다 눈에 띄게 풀이 무성했다. 분명히 저기 저곳일 것이다. 다른 곳보다 풀이 시퍼렇고 우부룩한 저곳. 저곳에 검둥이가 묻혀 있다. 오른쪽 뺨에 희미하게 남은 흉터가 가렵기 시작했다.

약국이 있던 자리에는 그 양 옆의 가게 둘을 같이 터 만든 대형 고깃집이 자리잡고 있었다. 차가 골목길로 접어들자 홀 서빙을 하고 있던 아줌마가 뛰어나와 가게 앞에 차를 대라면서 집게를 든 손을 마구 흔들어댔다. 식사 때가 아닌 어중간한 시간이었는데도 홀에는 손님이 많았다. 미니 슈퍼와 분식점 자리에는 창에 쪽지를 덕지덕지 붙인 부동산 중개소들이 난립해 있었다. 이제야 이곳에도 개발 바람이 불기 시작한 모양이었다.

이십여 년 전 우리 가족이 이 년 남짓 살았던 건물 앞에 섰다. 외관에 바른 팥죽색 타일은 군데군데 깨지거나 아예 빠져 달아난 곳도 많았다. 가게터였던 일층에는 변함없이 철물점이 버티고 있었다. 오색 플라스틱 인조털로 엮은 빗자루와 쓰레받기, 고무호스 등이 그때와 똑같이 차양 아래 매달린 채 뽀얗게 먼지를 뒤집어쓰고 있었다. 가게 안은 컴컴했다. 유리문이 닫힌 걸 보니 주인은 잠깐 자리를 비운 모양이었다. 벽에 매단 선반들의 위치도 기억 속에서와 별반 변화가 없었다. 그 선반들에는 잘디잔 철제 부속품이 든 상자들이 빼곡히 얹혀 있었다.

물론 이 철물점도 소설의 배경 중 하나가 되었다. 손님이 아예 없었던 것은 아니지만 전구나 못 몇 개, 페인트 한 통을 팔아 큰돈을 만질 수는 없었다. 매달 월세가 밀렸는데 밀린 월세를 독촉하는 일을 어머니는 꼭 내게 시켰다. 어둠침침한 가게에 들어선 후에도 나는 주인 여자를 부르지 못하고 한참 동안 서 있었다. 주인 여자의 나이라야 나보다 예닐곱 살밖에 많지 않았다. 청소를 한다고 하는데도 철물점 안은 늘 커다란 쓰레기통 같았다. 정말 신기한 것은 어떤 물건을 대든 주인 여자는 그 쓰레기 더미에서 그 물건을 데꺽 찾아낸다는 것이었다. 인기척도 내지 못한 채 어둠 속에서 희번득 빛을 내는 삽과 망치, 톱들을 둘러보고 있자면 잠시 후 가게에 딸린 방에서 모깃소리만한 주인 여자의 목소리가 흘러나왔다.

"학생, 미안해요. 아기가 금방 잠들어서 나가보질 못하겠어요. 월세는 모레까지 꼭 메우겠다고 어머니께 전해주세요."

아기가 자고 있다는 것도 모레까지 밀린 월세를 내겠다는 것도 다 거짓말이었다.

동네는 변한 게 없어 영화 세트장처럼 오히려 비현실적이었다. 도서대여점을 건너뛰지 않으려고 조심한 탓도 있었지만 바뀐 곳을 찾아내는 재미 때문에 서행으로 골목길을 빠져나갔다. 할머니가 풀어놓는 이야기 보따리, 라는 다소 긴 간판을 찾아내는 건 어렵지 않았는데 이십여 년 전 그 자리에 무엇이 있었는지는 쉽게 떠오르지 않았다. 미용실이었거나 쌀집 같은 현금 유동이 많았던 가게 중의 하나가 분명할 텐데. 무엇이었든지간에 그애는 패거리가 손금고를 턴 곳에서 가게를 하고 있었다.

도서 대여점의 문을 밀치고 들어섰다. 출입구를 제외한 가게의 사면이 책꽂이로 둘러싸였는데 어느 벽에는 이중 삼중으로 특수 제작된 책꽂이가 부착되어 있었다. 나는 꿈에도 내가 쓴 소설을 그 패거리 중의 누군가가 읽을 수도 있을 거라는 추측은 해보지 않았다. 그 패거리들은 만화책도 가까이하지 않았다. 허튼 공상으로 시간을 버린다는 게 이유였다. 그런데 그 패거리 중의 하나는 도서 대여점을 꾸려가고 또 하나는 소설을 쓰고 있다.

문이 열리고 닫히는 동안에 문에 붙은 작은 칩에서 전자음악이 흘러나왔다. 내 앞의 책꽂이로 빽빽한 벽이 움찔하더니 책꽂이 여러 개가 부채 접히듯 밀렸다. 책꽂이 뒤로 살림집 내부가 드러났다. 작은 방 건너 역시 개수대 하나가 덜렁 놓인 부엌이 들여다보였다. 문지방 위에 작지만 살이 오른 발이 나타났다. 발은 바닥을 더듬어 슬리퍼를 꿰어 신었다. 쇠젓가락이 틀림없었다. 전체적으로 살이 붙어 쇠젓가락처럼 차갑고 날카로운 면은 좀 무뎌진 것 같았다. 살이 쪄도 굴곡이 전혀 드러나지 않는 몸매였다. 지금은 나무를 깎아 만든 우동 젓가락 정도라고 해두어야 할까. 슬리퍼를 소리나게 끌고 온 그애가 내 얼굴을 한참 동안 올려다보더니 이십여 년 전에 그랬던 것처럼 내 가슴에 대고 주먹질을 해댔다. 그때와 달라진 것이 있다면 그 주먹질에 내 몸이 뒤로 밀리지 않는다는 거였다.

인스턴트커피를 두 봉이나 넣어 탄 양 많은 커피를 내 쪽으로 밀어놓으면서 그애, 윤미가 소리내 웃었다. 흙이 섞인 밥알을 씹고 있는 것처럼 버석대는 목소리였다.

"이거 작가 양반한테 다방 커피가 구미에 맞을는지 모르겠다."

윤미는 말을 놓는데 정작 내 쪽에서는 말은 트는 게 좀 어색했다. 나는 대답 대신 고개를 끄덕였다. 잔에 입을 대는 것을 빤히 지켜보던 윤미가 피식 바람 빠지는 소리를 냈다.

"기진이, 기억나지? 그 자식이 맨 처음 널 신문에서 봤다더라구. 한 구 년쯤 됐나?"

구 년 전이라면 첫 소설을 발표하면서 데뷔를 하던 그해였다.

"기진이가 신문에서 널 봤단 얘길 꺼내자마자 우리 디딤돌 애들 반응이 어땠는 줄 알어? 야, 뭐야? 그 새끼가 정말 사고친 거야? 신문에 날 정도로 대형사고? 뭐야? 강도야? 아님 사기? 대체 뭐야? 이랬다니까."

윤미가 웃음을 터뜨리면서 탁자를 내리치는 바람에 잔 속에 든 커피가 출렁 흘러넘쳤다. 윤미는 허겁지겁 잔받침에 흘러내린 커피를 손바닥으로 훔쳐 입고 있던 면바지에 쓱 문질러 닦았다.

"병신 같은 새끼들. 꼭 지들 머리 크기만큼밖에 생각을 뻗치지 못한다니까. 정말 쪽 팔려서…… 암튼 넌 우리 디딤돌 회원 중에서 가장 성공한 인물이라고."

윤미는 혼잣말처럼 중얼거리고는 가게 안에서는 유일하게 밖을 내다볼 수 있는 출입구 쪽을 응시했다. 출입구의 유리에도 신간 포스터들이 붙어 있어 밖의 풍경은 보이지 않았다. 상소리를 하니까 그제야 열일곱 살 그때의 윤미 얼굴이 선명하게 떠올랐다. 몸집이 작고 앙상하게 마른 데다 머리까지 숏커트를 해서 영락없이 키 작은 사내아이였다. 아직도 새벽길을 달리던 윤미의 가볍고 잰 발짝 소리가 들리는 듯하다. 커피를 마시는 동안 중고등학생 몇이 들어와 책을 반환하거나 대여해갔다. 윤미는 능숙하게 바코드를 찍고 책을 정리했다. 얼핏 보니 책꽂이 한 줄이 다 『바람의 자식들』이었다.

"작가 선생이 정말 대단하긴 대단하더라. 니 소설을 읽는데 내 두 다리가 뛰고 싶어서 근질근질대는 거야. 내가 걔들한테 입이 아프도록 떠들어댄 이야기지만 니가 좀 남다르다는 걸 난 진작부터 알고 있었다. 그렇다 해도 그렇지. 이십 년도 더 지난 케케묵은 그 일을 처음부터 끝까지 넌 하나도 틀린 데 없이 완벽하게 써놓았더라구. 혹시 그때의 일기장이라도 가지고 있었던 거니?"

일기장이라니. 열일곱에서 열여덟, 그 이 년 동안에 일어난 일들은 여느 청소년들처럼 일기장에 남길 만한 일이 아니었다. 패거리들은 그림자처럼 밤거리를 헤매고 다녔다. 과제물로 일기를 쓰긴 했다. 날씨를 제외한 모든 것이 거짓이었다. 그때부터였을까. 내가 소설을 쓰게 된 것이.

패거리들이 아지트에 모여 있을 거라는 말을 들었는데 나는 여전히 부흥교회를 떠올렸다. 부흥교회가 있던 상가건물은 철거된 지 오래였다. 우리는 언덕 마루에 서서 어둠이 고인 공사장을 훑었다. 대형 할인마트와 스포츠센터가 들어설 거라고 했다. 배수 펌프장을 등지고 섰지만 바람은 계속 악취를 실어왔다.

"니가 그렇게 떠나고 나서 우린 니가 여길 까맣게 잊었을 거라고 생각했다."

윤미가 코를 킁킁대더니 화제를 바꾸었다.

"이제 이 언덕도 사라질 거야. 혹시 네가 다음에 이곳에 온다면 그땐 정말 길을 헤매게 될 거다."

우리는 이십여 년 전에 그랬던 것처럼 뒷주머니에 손을 찔러넣고 언덕을 내려갔다. 이십여 년 전 이 언덕길을 트럭으로 달려내려갈 때 나는 장롱과 잡동사니를 넣은 플라스틱 상자 사이에 끼어앉은 채 다시는 이곳에 발을 디딜 일이 없을 거라고 생각했다.

우리가 살았던 이층집의 계단은 너무 가팔랐고 땅 밑의 상수도관이 막혔는지 힘껏 틀어두어도 수돗물은 늘 졸졸 흐르기만 했다. 밤새 욕조에 받아둔 물로 다음날 하루를 지내야 했다. 아침이면 쇳가루 같은 이물질이 욕조 바닥에 잔뜩 가라앉아 있었다. 수돗물에서도 배수 펌프장에서 나는 악취가 났다. 어머니는 바가지로 웃물을 조심스럽게 떠서 밥을 안쳤지만 밥에서도 나물에서도 생선 썩는 냄새가 났다. 그 집을 떠나 낯선 동네로 이사했을 때, 이건 순전히 어머니의 표현이지만, 수도꼭지가 찢어져라 쏟아져내리는 수돗물에 우리 가족은 탄성을 질러댔다. 윗옷이 다 젖도록 세수를 하면서 어머니는 예전에 살던 동네와는 물이 다른 동네라고 떠들어댔다. 한 보름쯤 물을 갈아마시고 설사를 한 것과 잠자리가 바뀌어 잠을 설친 것을 제외하고 나는 평범한 고등학교 3학년 학생으로 되돌아왔다. 새벽에 불현듯 눈이 떠지고는 했지만 나는 먼젓번 동네의 악취와 그 패거리에 대해 잊었다. 가끔 꿈속에서 그 패거리들과 배수 펌프장의 배수로를 쏘다니는 꿈을 꾸었는지는 모르겠지만 잠에서 깨는 순간 간밤에 꾼 꿈은 모두 잊어버렸다.

앞서 가던 윤미가 뒤돌아보지 않은 채 내게 물었다.

"그런데 소설 속에 등장하는 애들 가운데 말야. 민서란 여자애. 걔 맞지? 그 기집애. ……워낙 똑같이 그려놔서 그런지 이름을 바꿔놨다고 해도 누가 누군지 다 알겠더라구. 허기사 우리끼리만 알아챘겠지만 말야."

윤미는 내 대답은 기다리지 않았다. 별안간 쾌활해져서는 두 손바닥을 소리나게 탁탁 치더니 큰 소리로 떠들어댔다.

"야, 오늘 이십 년 만에 만난 기념으로 우리 자판기라도 하나 털까?"

우리는 예전에 그랬던 것처럼 소리를 지르면서 언덕길을 달려내려갔다. 윤미는 그새 살이 많이 불어 있었다. 앞서 달려가는 윤미의 엉덩이가 출렁거렸다. 직감으로 반 년 전쯤부터 전화를 걸어와서는 말없이 끊던 것이 윤미는 아닐 거라는 생각이 들었다. 그럼 누가 전화한 것일까. 오늘밤 패거리들을 만나면 알게 될 것이다.

패거리들이 한 달에 한 번, 정기적으로 만나는 곳은 번화가의 빌딩 지하에 있는 커다란 호프집이었다. 빈 맥주병과 자동차 번호판으로 장식을 한 넓은 홀 곳곳에 얼음을 가득 넣은 나무상자가 놓여 있고 세계 각국에서 수입된 맥주들이 상자 가득 쟁여져 있었다. 패거리들은 얼음상자에 빙 둘러앉아 있다가 윤미를 향해 팔을 흔들었다. 깨끗이 정리가 되어 있음에도 홀 구석구석에 지하실 특유의 냄새가 배어 있었다.

"야, 너 진성이? 맞지? 진성이."

"그래, 새끼야. 니 소설 속에서는 해성이지, 왜."

나는 이름을 확인하는 일로, 그애들은 소설 속에서 새로 얻은 이름을 대는 일로 인사를 대신했다. 일행 중 몇은 일찍 도착한 모양이었는지 맥주병이 절반 이상 비워져 있었다. 패거리 대부분이 아직도 이 동네를 벗어나지 못한 모양이었다. 벗어나기는커녕 철이 들면서부터 지긋지긋해 벗어나고 말겠다던 이곳으로 다른 사람을 끌고 들어와 새로운 식구를 만들기까지 했다.

"길다면 긴 시간인데 말야. 바로 일 주일 전에 만난 것 같은 느낌이 든단 말이야. 너희들은 안 그래?"

기진이가 맥주병을 치켜들면서 소리쳤다. 맥주병이 비워지고 건배를 할 때마다 데면데면하던 것도 없어졌다. 말할 때 침을 튀기는 버릇은 여전했다. 개인 소유의 중장비 한 대로 장비 대여 일을 한다고 했다. 건너편에 앉아 있던 재범이가 별안간 외쳤다.

"어둠의 자식들, 만세!"

윤미가 통통한 발끝으로 재범이의 정강이를 걷어찼다. 재범이가 어쿠, 소리를 내며 정강이를 부여잡았다.

"이런 머리 나쁜 자식들. 어둠의 자식들이 아니라 바람의 자식들이라고 몇 번이나 말해야 돼?"

벌써 혀가 꼬부라진 진성이가 헛손질을 하다 맥주병을 엎었다. 누런 액체가 바짓가랑이로 흘러내렸지만 아랑곳하지 않았다.

"씨팔. 바람의 자식들이면 어떻고 어둠의 자식들이면 뭐가 어때? 그게 그거 아냐. 어차피 우리들 이야기 아니냐구. 안 그러냐?"

"아유, 이 멍청한 자식들. 그게 어떻게 우리들 이야기냐? 거기에 진성이 네 이름이 한 줄이라도 나와 있어? 재범이는? 이 누님이 누누이 말했지. 소설은 소설일 뿐이라구."

윤미가 팔을 뻗어 팔이 닿는 곳에 앉아 있는 애들의 머리통을 내리쳤다. 그 바람에 민호의 손에 들린 맥주병이 바닥으로 떨어지면서 산산조각났다. 눈을 가리게 늘 앞머리를 기르고 다니던 놈이었다. 머리카락 때문에 눈을 들여다볼 수가 없었다. 흰 피부 때문에 여리게 보일 수도 있지만 나는 패거리 중 그 자식이 가장 어려웠다. 민호가 입김으로 앞머리카락을 날리며 고개를 들었다.

"암만 소설이라도 그렇지 그렇게 다 까발리는 건 좋지 않았어. 윤미가 그 소설 읽어보라길래 나도 읽었어. 내 기분이 어쨌는 줄 알어? 태양 아래 버려진 노래기 같았다구. 한마디로 기분 더러웠단 얘기지. 왜 우리 이름도 사는 동네도 다 까발리지 그랬냐? 엉?"

열일곱에서 열여덟. 나는 그 나이의 아이들이 경험하지 못한 일을 했다. 술과 담배는 물론이었고 금기시되어 있던 일들을 위해 수시로 선을 넘었다. 한 번의 재수 끝에 대학에 입학했을 때는 술도 담배도 여자도 다 시큰둥했다. 그뒤로 시간이 흘러갔지만 그때 이 년만큼 소설적인 이야기는 일어나지 않았다.

"우린 괜찮아. 그런데 쟨 어쩔 거야? 쟨 아직 결혼도 못 했다구."

재범이가 불쾌해진 눈으로 윤미를 바라보았다. 윤미가 맥줏집 바닥에 침을 뱉으면서 눈을 치켜떴다. 담뱃갑을 한 손으로 척 흔들자 담배 한 개비가 튀어나왔다. 윤미는 입술 끝에 담배 필터를 물고는 불을 붙였다.

"고양이 쥐 생각하고 있네. 그렇게 내 결혼을 신경쓰고 있었다면서 늬들 중 그 누구도 나한테 결혼하잔 말은 않더라. 늬들이 나한테 눈꼽만큼이라도 관심이 있었냐? 다들 수정이라는 여우한테만 팔려 있었지. 걱정하지 마. 바쁜 세상에 옛날 내 모습을 기억하고 있을 사람이 어디 있냐? 소설을 읽으면서 소설 속의 미경이를 나 윤미로 착각할 사람은 없어. 이제 난 그 시절의 내가 아니니까. 문제는 늬놈들이야. 괜히 흥분해서 이렇게 공공장소에서 떠들어대다간…… 봐, 저기 저 사람들 아까부터 자꾸 이쪽을 힐끗거린다구."

수정이라는 말에 모두 입을 다물었다. 종업원이 깨진 병조각을 쓸어갔다. 탁자 위에 빈 병은 늘어만 갔다. 이십여 년 전으로 돌아간 것처럼 이물 없이 어깨를 치고 상소리를 주고받았다.

화장실에 다녀오는데 누군가 뒷덜미를 잡았다. 민호였다. 민호가 나를 끌고 가 화장실 안으로 밀어넣더니 문을 걸어잠갔다. 다짜고짜 민호의 주먹이 얼굴로 날아왔다. 입술이 터졌는지 배리착지근한 맛이 났다. 예전에 그랬던 것처럼 손마디마다 굳은살이 박여 있었다.

"개새끼. 넌 양심도 없냐? 소설을 쓰면서 창피하지도 않았어? 엉? 너 같은 놈들은 맞아야 돼."

다시 주먹이 날아왔다. 이번엔 옆구리였다. 나도 모르게 물이 질편한 화장실 바닥에 주저앉고 말았다.

"그래 이런 데서 산다고 만만하게 본 거야? 지금 수정이가 어떻게 살고 있는지 알기나 해? 니가 사람 새끼라면 책임을 져야 하는 거 아냐? 그런데 이십여 년 전에 욕보인 걸루 모자라 그 이야길 그렇게 까발려?"

민호도 가끔 전화를 걸어오는 독자와 다를 것이 없었다. 어디까지가 상상이고 어디까지가 경험인가요.

"야, 너 아까부터 뭔가 오핼 하고 있는 모양인데. 그건 픽션이라구. 알겠어? 허구라구, 허구."

"너같이 배운 놈들은 빙빙 말을 돌려 하는 게 특기냐? 니가 떠나고 난 며칠 후 수정이가 울면서 내게 말하더라. 자기와 넌 그렇고 그런 사이였다구. 자긴 널 믿었다구."

정말 어이가 없었다. 난 한 번도 수정이와 단둘이 만난 적이 없었다. 패거리 중에 제일 위험한 아이가 있다면 그건 바로 수정이였다.

"니 소설이 정말 소설이라면 어떻게 그애의 점이 어디 있다는 것까지 구체적으로 알고 있는 거지?"

나도 모르게 웃음이 터져나왔다. 민호가 다시 조인트를 깠다. 너무 아파서 눈물이 찔끔 나오는데도 웃음은 멈춰지질 않았다.

민서, 그러니까 수정이의 본명이 따로 있다는 것을 눈치챈 것은 그애와 알고 지낸 한참 뒤의 일이었다. 우리가 살던 이층집 옆으로 수정이네가 이사를 왔다. 담 하나를 사이에 두고 있었지만 이층 내 방에서는 수정이네 마당과 방이 다 들여다보였다. 한여름이면 닫혀 있던 창문들이 다 열렸다. 집들은 다닥다닥 붙어 있어 조금이라도 큰 소리를 낼라치면 그 소리가 몇 집을 건너갔다. 수정이의 본명이 점례라는 것은 그 집 창에서 새어나오는 소리를 엿들어서였다. 이름이 점례라면 분명 몸 어딘가에 커다란 점을 숨기고 있는 게 틀림없었다. 수정이의 몸 어디에 점이 있을지 궁금해하는 건 열여덟 살의 건강한 사내애라면 당연한 일이었다.

새벽 두시쯤 되었을까, 공부를 하다 깜빡 존 모양이었다. 잠을 깨운 것은 물소리였다. 물을 끼얹는 소리는 수정이네 집 쪽에서 들려오고 있었다. 살금살금 창가로 다가갔다. 어둠 저 아래에 희끄무레한 양감을 지닌 물체가 보였다. 그 물체는 고무 다라이에 받아놓은 물을 바가지로 떠서 연거푸 몸에 끼얹었다. 이제나저제나 여자의 알몸은 잠을 달아나게 한다. 구부리고 앉아 내게서 등을 돌린 여자는 수건에 비누를 묻혀 거품을 내더니 몸 구석구석에 비누칠을 했다. 흰 피부가 비누 거품에 싸였다. 다시 바가지로 물을 떠 몸을 헹구었다. 여자가 천천히 일어섰다. 다리 하나를 들어 물을 받고 있던 고무 다라이에 걸쳤다. 여자애는 바가지로 물을 가득 떠서 머리카락에서부터 천천히 흘려 내보냈다. 머리카락을 적시고 내려온 물이 사타구니 사이로 천천히 흘러내려왔다. 잡티 하나 없는 깨끗한 몸이었다. 여자의 피부가 달콤할 수도 있을 거라는 생각을 그때 처음 해보았다. 그때 내 몸에 붙어 있던 무언가가 떨어져나가 여자의 발치에서 튕겼다. 내가 귓바퀴에 끼고 있던 볼펜이었다. 여자는 놀라는 기색 하나 없었다. 천천히 볼펜을 주워들었다. 그러고는 볼펜이 떨어진 쪽을 향해 살짝 고개를 쳐들기만 했을 뿐이었다. 보안등 불빛에 여자의 얼굴 윤곽이 살아났다. 수정이었다.

그후에 수정이를 교회에서 만났지만 수정이는 그때 그 일에 대해서는 아무 말 하지 않았다. 짧은 소매나 치마 아래로 드러난 미끈한 팔다리에도 목에도 가끔 고개를 숙일 때마다 슬쩍슬쩍 드러나는 가슴께에도 점이라는 것은 없었으므로 당연히 은밀한 그곳에 점이 있을 거라고 추측을 했던 것이다.

바닥에 닿았던 바지는 무르팍 부분부터 흠뻑 젖었다. 수돗물로 바지를 빨아내고 부어오른 입술도 닦아냈다. 민호에게 맞은 옆구리가 뭉근히 쑤셔오기 시작했다. 거울 속으로 민호의 얼굴이 보였다. 땀이 나면서 눈을 가린 머리카락 몇 가닥이 찰싹 붙어 있었다.

"야, 니 손맛은 여전하다. 그런데 넌 그걸 어떻게 안 거야? 정말 내가 소설에 썼던 것처럼 그 계집애 거기에 점이 있었던 거야?"

민호는 두툼한 손바닥으로 눈가를 훔쳐냈다. 윤미의 말에 의하면 민호는 벌써 결혼을 해서 일곱 살과 네 살짜리 남매를 두고 있다고 했다.

부인과 함께 도매시장에서 인조 보석으로 만든 액세서리를 판매하고 있었다.

"아, 잘 모르겠다. 누구 말이 사실인지. 난 은근히 널 시기했었나봐. 넌 뭐든지 나보다 나았으니까. 그런데 내가 좋아하는 여자애까지 네가 차지했다니 질투심에 어쩔 수가 없었어. 난 수정이가 시키는 대로 다 했어. 갠 조금씩 조금씩 너무 많은 걸 원했어. 그때 그 일도 내가 원한 게 아니었어. 그애가 시켰다구. 시키는 대로 하면 난 그애가 나한테 올 줄 알았어. 너도 소설에 썼길래 우린 네가 다 아는 줄 알았지. 수정이가 너에게 말한 거라고 생각했지. 요즘 난 배수 펌프장 쪽에는 가지도 않아. 난 수정이 때문에 아이들을 그 일에 끌어들였어. 배수 펌프장 쪽에서 다른 날보다 심한 악취가 풍겨올 때면……"

민호가 얼굴을 손으로 감싸쥐더니 바닥에 주저앉았다.

"그 개, 검둥이 일은 잊어. 수정이뿐만 아니었어. 우리 모두 그렇게 하고 싶었어. 사내자식이 울기는."

배수 펌프장, 풀이 무성한 곳에는 검둥이가 묻혀 있다. 풀들은 영양가 있는 비료를 빨아들여 푸르게 자라났다. 우리는 검둥이를 끌고 가 배수 펌프장의 배수탑에 매달았다. 그 개는 진득진득한 침을 질질 흘려댔다. 아이들의 눈은 열에 들뜬 듯했다. 몽둥이가 가 닿을 때마다 검둥이의 살집에서 둔탁한 소리가 울렸다. 한참 후에야 검둥이의 몸이 배수탑 아래로 축 늘어졌다. 수정이는 멀찍이 떨어진 곳에서 팔짱을 낀 채 패거리들을 지켜보고 있었다. 몽둥이를 내던지고 모두 땅바닥에 나동그라졌다. 온몸의 기운이란 기운은 다 빠져 달아난 듯했다. 윤미가 멀리 서 있는 수정이를 보더니 침을 퉤 뱉었다. 침은 멀리 나가지 못했다. 윤미가 숨이 찬 듯 헉헉댔다.

"미친년, 지년은 뭐라고 저렇게 공주처럼 우아하게 서서 구경만 하는 거야."

우리는 이십여 년 전에 그랬던 것처럼 새벽길을 걸었다. 나이가 먹어서일까 그림자처럼 움직이던 예전과는 달랐다. 패거리들은 자꾸 입간판을 건드리고 맞은편에서 오던 취객과 어깨를 부딪쳤다.

진성이는 여전히 다리를 절고 있다. 진성이의 다리를 저렇게 만든 건 바로 검둥이였다. 당면 공장의 수위는 밤이면 늘 공장 마당에 검둥이를 풀어두었다. 패거리가 알고 있는 한 그 공장은 인근에서 현금이 제일 많은 곳이었다. 공장의 금고까지 가보지도 못한 채 우리는 굶주린 듯한 그 도사견에게 쫓겼다. 아무래도 네 발 짐승이 두 발 짐승보다 빨랐다. 윤미가 제일 먼저 공장의 철조망을 뛰어넘었다. 기역과 재범이가 뒤를 이었다. 저 앞으로 철조망을 향해 튀어오르는 민호가 보였다. 내가 제일 처졌다. 검둥이가 내 목덜미를 향해 휙 솟구쳐 올랐다. 어깨를 물리느니 차라리 팔이 나을 듯싶었다. 개는 한번 문 곳을 절대로 놓는 법이 없다. 검둥이를 향해 팔을 뻗으려는 순간 공중에 솟구친 검둥이가 캥, 소리를 내며 바닥에 나동그라졌다. 진성이의 손에 몽둥이가 들려 있었다. 검둥이는 재빨리 위치를 바꾸더니 진성이를 향해 이를 드러내며 으르렁거리고 있었다. 진성이가 나를 향해 목소리를 낮췄다.

"하나, 둘, 셋 하면 뛰는 거다. 알았지? 하나, 두울, 세엣……"

진성이와 나는 철조망 건너편에서 우리를 향해 발을 동동 구르는 패거리를 향해 전력질주하기 시작했다. 도움닫기를 해 철조망을 향해 뛰어올랐다. 뛰어올랐다 싶은 순간 날카로운 것이 뺨을 파고들었다. 하지만 이 정도의 아픔쯤은 문제도 아니었다. 철조망 아래로 뛰어내리는 순간 진성이의 비명 소리가 울렸다. 진성이의 발꿈치에 검둥이의 이가 박혀 있었다. 돌멩이를 들어 검둥이를 향해 내리쳤지만 검둥이의 이빨은 점점 더 진성이의 발꿈치에 깊이 박힐 뿐이었다. 결국 검둥이는 진성이의 발뒤꿈치 살을 가져간 후에야 떨어져나갔다.

공사장 앞을 지날 때는 부흥교회가 있던 자리를 눈으로 더듬어보았다. 집에서도 마음 편안히 있을 방 한 칸 없던 아이들은 주말이면 빠짐없이 부흥교회로 모여들었다. 상가의 지하실을 세내어 쓰던 그 교회는 사시사철 곰팡이 냄새가 났다. 눅눅한 방석을 깔고 앉아 순서를 정해 돌아가면서 성경 구절을 낭독하기도 하고 기도를 하기도 했다.

마루 아래나 뜰에 놓아 디디고 오르내리는 돌이라는 뜻의 디딤돌을 모임의 이름으로 하자고 한 것은 수정이었다. 디딤돌이라니 나도 모르게 웃음이 터져나왔는데 거기 모인 다른 아이들의 표정은 사뭇 진지해 보였다. 자동판매기를 뜯고 학교 매점을 털기도 했다. 길가에 주차된 자동차를 몰고 밤새 다니다가 한강변에 버리기도 했다. 그런 패거리의 모임 이름이 디딤돌이라니. 그 모임에서 주간 학교에 다니고 있는 학생은 나뿐이었다. 아이들 대부분 성적이 좋지 않거나 가정 형편상의 이유로 야간 고등학교에 다니고 있었고 윤미처럼 자퇴한 아이도 둘이나 되었다. 한마디로 골칫덩어리들이었다. 수정이는 그곳에 모인 아이들 얼굴을 하나하나 천천히 훑어본 후에 작은 목소리로 말했다.

"우리 모두 있는 듯 없는 듯 자신의 할 일을 묵묵히 하는 디딤돌 같은 존재가 되었으면 해."

말을 마친 수정이는 바닥에 깔린 장판으로 고개를 숙였다. 난 그때 수정이의 뒤편에 외따로 앉아 있었는데 수정이가 앉은 맞은편에 걸린 거울 속으로 비친 수정이의 얼굴을 훔쳐보고 있는 중이었다. 반듯한 이마가 보기 좋았다. 아이들이 하나 둘 일어서기 시작했고 그 어수선한 가운데 나는 내 눈을 의심해야 했다. 수정이는 여전히 눈을 내리깐 채 입을 다물고 단정하게 앉아 있었는데 어느 순간 그 자리에 모였던 아이들을 비웃기라도 하는 듯 입이 한쪽 빰으로 말려올라갔던 것이다. 천천히 고개를 든 수정이는 경멸의 눈빛으로 교회 계단을 올라가는 아이들의 뒷모습을 지켜보았다. 그러다 거울 속에서 나와 눈이 마주쳤다. 수정이는 뒤돌아보지 않았다. 다만 거울 속의 내 눈을 똑바로 들여다보더니 한쪽 눈을 찡긋거렸을 뿐이었다.

철물점의 불은 꺼져 있었다. 스쳐 지나면서 귀를 쫑긋했지만 안에서는 아무런 소리도 흘러나오지 않았다. 윤미가 내 곁에 바싹 따라붙었다.

"거긴 주인이 바뀐 지 오래되었어. 너희 집이 이사간 뒤 한 이 년쯤 있었을까. 주인 여자가 아이를 데리고 이곳을 떴어."

아랫도리를 내놓고 세발자전거를 타던 사내아이도 어느덧 스무 살이 훌쩍 넘은 장성한 청년이 되어 있을 것이다. 주인 여자의 얼굴이 희미하게 떠올랐다. 하루 종일 어둠침침한 가게에 틀어박혀 지내는데도 주인 여자의 얼굴에는 기미가 늘어갔다. 나중에야 그것이 기미가 아니라 멍자국이라는 것을 알게 되었다.

가끔 목돈을 쥘 수 있는 공사의 하청이 들어오는 것도 같았지만 주인 사내는 다른 주머니를 차는 모양이었다. 가게는 주인 여자가 잡동사니를 팔고 얻는 푼돈으로 근근이 유지를 해나갔다. 우리가 이사를 갈 때쯤에는 보증금의 절반 이상이 이미 밀린 월세로 상쇄된 후였다. 하관이 빨고 피부가 검었던 사내는 늘 천으로 만든 커다란 가방을 메고 다녔다. 가방의 밑이 축 늘어져 있어 가방 속에 든 것의 무게를 짐작할 만했다. 장도리와 스패너, 망치와 못 따위가 잔뜩 들어 있어 걸을 때마다 속에 든 쇠붙이들이 철렁철렁 소리를 냈다.

새벽이 되어야 사내는 곤드레만드레 취해 가게에 딸린 작은 방으로 기어들었다. 나는 내 방에 앉은 채로 아래층에서 일어나는 일을 짐작할 수 있었다. 입에 담을 수 없는 욕설이 이어지고 자다 깬 아이가 발악하듯 울음을 터뜨렸다. 아이의 울음소리 사이사이로 무언가 둔중한 것이 살집에 가 닿는 소리가 섞였다. 손바닥으로 입을 틀어막았는지 헛구역질 소리와 비슷한 주인 여자의 울음소리가 새어나왔다.

전구가 나가 새로 사러 갔을 때도 여자의 얼굴은 피멍으로 얼룩덜룩했다. 여자는 전구를 꺼내 시험용 소켓에 꽂아보고는 불이 들어오는 것을 확인한 후에 내게 건네주었다. 여자는 전에 보았을 때보다도 더 창백해 있었다. 누군가 여자의 피를 조금씩 빨아먹고 있는 것 같았다. 동전을 손바닥에 건네주다가 나도 모르게 불쑥 말이 튀어나와버렸다.

"왜 이렇게 살아요? 도망가요, 도망가. 흡혈귀에게 피를 다 빨아먹히기 전에 도망가요. 도망가버려요."

주인 여자는 멍하니 내 얼굴을 올려다보았다. 두 눈은 필라멘트가 끊어진 전구 같았다. 주인 남자가 죽기 전에 그 여자는 도망가지 못할 것처럼 보였다. 그렇게 사는 것에 이미 길들여진 것이다. 가게 문을 소리나게 닫고 밖으로 나왔다. 안에서 주인 여자의 울음소리가 새어나왔다.

윤미가 내 옆구리를 찔렀다. 패거리들은 철물점에서 멀찍이 떨어진 채 담배를 피워물며 우리를 기다리고 있었다.

"너한테 그 사실을 말해준 게 누구였니? 수정이 그년 맞지? 사실은 나도 놀랐어. 니가 그것까지 죄다 까발릴 줄은 몰랐거든. 쟤들이 아까 술집에서 한껏 비틀어져 있던 것도 바로 그것 때문이야. 철물점 사내 이야기. 쟤들은 배수 펌프장 근처엔 얼씬도 안 해. 이십 년이면 넌 잊었겠지 하고 소설로 썼겠지만. ……오십 년, 백 년이 지나도 잊혀지지 않을 거야."

"너도 그렇고 민호도 그렇고 도대체 무슨 말이냐? 배수 펌프장에 우리가 파묻은 건 진성이의 발꿈치를 먹어치운 그 개였잖어. 도대체 뭐가 잘못되었단 거야. 그깟 개 한 마리 때문에 저애들이 저런단 거야?"

윤미가 입에 검지손가락을 가져다대더니 나를 끌고 공사장 쪽으로 갔다.

"너야말로 무슨 생뚱한 소리냐? 네 소설 속에서 우리가 배수 펌프장에 묻은 건 검둥이가 아니라 철물점 사내였잖아."

윤미의 말이 옳았다. 나는 내 소설 속에서 철물점 사내를 배수 펌프장에 묻어버린다. 물론 다른 상황들은 검둥이를 묻을 때와 똑같다. 소설 속에서는 검둥이 대신 철물점 사내가 그곳에 묻혔다. 소년이 길가에 쓰러진 철물점 사내를 보았을 때 이미 철물점 사내는 의식을 잃은 후였다. 누군가 뒤통수를 둔기로 내려친 듯했다. 머리카락 주변에 피가 엉겨붙어 있었다. 사내의 옆에는 사내가 늘 들고 다니던 가방이 널브러져 있었다. 병원으로 곧바로 데리고 갔더라면 어쩌면 목숨은 구했을는지도 모른다. 사내의 겨드랑이에 손을 끼워넣어 일으켜려던 순간 소년의 마음이 돌변한다. 매일같이 상습적인 구타에 시달리는 철물점의 젊은 여자를 떠올렸다. 사내는 목돈을 쥘 때도 자신의 아내에게는 단 한 푼도 가져다주지 않았다. 소년은 새벽까지 거리에 철물점 사내를 방치해두었다. 배수 펌프장의 진득진득한 흙을 파헤치면서 소년은 이렇게 중얼거린다. "아무도 눈치채지 못할 거야. 배수 펌프장에서는 늘 악취가 풍기고는 했으니까. 이상한 걸 묻었다고는 꿈에도 생각지 못할 거야."

나도 모르게 말이 더듬어졌다.

"그럼 뭐야? 그러니까 지금 니 말은, 내 소설과 비슷한 설정의 사건이 있었단 거야?"

호프집 화장실에서 울먹이던 민호의 얼굴이 떠올랐다. 민호는 조갈증이 난 사람처럼 담배를 빨아들이고 있었다.

"웬일인지 그날은 나더러 나오지 말라더라구. 나도 한참 뒤에야 알게 된 거야. 민호의 전화를 받고 나갔을 때 이미 그 남자의 숨은 끊어져 있었대. 그냥 위협해서 돈만 빼앗을 작정이었다나봐. 그런데……"

"그러니까 그 사건의 배후에 수정이가 있었단 거야?"

"수정이는 철물점 사내가 목돈을 쥐는 날을 귀신같이 알고 있었다는 거야. 그 계집앤 검둥이를 묻을 때처럼 눈 하나 꿈쩍하지 않았대. 팔짱을 끼고 선 채로 꿈쩍하지 않았대."

집들은 담 구분도 없이 붙어 있어 창들에서 흘러나오는 모든 이야기들이 다른 창으로 넘나들었다. 수정이의 방 창문과 철물점의 창문은 거의 나란히 위치해 있었다. 창을 통해 수정이라면 매일 새벽 구타당하는 철물점 여자의 울음소리를 들었을 것이다. 그리고 철물점 사내가 목돈을 쥐는 날이 언제라는 것도 알 수 있었을 것이다. 어차피 가지고 있어봐야 노름으로 탕진해버릴 돈이라고 민호를 쏘삭거린 것은 수정이었다. 쓰러진 철물점 사내의 몸을 두 발로 짓밟은 것도 수정이라고 했다.

배수 펌프장에서 나는 악취 때문에 두통이 몰려왔다. 재범이가 먼저 펌프장 안으로 발을 디뎠다. 한 손에는 철물점에서 훔친 삽이 들려 있었다. 한 발이 진흙탕 속으로 빠져들어가자 재범이가 예전에 그랬던 것처럼 욕설을 내뱉었다. 니기미. 기진이가 상소리로 대꾸했다. 대체 어디야? 억센 잡풀이 발목을 할퀴고 지나갔다. 기억이가 기진이의 말꼬리를 물고늘어졌다. 구덩이를 판 니가 잘 알 거 아냐? 기진이가 가래침을 뱉으면서 킁킁거렸다. 벌써 이십 년이나 흘렀다구. 그리고 묻을 때 다시 팔 생각을 하기나 했냐?

패거리들은 펌프장 이곳저곳으로 흩어져 무작정 땅을 들쑤시기 시작했다. 삽질은 예나 지금이나 서툴렀다. 왜 다 까발려서 이 고생을 시켜. 지가 작가면 다야? 왜 아니래? 빌어먹을 어둠의 자식들. 자식, 어둠의 자식들이 아니라 바람의 자식들이라니까.

삽끝으로 질퍽한 땅 여기저기를 찔러댔다. 모기떼가 살냄새를 맡고 달려들었다. 삽 끝에 단단한 무언가가 닿았다. 순식간에 패거리들이 모여들어 머리를 맞댔다. 흙에 흠씬 젖어 있었지만 커다란 가방이었다.

흙이 스며드는 바람에 훨씬 더 무거워져 있었다. 기진이가 지퍼를 열어 안엣것을 쏟았다. 진흙덩이와 함께 쇳덩이가 쏟아졌다. 민호가 신음 소리를 내며 뒷걸음질쳤다. 자루는 이미 썩어 없어지거나 빠져버렸지만 쇳덩이만은 이십여 년이 지난 지금도 그대로였다. 철물점 사내가 들고 다니던 그 가방이 틀림없었다. 재범이가 낮게 소리쳤다.

"가방이 나온 자리를 파봐."

기진이가 삽을 내동댕이쳤다.

"야, 기억 안 나? 우린 구덩이에 가방을 먼저 묻었다구. 벌써 이십 년이나 흘렀어. 다 썩어버렸을 거야. 아니면 빗물에 휩쓸려 공지천으로 흘러갔거나. 아무튼 여긴 아무것도 남아 있지 않다구."

"내 생각은 그렇지 않은데……"

민호가 말을 더듬었다.

"이 새끼야, 넌 입 다물고 있어. 우릴 이렇게 생고생하게 만든 게 누군데. 계집애 꼬임에 넘어가서는……"

"이 멍청한 자식들아, 조용히 해. 정말 들키고 싶어 그래?"

패거리들은 욕설을 내뱉으면서 삽으로 서로의 삽을 툭툭 쳐댔다. 이제 펌프장의 악취는 내 바지로 옮겨와 있었다. 악취는 피부 깊숙이 파고들어 당분간 없어지지 않을 것이다. 독자들은 가끔 그런 질문을 해온다. 어디까지가 사실이고 어디까지가 상상인가요? 나는 『바람의 자식들』 속에 내 사생활을 너무 노출시켰다. 고개를 들어 윤미를 찾다가 화들짝 놀라 삽을 떨어뜨리고 말았다. 둑 위에 서 있는 것이 아무래도 수정이인 것만 같았다. 그애가 아까부터 팔짱을 낀 채 우리를 내려다보고 있는 것만 같았다. 그애는 고등학교도 졸업하지 않은 채 집을 나가 행방불명되었다고 했다. 철물점 사내의 유해가 발견되는 것보다 더 걱정이 되는 일이 있었다. 육 개월 전부터 전화를 걸어와서는 아무 말 없이 끊어지는 전화가 신경이 쓰였다. 아무래도 수정이일 것만 같았다.

어느 날 불쑥 수정이가 찾아와서는 은밀한 곳에 난 그 점을 보여주려 할 것만 같았다.

웨하스와 숟가락의 울림

정홍수(문학평론가)

하성란 소설에서 '잘 빚어진 항아리'라는 문학예술의 유명한 정의를 떠올리는 것은 자연스럽다. 그러나 그 정의가 과장되게 강조하는 언어 유기체의 독자적 왕국은 하성란 소설의 지향과 거리가 멀다. 오히려 하성란 소설의 정교한 언어는 부서지고 무너져내려야 하는 자신의 운명에 자각적이다. 발꿈치를 들고 아무리 조심조심 걸어도 피할 수 없는 붕괴가 있는 법이다. 하성란 소설은 언어와 비극적 세계 사이의 간절한 유대를 기억하고 기록하는 한에서만 잠시 '잘 빚어진 항아리'의 시간을 살고자 하는지도 모른다.

1

이번 소설집에서도 두드러지게 작가의 시선이 가 닿아 있는 곳은 '시간'이라고 하는 세계의 숨은 주재자다. 「강의 백일몽」에서 사진 속의 여자가 보고 있는 것은 "이십 년 후의 자신의 모습"(33쪽)이다. 「웨하스로 만든 집」의 여자는 십 년 만에 돌아온 옛집에서 무너져내린 집더미에 깔린 채 "삼십여 년 전 그날처럼" "대문 앞에 서서"(86쪽) 동화 속에서 막 나온 것 같은 이층집 지붕을 올려다보고 있다. 「극지(極地) 호텔」의 퇴물 여가수는 또 어떤가. 그녀는 십칠 년 전에 봄을 났던 해안가 호텔의 잡초 무성한 정원을 퇴락한 자신의 인생과 함께 내려다보고 있다. 해외 출장지에서의 남편의 갑작스런 죽음 뒤, 남편의 마지막 행적을 좇는 「낮과 낮」의 아내의 시선은 사라져버린 시간의 흔적을 안타깝게 더듬는다. 교통사고 후유증으로 기억상실에 걸린 「그림자 아이」

의 남자 역시 무언가를 꽉 쥐고 있었던 듯한 오른손의 기억을 따라 잃어버린 몸의 시간을 찾아나선다. 사실 새삼스러울 것은 없는 이야기다. 하성란의 소설이 사물화된 세계에 대한 극사실의 묘사나 정교하게 직조된 반전과 악몽의 서사를 통해 기약 없는 실낙원의 시간을 견디고 있는 현대인의 일상을 낯설게 제시해왔음은 이미 구문에 속한다. 허물어진 집터나 악취를 풍기며 썩어가는 사물들의 이미지는 하성란이 불모와 파괴의 시간을 기억하고 채집하는 유력한 장치이기도 했다. 한편에선 고여 있는 것으로, 다른 한편에선 끊임없이 허물고 파괴하는 것으로 현상하는 시간의 두 얼굴은 하성란이 보여준 또하나의 '루빈의 술잔'이었다. 하고 보면 인간의 어두운 욕망이나 세계의 부당한 폭력에 서사의 일차적인 초점이 맞추어진 작품의 경우에도 그 배면에서 시간의 도저한 위세나 사멸하는 리듬을 확인하는 것은 어렵지 않았다. 하성란 소설이 현대 도시의 일상에 대한 뛰어난 소묘이면서, 동시에 그 너머 인간 실존의 근본적 허무나 우수를 아득하게 환기하곤 했던 것도 그래서였다. 여기에 '시간'이란 실재가 하성란 소설의 세계 탐구를 어느 면 제약하는 초월적 원인으로 남을 가능성도 없지 않았지만, 그간 작가는 자신의 시선을 일관되게 유지하면서 다양한 서사의 발굴과 소설 화법의 갱신을 통해 그 막막한 견딤의 풍경들 속에서도 연민과 공감의, 미미하지만 소중한 틈새를 열어왔음을 우리는 알고 있다. 이제 『푸른수염의 첫번째 아내』 이후 사 년 만에 선보이는 작가의 네번째 소설집이 다시, 인간의 마음을 둘러싼 시간의 풍경들 속으로 우리를 초대하고 있다.

2

하성란 소설이 모래알 속에서 우주를 캐내는 특별한 마법에 능통하다는 것은 잘 알려져 있다. 「강의 백일몽」에서 작가는 한 장의 사진으로부터 이십 년이 넘는 시간의 흐름을 '낮꿈'처럼 펼쳐 보인다. 작품 어디에도 강은 보이지 않지만, 서정인의 명편 「강」이 그러한 것처럼 '강'은 그 시간의 흐름 속에 실재한다. 가르시아 로르카의 동명의 시 「강의 백일몽」이 선행 텍스트로 이 소설의 상상력에 한 계기가 되었음을 분석해 보인 평문(손정수, 「비자율적 텍스트의 네 가지 유형」)도 있었거니와, "포플러 나무들은 시들지만/그 영상들을 남긴다.//(얼마나 아름다운/시간인가!)//포플러 나무들은 시들지만/우리한테 바람을 남겨놓는다.//태양 아래 모든 것에/바람은 수의를 입힌다.//(얼마나 슬프고 짧은 시간인가!)"(정현종 옮김, 부분)에서 보듯 생성과 소멸의 리듬이 영원성 속에서 교차하는 유장한 시간의 흐름을 담고 있는 로르카의 시가 "구조적인 대응 관계만을 희미하게 보여주면서"(손정수) 하성란의 전혀 다른 소설로 새롭게 탄생하는 과정은 문학적 영향 관계의 아름다운 예라 할 만하다. 「푸른수염의 첫번째 아내」나 「고요한 밤」에서 널리 알려진 서양 전래동화를 서사의 계기로 활용하는 메타픽션적 창작 방법을 선보인 바 있는 하성란이고 보면, 다양한 형식 탐구의 연장에서 이 작품의 의미를 평가할 수도 있겠다. 그간 하성란 소설이 소설적 전언의 직접성을 최대한 아끼고, 언어의 세공과 형식의 창안에 한껏 우회로를 부여해왔다는 점을 새삼 상기하게 되는 대목이다. 하성란 소설에서 한두 문장으로 요약할 수 있는 주제나 전언을 찾는 일이 쉽지 않은 것도 같은 맥락에서다. 그런 것들은 대개 작가가 한땀 한땀 더듬듯 모색하는 형식의 실타래 속에 숨어 있다. 「강의 백일몽」은 로르카의 시라는 선행 텍스트를 창조적으로 활용하고 있는 것 말고도 장르의 제약을 넘어 단편소설의 문학적 울림을 확장하려는 의미 있는 형식 탐구를 보여준다는 점에서 인상적인 작품이다.

얼핏 이 소설은 "물고 물리는 것"을 통해 이어지는 인생의 운명적 연쇄를 이십여 년의 시간의 흐름 속에서 보여주는 것처럼 읽히기도 한다. 그러나 "물고 물리는 것이 인생일지도 모른다"(34쪽)는 소설의 초점인물인 여자의 생각은, 사실 거의 의미 없는 허사에 가깝다. '물고 물리는 것'은 이 소설에서 다분히 형식적 장치로 기능한다.

소설은 시골 방목장 터에 들어선 목재공장 신축 작업장 현판식 날 찍힌 사진을 앞에 두고 낮꿈처럼 흘러간 이십여 년의 시간을 더듬고 있다. 초점인물인 '여자'를 비롯 Y, A, H, 소매치기 남자 등의 인물이 등장하고, 사나운 검은 개, 늙고 병든 누런 개, 밤길에 차에 치여 죽어가는 개들이 돌림병이 돌아 마을 곳곳의 구덩이에 집단으로 파묻혀 있는 젖소들과 함께 음울한 분위기를 연출하고 있다. 현판식 날 사진을 찍은 Y는 사진 어디에도 없다. 사진 속 여자의 눈은 현판을 걸고 있는 이사와 공장장 쪽이 아닌 사진의 프레임 밖 어딘가를 향해 있다. 그 두 눈에 빨간 빛이 맺혀 있다. 이른바 '적목(赤目) 현상'인데, 여자의 눈과 뷰파인더 속 Y의 두 눈이 정확히 마주쳤던 것이다. 현판식 날 여자가 차에 치여 죽어가는 개에게 손목을 물리는 사건이 일어나고, 그로부터 십여 년 뒤에 여자는 소매치기 남자의 팔뚝을 물고 늘어지게 된다. 직장 동료였다가 결혼한 Y는 여자를 떠나며 "이제 그만 날 놔줘라. 더이상 물고 늘어지지 말고. 신물이 난다"(29쪽)는 메시지를 남긴다. 다시 십 년 뒤, 여자는 이십여 년 전 현판식 날 여자에게 초록색 방수점퍼를 빌려주었다는 H를 우연히 만나게 되지만, 여자는 기억하지 못한다. H가 여자를 알아보자, 여자는 그날 현판식장을 겉돌던 양키스 모자의 A가 아닌가 한다. H의 무릎에도 개에게 물린 자국이 있다.

분명 구체적인 사건들이 우연적 연쇄로 물고 물리면서 소설의 서사를 지배하고 있다. 그러나 이러한 사건의 연쇄로부터 의미 있는 소설적 전언을 얻어내기는 무망하다. "물고 물리는 것이 인생"이라는 명제가 그 전언의 몫을 맡을 수는 없지 않은가. 오히려 이 작품에서 '물고 물리기'의 연쇄는 히치콕 영화의 '맥거핀 효과'를 연상시키는 측면이 있다. 그것은 일종의 속임수처럼 독자의 눈을 묶어두면서 소설의 진정한 겨냥점이 드러나는 것을 은폐하고 지연시킨다. 하성란 소설이 "은폐, 지연, 반전의 서사"(백지연, 「잿빛 도시에 내려앉은 춧농날개의 꿈」)를 특징으로 하고 있음은 익히 알려져 있는 일이거니와, 「강의 백일몽」은 그 방법론의 한 세련된 유형을 보여주고 있는 듯하다. 이 작품에서 서사의 은폐와 지연은 우연적 사건의 연쇄 속에서 발생하는 일종의 착시 효과와 함께 주어진다. 그러면서 그것은 인물과 사건을 모호성 속으로 밀어넣는다. 여자가 탄 차가 밤길에 희끄무레한 물체를 치게 되었을 때, 독자는 바로 직전에 여자가 공장을 떠나면서 A와 누렁이를 찾았던 것을 기억하지 않을 수 없다. 일순 그 물체 위로 A와 누렁이가 겹쳐진다. 그러나 작가는 시치미를 뗀다. "하지만 직감으로 개는 아니었다. 공장에서 보았던 흰옷 입은 노인들이 떠올랐다가 사라졌다." 결국 그 물체는 내장을 쏟아놓은 채 죽어가는 개로 밝혀지지만, 물론 누렁이도 아니다. 그 개는 죽음 직전의 마지막 발악으로 여자의 손목에 송곳니를 꽂고 놓지 않는데, 십여 년 뒤 소매치기 남자의 팔뚝에 여자의 이빨이 파고드는 장면의 겹침은 의도적인 작위성의 부각이나 폭력의 과도한 강조 때문에도 '물고 물리는' 연쇄의 고리를 텅 비우고 비현실의 환몽 같은 착각을 부른다. 다시 십 년 뒤 H가 개에게 물린 무릎의 상처를 보여주며 "다시는 고기를 씹을 수 없게 해놨죠"라고 내뱉을 때, 소매치기 남자가 거기 겹쳐지는 것은 불가피하다. 여기에 더해, 마을에 남아 있던 유일한 젊은이 A의 불안하고 안개 같은 모습은 갑자기 여자 곁을 떠나는 Y나 작품 후반부에 느닷없이 여자의 기억을 헤집고 등장하는 H의 모습에 조금씩 흩뿌려져 있어 그들 각각의 실체감을 혼동시킨다. 요약하자면, 이 소설에서 작가는 사건이나 인물들을 조금씩 모호성의 경계 속에 넣어 흔들고 있다. '물고 물리는' 연쇄는 그 자체의 서사적 내용이 아니라 모호성의 효과에 봉사한다. 이는 한 장의 사진으로부터 현재와 과거, 미래의 시간을 동시에 겹쳐 현상시키는 소설의 구성 속에도 방법적으로 뚜렷하다. 시간의 경계가 없는 것은 아니지만 그 경계는 한껏 흐려져 있다. 서사의 은폐와 지연은 불가피하다. '루빈의 술잔'으로 대표되는 반전도형(反轉圖形)의 세계 인식이 하성란 소설의 내용-형식으로 유력한 한 축을 이루고 있음을 새삼 확인하게 되는 대목이기도 하다.

그렇다면 문제는 이러한 모호성과 서사의 은폐, 지연을 통해 「강의 백일몽」이 마침내 가 닿고자 하는 겨냥점이 아닐 수 없다. 그런데 흥미롭게도 그 겨냥점은 모호성의 흔들기 속에서도 상대적으로 자명하게 남아 있던 소설 서두의 '사실'을 최종적으로 뒤흔드는 것과 함께 모습을 드러내기 시작한다. 사진에 나오는 여자의 '적목 현상'을 두고 뷰파인더 속 Y의 눈과 여자의 눈이 서로를 마주 보고 있었기 때문이라는 정보의 확인이 소설의 서두에 초점인물 여자의 시점으로 기술되어 있거니와, H의 등장으로 기억의 혼동과 모호성 속으로 들어선 여자는 그 자명했던 사실을 의심하기 시작한다. "Y가 뷰파인더를 통해 응시하고 있는 것이 과연 나였을까. (……) 나는 과연 Y를 보고 있었을까." 그러고는 소설 전체적으로 거의 초점인물 '여자'의 시선 안에 제한되어 있던 서사의 전개가 전지적 시점으로 열려나가면서 과거, 현재, 미래가 하나로 녹아 있는 환상적인 시간 풍경이 이십 년 전의 그날 위로 전혀 새롭게 펼쳐진다. "여자가 보고 있던 것은 Y가 아니었을지도 모른다. Y는 카메라를 들고 한두 걸음 뒤로 물러난다. (……) 작업장 문이 스르르 열리더니 잠시 후 젖소 한 마리가 빠져나왔다. 그 뒤를 이어 또다른 젖소가 방목장 밖으로 나왔다. (……) 여자는 눈을 감았다 떴다. 젖소들은 사라지고 울음소리만 남았다. 그곳에는 방목지도 작업장도 없었다. 여자가 보고 있는 것은 이십 년 후의 자신의 모습이었다. 여자의 동공은 크게 확대되어 있다. 그때 Y가 셔터를 눌렀다. (……) 이십 년 뒤에 Y와 여자가 그렇게 변할 수도 있다는 것을 Y도 여자도 까마득히 알지 못한다. 여자의 손목에는 개의 잇자국이 없다. 아직은 아무 일도 일어나지 않았다."(33~34쪽) 로르카의 시가 "강 위에 떠도는" 시간의 영상들을 응축하고 풀어내는 것과는 또다른 차원에서 소설 결말부의 이 대목은 변전하고 사멸하는 시간의 리듬 위에 얹힌 인간 진실의 허약함을 비극적 차원으로 고양시킨다. 그 고양은 시적 비약을 동반하고 있되, 신의 시선에 도달할 수 없는 인간 진실의 모호성과 인간 운명의 맹목을 꾸준히 환기시키고 반영시켜온 만큼은 구차하고 더딘 산문적 탐구를 외면한 것은 아니다. 한 장의 사진에만 갇혀 있던 여자의 시선이 그날의 시간을 담고 있는 다른 사진들 위로 열리고 옮겨가면서 마침내 "벽 밖으로 하얀 모자챙이 비죽 나와 있다. 그 아래로 나온 것은 누렁이의 꼬리인 것 같다. A는 여자가 떠나는 걸 숨어서 보고 있었다"는 마지막 진실의 열림이 아름다운 것은 그 때문이리라. 이때 A 혹은 누렁이가 "아무래도 기억나지 않는" H의 얼굴이나 "여자가 가장 아름다울 때"(34쪽)와 '시간의 강 위'에 공평하게 떠도는 것은 하성란 소설의 일관된 탐구가 찾아낸 내용이며 형식일 수밖에 없겠다는 생각이 든다. 아마도 이것은 문학적 진정성의 온축으로부터 비롯된 개가일 것이다.

모호성의 소설적 활용과 관련해서 주목되는 또하나의 작품은 「임종」이다. 제목 그대로 소설은 죽음에 이르는 아버지의 마지막 모습을 소설 화자 '나'의 시선으로 담담하게 그리고 있다. 그런데 이 소설에서 끝내 완전히 해명되지 않는 인물은 '나'의 동갑내기 이복형제인 '무영'이란 존재다. 아버지의 죽음이 임박하면서 십오 년여 만에 만나게 된 무영은 열일곱 살 때까지 십 년을 같이 산 '나'의 기억 속의 무영과 많이 다르다. 소설은 화자 '나'의 기억과 판단을 통해 무영이란 인물이 진짜 무영이 아닐 가능성을 내보인다. 그러나 '나'는 그런 의심을 마음속에만 품고 있을 뿐, 아버지로 하여금 마지막 가는 길에 평생 짐으로 남아 있던 무영에 대한 미안함을 덜 수 있도록 자리를 마련하고 지켜본다. "아버지는 무영이든 아니든 상관없는 듯했다. 마지막 가는 길에 오점 없이 홀가분하게 가고 싶었다."(198쪽) 자칫 심심한 통찰에 그쳤을 이 대목이 소설적 긴장을 얻는 것은 무영의 진위 여부를 소설의 마지막 지점에 이르기까지 모호한 상태로 처리하는 세련된 기법 덕분인 듯하다. 가령 숨이 꺼져가는 아버지의 손을 잡고 마지막 작별을 나누는 무영의 모습을 보며 '나'는 억눌러왔던 의심의 마음을 새삼 일으키는데, 바로 앞의 인용문에 이어 "나는 무영의 뺨에 난 흉터를 올려다보았다. 대체 저 사내는 누구일까. 내가 알고 있는 무영은 눈이 나빴다. (……) 아버지의 몸과 연결된 기계에서 아버지의 죽음을 알리는 경고음이 울리기 시작했다. 아버지가 숨을 몰아쉬었다. 사내가 힘껏 아버지의 손을 쥐었다. 그렇다면 무영은 대체 어떻게 된 것일까"(198쪽) 하고 격한 물음을 던진다. 임종의 순간에 대한 건조한 묘사와 병치된 이 질문의 격함이 그 대답을 최종적으로 유보한 채 죽음의 문턱 너머로 사라지는 광경에서 작가의 농익은 솜씨가 약여하다. 다만 그 모호성의 견지가 소설적 긴장이나 소설 결말의 미학적 처리 이상으로 새로운 인간 진실의 발굴로 이어지고 있는지는 다소간 의문이다. 모호성은 언제든 기법 이상의 것이어야 하며, 거기에 하성란 소설의 다양한 형식 탐구가 갖는 진정한 의미가 있음은 물론이다.

3

하성란 소설에서 '잘 빚어진 항아리'라는 문학예술의 유명한 정의를 떠올리는 것은 자연스럽다. 그러나 그 정의가 과장되게 강조하는 언어 유기체의 독자적 왕국은 하성란 소설의 지향과 거리가 멀다. 오히려 하성란 소설의 정교한 언어는 부서지고 무너져내려야 하는 자신의 운명에 자각적이다. 발꿈치를 들고 아무리 조심조심 걸어도 피할 수 없는 붕괴가 있는 법이다. 하성란 소설은 언어와 비극적 세계 사이의 간절한 유대를 기억하고 기록하는 한에서만 잠시 '잘 빚어진 항아리'의 시간을 살고자 하는지도 모른다. 「웨하스로 만든 집」에서 우리는 그 간절한 풍경과 만난다.

소설은 이국땅에서 보낸 십 년간의 결혼생활을 정리하고 도시 변두리의 옛집으로 돌아오는 '여자'의 발길에서 시작해 무너져내린 옛집의 집더미에 깔린 채 의식을 잃어가는 여자의 꿈속에서 끝난다. 삼십 년 전 시범주택단지로 조성되었던 여자의 동네는 재개발 바람을 타고 한창 철거가 진행중이고, 어머니 혼자 지키고 있는 여자의 집만이 세월과 폐허의 먼지 속에 삭아가면서 마지막 포클레인 삽날을 피한 채 가까스로 버티고 있다. 소설은 지난 십 년 여자의 삶을 허물어뜨린 시간을 보여주거나 설명하는 대신, 한때는 단란한 가족의 동화 속 성채였던 옛집의 풍화와 붕괴의 시간을 작가 특유의 정밀묘사로 포착하는 데 주력한다. 바로 그럼으로써 여자의 간단치 않았을 시간과 상처입은 내면은 다른 별도의 조망각 없이도 충분한 공감의 영역으로 진입함은 물론이다.

가령 어릴 적 새집 이층 마루의 부실함 탓에 발뒤꿈치를 들고 걷기 시작하면서 생긴 여자의 오랜 버릇은 아버지의 다리가 이층 마루를 뚫고 나온 사건과 함께 아득한 한 시절의 삽화로 애틋하게 추억되는 듯하다가 "그렇게 살얼음 밟듯 조심해서 걸었는데도 결혼생활은 고작 십 년밖에 이어지지 않았다"(82쪽)며 여자의 또다른 시간으로 가서 꽂힌다. 그렇게 여자의 십 년과 옛집, 이 두 가지 허물어짐 사이의 대응이 소설의 구성과 문장의 행간으로 정밀하게 옮겨진다. 그러다 종내에는 그 둘이 함께 무너져내리는 시간 속으로 들어간다. 돌아온 옛 동네에서 어렵게 찾아든 새로운 관계의 가능성도 자신의 몫이 아님을 확인한 여자는 혼자 집으로 돌아와 이층 방에 몸을 누이는데, 주변 철거 과정의 거듭된 충격 속에서 가까스로 버티고 있던 옛집도 그 순간 마침내 허물어져내린다. 천장이 떨어져내리고 벽이 기울고 바닥이 꺼지면서 여자는 일층으로 추락하고 집더미에 깔린 채 의식을 잃는다. 작가는 그 명멸하는 의식 속의 꿈인 듯 삼십 년 전 처음 새집 앞에 선 어릴 적 여자와 자매들의 행복했던 순간과 그 뒤에 어른거리는 비극의 심연을 동화 같은 어조로 펼쳐 보이는데, 바로 이 대목에서 하성란 소설은 두 겹의 무너짐을 불가피하게 만드는 생의 근원적 아이러니를 빛나는 언어의 집으로 세계의 폐허 위에 남긴다. "눈으로 처음 보는 이층집은 동화 속에 나오는 과자로 만든 집 같았다. (……) 어머니의 발 밑에서 마룻장이 뒤틀렸다. 바싹 마른 마룻장이 바삭, 잘 구운 과자 소리를 냈다. 어머니가 살얼음판을 딛듯 조심스럽게 발을 뗐다. 바삭, 바삭, 바삭. (……) 둘째가 자신만만하게 소리쳤다. '과자로 만든 집이야. 마루는 음, 웨하스로 만들었어. 이건 웨하스 씹을 때 나는 소리야.' /자매들이 발끝을 들면서 이구동성으로 외쳤다. 그러니 조심해!"(86~87쪽) 여기서 달콤함과 부서짐의 이미지로서 '웨하스'라는 말에 담긴 고도의 섬세함이나 적절함을 굳이 부연할 필요가 있을까. 다디달되 불안하기 그지없는 행복의 살얼음판 같은 근거가 '웨하스'라는 말 속에 부서질 듯 담겨 있다. 그것은 여자의 지난 십 년이 그러했던 것처럼 '튼튼한 목조가옥'에도 언제든 급습할 수 있는 심연의 다른 이름일 것이다. 그런데 혹 이 '웨하스로 만든 집'은 하성란 소설의 자기 반영은 아닐 것인가. '시간의 서사'를 비극적 시선으로 감내해온 하성란 소설에서 그간 작가가 지어올린 정교한 언어의 집은, 그러고 보면 자신의 운명 역시 그 시간의 심연 앞에서 예외일 수 없다는 보다 깊은 비극적 유대를 잊지 않고 있었던 것인지도 모른다. 하긴 조용히 귀 기울이지 않으면 좀체 들려오지 않는 하성란 소설의 낮지만 간절한 목소리에서 우리는 그 운명의 겸허한 수용을 충분히 보지 않았던가.

'웨하스'라는 말이 빚어내는 여러 겹의 울림만큼이나 「1984년」에서 작가가 기억 저편으로부터 길어올린 '숟가락'이란 상징물은 입사(入社)의 문턱에 선 실업계 고등학교 졸업반 여학생의 가난한 내면과 당시 한국사회의 어둡고 을씨년스런 풍속 양쪽에 묵직하게 공명하면서 진한 감동과 울림을 낳고 있다. 조지 오웰의 동명의 소설 제목과 같은 해 한국사회의 암울한 '겨울'을 겹쳐낸 작가의 신선한 상상력 덕분에 가령, "열아홉 살, 내 책가방에는 늘 구직용 이력서 다섯 통이 비치되어 있었다. 하루에도 몇 번씩 마음 한구석으로 정찰용 헬리콥터가 불안하게 날아오르고 저벅저벅 군홧발 소리가 꿈자리를 밟고 지나갔다"(37~38쪽)는 대목처럼 당시의 정치적 상황은 졸업반 여학생의 가난하고 불안한 내면에서 오히려 절실한 표현을 얻고 있다. 소설은 정치를 말하지 않으면서 뛰어나게 정치를 아우른다. 그러나 현실의 핍진한 묘사가 그 자체 생생한 상징이 되면서 시대와 개인의 아픈 성장사를 동시에 감싸기로는 단연 '숟가락'의 발견을 들지 않을 수 없다. 그해 한국을 찾은 유리 겔라의 숟가락 구부리기 염력은 나중에 말 그대로 '쇼'로 밝혀졌지만, 풍문에는 많은 사람들의 손에서 숟가락이 구부려졌다는 것. 소설 화자인 여학생 '나'의 손에 쥐여졌던 숟가락도 "음표 모양으로"(42쪽) 굽지 않았던가. 삼 년 내내 두꺼운 상식책을 들고 다녔지만 면접 기회조차 갖지 못하던 '나'는 순전히 들러리로 따라갔던 조그만 오퍼상 면접 자리에서 다시 한번 그 숟가락 염력의 기적으로 취직에 성공하기까지 한다. "문득 내 속에서 낯선 목소리가 웅웅거렸다. '수우까락을 구부려어, 너어는 하알 수 있어. 수우까락을 구부려어……' 사장이 내 시선을 좇아 옆을 봤고 다시 뒤를 돌아보았다."(53쪽) 정확히 이 기적의 염력만큼 1984년은 '나'에게도, 그리고 숟가락을 구부렸다던 그 많은 사람들에게도 '없는 희망'이었고, 견뎌야 하는 삶의 마지막 근거였을 터이다. 그것은 '블랙홀로 빨려들어간 시간'이고 '지우고 새로 써야 할 잘못된 한 시간의 역사'의 풍경이지만 동시에 그것 없이는 "왜 멀쩡한 걸 저렇게 못쓰게 맹그냐?"(40쪽)는 어머니와 할머니의 또다른 숟가락의 시간을, 삶의 비애와 위엄을 상상할 도리가 없는 것이다. 사라진 시간 속에서 초라한 개인의 기적을 기억하고 존중하는 데 문학의 양보할 수 없는 윤리가 있는 것이라고 한다면, 하성란 소설은 소설언어의 미학적 가능성에 대한 다양한 탐구를 게을리 하지 않으면서도 지극히 낮은 목소리로 문학의 그 최저선의 윤리를 묵묵히 실천해왔던 것이다. 등단 십 년의 꾸준하고 성실한 행보가 촘촘히 새겨져 있는 이번 소설집에서 그것을 새삼 확인한다. 다만 하성란 소설이 "자기 체험의 진술이나 나르시시즘적인 작가 의식"(백지연)과 거리를 두고 있다는 지적이 새로운 소설 미학적 성취에 대한 기대와 확인이었던 것만큼이나, 이제 거꾸로 그런 '허세'에 대해서조차 좀더 유연하게 문을 열면서 '하성란'이라는 문학적 인장을 풍성하게 가꾸어가길 조심스럽게 기대해본다. 그것은 하성란 소설에서 듣게 될 또다른 '낯선 목소리'의 염력이자 기적이 아닐 것인가. 하긴 작가는 이렇게 써놓았다. "아직도 가끔 내 속에서는 낯선 목소리가 숟가락을 구부리라고 말한다."(60쪽)

작가의 말

한때 나는 주전부리를 일삼았다. 신제품 출시를 알리는 광고를 보면 득달같이 슈퍼마켓으로 달려가곤 했다. 슈퍼마켓은 늘 한발 늦었다. 광고의 그 제품이 동네 슈퍼의 진열장에 나타나기까지는 수일에서 길면 수주가 걸리기도 했다. 군음식에 입버릇을 들이다보니 정작 밥은 깨작거리기 일쑤였다. 그래서 친구들 사이에 나는 밥알 세는 아이로 통했다. 친구들은 내 방 안에 굴러다니며 발에 차이는 수많은 과자 봉지들을 결코 상상할 수 없었을 것이다.

단것을 밝히는 식성은 젖먹이 때 생긴 듯하다. 덜컥 연년생으로 둘째가 들어서는 바람에 일찍 엄마 젖을 떼야 했다. 젊은 아버지는 모자라는 젖으로 칭얼대는 나에게 카스텔라를 떼어 먹이거나 과자를 씹어 조금씩 먹였다고 했다. 아무튼 초등학교에 입학했을 무렵 내 충치 수는 열두 개였다. 초등학교 졸업식 때 건네받은 건강검진카드에 그렇게 적혀 있었다. 어금니는 물론이고 앞니까지 대부분의 유치들이 검게 썩었다. 치통으로 밤새 잠 못 자고 끙끙 앓기도 했다. 그럴 때마다 아버지는 진통제를 묻힌 솜을 물고 있게 했다. 치과에는 딱 두 번 갔는데 무시무시한 기계가 무서워 진료를 받아보기도 전에 문 앞에서 줄행랑쳤다. 유치를 갈고 난 뒤에도 충치는 또 생겼다. 더이상 참을 수 없어 치과에 간 것이 스물네 살, 치과 의사는 총 여덟 개의 충치가 있다고 말했다. 다행히 웃을 때 드러나는 앞니들은 온전해서 자칫 〈007 나를 사랑한 스파이〉에 등장하는 거인 '조스'처럼 번쩍이는 의치를 다는 일은 모면할 수 있었다.

그 과자들 어디쯤에 '웨하스'가 끼어 있는지 모르겠다. '초코파이' 전일까, '새우깡' 후일까. 분명한 건 '땅콩그래'나 '금마차'보다 훨씬 이전이라는 것은 틀림없다.

1970년대 말, 영등포의 한 제과공장으로 견학을 갔다. 초등학교 걸스카우트와 보이스카우트의 연례행사 중 하나였다. 제복 차림의 아이들이 열을 지어 공장 복도를 걸었다. 복도 한쪽에는 대형 유리가 끼워져 있어 그 아래로 펼쳐지는 공장 내부를 어느 곳에서나 볼 수 있었다. 수백 명의 공원들이 일사분란하게 제 공정을 처리하고 있었다. 머리에 흰 모자를 둘러쓴 나이 어린 처녀들이 커다란 사탕 덩어리에 달라붙어 선 채 사정없이 덩어리를 내리쳤다. 사탕 덩어리는 긴 파이프 관을 타고 오는 동안 한 입 크기의 사탕알이 되어 굴렀다. 공장 안은 온갖 종류의 인공향이 뒤섞여 나중에는 아예 코가 마비되었다. 거대한 컨베이어 벨트를 타고 잘리지 않은 대형 웨하스가 나오는 장면은 장관 중의 장관이었다. 방 한 면 크기의 얇은 과자는 일정한 두께가 될 때까지 겹쳐지고 또 겹쳐졌다. 자칫 타이밍을 놓치면 과자들의 배열이 비틀어졌다. 그들 중 누구도 꾀를 부릴 수 없었다. 달콤한 과자를 만들고 있었지만 어느 누구도 행복해 보이지 않았다. 그들은 노동으로 지쳐 있었다. 그날 우리는 견학생에게 주어지는 종합과자상자를 하나씩 옆구리에 끼고 집으로 돌아왔다.

땅콩그래나 금마차는 아주 오래 전에 자취를 감췄다. 가차 없는 비정한 세계 속에서 웨하스는 살아남았다. 바삭바삭하고 달콤하며 틈새에 바르는 잼에 따라 여러 가지 맛으로 변화를 시도하는 웨하스. 에틸렌수지의 포장지를 벗기면 기름종이의 속포장지가 나타난다. 가지런히 정렬된 웨하스는 속포장지가 찢기는 그 순간부터 부스러기를 날리기 시작한다. 한때 한방을 썼던 동생의 성화에 나는 웨하스를 먹을 때마다 휴지통을 턱 아래 받쳐야 했다.

이런저런 이유로 사 년 만에 소설집을 묶는다. 가장 발표 시기가 먼 단편 「자전소설」을 다시 읽을 때는 너무도 낯설어 내가 쓴 소설처럼 느껴지지 않았다. 웨하스가 난데없이 나타난 땅콩그래나 금마차를 쳐다보듯 사 년 전 소설을 읽었다. 사 년 전의 내가 떠올랐다. 그때는 여전히 단맛에 취해 있었고 신제품을 찾아 대형 할인마트의 과자 코너들을 유령처럼 떠돌았다. 많은 것이 변했지만 아직까지는 먼 젊음의 뒤안길에서 돌아와 거울 앞에 선 누님 같은 모습은 하고 싶지 않다.

얼마 전 폭우로 집 앞 신호등이 고장났다. 신호등 중간에 달려 누를 때마다 "잠시만 기다려주십시오"라고 말하던 정중하고 친절한 여자의 목소리 칩에도 빗물이 스며 접지장치가 고장났나보다. 새벽 내내 누가 누르지도 않았는데 여자 혼자 중얼거린다. 잠시 기다려, 잠시 기다려, 잠시 기다려…… 잠에서 깨어 나도 모르게 한 소리했다. "근데 왜 반말야?"

더도 말고 덜도 말고 내 소설이 이랬으면 좋겠다. 당신의 갈피에 숨어들어 불현듯 당신을 씩, 한번 웃게 했으면 좋겠다.

웨하스. 사전을 찾아보니 웨하스가 아니라 웨이퍼란다. 버킷을 바께스로 지퍼를 자꾸로 쓰는 일본어식 발음에서 따왔다고 한다. 한때 나는 '뉴인나' 속옷 차림으로 '웨하스'를 먹어대곤 했다. 몇 번이나 그 집을 허물었다 다시 세웠다.

윤희영, 이준애, 오경철, 조연주, 김성은, 김민정, 이은영, 고동균…… 그분들께 감사드린다. 그들은 성실한 내 첫 독자였고 마감 때마다 나를 독려해주었다.

2006년 8월

하성란

| 수록작품 발표지면 |

강의 백일몽 …… 「문학과사회」 2003년 겨울호

1984년 …… 「한국문학」 2005년 여름호

웨하스로 만든 집 …… 「문예중앙」 2005년 봄호

그림자 아이 …… 「현대문학」 2003년 9월호

낮과 낮 …… 「작가세계」 2004년 봄호

그것은 인생 …… 「실천문학」 2003년 봄호

임종 …… 「파라 21」 2004 겨울호

무심결 …… 「창작과비평」 2003년 여름호

단추 …… 「문학동네」 2004년 가을호

극지(極地)호텔 …… 「파라21」 2003년 봄호

자전소설 …… 「문학사상」 2002 8월호

문학동네 소설집
웨하스
1판 1쇄	2006년 8월 31일
1판 5쇄	2019년 4월 3일

지은이 하성란
펴낸이 염현숙
책임편집 조연주 오경철
마케팅 정민호 박보람 나해진 최원석 우상욱 | 홍보 김희숙 김상만 이천희
제작 강신은 김동욱 임현식 | 제작처 한영문화사

펴낸곳 (주)문학동네
출판등록 1993년 10월 22일 제406-2003-000045호
주소 10881경기도 파주시 회동길 210
전자우편 editor@munhak.com | 대표전화 031)955-8888 | 팩스 031)955-8855
문의전화 031) 955-3576(마케팅) 031) 955-8864(편집)
문학동네카페 http://cafe.naver.com/mhdn

ISBN 89-546-0209-6 03810
* 이 책은 한국문화예술위원회의 문예진흥기금을 받아 출간되었습니다.
* 이 도서의 국립중앙도서관 출판예정도서목록(CIP)은 서지정보유통지원시스템 홈페이지 (http://seoji.nl.go.kr)와 국가자료공동목록시스템(http://www.nl.go.kr/kolisnet)에서 이용하실 수 있습니다.(CIP제어번호: CIP2006001846)

www.munhak.com